La Distance

Devient

Ciel

Non-fiction de Robert et Rachel Olds

Primordial Grace (Traduction française publiée *Grâce Primordiale*)

Luminous Heart of the Earth

Luminous Heart of Inner Radiance

Water Drawn Before Sunrise

~~~~~~~~~~~~~~~~~~

La Distance

Devient

Ciel

~~~~~~~~~~~~~~~~~
~~

RACHEL DUTTON OLDS

HEART SEED PRESS

Heart Seed Press
www.acircleisdrawn.org
email : robert.rachel@acircleisdrawn.org

ISBN 978-0-578-72052-4
Livre mis en page par Robert & Rachel Olds
Illustration de couverture par Rachel Dutton Olds

Traduction française : Pierre Lançon (Octobre 2020)

Avertissement et remerciements du traducteur

Il est à noter que suivant le code de ponctuation employé par l'auteur, les dialogues en communication silencieuse (c'est-à-dire sans parler) sont écrits en italique.

Par ailleurs, en tant que traducteur de la présente édition française, il m'est important de vous mentionner que je ne suis pas un traducteur professionnel. Ma motivation était de rendre disponible ce livre en français. J'ai effectué cette traduction de façon entièrement bénévole, avec beaucoup d'enthousiasme et avec mon expérience du chemin spirituel enseigné par Robert et Rachel. J'ai particulièrement essayé de rendre autant que possible la beauté et la poésie du style très particulier de Rachel. J'ai été énormément aidé dans la relecture de ce livre par ma grande amie, Geneviève Lamoine, professeur de français, que je remercie pour son aide précieuse dans cette traduction. Malgré tous ces efforts, il est possible que le lecteur puisse trouver que certains passages manquent de clarté ou de fluidité. Le cas échéant, j'en prends l'entière responsabilité et vous prie de bien vouloir m'en excuser. J'encourage ceux qui se sentent confortables avec l'anglais à lire le livre dans sa version originale.

Dédié à tous les peuples de la Terre et à tous ceux qui choisissent de revenir à une vie en union avec notre Première Mère, ainsi qu'aux membres de notre famille, les rochers, les eaux, les plantes et les animaux qui partagent cette belle Terre avec nous.

Vent froid. Une légère humidité dans l'air. Ciels de toundra, haute montagne. Un soupçon de mer dans l'odeur minérale des nus rochers gris et dans le vent résonnant dans le silence des pierres. Aujourd'hui la montagne parle en tons marins, en odeurs marines. Le temps se dilue, vaporeux, hésitant. Comme la lune du jour s'évanouissant au-dessus d'elle, comme les nuages, os poreux de craie blanche fondant en un ciel bleu limpide. Le temps ne maintient plus séparés le futur et le passé. Plus rien désormais pour empêcher son flux de se dissoudre en chacun d'eux. Cette saison, cette époque, maintenant, encore ici, serait sa dernière.

Elle était vieille. Museau couleur de givre, enfilé au travers de sa fourrure grisonnante. Des volutes embrumées de souvenirs dans ses yeux. Une petite entaille sur le bord d'une oreille, autre souvenir, déchirée il y a longtemps lorsqu'elle se battit avec le gros mâle aux épaules marron pour défendre ses oursons. Elle et lui debout de toute leur hauteur, grondant, grognant, face à face. Lui deux fois la taille d'elle, elle devenant de plus en plus grosse en grognant, mère féroce dans toute sa grandeur. Ses mamelles s'exhibant fièrement de sa fourrure. Se tapant l'une l'autre alors qu'elle se grandissait. Puis il se rabaissa, laissant seulement cette petite entaille dans cette gigantesque forme, marque de sa dignité contestée. Comme elle pouvait rugir et se secouer lorsqu'elle était pleine de vie, pleine de maternité. Les jeunes mâles se rassemblaient autour d'elle, de plus en plus forts en arrivant dans leur maturité, se défiant mutuellement pour elle.

Alors jeune et pleine de sa propre vie, yeux de biche, comblée, regardant timidement par-dessus son épaule pendant que le mâle la montait. Frottant son cou. La pénétrant. Loin dans sa chaleur. Tous les deux ensemble. Chair d'ours étreignant chair d'ours. Longuement, fermement, en rythme. Encastrés ensemble comme des montagnes de roches pendant une éternité, le moment du paroxysme, des mers s'élevant puis s'abaissant de nouveau, nivelant les montagnes par les courants de leurs marées. Le futur pulsant en elle, rencontrant un futur déjà préparé, attendant, né en elle, en les mémoires de sa mère et en celles des mères de sa mère avant elle. Graine d'essence d'ours rencontrant le mystère sauvage de la mer, ancestral chez les ours. Yeux de biche, grondant fortement, mamelles pendantes, œufs de mère accueillant les errants de la mer, leur souhaitant bienvenue à la maison, mémoires s'entremêlant, attendant, entrelacées, pour tisser une nouvelle vie faites des rêves réunis de leur espèce. La mer se retire, lui et elle se séparent. Celle à l'oreille déchirée ne serait même pas un souvenir pour lui. Excepté la fois où il lui laissa la place avec indifférence, d'une façon impersonnelle, cédant à son imposante maternité, un jour où elle voulut l'endroit à saumons où les eaux plongent en se séparant autour du rocher, et où elle put attraper le poisson vif-argent aux reflets arc-en-ciel bondissant. À part cela, elle ne serait pas un souvenir pour lui, juste une mémoire destinée à exister, pour celles de ses graines qui auront fait le voyage pour être accueillies au sein de leur chaleur mutuelle.

Elle au contraire se souviendrait pour deux, pour lui et pour elle, elle se souviendrait de leur rencontre, elle se souviendrait du paroxysme de leur union, et du moment où elle attrapa le poisson graine de l'ours nageant rapidement, l'ajoutant aux autres mémoires d'une cellule vivante, en sécurité, dans chaque œuf de mère-mer, le mystère transmis de cellule à cellule au cours du temps. Chaleur du sang et de la fourrure. Grotte sombre, respiration humide dans une obscurité sans visibilité. Sa propre obscurité lorsqu'elle était ourson, respirant dans le souffle de sa mère. Sa propre respiration en tant que mère entourant ses oursons nouveau-nés dans leur obscurité nouvelle et qui se nourrissaient autant de sa présence respirante que de son lait. Chaleur du flux et du reflux de la respiration d'une mère remontant à la longue lignée de son espèce. Attraper les saumons, éclabousser, creuser profondément, manger des racines, manger des écureuils fouisseurs, manger des insectes, manger des larves, manger des charognes, des baies, des fruits à coques et des pousses vertes, manger des avenirs pulsant au sein de petites gouttes de mémoires. Toujours curieux, tester la souplesse des jeunes arbres, goûter les feuilles, goûter l'air, tester des bois décomposés et la terre en profondeur, les racler nonchalamment avec les griffes, malaxer la boue, faire voler des pierres, manger des mottes d'herbes, manger des bulbes tendres, manger des pierres et de la terre, manger des fourmis et des vers, marcher en errant. Ours traversant les montagnes, les rivières, les champs, les bancs de sable, les zones boueuses d'eau peu profonde, laissant leurs larges et profondes empreintes de pieds plats, marchant dans les pas les uns des autres, piétinant, attendant, terre déchirée de part en part, marchant mutuellement dans leurs propres traces de la même façon à chaque fois, tramant ainsi des chemins habituels au cours de leur exploration. Avec minutie, sans peur, itinérante, essence d'ours se dissolvant dans des mers de mémoires. Graines-œuf essence de nouvelles vies attendant qu'elle les abrite en son corps, qu'elle entre dans la terre et dorme profondément au-delà du sommeil et du rêve. Puis elles germeront et grandiront en elle, abritées dans son sommeil d'hiver. Oui, elle se souviendrait comme elle fut avec lui, le moment de leur union où elle attrapa les poissons graines d'ours nageant rapidement.

Elle regarda vers le ciel. Filtrant l'air de toundra marine avec sa respiration, voyant le ciel avec ses yeux de montagne. Pensant qu'un jour lointain, sur une autre montagne, dans une autre contrée et en un autre temps, une de ses lignées de filles de filles de filles se souviendraient peut-être de ce moment, souvenir unique parmi tous les autres, perpétuant les passions de son espèce pour la mer. Une fille voyageant au travers des portes de mémoires atemporelles aussi librement que les graines-œuf d'ours voyagent au travers des portes de ses courants maternels. Cette fille se souviendrait non pas d'elle, l'ourse qui se tient debout ici aujourd'hui contemplant le ciel, mais de ce qu'elle voit, juste maintenant, dans le ciel au-dessus de la montagne. Un poisson à la forme de saumon de la taille d'un nuage. Quatre rayons vaporeux horizontaux et parallèles jaillissant du poisson comme des griffures sur le ciel, chacun entouré d'une bande au contour diffus couleur d'arc-en-ciel, lumineuse et pâle comme faisant partie du cercle éphémère autour du soleil. Ours à la griffe d'arc-en-ciel attrapant poisson nuage dans le ciel. Ours aux yeux de soleil dans le halo du soleil.

    — Je suis désolé, Monsieur, personne n'est autorisé à la voir, répéta l'homme qui gardait l'entrée de la Zone Sanitaire, lèvres immobiles, pincées, bougeant à peine. Il n'était pas désolé. Il les avait attendus, il les avait reconnus en les voyant, presque aussi vite que les capteurs ne l'avaient fait. Leur profil d'identification se chargeant automatiquement dans son DIC, le dispositif d'implant de cornée. Il avait surveillé leur approche dès le fond du long couloir, recevant sur l'écran du DIC la transmission de leurs données publiques et privées, sous forme de lettres et de chiffres tombant devant ses yeux comme une pluie géométrique ou tel un régiment de minuscules araignées.

    — Elle est ma femme. Je suis Linn Brenner, et voici notre fils Kai. Pourquoi ne puis-je pas la voir ? Alors qu'il essayait de parlementer avec l'homme bloquant leur passage, Linn maintint de la retenue dans ses gestes et une voix modérée. Le garde connaissait déjà leur nom, il connaissait déjà tout d'eux. De toute façon Linn avait parlé, déterminé à communiquer avec le garde d'humain à humain. Dans la lumière rude de l'entrée, les yeux de l'homme ressemblaient à des trous dans un masque.

Distants. Impersonnels. Ils n'offraient pas beaucoup d'espoir.

— C'est le règlement. Le garde connaissait leur nom parfaitement, et il pouvait aussi lire entre les lignes pour tirer ses propres conclusions. Tout comme le chef l'avait fait. Ses ordres étaient clairs. Gardez-les à l'écart. Brenner était l'un de ces cracks académiques, un anticonformiste, du genre créatif, chercheur, ayant travaillé à l'Analyse des Systèmes. Plus que suffisant pour justifier ces ordres. Le garde se posa fermement devant la porte. — Nouvelles réglementations, ajouta-t-il comme pour en rajouter une couche. C'était maintenant l'affaire du CESI, le Comité Exécutif de la Sécurité Intérieure. Que Brenner comprenne cela.

— Quelles réglementations ?

— Elle a été mise en quarantaine.

Leur dossier avait terminé de se charger sur le DIC. Les fines lignes surveillant leurs signes vitaux continuaient d'apparaître sur l'ICSV, l'Indice Composite des Signes Vitaux. Il étudiait le père et son fils en direct. Tous les deux grands, le père un peu plus, le fils proche de le rattraper. Tous deux, les cheveux en bataille. Quelque chose que le garde désapprouvait. Désapprobation personnelle. Il n'y avait pas de règles concernant les cheveux, mais donner un bon exemple était important pour la morale. Les leurs tombaient un peu sur leurs yeux, et à n'importe quel moment l'un ou l'autre pouvait les ramener sur le côté avec le geste habituel, presque intime, que font les gens qui ont ce genre de cheveux. Il trouvait cela répugnant.

— En quarantaine ? Pourquoi ?

— Nous ne pouvons pas risquer qu'un virus potentiellement mortel ne se propage au reste du Lab.

— Elle n'était pas malade ce matin. Elle est l'une des personnes les plus saines ici.

— Des tests médicaux récents ont montré qu'elle pourrait l'avoir porté d'une façon latente pendant toutes ces années.

— Quels tests médicaux ?

— Son dossier est classé. Le garde n'aimait pas être questionné. Et il n'aimait pas avoir à lever les yeux pour regarder ce grand homme et son grand fils posant des questions.

— Classé ? Elle est ma femme. J'ai le droit de voir son dossier. J'ai le droit de la voir.

— La quarantaine est sous la juridiction du CESI. Son dossier est maintenant classé.

Il les regarda. Leur frustration commençait à se dessiner sur leur visage et dans leurs signes vitaux. Le père était vigilant à ne pas déraper et à bien garder le contrôle. Le garde appréciait cela. Le garçon lui pas encore assez vigilant. Bien que de bonne composition s'il avait eu un entraînement adéquat.

Kai était resté silencieux pendant que son père essayait de parlementer avec le garde. Il intervint alors, avec un timbre de voix pressant, raide, un léger tremblement commençant à émerger dans une voix navigant encore entre la puberté et l'âge adulte.

— Pourquoi ne pouvons-nous pas la voir ?

Le garde s'y était attendu en voyant un pic dans les lignes de l'ICSV du garçon juste avant que Kai ne prenne la parole. Toute la force qu'il s'était préparé à utiliser physiquement, il la transféra dans ses mots :

— Vous devez partir maintenant. Je tiendrai informé le chef du CESI de notre conversation et de votre préoccupation sur le sujet. L'informer au sujet de quels aspects de leur conversation et de quelle préoccupation n'était pas exactement clair, mais certainement sous-entendu. Il pensait qu'ils ne passeraient pas à côté de l'avertissement.

— Merci. Allez viens Kai. Allons-y. Linn fit un pas entre Kai et le garde, mis son bras autour des épaules du garçon, et l'éloigna. Il garda son bras protecteur autour de lui en descendant le long couloir. La pression de son bras autour des épaules de son fils était autant pour rassurer Kai que pour se calmer lui-même. Dangereux de provoquer les gens du CESI.

Les visages flottaient de nouveau dans sa vision, comme de pâles poissons, ou comme des pierres dans de l'eau profonde, alternant entre le net et le flou, toujours là, toujours au fond, elle tombait vers eux lorsqu'ils disparaissaient puis ils revenaient. Elle ne savait plus qui elle était ou pourquoi elle était là. Leurs visages lui voulaient quelque chose, des réponses, des mots, des mots qu'ils voulaient qu'elle dise. Sa bouche refusait de former les mots qu'ils voulaient entendre. Ces mots ne seraient pas vrais. Elle attendit, tombant, sombrant alors qu'ils essayaient d'entrer en contact avec elle.

La fièvre la saisit de nouveau. Ils devaient avoir mélangé la drogue pour l'esprit avec le virus de la grippe, dangereux d'utiliser une telle combinaison, il faudrait qu'elle les avertisse, la cascade cellulaire... Elle décrocha, se plongeant à l'intérieur d'elle-même, cherchant un refuge. La chaleur irradiante de la fièvre l'aida à résister, non pas en opposant la force à la force, non pas au travers d'une bataille de volonté qu'ils essayaient de provoquer, mais simplement parce qu'elle n'était plus là, qu'elle n'était plus liée par une identité, un temps, ou un lieu. Elle s'était dissoute, en vapeur, en brume, incandescente, évanescente, brins de lumière se répandant en anneau, dissolution, personne à défendre, personne laissé derrière pour habiter la peur. La désorientation qu'ils avaient provoquée pour accroître sa souffrance lui avait à la place offert un refuge. S'abandonner en une vastitude inconnue, fusionnelle, irradiant avec la chaleur de la lumière, était peut-être ce qu'ils craignaient le plus eux-mêmes. Ils l'avaient livrée à la torture, et au lieu de cela elle était rentrée chez elle dans la lumière. Se tournant ainsi en elle-même, chez elle, simple radiance, accueillante et parfaite, s'ouvrant à elle et la sauvant de la confusion de la drogue de l'esprit. Elle demeurait sur une petite île en cette brillante mer intérieure, tamisant des filaments translucides de souvenirs, la luminosité et la distance la protégeant à chaque fois qu'ils essayaient de la faire revenir.

Plus de visages en contre-jour au-dessus d'elle essaient de s'approcher, criant avec leurs voix résonnant au travers du tunnel qui la tient séparée d'eux. Elle se souvient maintenant, avoir été convoquée au bureau du CESI, le chef de la sécurité interne prétendant qu'il ne souhaitait l'interroger qu'au sujet d'une infraction mineure. Le minable. Comme si nous avions même besoin d'un officier de sécurité intérieure. Pour quoi faire ? Nous étions tous la sécurité intérieure ici. Tout reposait sur le fait que chacun fasse sa part, tout le monde sachant ce qu'il se passait. La première fois qu'une fonction policière séparée avait été considérée, cela avait paru ridicule et grotesque autant que superflu. Il y avait ceux parmi nous, et ils se faisaient entendre, qui avaient vu les possibles abus. Mais les bureaucrates avaient gagné. Juste pour la coordination et pour réguler les conflits qui vont certainement se produire disaient-ils, postulant déjà un futur 'nous' et 'eux', déjà polarisé, voulant être sûrs qu'ils ne perdraient pas le contrôle. Autant pour le consensus que pour le respect réciproque. Et cela devait être l'une des raisons pour lesquelles elle était ici.

Les voix distantes résonnent encore au travers du long tunnel. Elles sont si inflexibles qu'elle abdique. Abdiquer, Ab-diquer, -diquer, dire, dire, dire, chanter, je chante… Et la chanson aussi. Ils devaient l'avoir entendue bien qu'elle eut essayé de trouver un endroit caché. Des endroits aveugles, il y a en avait bien quelques-uns : ici et là, un recoin oublié dans l'angle du mur ou un tournant dans le couloir hors de portée du champ des capteurs. Elle avait chanté si doucement, seulement une petite chanson, l'une de celle que l'on chante à un petit enfant ou à un amoureux, une chanson délicate, pleine de tendresse et de beauté, semblable aux ailes respirant doucement d'un papillon. Son amour pour la beauté, inquantifiable, imprédictible, associé à celui du chant, venait s'ajouter à la liste de ses qualités supposément indésirables. Elle s'évanouit de nouveau dans son espace privé, à distance des souvenirs, incandescente, dépourvue de forme.

Refaisant surface. Contours et ombres. Salle sombre. Une boule de lumière brillante devant elle. Difficile de voir, cela blesse ses yeux. D'autres visages, dans la boule cette fois. Linn et Kai. Ils sont prisonniers là-bas tout comme elle est prisonnière ici. Un écran, une image granuleuse tremblante. Un enregistrement de surveillance, une rediffusion. Ou alors est-ce que Linn et Kai se trouvent maintenant à l'extérieur, essayant de la contacter ? L'envie d'être avec eux, de les serrer, de les toucher la fait vaciller, la tire, la déchire, avant qu'elle ne puisse faire marche arrière. Elle ne peut pas se détourner de la sécurité de sa clarté intérieure. Les autres visages maintenant derrière elle dans la pénombre de la salle obscure essaient de l'en sortir pour l'attirer dans la boule, dans une lumière différente, dure, froide, exposée. Elle ne peut pas aller vers Linn et Kai, pas avec ces autres visages l'observant de si près, à l'affut.

Un autre visage dans la boule fait face à Linn et à Kai, le visage de l'homme bloquant leur passage. Ses traits affutés et froids, comme la lumière de la boule. Des bandes de données défilant au bas de l'écran. Noms et profil ID. Synthèse des évaluations. Analyste des systèmes. Chercheur. Autorisation niveau 4. Une voix rugueuse derrière elle. Dure. "Ouais, Brenner. Un crack. Anticonformiste. Du type créatif." Une autre voix répétant de façon sarcastique : "Un crack, anticonformiste, nous verrons." Un rire grossier et tranchant. Elle se demande pendant un instant comment ce rire apparaîtrait sur l'ICSV. Les lignes de l'ICSV de Linn et de Kai sont fluctuantes, difficile pour elle de s'y concentrer. Des courbes plus plates, Linn est doué pour garder son calme, mais certaines lignes font un pic lorsqu'il parle avec le garde, et lorsque celui-ci le rabroue. Les lignes de Kai s'élèvent et retombent en écho avec celles de son père. Kai presque aussi grand que Linn. Une même gêne charmante au sujet de sa taille, une même aise confiante qui n'avait rien à voir avec le fait d'être grand, même avec son corps d'adolescent s'élargissant dans les deux sens à la fois aussi bien que vers le haut. Mêmes cheveux. Cheveux familiers. Elle a envie de les brosser depuis leurs yeux, elle avait envie de regarder non pas ces yeux, mais en ceux-ci, et de leur dire de partir, de s'échapper du danger ici.

Une voix-off venant de la boule, l'une de celles que le garde entend dans son implant auditif. "Elle est détenue, parlez-leur simplement de quarantaine". Sa propre voix, insonore porte le cri qu'elle ne peut pas faire sortir tout fort. *NON ! ! !* Linn et Kai repartent. Elle veut qu'ils restent, elle veut qu'ils fuient. Elle veut ne plus jamais les perdre de vue. Elle veut qu'ils soient en sécurité. *Pas de sécurité ici.* Elle les veut loin du long couloir, de plus en plus petits, de plus en plus loin, jusqu'à ce qu'ils soient en lieu sûr. Ils ne partent pas. Ils sont toujours là, tout proches dans la boule au-dessus. Un pic dans les signes vitaux de Kai, le garde se met en travers. *Attention Kai.* Elle regarde, impuissante, la scène qui se joue sur l'écran lumineux. Elle essaie de détourner son regard. Dans l'obscurité de la pièce, avec les ombres autour d'elle. Des mains derrière remettant de force sa tête en direction de l'écran l'obligent à regarder. Lui donnant des claques lorsqu'elle ferme les yeux. Linn si confiant et à l'aise en d'autres occasions. Une générosité facile dans la palette de son esprit. Les visages font tourner sa tête, la secouent, la forcent à ramener son attention sur l'écran. Les voix dans la pièce avec elle. "Ouais, académique, crack, un anticonformiste!" Ça il l'avait déjà dit. Replay. Replay. "Autorisation niveau 4. Haut placé." "Pas pour longtemps." Rires. Une autre voix. "C'est l'affaire du CESI maintenant, pas de la recherche." *Fais attention Linn.* Les chœurs de nouveau, les voix acérées comme des criquets diaboliques. "Du type créatif." "Ouais, crack. Bien, c'est l'affaire du CESI…" *Taisez-vous ! Taisez-vous ! Taisez-VOUS ! Taisez…. taisez… taisez….taisez….vous.*

Ils doivent avoir diminué un peu la drogue. Elle peut de nouveau se concentrer, allongée et attachée sur une table ou une sorte de civière. Son corps inconnu, se recondense autour d'elle, devenant plus lourd, ressentant avec lourdeur la terre ferme, fini la sensation de flottement, elle revient à la douloureuse gravité. La boule écran n'est plus là. Elle est maintenant dans la zone de recyclage. À travers un espace entre les visages suspendus au-dessus d'elle, elle peut distinguer un anneau en acier brillant, délimitant une obscurité qu'elle sait être là. Tout le monde savait que c'était là, peu avaient vu l'espace au-delà de l'anneau circulaire, mais tout le monde savait qu'il était de la taille d'un corps humain d'adulte. Un espace seulement pour ceux qui étaient décédés, pas pour les vivants. Essayent-ils encore de la briser, avant de disposer d'elle, ont-ils déjà décidé de le faire ?

Elle se souvient d'autres visages, absents mais flottant encore librement dans sa mémoire. Des morts inattendus, souvent parmi des collègues en la présence desquels vous ressentiez une certaine vivacité subtile, une ouverture aux possibles, un petit espace de respiration dans cet espace complètement claustrophobique en lequel ils avaient tous choisi de vivre et s'étaient engagés à ne pas quitter. Cela avait été plus facile au début, un projet plein d'espoir et un sentiment de conquête et de contribution, c'était avant la Dernière Guerre et la Dévastation qui la suivit, avant la désolation sur la Terre, avant qu'il n'y ait plus aucun endroit où aller, même si vous souhaitiez partir. Avant que les équipements ne commencent à tomber en panne, avant que les réparations improvisées avec ce qu'ils avaient sous la main ne donnent plus un sentiment de débrouillardise mais se transforment plutôt en désespoir.

Le recyclage avait été conçu dans le système dès le début, s'inspirant des ouvertures funéraires présentes sur les premiers vaisseaux de transport, mais dans la biosphère close qu'ils avaient ici, rien ne part ni ne sort ni ne rentre. Ici le recyclage était un moyen de ne pas gaspiller ce qui avait déjà été donné, et probablement destiné à n'être redonné au mieux que rarement, pour aussi longtemps que tout le monde resterait en bonne santé. Ce qui était, après tout, l'un des objectifs du projet. Santé pour tous. Une fois, elle avait été surprise de les voir utiliser le recyclage, processus coûteux, utilisant plus d'énergie que ce qu'il en redonnait. À moins que ce ne soit pour certains oligoéléments qui ne pouvaient être trouvés nulle part ailleurs. Elle avait vu les rapports. Il y avait bien des pénuries de certains oligoéléments clés, nécessaires pour les cultures alimentaires, ces mêmes minéraux qui étaient maintenant séquestrés dans les corps de chacun d'entre nous. Les pénuries avaient été anticipées mais pas pour un temps si long. Et personne ici n'avait imaginé être à cours si longtemps sans possibilités de secours, à la merci d'erreur de calculs ou pire. Si des choix difficiles étaient à faire, il revenait au groupe entier de décider, sans que cela ne soit imposé par le chef du CESI et son garde personnel privilégié.

Les gens s'en étaient rendu compte progressivement. Certains protestaient, certains en parlaient calmement. La plupart gardaient leurs pensées pour eux-mêmes, et dans le pire des cas, certains recherchaient la protection que la collusion avec la sécurité semblait procurer. Tous s'étaient un peu refermés, dont beaucoup dans la peur. Cela s'ajoutait au fardeau de leur isolement physique et au manque de matériel de télécommunication. Ce n'est pas que les émetteurs-récepteurs étaient en panne, ils fonctionnaient encore bien, ce genre d'équipement n'était apparemment pas si vulnérable après tout, comparé au fragile tissu biologique, comparé au frêle esprit humain. Le chef du CESI avait attiré à lui bien plus que quelques personnes en jouant sur la peur. Diviser et conquérir, diviser et régner. Pourquoi est-ce que chez certaines personnes la fleur humaine refusait-elle de quitter le bourgeon, pourquoi refusait-elle avec tant d'entêtement et d'efforts de s'ouvrir ? Un poète, lu quelque part il y a longtemps, dans une autre vie.

Avec une étrange clarté animée, elle cherchait ici et là comme une petite main tenant une torche, déterminée à trouver quelque cohérence à tout ce qui pourrait passer dans son champ de vision, tout ce qui d'elle avait pu se rassembler dans l'espace sombre de la salle de recyclage commença à se dissoudre. Ils devaient lui avoir administré une nouvelle dose de drogue. Elle entra de nouveau dans la sécurité de la clarté intérieure. Plutôt que d'essayer de la contrôler, peut-être avaient-ils seulement voulu qu'elle voit ce qu'ils allaient faire de façon à alimenter sa peur. Cruauté, même plus une question de sécurité, était-elle devenue leur trophée, étaient-ils allés si loin ? La fièvre hybride ne lui avait pas permis de refaire surface pendant suffisamment de temps pour qu'ils puissent travailler avec elle de cette façon. Ils l'avaient presque détruite, presque. Les images tremblantes de Linn et de Kai qu'ils lui avaient montrées l'avaient tirée, l'avaient extraite, mais la fièvre avait fini par la reprendre. Ils avaient disparu par le long couloir. Elle les avait regardés partir d'une façon ou d'une autre, elle en était certaine. Et de façon aussi certaine elle les gardait dans son cœur, à l'abri dans son amour au sein de la clarté protectrice. Elle les gardait, à l'abri, sans mots, sans images, sans noms, simple amour, cachés en sûreté dans son cœur sur cette île intérieure où la drogue et les visages ne pourraient jamais aller.

L'obscurité se referma, l'enveloppant en une bienveillance au-delà de la lumière, au bord de la dissolution totale. Au sein de l'obscurité, une chaleur s'embrasa depuis l'espace de son amour, une chaleur demeurant non visible aux visages non voyant, alors que son corps, encore en vie, était glissé dans le tunnel de recyclage.

Cliquettements froids, métalliques, distants, loquets verrouillés, leviers tirés, un bruit sourd de caoutchouc suivi de sons creux. Coulissement, roulement, sons creux, un changement soudain dans la pression de l'air, et une odeur inhabituelle, depuis longtemps oubliée, une odeur minérale imprégnée d'humidité, comme l'air du désert après la pluie. Un bref tournoiement de petites lumières scintillantes, comme des petites pointes d'aiguilles dans l'obscurité, puis du froid, os froids pesant comme des montagnes tombant au travers de la froide obscurité, au travers d'une profondeur sans fond, une riche odeur saline de terre humide l'embrassant au sein de l'obscurité, puis l'absence, au-delà de toute profondeur.

Des visages, à peine visibles sous la lumière des étoiles, visages de grandes silhouettes enveloppées dans une ombre douce, silencieuses, des mains la touchent avec douceur. Air vif et froid comme les nuits s'en souviennent depuis longtemps, se mélangeant en mémoire composée, spiralant hors du temps, des mains la soulèvent avec précaution, emportant une part d'elle, le reste se dissolvant.

McPhearson se frotta péniblement les yeux. Trop tôt dans la matinée pour être fatigué, une longue journée à venir. Comment en était-il arrivé là, lui un biologiste de terrain de la vieille école maintenant attaché à un bureau, un bureaucrate répugnant essayant de survivre ? Il soupira. Le son de son expiration non contenue le fit sursauter, et le ramena à la tâche dont il essayait de s'évader. Il chercha dans une pile de papiers en vrac devant lui dont le désordre contrastait clairement avec la surface lisse en métal gris au-dessous.

Travailler avec des papiers imprimés était tout ce qu'il restait de son soi vieille école, un soi qu'il reconnaissait à peine, effacé plus lentement mais tout aussi sûrement par la même nécessité. En réponse, l'imprimante située sur le côté du comptoir fit un bruit sec et se mise à bourdonner comme si elle était en vie. Plus de directives, un autre problème demandant son attention. L'écran de son ordinateur le regarda d'un air accusateur. Quoi que ce soit qu'ils venaient de lui envoyer sur le fax l'attendait aussi sur l'écran s'il regardait. Il soupira de nouveau et se massa doucement l'épaule gauche en grimaçant comme pour justifier son soupir par une cause physique au cas où quelqu'un surveillerait les capteurs. Cela n'allait définitivement pas être une bonne journée.

Il trouva le document qu'il recherchait. Celui qui nécessitait sa signature, assez logique de s'en occuper sur version papier ce coup-ci. AUTORISATION EQUIPEMENT APPAREIL POUR COURT VOL DE RECONNAISSANCE. MISSION DE SECURITE INTERNE. NIVEAU DE PRIORITE URGENT. Premier vol depuis des décennies. Bien sûr c'est urgent. Tout est urgent ici de nos jours, et depuis quand au fait une mission extérieure est-elle sous la juridiction du CESI ? PILOTE LINCOLN BRENNER. C'était la partie difficile, la raison pour laquelle il avait reporté sa signature de la réquisition. Linn était le seul d'entre nous qui pouvait avoir un espoir de se souvenir comment faire voler cette satanée chose, mais McPhearson ne faisait pas confiance aux bâtards du CESI. Ils devaient avoir leurs propres priorités cachées. Ils n'avaient pas laissé à Linn beaucoup de choix et n'en avaient pas laissé beaucoup non plus à McPhearson. Cela amena un nouveau soupir, cette fois de frustration, plutôt que, quoi ? Mieux vaut ne pas aborder le sujet. La frustration est déjà assez mauvaise. Sortir l'appareil de l'entrepôt, fouiller pour retrouver toutes ses pièces, des pièces qui avaient été auparavant récupérées sur l'appareil après que d'autres équipements essentiels avaient commencé à tomber en panne. Un tour de passe-passe. Tout ce qui avait pris du temps pour d'autres réparations demandait maintenant juste à être urgent. Un roc et un lieu dur, grinçant l'un contre l'autre.

Il regarda par la porte ouverte de son petit bureau en direction de la source de ces directives, directement en face de la passerelle principale traversant le vaste espace intérieur du dôme central du Lab 7. Seules quelques personnes déjà dehors, commençant tôt leur journée de travail. Comment ces personnes pouvaient-elles garder leur enthousiasme ? Probablement comme lui, en terminant quelque chose qui n'avait pas été fait la veille. Il pouvait directement apercevoir le bureau du chef du CESI, juste en face de lui, de l'autre côté de la vaste passerelle. La porte était fermée, elle était toujours fermée, même quand le chef était à l'intérieur. Cette porte fermée avait une présence aussi dérangeante qu'expressive, que le chef soit ou non à l'intérieur. Poignant, ironique, était la configuration de ce lieu, leurs deux bureaux se faisant face à travers le dôme, la passerelle connectant les côtés opposés de l'espace hémisphérique. Porte ouverte et logistique fonctionnelle à un bout, et derrière la porte fermée à l'autre bout, les fonctions nébuleuses, secrètes et incroyablement intrusives de la sécurité intérieure. Le CESI avait réquisitionné une allée de bureaux de chaque côté du chef. L'équilibre des pouvoirs clairement déséquilibré maintenant. McPhearson ressentait le poids oppressant émanant du bloc du CESI, presque un poids physique. Tiré vers l'intérieur par ce poids, l'espace vertigineux du dôme n'était plus perçu comme grand et inspirant mais plutôt claustrophobique.

Plus de personnes sur la passerelle et les balcons maintenant, allant et venant des zones résidentielles vers les bureaux et les lieux de travail. L'heure de pointe matinale. Un murmure familier de voix feutrées et de pas attentifs. Echos étouffés, fantômes prudents d'un instant, résonnant du dôme de plastique dur et d'acier au-dessus d'eux. Il tourna vers lui la plaque en métal gravée de son nom sur son bureau, pour faire face à lui-même comme un autre fantôme, pour lui rappeler qui il était censé être ici. E R McPhearson, Opérations de Sécurité Extérieure. Il avait insisté sur 'opérations' au lieu de 'bureau' dans son titre, espérant éviter de se retrouver bloqué derrière un bureau. Cela n'avait pas marché. Le reste du titre n'était pas non plus meilleur. Une fois, les capteurs extérieurs étaient tombés en panne après une tempête solaire, plus d'extérieur. Plus rien pour le surveiller en tout cas. Il ne restait que nous et l'équipement à l'intérieur, et ses équipes avaient été reléguées à réparer tout ce qui se cassait. Réparation Opérationnelle. RO, comme dans une intervention chirurgicale, cela ressemble toujours à une intervention chirurgicale de nos jours. Interventions d'urgence. Malgré la retenue, les sons étouffés du murmure à l'extérieur de sa porte portaient la marque de la même disharmonie anxieuse, de la même urgence agitée que celles avec lesquelles lui et ses équipes travaillaient tous les jours.

Il se mit à penser à son ami Linn. Triste au sujet de la femme de Linn. La soudaineté de sa mystérieuse maladie, la quarantaine, sa mort inattendue. Deux ans maintenant, et difficile pour Linn de faire le deuil avec tant de questions sans réponses. Difficile aussi pour leur garçon Kai. Il ne l'avait pas beaucoup vu depuis la mort de sa mère. Il avait entendu dire qu'il avait été affecté au dôme éducatif, parcours académique rapide, méthode immersive. Il espérait que le garçon allait bien. Les jeunes sont résilients, mais certaines blessures sont profondes, très profondes, à n'importe quel âge. La perte de sa femme avait secoué Linn, elle avait aussi secoué McPhearson. C'était à l'époque lointaine où tous les trois étaient dans leur projet d'étude à l'université. Ils formaient une bonne équipe. Linn, grand, mince, un brin maladroit avec sa taille, courbant sa tête comme un oiseau au long cou, dynamique, modeste et directe, avec une approche prête à sourire, un enthousiaste, un explorateur né, un questionneur né. Miri, Miriam, vive comme Linn et juste aussi gaie, plus petite, plus ancrée, avec un cœur généreux, 'le cœur sur la main' comme avait dit une fois un autre ami, avec du caractère, loyale, une maman ours miniature. Les deux étaient déjà si liés quand McPhearson les rencontra pour la première fois dans l'un de ses cours de terrain qu'ils accueillirent son amitié comme s'ils ne formaient qu'une personne. Apparemment, ils avaient vu avec leur vision en relief un McPhearson au-delà de la personne volontairement indéfinissable qu'il cultivait. Une peau claire aux taches de rousseur héréditaires continuellement rougies du fait d'être exposé au soleil, un visage rond, une carrure moyenne, des cheveux clairs s'affinant déjà à l'époque, il avait été l'homme droit, l'agent secret, gardant la qualité enjouée de son esprit soigneusement cachée sauf avec ses amis. Les combattants de la liberté s'étaient-ils ainsi appelé tous les trois. De longues conversations jusque tard dans la nuit, comment stopper la vague d'analyses statistiques menaçant de submerger les sciences de la vie supposées encore vivantes, comment garder le cœur de ce qu'ils aimaient vivant ?

Et comment avec tout cela avaient-ils fini ici ? L'attrait d'un travail de pionnier, l'enjeu, le défi. Un groupe d'humains pouvait-il vraiment vivre ensemble dans un bio système autosuffisant totalement hermétique ? Pourraient-ils créer au sein de cet espace clos, un système viable, favorable, socialement cohésif, qui pourrait perdurer sur plusieurs générations, pendant les centaines d'années ou plus qu'un voyage longue distance dans l'espace nécessiterait. Cela valait la peine d'essayer. Miri était de celle qui disait, *Si cela doit marcher, ils auront besoin de gens comme nous. À quoi cela servirait-il d'envoyer une bande de dévoreurs de chiffres dans d'autres mondes ? Qu'en sera-t-il de la musique des sphères, ils auront besoin de quelqu'un qui peut écouter et apprécier.* Ils lui manquaient, Miri définitivement absente et Linn, replié en lui-même. McPhearson se manquait aussi à lui-même, tellement loin de ses années d'avant. Il lui manquait les rêves d'un a-venir. Un autre soupir, et pendant un instant il fut au-delà de la vigilance à ce que les capteurs pourraient ou ne pourraient pas faire de cela, puis il prit un stylo et ajouta sa signature à la fiche de réquisition. Il remarqua que le gribouillis de son propre nom dépassait le bas de la page. Peut-être pas la salle des urgences, mais plutôt les soins palliatifs.

Linn marqua un arrêt à l'entrée de sa chambre. Il était debout dans le seul endroit de sa petite habitation individuelle partiellement hors de portée des capteurs. Il avait eu de la chance d'avoir cette fine tranche de relative invisibilité, juste là dans son lieu privé, un lieu où il pouvait disparaître pendant un moment, sur le seuil entre son monde public et son monde privé, des mondes qui étaient si lourdement analysés afin d'en tirer des conclusions à partir d'interminables lignes de données neutres à l'origine.

Les nuits étaient les plus dures pour Linn. Elles supprimaient la dynamique naturelle de son esprit. Il n'avait pas bien dormi la nuit précédente, comme la plupart des nuits. Trop de choses qui voulaient refaire surface, trop qu'il devait garder en retrait. Il appréciait les heures réveillées dans la nuit. Après des allers-retours au bord du sommeil ressassant encore et encore les mêmes pensées, son esprit ruminant en venait à se poser, spacieux, libre de tout contrôle extérieur et intérieur. Il aimait laisser ses pensées et ses sensations venir et repartir en cet espace ouvert, permettant à une perception plus claire et plus profonde d'émerger, à l'opposé de cette transparence protectrice vide qu'il se devait maintenant de cultiver. Miri était aussi souvent réveillée, agitée, parcourant la même rive entre le sommeil et l'insomnie, entre l'esprit diurne et l'esprit nocturne. Tous les deux avaient réalisé certaines de leurs meilleures œuvres à ce moment. Ils parlaient peu, c'était suffisant pour errer ensemble sur la même rive. Il grimaça comme s'il avait une douleur physique et se mit en retrait. Une autre raison pour laquelle les nuits étaient pour lui si dangereuses est qu'elles étaient trop pleines de souvenirs. Les capteurs omniprésents décryptaient même maintenant le métabolisme secret des souvenirs et des rêves.

Comment diable avaient-ils fini ici ? Remonter au commencement. Trouver l'annonce du projet dans un journal. Besoin de chercheurs pour simulation de voyage spatial. Large gamme de domaines. Projet phare. Science de pointe. Long terme, pour toute votre vie. Au début ils étaient indécis, lui et Miri et McPhe. Recherchant des références, listant tout le matériel disponible pour des voyages spatiaux. Pas les capsules suspendues de cryogénisation des premiers films d'aventure spatial, mais des vrais voyages, avec des vraies personnes réveillées et vivantes en temps réel, propulsées dans l'espace pour des décennies à répétition, pour des générations et des siècles nécessaires pour atteindre des distances si lointaines, plus lointaines même que l'imagination ne peut concevoir. Personne ne savait si leur temps effectif pourrait être raccourci, et s'ils se retrouveraient finalement à peine vieillissant au moment de revenir. Parfois la science-fiction est vraiment avant-gardiste. Puis les vols furent soudainement annulés. Le programme fut mystérieusement interrompu. Plus de lancement. Pas d'explication. Les données des missions furent classées.

Après avoir commencé à s'impliquer dans le projet, ils ne purent seulement découvrir que la première mission avait échoué à cause de 'dynamiques humaines'. Cela pouvait vouloir dire beaucoup de choses. Apparemment les premières équipes n'avaient pas été capables de bien s'entendre. Pas assez pour durer. Difficile lorsque l'on est ensemble à vie. Vue comme les choses se passaient maintenant au Lab 7, ces premières équipes auraient semblé sympathiques.

Un projet sur un nouveau terrain se développa pour étudier la composition fonctionnelle d'équipages des voyages et la colonisation spatiale. Les dynamiques long-terme de petites communautés, évoluant en structures sociales. Avec une mise en situation aussi proche que possible d'un véritable voyage spatial. Confinement total. Mêmes compétences et même personnel, mêmes obligations pour la biosphère que sur un vaisseau, même risques. Personnalité des profils, protection des données, sujet A, sujet B. Question de diversité optimale, et une grande question pour une mission scientifique de savoir s'il fallait ou non inclure des aspects artistiques. Chacun des huit labs du Projet d'Habitation Humaine, les Hab Labs, comporterait des mélanges différents.

Une fois 'lancé', chaque Lab serait autonome. À la dérive dans 'l'espace'. Pas de week-ends, pas de temps libre. Pas de congés sabbatiques. Pas de combinaisons spatiales pour flâner dans l'espace sauvage environnant. Scellés à l'intérieur. Pas de fenêtres. Les repères extérieurs, s'il y en avait, maintenus à l'écart. Désormais, avec la Terre entière ravagée et ramenée à d'arides rochers sans vie par les armes nucléaires, chimiques et biologiques de la dernière Grande Guerre, celle qui devait en finir avec toutes les guerres, le monde extérieur interdit d'accès était ironiquement devenu un monde bien plus inhospitalier dans l'espace intersidéral que les concepteurs du projet ne l'auraient jamais imaginé. Nous sommes arrivés, pensa-t-il d'un air sombre, collectivement en tant qu'espèce, influencés par les cultures dominantes, à volontairement transformer notre planète maison en une terre extraterrestre par la façon dont nous l'avons traitée, comme si elle n'était pas vivante. La guerre fut le dernier soubresaut d'un monde à l'agonie essayant de vivre sur une terre morte.

Cela le ramena à sa journée à venir, le vol, et le sentiment d'inquiétude de sentir qu'il pourrait ne pas en revenir, un sentiment accentué par la nécessité constante de ne pas le laisser transparaître, de ne rien laisser transparaître. Plus beaucoup de personnes à oser saluer. McPhearson, il le verrait en allant à la plateforme de l'appareil. Kai était cloîtré dans le dôme d'études académiques. Pas moyen d'imaginer une chance de le rencontrer, pas moyen de le croiser accidentellement sur son trajet, il se pourrait qu'il soit aussi mis en quarantaine. Il grimaça de nouveau, cette pensée l'avait trop heurté. Il se méfiait d'où ses pensées l'emportaient. Il valait mieux prendre une autre direction, turbulences en perspective. Ils avaient maintenu Kai loin de lui depuis un certain temps maintenant. De peur que Linn influence le garçon d'une façon qu'ils n'approuveraient pas, d'une façon telle que sa mère aurait peut-être pu le faire... là aussi turbulences, toujours des turbulences... Il se détourna avec résolution du poids dérangeant de cette tristesse qu'il ne pouvait pas se permettre d'exprimer même ici à sa porte, et fit une grande respiration qui serait certainement visible sur les écrans de surveillance de l'air des chambres. L'invisible moment de répit maintenant révélé, il sortit de la protection de son relatif anonymat, réémergea dans les champs des capteurs, referma avec fermeté la porte de sa chambre et de sa tristesse, et se dirigea vers les terrasses du jardin et la passerelle supérieure.

Le balcon corridor à l'extérieur de sa chambre était vide. Il était encore tôt dans la journée, mais la lumière filtrait au travers de la surface du dôme. Les panneaux moléculaires de la couche extérieure seraient certainement à un haut degré de translucidité afin de laisser passer le plus de lumière possible de ce qui devrait vraisemblablement être une lumière d'automne à l'extérieur. La couche intérieure du dôme rayonnait le jour d'un même bleu pâle laiteux, quelle que soit la période de l'année, venant du transfert bioluminescent. Linn monta deux niveaux par les escaliers jusqu'aux zones des jardins situées au-dessus des quartiers résidentiels. Une sensation de l'atmosphère feutrée de l'aube, les plantes poussant d'elles-mêmes sereinement. Au moins pour le moment, avant que les techniciens agricoles ne prennent leur service. Les plantes étaient autant surveillées que nous ne l'étions. Il fit une profonde respiration, recherchant un peu d'oxygène supplémentaire dans l'air persistant autour des plantes, offrande quotidienne de leurs marées respiratoires. Il le trouva comme toujours mélangé aux odeurs minérales du substrat nutritif de la serre humide, à celles des amendements, des tuyaux d'arrosage, des structures métalliques et des engrais chimiques. À la fois jardin et machine. Il secoua sa tête avec une triste résignation et inspira de nouveau, se concentrant sur l'oxygène. Car tout ce qu'ils savaient était que ces plantes en rangées bien ordonnées avec leurs codes génétiques bien définis étaient les dernières plantes vertes sur cette planète. Si seulement ils avaient pu savoir avec certitude, s'ils avaient pu prévoir ce futur impensable, ils auraient pu y inclure tellement plus… Mais les possibilités d'un voyage spatial, soi-disant réduites sauf à prouver le contraire, auraient de toute façon prévalues. Il soupira et regarda alentour. Rien de superflu. Pas de séquoias, pas de pins de Jeffrey, pas d'arbres banian… tous partis dans l'au-delà du souvenir. Ce qui était là était tout ce qui restait du grand extérieur. Il regarda vers l'arc vertigineux du dôme, et son sommet géodésique. Ses yeux parcoururent l'étroit zigzag de l'escalier de service qui menaient à la passerelle haute traversant cet espace et qui redescendait de l'autre côté : c'était le trajet de son pèlerinage quotidien.

La structure métallique des escaliers s'accrochait au mur intérieur du dôme, à l'endroit où celui-ci s'incurvait vers le sommet de l'arc. Alors qu'il s'élevait en suivant la courbe du dôme avec les escaliers, ses pensées et émotions commencèrent à pousser de l'intérieur, sans plus maintenir de vigilance, toutes se bousculèrent l'une l'autre, voulant sortir comme des oiseaux empressés de voler. Progressivement, pas après pas, marche après marche, il les libéra. Faisant des pauses au niveau des paliers entre les zigzags qui formaient son trajet, il continua de s'élever en suivant la courbe haute de la coque jusqu'à ce qu'il puisse regarder vers le bas, le vaste intérieur creux du dôme, comme si lui aussi avait pris son envol.

Très peu de capteurs de signaux humains à cette hauteur. Très peu d'humains venaient d'ailleurs si haut. Les capteurs dans cette zone étaient principalement destinés au fonctionnement mécanique, surveillant le dôme lui-même. Les équipes de réparation portaient un Dispositif Individuel de Sécurité. Non pas que le DIS vous empêcherait de tomber, mais juste pour avoir plus de données si vous tombiez. Des données de terrain. Comme l'ensemble du projet maintenant. Science dure dans une chute libre.

Pour Linn, les données avaient ouvert d'autres portes. Lorsqu'il était jeune, il avait vu un documentaire d'archives sur les satellites de recherche. Ls premiers étaient tournés vers la Terre afin d'enregistrer les rythmes complexes de la planète elle-même. Après le documentaire, il n'était plus sûr que la Terre n'était qu'une chose et il considéra dès lors la planète comme vivante. Il était tombé amoureux de la pure beauté et de l'envergure des dynamiques qui s'y déployaient, une biosphère interdépendante et vivante, respirante. Données, statistiques, beauté. Le lien était là, entre les modèles complexes et mesurables et la poésie de la vie. Bien que ces vastes cycles étaient aujourd'hui tous révolus, l'ensemble de la toile vivante des systèmes de la planète ayant commencé à ralentir avant que les Labs ne soient scellés, pour Linn les cycles de la vie étaient néanmoins toujours présents, leurs dynamiques ne s'exprimant qu'à des plus petites échelles. Il était encore captivé et fasciné par la capacité, même de la plus petite forme de vie, à manifester son imprévisibilité.

La révélation de son enfance avait déterminé son domaine de prédilection, la dynamique des systèmes. Il avait été et il était très doué pour cela. Son secret consistait simplement à regarder les dynamiques qui faisaient qu'un système était complet. Il y avait une forme de justesse organique qu'il trouvait belle. Pour lui la beauté n'était pas un état statique, un idéal. Et ainsi, avec ses perspectives alternatives au début largement inaperçues, il avait terminé dans le monde clos du Lab. Lui, le champion réservé de l'imprévisibilité et de la fluidité, s'était retrouvé dans un monde millimétré, dans un lieu où les gens s'accrochaient toujours plus désespérément à un ordre supposé, voulant que le chaos se manifeste sur commande, voulant que la grande image demeure immobile.

Pour Linn, la coordination des systèmes faisait appel à la fluidité inhérente aux dynamiques rendant les choses complètes, mais le Lab en voulait plus. L'équilibre comme certitude, le Saint Graal. Le grand secret, les dynamiques d'interdépendance entre des parties interconnectées de n'importe quel système vivant sont toujours fluctuantes. De brefs moments de stabilité et d'équilibre purement illusoires. Semblables aux caractéristiques de notre démarche de bipèdes humains : une série d'ajustements instantanés, tombant et se rétablissant encore et encore dans des laps de temps très courts. Un triomphe d'habileté et de maîtrise. Semblable à celui que l'on peut voir sur le visage d'un jeune enfant apprenant cet art délicat, avec difficulté et joie. Sur le visage de son jeune fils lorsque Kai fut enfin capable de se diriger lui-même à travers une pièce en tenant sur ses deux pieds. Et la mère vieillissante de Linn, elle allant dans l'autre sens, luttant avec Parkinson, née trop tôt, avant le remède, piégée dans un tunnel se refermant autour d'elle, ses pas bégayant, de plus en plus chancelante avec l'aggravation de la maladie. Pourquoi oublions-nous si facilement dès que nous avons appris à marcher les implications philosophiques de notre biologie, pourquoi demandons-nous des certitudes et de la stabilité ? Parce que parfois le changement blesse. Cette même blessure qui l'avait conduit à rechercher la prise sûre de l'observation objective, la vue de l'observateur intelligent. Pour se réguler. Pour prendre de la distance, même encore maintenant, avec les souvenirs des yeux déterminés de son fils et des yeux fatigués de sa mère, pour qui les mêmes pas comportaient des défis, des pas pour toujours dans son cœur. Ils lui pardonneraient, il le savait. Parce que même en tant que souvenirs, ils comprendraient qu'il se trouvait où eux aussi avaient été. Luttant pour l'équilibre, tombant en avant et en arrière en même temps. La mémoire était omnidirectionnelle. Ainsi en était-il de l'amour.

Kai essaya de paraître attentif alors que l'instructeur était en train de parler mécaniquement comme un robot. Robot c'était un mot qui lui allait bien. Robotique. L'homme était l'instructeur qu'il aimait le moins. Ce qui n'est pas peu dire. Il n'aimait aucun d'entre eux à peu près à égalité. Des exposés plats. Ennuyeux. Fade. La vivacité décousue de son père lui manquait, la portée de son esprit se questionnant. Le sentiment de découverte qu'une conversation avec lui avait toujours. Ses deux parents lui manquaient, l'enthousiasme de sa mère, sa chaleur, son…

— Cadet Brenner ?

— Oui, Monsieur.

— J'imagine que vous êtes encore avec nous ? La voix de l'instructeur avait à peine changé d'intonation, mais l'insistance et la menace étaient bien présentes.

— Oui, Monsieur.

Ajoutez potentiellement dangereux à robotique. Ses pensées au sujet de ses parents n'avaient pas été assez neutres, et apparemment elles avaient commencé à se dévoiler. D'habitude il était meilleur au double streaming. Kai se calma et reprit là où le professeur s'était arrêté. Toute la partie qu'on leur avait demandé d'étudier pour hier soir se trouvait de toute façon dans le texte. "Bien que les premières Opérations Psychologiques (Psy Ops) reconnues furent d'abord menées à l'étranger en tant que développement d'activités initiées durant les guerres majeures de la première moitié du vingtième siècle, des applications civiles, bien que techniquement interdites, furent aussi de plus en plus…"

— Merci, Cadet, dit l'instructeur en l'interrompant brusquement, il me semble que c'était moi le conférencier ce matin.

Cela les agaçait, comment pouvait-il donner l'impression de rêvasser comme ils disaient, tout en suivant ce qui était dit ? C'était comme les défier, ce qui était pire. Il ne rêvassait pas, en fait il pensait, ce qui était encore plus suspect dans le contexte de l'apprentissage mécanique avec lequel ils programmaient les cadets. Etudiants. D'où avaient-ils sorti ce truc de cadet d'ailleurs, qui a besoin de paramilitaires sur une base scientifique ? Il avait commencé de façon assez innocente par représenter les motifs géodésiques du dôme éducatif en dessinant les lignes irradiant de chaque nœud des éléments de tension. Il se souvenait de son père parlant de l'ancienne représentation des cercles des cinq éléments disposés en étoiles dans la médecine chinoise. Comment lorsqu'une partie évolue, cela change l'énergie de l'élément suivant selon les liaisons, les changements se multipliant, se répercutant sur chaque point successif par effet de rebond, pour revenir finalement affecter le point de départ. Linn enseignait alors la théorie des systèmes, mais comme toujours, chaque sujet touchait dès le début à la fois l'intérieur et l'extérieur. Irradiant, telle la structure des supports en métal soutenant le ciel synthétique au-dessus de nos têtes, interconnectant un tout plus grand que ses parties. *Une harmonie*, aurait-dit son père, *une beauté inhérente à la complétude des choses*. Kai se détourna une fois de plus de ses souvenirs et se concentra de nouveau sur le dôme.

Le dôme éducatif était plus petit que le grand dôme principal qui lui avait servi de maison depuis sa naissance. Seulement relié à lui par un tunnel sous-terrain interdit d'accès, Kai pourrait maintenant se trouver tout aussi bien à un million de kilomètres de là. Cloîtrés avec d'autres enfants du Lab nés ici comme lui-même. Les Rats du Lab comme ils s'appelaient dans de rares moments de solidarité non surveillée. Emprisonnés, basiquement, pour le programme d'immersion. Les histoires du monde extérieur, un monde qui n'existait plus, même dans le temps présent. Ce cours était celui qu'il aimait le moins. Tôt à l'aube, avant le déjeuner matinal. Ils prenaient au sérieux cette dimension d'enfermement en nous maintenant dans une routine monastique. Moyenâgeuse. Deux heures de cours chaque matin consacrées au catéchisme et à la 'prière'. Il grommelait intérieurement, de façon invisible, avec une note comique, mais ce n'était même pas drôle. Ils prenaient ce cours très au sérieux et utilisaient comme l'un des textes de référence un ancien manuel du Ministère de la Défense pour les Opérations Psychologiques. Comme une bible. Tellement aveuglés dans leur obéissance, tellement sûrs d'eux-mêmes, sans même considérer qu'ils pourraient, allez chiche, faire que l'un d'entre eux réfléchisse. Cela ne donnait certainement pas confiance dans les autres sujets dont ils essayaient de nous bourrer le crâne, des visions dogmatiques sur les événements ayant mené à la Guerre et à la Dévastation, et les soi-disant facteurs culturels et scientifiques qui avaient conduit aux choix ayant provoqué la désolation.

Il ne croyait peut-être pas à l'analyse qu'on lui présentait, mais il convenait de ce qui en avait résulté. La stérilité extérieure était réelle. L'isolation intérieure était réelle. Cela ne rendait la futilité d'apprendre toutes ces choses que plus grande. Il se demandait à quoi ressemblerait l'historique du Lab. La vraie histoire. Comment un groupe de chercheurs civils enfermés dans une biosphère de simulation de voyages spatiaux se fourvoyèrent et se perdirent dans l'espace intérieur plutôt que dans celui extérieur. Obnubilés par la sécurité et la surveillance. À la Fin des Temps. Ne l'oubliez pas. Ses parents avaient dû faire face à la destruction du monde extérieur et au désespoir grandissant à l'intérieur du Lab de différentes façons. *Ce dont nous avons le plus besoin est la bienveillance et l'ouverture,* disait sa mère, *afin d'être sûr de ne pas aussi transformer nos cœurs en une terre de désolation, ici à l'intérieur.*

C'est sur ce même sujet que l'instructeur essayerait de le piéger. Kai revint de lui-même aux principes du dôme. La journée devait devenir plus lumineuse à l'extérieur. L'ombre du dôme adjacent des jardins recouvrirait encore la partie est de l'hémisphère éducatif. Bientôt elle commencerait à se déplacer vers le bas, glissant continûment le long de la surface incurvée, les photorécepteurs de la couche extérieure du revêtement synthétique transférant de plus en plus d'énergie lumineuse à la couche intérieure bioluminescente. Il pouvait imaginer le bord de l'ombre se déplaçant, panneau après panneau, nœuds après nœuds, saisons après saisons. À l'intérieur le concept de saison était quasiment une notion abstraite, juste de petits changements dans l'intensité de la bio lumière. Mais il remarquait et se souvenait de ces changements, c'était son calendrier privé.

Les panneaux synthétiques du côté du nœud qu'il regardait brillait plus intensément maintenant. Il imaginait l'ombre bougeant lentement comme si elle était pesante et substantielle. La voix de l'instructeur arriva dans le champ de son attention, jetant son poids éphémère sur ses pensées comme l'ombre imaginaire. "La perception unifiée est développée de façon plus efficace par…" Il la connaissait celle-là. Isolement et imprégnation. La classe entière la connaissait. Tous les jours. Il n'échappait à aucun d'entre eux que le programme d'immersion était une forme d'Opération Psychologique. Il fit de nouveau un effort pour paraître attentif. L'instructeur s'apprêtait à commencer la conclusion de la session. Kai pouvait le dire au travers des subtils changements dans l'élocution monotone de l'homme, autrement tellement insipide. Où les émotions de telles personnes étaient-elles passées ? Projetées sur le reste d'entre nous. Pour nourrir leurs peurs et leur paranoïa. Action et réaction. *Se rencontrant eux-mêmes à travers nous*, aurait dit sa mère. Il se détourna avec vigilance de ses pensées, comme un rebond. Comme la tension maintenant les couches de ciel synthétique au-dessus de notre tête. Cette coque massive qui maintenait l'extérieur au-dehors et l'intérieur au-dedans. Cela valait aussi bien pour les gens que pour l'architecture. Isolé à l'intérieur mais vivant, pour l'instant. Il regarda l'instructeur. Le rituel qui signalait qu'il allait commencer la conclusion de son cours avait commencé. La main de l'homme cherchant son verre d'eau. Faisant une pause en prenant une gorgée. Reposant le verre précisément là où il était resté tout au long du cours. Résumant sa présentation. Levant une main d'une façon théâtrale et délibérée comme pour mettre l'accent sur un point essentiel. C'était le grand signal. L'orchestre prêt. Arrivant au final émouvant, le sermon pour nous inspirer pour le reste de la journée. Société idéale, nos responsabilités, et tout ça. Kai continuait à attendre. Il avait appris à ne pas bouger avant que l'homme ne donne le signal pour suspendre le cours. Ils l'avaient tous appris. Quoi que ce soit d'autre qu'il pouvait ressentir ou penser au sujet de ses camarades de classe, il savait qu'ils suivraient aussi le script en rythme. Se tenant prêts à fermer leur terminal d'ordinateur, à se lever de leur bureau comme un seul corps, et à se mettre au garde à vous avec un impeccable "Monsieur !" à l'unisson au moment où l'instructeur partirait.

Linn avait presque atteint le haut des escaliers. Il contempla la hauteur de l'intérieur du dôme, goûtant la profondeur de cet espace. Puis tout poursuivant sa montée, ses pensées et sentiments de nouveau réconfortés par la cadence familière de ses pas continuaient à resurgir et à s'écouler. Il se sentait plus léger et plus libre avec cette libération, un avec l'étendue de ces hauteurs, un avec le ciel des panneaux incurvés de revêtement. Y avait-il un ravissement de cette hauteur pour égaler le ravissement de la profondeur ? Il fit une pause sur l'étroit palier avant le dernier changement de direction and jeta un coup d'œil au monde miniature en dessous. Plus de personnes sur les niveaux inférieurs. Principalement des techniciens agricoles, commençant à se mouvoir au travers des plates-bandes et des citernes sur le sol du dôme, vérifiant les jauges de pression, les rapports imprimés, et parfois les plantes. Voyage dans l'espace simulé, par les données, par les livres. Il soupira. La biologie était censée être une science de la vie. Où avions-nous permis à tant de chiffres de s'y immiscer afin de contrôler nos interactions avec notre premier amour, le monde naturel ? Et de nouveau elle était présente. Cette vieille blessure continuelle.

Comment faire revivre la poésie à partir des champs de données. Beauté. Incontournable beauté. Les liens entre les données et les processus vivants. Beauté tissée au travers des motifs de la vie elle-même, ou bien réduite à des chiffres. Dynamiques d'organisme vivant ou formules. Vaste floraison du phytoplancton, tourbillonnant, évanescent, ancrage de toute vie, ou bien rangées et rangées de cultures prévisibles, transgéniques, avec des gènes terminateurs pour des raisons de commodité. Nous voyons ce que nous acceptons de voir. Perception, point de vue. Fragile liberté chevauchant les ailes d'un papillon. Attracteurs étranges, courbes fractales glissant l'une sur l'autre à l'infini en symétrie oblique, à chaque fois avec un chemin différent. Points de convergence. Il y avait aussi une complétude de l'esprit qui n'est plus à distance ou en guerre avec les sens ou avec lui-même, un chemin du retour chez soi, il le savait, c'était déjà là, si seulement il était capable de l'accepter.

'Intelligence spirituelle', 'transcendance de soi', ainsi certains des premiers chercheurs sur le fonctionnement du cerveau et de la conscience avaient-ils nommé cela. Très particulier. Non pas dans le fameux lobe frontal de la soi-disant pensée supérieure, religieuse peut-être, mais pas spirituelle. Non pas dans le lobe pariétal gauche, zone de la fonction symbolique du langage et des chiffres, activé en comptant, numérotant, classant numériquement. Rien de spirituel dans aucun d'eux. La dimension spirituelle au contraire activée spatialement. Au travers de la coordination des yeux et des mains comme dans le dessin, la main connectée aux yeux, les doigts traçant ce que voient les yeux, et d'une façon permanente au travers du mouvement dans l'espace, comme dans la danse, la course, la marche, adaptation continuelle du corps avec l'espace alentour, expérimenté directement par le lobe pariétal droit, et non pas visualisé ou contrôlé par l'esprit frontal. La perception directe de l'espace et la réponse comme porte d'accès à la sensation d'appartenance, se reliant à notre place au sein de l'harmonie de l'univers. La transcendance, sans les connotations de l'oubli et de l'effacement. Transcendance en tant que relation, connexion, appartenance, retour à soi hors de l'égo. Miri, avait parlé des voyages spatiaux et de ce à quoi pourrait ressembler l'apesanteur. *Peut-être rencontreront-ils Dieu là-bas*, avait-elle dit tranquillement. Pas de plaisanterie ou de blague, pas de sourire taquin dans ses yeux. Il l'avait regardée en la décryptant. Elle attendit. Il comprit la possibilité, une orientation sans haut ni bas fixes, se déplaçant de façon omnidirectionnelle, activant le lobe pariétal droit, la porte, l'entrée vers l'appartenance, vers une plus grande transcendance dans toutes les directions à la fois, Miri sourit doucement, son sourire se diffusant jusque dans ses yeux…

Il sourit à ce souvenir. Il était plus en sécurité pour se souvenir d'elle maintenant. Il pouvait se permettre de la laisser remonter. Cette tristesse qu'il essayait avec tant d'efforts de maintenir au loin à d'autres moments ne venait pas seulement de sa perte, mais aussi de la nécessité de se mettre à distance de ses souvenirs avec elle, de la joie de son caractère vivant. Les deux ensemble, les tournants inattendus qu'elle pouvait prendre. Une nuit sans sommeil à leur début ici. Enveloppés dans des couvertures, faisant semblant de dormir dans la pâleur artificielle de la nuit éclairée du Lab. Des lumières partout la nuit, des marques de signalisation pour les entrées, les marches des escaliers. Les nuits aujourd'hui plus sombres avec les restrictions énergétiques. Donc plus brillantes de si nombreuses façons. *Tant de lumières ici*, avait-elle murmuré, *pourquoi ont-ils peur de l'obscurité ? Trop réelle ?* La réponse murmurée de Linn, *leur obscurité n'est pas comme la nôtre, elle possède des choses plus effrayantes qui s'y cachent*, et Miri avait répondu doucement. *Oui*. Elle serra son corps contre le sien et ils commencèrent leur danse tournoyant, se mélangeant l'un en l'autre. Afin d'être sûr qu'il n'y ait pas d'espace entre eux pour que des démons autres ne viennent y habiter. Se mouvant dans l'espace, se mouvant dans l'espace de leur propre appartenance. Il regrettait qu'elle ne soit pas là. Il resta un peu avec ce souvenir, puis en montant la dernière partie de l'escalier, le laissa s'évanouir et s'effacer, sans essayer de le fuir, mais en laissant plutôt les brillantes particules de sa mémoire dériver et retomber, consacrant l'air intérieur matinal en dessous d'une joie inaccoutumée, comme une rosée venue d'ailleurs.

Il atteignit la passerelle proche du sommet du dôme. La haute courbe du ciel artificiel s'élevant juste au-dessus de lui, le poids stable de la gravité l'attirant vers le bas, vers l'espace vide au-dessous. Il adorait être ici à cette hauteur. C'était comme voler. La courbure, l'élévation, l'attraction, la tension et l'aise, la passerelle suspendue chevauchant délicatement le point d'équilibre d'entre eux, suspendue entre des mondes.

Il prit une profonde inspiration et laissa l'air sortir doucement, offrant toutes ses pensées et ses souvenirs dans la longue expiration et se remit en route sur l'étroite passerelle. Lâchant ses mains de la barrière de sécurité, marchant doucement, les bras ouverts en croix. Laissant son regard se fondre en la vision périphérique, permettant à la totalité de s'écouler dans ses yeux comme un tout, son environnement fusionnant en une autre sorte de mouvement lent en phase avec le sien. Il marchait complètement absorbé dans les courbes nacrées de l'espace tout autour de lui, absorbé dans la lumière matinale. La luminosité de la journée avait déjà gagné en intensité sur la partie est de l'autre côté de la passerelle, avec une zone plus intense qui se déplacerait régulièrement au cours de la journée vers l'ouest, et il marcherait de nouveau vers elle sur son chemin du retour du travail. Son rituel intime, suivre le soleil lointain vers une autre sorte de soleil, la brillance spacieuse de l'absence de lutte pour laquelle il n'avait pas de nom, liberté provisoire à la mesure du temps qu'il mettrait pour traverser ce fragile pont.

Alehya virevoltait avec aisance à travers la pente rocailleuse du versant sud de la crête. Sautillant pour s'adapter à l'espace entre les rochers. Faisant une pause ici et là à l'ombre des arbres, se déplaçant rapidement à travers les espaces ouverts ensoleillés. Elle aimait ce trajet, le rythme syncopé, pas, pas, pause, pas, pause plus longue. Elle se déplaçait au rythme des ombres et de la lumière, devenant ombre, devenant lumière, comme les vieux disaient. Elle se déplaçait avec grâce, fusionnant avec la brise, les rochers, les arbres, sans laisser de traces sur la surface arrondie et usée des blocs de granite, ni sur les tapis de longues aiguilles sous les grands pins blancs.

L'air de la nuit, froid et vif, persistait sous les arbres. Les espaces ouverts étaient déjà chauds, et le soleil matinal sur sa peau lui faisait du bien. Un doux gazon de jeunes nouvelles plantes poussait partout entre les rochers en petits carrés de prairie. Des tapis de petites paires de feuilles de nouvelles pousses maintenues proches de la Terre protectrice, des enfants moutarde, et du radis sauvage, des carottes sauvages, et du cresson d'hiver. Des jeunes herbes poussaient telle une fourrure verte à travers les brins blonds et gris des herbes plus anciennes séchées

47

par le soleil estival. Une saison riche maintenant dans la contrée. Récolte et renouveau ensemble. Les pluies d'automne et les soleils d'automne stimulaient la pousse de nouvelles vies, pendant que le Peuple rassemblé faisait mûrir les glands, les baies de manzanita et faisait sécher les dernières mûres sur les cannes de ronces, sous les mêmes soleils ayant fait jaunir l'herbe estivale.

Elle transportait quelques paniers pour la collecte et de petites bourses pour les graines d'herbes. Mission de recherche de médecine aujourd'hui, en plus de la collecte. Collecter des graines arrivées à maturité. Observer jusqu'où les familles de plantes médicinales s'étaient répandues lors de la pousse de l'année, leur dire bonjour et les remercier. Et enfoncer quelques graines ici et là dans des lieux où elles pourraient aimer pousser. L'époque de la dispersion des graines, après quelques pluies, lorsque de nombreuses graines commencent naturellement à tomber, à la recherche d'une terre humide pour les nourrir. Ainsi le Peuple aidait aussi les graines à se répandre, et nos simples prières, notre joie et notre gratitude s'ajoutaient à la bénédiction de la pluie. *Puissent les plantes qui poussent avoir force et vitalité, chacune poussant à sa manière. Puissent nos amies les plantes avoir assez pour partager la générosité de leur vie avec nous lorsque nous aurons besoin de leur aide.* Les armoises le long de cette partie du chemin s'étaient propagées plus loin en contrebas dans la pente. Elle fit une pause pour s'attarder un moment, pour sentir le lien d'amitié qu'elle avait toujours ressenti avec elles, un doux bonjour, une lueur chaleureuse, la touchant au cœur. Leurs feuilles poilues gris-vert se recroquevillaient et brunissaient déjà avec la fin de leur année, l'éclat rose pâle de leur lumière intérieure et leur chaleur amicale étaient encore intenses. *Merci, mes amies.*

Son parcours la fit serpenter en diagonale vers le haut sur la pente plus raide vers le sommet de la crête. Elle fit une pause dans l'ombre d'un pin blanc peu avant le sommet. Un pied dense de buissons de manzanita couronnait la crête en amont de ce côté. Par-dessus la manzanita, elle put apercevoir le sommet de grands cèdres, de pins et de sapins poussant en contrebas de l'autre côté sur le versant nord de la crête. À travers un trou dans la ligne de crête juste après la manzanita, elle put distinguer une succession de vagues de collines et de crêtes recouvertes de vertes forêts tournant vers des teintes de bleus vaporeux dues à la distance, et loin au-delà de l'horizon, les sommets enneigés de la grande montagne et de sa sœur déjà recouvertes de leur manteau de neige hivernal. Son regard revint se poser sur la crête proche et vers le bas de la vallée étroite au-dessous d'elle. Ici et là les derniers jaunes d'or des chênes et des érables persistaient dans leur couronne. De nombreuses feuilles étaient déjà tombées, un vent fort ferait descendre le reste.

Des mouvements dans la manzanita sur la crête, des flashs de couleurs bleus comme les plus bleus des ciels d'automne vinrent lui titiller le coin de l'œil. Des oiseaux brillants comme des brins de ciel s'envolèrent en sortant par intermittence du feuillage gris-bleu plus pâle de la manzanita, puis disparurent de nouveau dans les feuilles.

Des oiseaux occupés à récolter les minuscules pommes-baies. Baies d'un brun-rouge pâle, brun-pourpre plus rouges des troncs, bleus des oiseaux, des feuilles, du ciel, et des distances au-delà. La beauté partout. Beauté bougeant, volant, papillonnant, fusionnant, se dissolvant dans la distance, et poussant, verdissant, mûrissant de la Terre proche en dessous, beauté tout autour d'elle, beauté émergeant sans effort, s'offrant elle-même à la vie. La grâce tranquille d'un moment prolongé. Elle se posa à l'ombre de l'arbre, embrassée par la beauté du jour, afin d'attendre que les oiseaux aient fini leur pâturage puis elle reprit son chemin.

Linn atteignit le côté éloigné de la passerelle et s'arrêta un moment. Il se laissa aller tranquillement à la douceur qui enveloppait ses sens. Pas tout à fait le bonheur de la grâce insaisissable qu'il recherchait, et pourtant durant la plupart de ces journées là-bas, il y avait un timide commencement, fusionnant extérieur, intérieur, confiance, vers une grâce qui était toujours là, il en était convaincu, même s'il ne la voyait pas. Et aujourd'hui en particulier, avec le vol de l'appareil à venir et d'autres souvenirs poussant de l'intérieur, ces brefs moments de confiance allaient aussi loin que lui pouvait aller.

Finalement il recentra ses yeux et regarda en bas depuis son haut perchoir. Beaucoup plus d'activités en dessous. Les murmures vigilants s'échappant des gens sur les passerelles inférieures avaient une tonalité familière, faite de tension et de méfiance. La tension semblait croître lorsque les personnes se rapprochaient des bureaux du CESI et diminuaient un peu après avoir dépassé la porte fermée du chef de la sécurité, sain et sauf au moins pour cette fois. À l'autre extrémité du long pont principal, la porte du bureau de McPhearson était déjà ouverte. Comme toujours quand il était à l'intérieur. *Bureau de l'insécurité*, McPhe avait l'habitude d'expliquer avec un léger sourire, *j'ai besoin de voir ce qu'il se passe à l'extérieur*. L'esprit irrévérencieux de son ami manquait à Linn, ainsi que son sens de l'humour. Il lui manquait son Phénomène. Nous étions tous si isolés et prudents maintenant.

Il expira avec force tout d'un coup, invitant la lourdeur à s'écouler de la relative apesanteur des hauteurs. Il se résigna à revenir et commença à redescendre les escaliers étroits, tel un reflet inversé de sa montée de l'autre côté. Volée d'escaliers. Chute d'escaliers. Ascension et dissension, descente et assentiment, ascendant vers la liberté des hauteurs, descendant en collusion avec la chute. Son exercice quotidien en symétrie et en contrepoint. Le sol de ses pensées différent à la descente, se réorientant à la gravité et à la densité du petit monde insulaire du Lab en dessous. De nouveau ses perceptions redevinrent plus solides, par nécessité.

Un fantôme d'une mémoire corporelle émerge à la surface. Il prend un bain, enfant, avant que l'eau ne devienne si rare que tout le monde soit rationné. Il ouvre le siphon et s'allonge dans l'eau chaude, submergeant son corps autant que possible, à moitié flottant, il ressent le poids de son corps revenir, appuyant de plus en plus contre la surface douce de la baignoire au fur et à mesure que l'eau s'évacue. De même maintenant, il se sentait de plus en plus pesant alors que le monde du Lab devenait lui de plus en plus grand avec la descente, la pseudo brillance se dissipant. Il laissa ses pensées dériver à leur guise, s'enfoncer et se solidifier, sans essayer de les observer. Il écouta le rythme chantant de ses pieds résonner sur les escaliers métalliques, le même nombre de marches à chaque fois, phrasée dans un rythme familier avec un virage sur les petits paliers des changements de sens successifs. Ta Da !

Il se laissa repartir à contrecœur dans ses pensées alors qu'il approchait le bas des escaliers, pour juste les retrouver immergées dans l'agitation de la cadence de leur propre bavardage intérieur. "..... avec tout ça, ici au Lab, où sommes-nous ? Bloqués sur la bordure d'une éternité high tech, à la merci de la surveillance grandissante de capteurs assurant notre sécurité..." Il essaya de couper court au flot de pensée, puis de les laisser aller, se replongeant vers l'avant. Trop tard pour les éloigner. Sa propension pour la versification et même pour la cadence, vestige d'une parole archaïque, s'était de nouveau dévoilée. Il avait constaté au fil des années comment, de façon inattendue, la cadence et la texture de ses pensées avaient commencé à changer. Pas seulement sur les escaliers. Dans d'autres situations également. Était-ce pour servir les pensées ou pour d'autres besoins, parce qu'il était devenu plus vieux, ou qu'il était devenu respecté, il n'était pas sûr de ce qui avait déclenché ce changement. Difficile de s'en débarrasser parfois. Cela pouvait être préjudiciable au ton du discours scientifique qu'il se devait de garder dans son travail de recherche. Courtiser la muse de l'inspiration tout en se préservant de la poésie archaïque. Parole sainte ancestrale. Langue mnémonique. Echouée sur la rive de la parole technologique.

Il atteignit les terrasses des jardins après sa longue descente. Icare revint. De retour sur la Terre plate. Temps de reprendre ses esprits. Il fit un effort avec détermination pour réorienter son vocabulaire. Il descendit au galop les trois volées de marches de l'escalier principal vers le niveau inférieur, ka clop, ka clop, ka clop, rythme, son corps dansant encore suivant la cadence hors-la-loi de ses pensées submergeantes. On ne peut pas faire boire un cheval qui n'a pas soif. Au moins Linn n'était pas le seul. McPhearson avait son propre mode interdit d'expression verbale à satisfaire ou à restreindre, pour lui c'était l'humour. Linn regrettait d'avoir à être si prudent maintenant. Il regrettait beaucoup de choses.

McPhearson leva les yeux lorsque Linn passa la porte. Pas besoin de marquer une pause ou de frapper à la porte poliment. Ils se connaissaient tellement bien. Ils se sourirent tous les deux chaleureusement pendant un instant, naturellement libre de toute vigilance du fait de leur longue amitié avant de se reprendre. McPhearson en premier, détourna le regard, et remua quelques papiers sur son bureau. Linn attristé mais reconnaissant pour le rappel. Cela rendit plus facile de tromper l'exposition au capteur.

— Salut, tu vas bien ? lui demanda McPhearson.

Quel McPhearson, celui inconfortable derrière son bureau avec sa manière conviviale mais managériale de mettre à l'aise, ou celui qui était son ami, qu'il connaissait bien après toutes ces années et qui se sentait tout aussi inquiet que Linn pour le vol à venir, ou encore celui qui ne pourrait pas être reconnu par aucun d'eux, ressentant tension et lassitude envers à peu près tout dans ce Lab, n'en pouvant plus avec toute cette satanée chose. Probablement les trois à la fois.

— Bien je pense, considérant… Linn esquissa un bref rictus qui pouvait être lu comme soit ironique soit sincère, pour garder un ton de voix complexe à juste titre.

— Mission difficile pour toi, mais tu es le meilleur que nous ayons. Louange ou ironie, ils surfaient tous les deux sur l'ambiguïté. Privés de leur répartie amicale, s'accrochant à une bête difficile plus méfiante.

— Ouais je sais. Sa voix vacillait.

— Des questions ? Cette fois c'était clairement le McPhearson habituel des affaires qui lui posait la question afin de le ramener, couvrant ce gars qui était son ami, très conscient des possibles motivations qu'il pouvait y avoir à l'envoyer comme ça dehors.

— Non, pas vraiment. Pas qu'il pourrait dire tout haut en tout cas, et certainement pas auxquelles McPhearson pourrait répondre à haute voix, aussi bien pour leur sécurité mutuelle que pour leur propre sécurité.

— J'imagine qu'il y aura du temps pour des questions dans la zone de préparation technique.

— Certainement.

— Bien, prends soin de toi pour le moment.

— Toi aussi.

Tous les deux se laissèrent aller. Les capteurs voyant, écoutant, évaluant, quoi ? Pas grand-chose. Deux hommes masquant soigneusement tout ce qui pourrait avoir ou ne pas avoir été dit. McPhearson était certain, autant que Linn devait l'être, que les champs de capteurs de cette conversation seraient tous examinés de près. Il lui tendit finalement le papier.

— Voici le formulaire R7-10.

— Merci.

— J'imagine que cela reviendra sur mon bureau de toute façon.

Il haussa les épaules et commença à brasser les piles de papiers en désordre devant lui, pensant avec tristesse aux choses qu'ils auraient pu se dire mais qu'ils n'avaient pas osées.

— Voici les clés.

— Merci, j'essaierai de me souvenir où je le gare.

— Je souhaiterais à personne de voler avec un de ces trucs.

— Y'a pas de plaisir à les piloter.

— Sois attentif à ramener la citrouille avant minuit.

Tout dépassait maintenant les limites, cela risquait d'être capté. Ils se serrèrent la main, avec un bref contact visuel. Une lueur de vieille chaleur, de familiarité, de la légèreté de l'humour. Ils se quittèrent avant qu'un véritable adieu ne les saisisse et que leur tristesse ne commence à se voir.

Linn se dirigea vers la plateforme des transports, reprenant ses esprits pour la prochaine étape. Il prit l'ascenseur vers le niveau de la jonction inférieure, le caverneux centre de service situé sous le dôme principal, bondé à ce moment de la journée avec des équipes de techniciens allant et venant, poussant des chariots de réparation emplis d'outils et d'équipements en panne ou rénovés. Le domaine de McPhearson, sauf qu'il n'avait plus jamais à y prendre part concrètement, bloqué au niveau de la coordination. Aucun d'entre nous ne l'avait vu venir, la menace bureaucratique cachée dans nos domaines respectifs. Il secoua sa tête. De larges tunnels disposés comme les rayons d'une roue vers les quatre autres dômes. Kai était quelque part au bout de l'un de ces tunnels. N'y va pas même avec ton esprit, s'était-il dit. Déjà suffisamment dur de se dire un non-aurevoir comme cela avec McPhe. Il était clairement attentif à la prudence nécessaire maintenant. Particulièrement avec le vol approchant, il avait besoin de différents niveaux de vigilance. Il avait besoin d'être très clair. Il réalisa qu'il avait besoin d'air frais. Littéralement et d'une façon métaphorique. Il avait le besoin impossible de se dissimuler et en même temps d'être clair. Sauter ou plonger. Il ne pouvait pas se permettre de faire un plat.

Prochain arrêt, la plateforme de l'appareil dans la zone des mécaniciens, le lieu actuel de son dilemme, et avec un peu de chance, le remède. Les techniciens mécanos formaient en général un groupe indépendant. Ils travaillaient avec du matériel, avec des outils et des machines, avec des choses concrètes qui avaient des limites et leurs propres bizarreries, avec des choses qui ne vous laisseraient pas faire des conneries avec. Cela maintenait les techniciens honnêtes, et plus terre à terre. Cela les rendait plus simples, au sens commun. Comme les sciences de la vie l'avaient fait au moins pour lui en son temps. Il aimait les techniciens. Ils étaient directs. Plus beaucoup d'occasions de fréquenter leur secteur désormais, plus depuis que le Lab avait été scellé après l'année de test et que voler s'était réduit à marcher dans le ciel sur la passerelle étroite des hauteurs du dôme et évoquer des souvenirs. Jusqu'à aujourd'hui.

Finalement, en marchant sur le long chemin traversant le tunnel vers le dôme technique et la plateforme de l'appareil, Linn s'autorisa à réfléchir à sa mission soudaine, essayant de rassembler les morceaux. Trop de variables, trop de et si, trop de risques d'être détecté par les capteurs en y pensant en amont. Toute augmentation de la fréquence de ses signes vitaux serait maintenant décryptée sur les écrans de contrôles, et pourrait même être prévisible. En définitive ce qui ressortirait serait connecté à ce qui se passait à l'intérieur. Il passa en revue tout ce qu'il savait à ce point. Le contact à priori perdu il y a des années avec le dernier des autres labs qui émettait encore dans notre gamme de fréquence. Le Lab 6 était le dernier. Maintenant de façon soudaine, la situation était devenue suffisamment urgente pour que le CESI veuille y envoyer quelqu'un, pour qu'il accepte de rompre le scellé biologique. Linn pouvait imaginer pourquoi il avait été choisi lui en particulier pour cette mission. Pour beaucoup de raisons qui allaient au-delà de son expérience de pilote. La plupart d'entre elles pas bonnes. Au moins de son point de vue. Et pourquoi y allait-il au fait ? Mais pourquoi voulaient-ils qu'il aille au Lab 6 ? Qu'y avait-il de si urgent pour qu'ils acceptent de prendre le risque de contamination, le risque d'introduire des variables inconnues dans les champs de données ? Le poste de pilotage de l'appareil avait été conçu pour contenir et remédier à toute anomalie qui pourrait avoir été introduite lors de missions en extérieur, avant que le Lab ne soit scellé, mais ces anomalies étaient dans des conditions normales. Désormais le monde extérieur était maintenant devenu très différent, et nous n'avions jamais eu à faire avec lui jusque-là. Qu'était-il en train de se passer dans l'autre Lab pour qu'ils se sentent à ce point concernés ? Il était vigilant avec ses pensées. Même dans le tunnel il n'était pas en sécurité. Il fallait attendre d'être à l'extérieur dans les airs, attendre pour qu'un mouvement plus vaste ne se révèle de lui-même.

Il fut étonné de voir la chef technicienne, Kendra Williams, dans la zone centrale de réparation au lieu de la plateforme de décollage au-dessus où il pensait la trouver. Elle l'aperçut également, et lui fit un signe enthousiaste par-dessus sa station de travail.

— Hé, contente de te voir.

Son sourire était chaleureux et sincère, l'une des rares personnes au Lab qui refusait encore de cacher un tel sourire. C'était plus sûr ici, loin de l'épicentre de la soi-disant sécurité. Il réalisa que ce genre de sourire lui avait manqué. McPhe devrait essayer de se débrouiller pour venir ici plus souvent. Lui aussi avait autant que Linn besoin de voir ce sourire.

— Hé, content de te voir aussi.

Elle s'essuya le front avec le dos de sa main et essaya de repousser sans succès quelques mèches frisées de ses cheveux roux qui débordaient de sa casquette.

— Comment vas-tu ? Cela fait un certain temps que je ne t'avais pas vu. Tu t'es fait plutôt rare.

Elle s'arrêta avant de devenir trop intrusive, avant de pénétrer dans la zone privée de son deuil. Mince, peut-être qu'elle en avait déjà trop dit. Il fut surpris de voir comme il semblait usé. Portant un lourd fardeau à l'intérieur.

— Difficile de s'échapper. Ils ont dû concocter une vraie urgence pour me laisser revenir ici.

Il rit, mais elle put déceler la tension. Le sourire facile de Linn lui manquait. Elle ne l'avait pas connu beaucoup, mais tout le monde dans la zone des mécaniciens le connaissait de vue, et l'appréciait. Il était une bonne personne avec laquelle travailler. Les deux dernières années avaient été difficiles pour lui.

— Bien, ne reste pas éloigné comme ça si longtemps la prochaine fois. Peut-être que nous pourrons trouver quelque chose d'un tout petit peu moins urgent pour que tu reviennes ici. On se débrouille plutôt bien pour faire marcher des choses ici tu sais.

Elle fit une pause.

— Tu nous as manqué.

— Merci. Linn ne sut pas quoi répondre d'autre. Désarmé par l'ouverture de sa nature bienveillante.

— Et au fait, si tu rentres tôt de ton vol, peut-être que toi et moi pourrions trouver quelque chose à faire pour toi dans le coin dans ce temps disponible ?

Elle agita une main montrant l'espace de travail surchargé. Ils rirent tous les deux, et cette fois ce ne fut pas si difficile pour Linn. Il se surprit à espérer rentrer tôt.

— Bien sûr. Merci. Avec plaisir.

Il baissa la tête brièvement, se sentant plus comme un oiseau timide que comme un pilote en route vers l'inconnu. Il aimerait vraiment bien pouvoir passer un peu de temps ici.

— Super ! Elle sourit, mais son sourire s'estompa rapidement cette fois, retenu d'une façon inattendue, et elle ajouta avec un peu d'embarras alors qu'il était en train de partir, — Bien, à bientôt alors.

— Tu ne me fais pas le briefing final pour le vol ? Je pensais que tu viendrais avec moi jusqu'à la plateforme de l'appareil.

Elle hésita.

— J'ai quelque chose à finir ici. Il y a un nouveau gars, il s'occupera des derniers rites de passage. Tu connais l'exercice de toute façon.

Ses mots volontairement décontractés contrastaient avec l'avertissement de ses yeux.

— A bientôt donc quand tu reviens. Alors qu'il se retournait sur le point de partir, elle ajouta d'une voix plus douce

— Fais attention à toi maintenant.

— Merci. Je ferai de mon mieux. Toi aussi prends soin de toi.

Il se retourna un instant, et en guise de réponse son sourire de nouveau chaleureux et ouvert l'enveloppa.

Sur le chemin vers la zone de l'appareil, il se demanda si Nichols s'occuperait du décollage, c'était pas vraiment un nouveau, mais Linn avait entendu dire qu'il était de retour. Il était vain de vouloir l'enrôler dans un autre service, c'était un bon technicien. L'avertissement dissimulé de Ken avait été une surprise. Peut-être qu'ici non plus ils n'étaient pas immunisés contre la longue portée de la politique et de la paranoïa après tout. Mais ce n'était pas Nichols qui l'attendait à la plateforme de lancement. À la place, un homme plus jeune, d'apparence plutôt fade et bien comme il faut, accueillit Linn sur la plateforme de l'appareil avec une familiarité intentionnelle.

— Linn ? Bonjour, je suis Richard James. Je suis ici pour vous briefer sur le plan de vol et vous voir partir.

Assez agréable, mais avec un sous-entendu, en particulier le "vous voir partir". Où avaient-ils déniché ces nouvelles personnes ? L'on pourrait penser qu'après toutes ces années, il connaîtrait tout le monde, qu'il aurait rencontré, croisé, ou vu chacun ici au moins une fois. Mais ce jeune homme… puis il se souvint de son fils, et comment Kai avait complètement disparu de son champ de vision. Avec leurs emplois du temps, leur travail et les affectations de résidence, ils pourraient tout aussi bien vivre dans des mondes différents.

Le petit appareil de vol était posé sur la plateforme, déjà monté sur les rails de lancement. Cela faisait longtemps qu'il n'en avait plus piloté. Mais ils s'en rappelaient, c'était dans son dossier. Les données ne meurent jamais, les données peuvent toujours être rappelées, précises, impersonnelles, dures. Contrairement aux souvenirs, chatoyant et vivant à l'intérieur, scintillant par intermittence dans le champ de conscience.

INFORMATIONS DE VOL : PILOTE AUTOMATIQUE ET COMMANDE MANUELLE. CERTIFIÉ POUR RECONNAISSANCE AÉRIENNE ET OPÉRATION DE TERRAIN. Où était là-dedans la pure joie de voler, la dynamique de liberté, l'alchimie du vol, suspendu entre la Terre et le ciel, motifs se déployant au-dessus, en dessous et tout autour de lui. Où était là-dedans la quête de la brillance cachée dans les espaces ouverts de la mémoire et de l'esprit, où était...

— J'ai vu votre dossier, j'imagine que vous êtes familier avec tout ça. L'homme fit un signe vers l'appareil. Très professionnel, malgré son air décontracté forcé. Linn avait le sentiment que Richard James ne savait pas grand-chose de la mission ni de l'appareil, on lui avait juste demandé de mettre Linn sur sa route. Question suivante, par qui. Pas par Ken. La totalité de la mission était déjà en mode manuel.

— Ouais. J'ai passé en revue hier soir le programme de simulation pour rafraîchir la mémoire.

Il regarda le jeune homme. Richard James. Peut-être à certains moments pour quelqu'un, Richard. Jamais de surnom, excepté parfois un dénigrant dans son dos. Il lui parut difficile de l'imaginer n'être toujours que James, comme dans *Hé, James, content de te voir*, le salut facile d'un ami. Pas R J. Mais peut-être R James, si vous en venez à le connaître ? Il essayait dans son esprit, essayant de se relier avec cette personne debout à côté de lui. Il s'interrogeait sur la vie de ce jeune homme, il se demandait quels étaient ses espoirs et ses rêves, s'il en avait, avec les horizons plutôt bouchés à l'intérieur du Lab. Linn ressenti comme un coup de poignard de la tristesse au bord de l'anxiété, il espérait que Kai ne soit pas formé pour être comme ça. Une personne introvertie s'empêchant même de remettre en question les limites ou la solitude. Peut-être que Ken et les autres ici pourront un peu assouplir R James s'il reste. Il avait besoin d'y croire, pour le bien de Kai, et pour lui aussi.

Le jeune homme lui fit signe de monter dans le cockpit de l'appareil.

— Elle est tout à vous.

L'avion aux courtes ailes était fin et compact, et pas aussi disgracieux que ne l'étaient les premiers modèles de ces véhicules individuels de basse altitude. Celui-ci serait maintenant probablement dépassé et n'était pas sorti depuis longtemps. Comme Linn. Il s'installa confortablement dans le cockpit, vérifiant les écrans des instruments, manipulant, se rappelant les procédures et les habitudes pour se relier à l'avion. Il y a longtemps elles auraient été comme une seconde nature. Maintenant qu'elles commençaient à lui revenir, elles paraissaient étranges et inhabituelles. Mais la sensation de l'appareil volant ne l'avait jamais quitté, le mouvement de glisse qui tenait plus de la nage que du vol, dans l'air plutôt que dans l'eau, défiant la gravité avec une forme différente de flottaison. Il aimait voler. Il avait mis le jeune homme de côté, il entendit de nouveau sa voix au milieu de son discours.

— .... et donc ils ont envoyé une nouvelle batterie venant du CESI, spécialement pour la mission. Cela doit être un travail important pour qu'ils s'y intéressent ainsi qu'à tout ça, dit R James d'un ton spéculatif. Comme Linn ne semblait pas vouloir répondre, il poursuivit :

— Pas assez de carburant pour voler à l'hydrogène, il faudra que vous comptiez uniquement sur le solaire. La batterie a été chargée à fond hier, cela devrait être suffisant pour l'aller et le retour. C'est fortement improbable que vous en ayez besoin, mais il y a une recharge disponible si nécessaire.

Linn remarqua que la batterie avait déjà perdu une petite fraction de sa charge, l'indicateur montrant juste en dessous du plein. Il en fit part à R James qui répondit :

— Pas de soucis, la jauge est un peu déréglée, c'est tout, ils ont tout bien passé en revue ainsi que tout le reste.

Ainsi en arrivait-il au reste des instructions alors que Linn s'interrogea au sujet de l'usage du pronom *ils* au lieu de *nous*, et se demanda ce que ce *ils* pouvait bien signifier.

— Il va falloir que vous partiez bientôt de toute façon. Les calculs d'apport solaire pour cette époque de l'année montrent qu'il y aura juste assez de lumière durant la journée pour un minimum de recharge si vous en aviez besoin et si vous restez dans les temps. Le plan de vol est déjà chargé dans le programme de pilotage de l'avion.

Tout ce que Linn avait à faire était de maintenir l'appareil en vol et de suivre le trajet en mode manuel.

— Le mode manuel utilise moins d'énergie que le système automatique. J'imagine que c'est pour cela que vous êtes ici sur ce vol, ajouta R James avec un certain enthousiasme que Linn espérait être un encouragement.

— Que se passera-t-il quand j'arriverai au Lab 6 ?

— Essayez de créer un contact vocal si vous le pouvez, utilisez le transmetteur sur les ondes courtes. La plupart des transmetteurs radio en grandes ondes et des équipements de détection à distance ont été ôtés des appareils au fil des années. Ils avaient besoin d'être réparés dans d'autres secteurs ici.

Mode manuel en effet, se dit Linn à lui-même en privé alors qu'il acquiesçait à R James.

— Donc pas de possibilités de communiquer par radio avec ici au cours du vol.

Tout ceci avait été pour le moins prémédité de façon minutieuse, cet insignifiant et gentil jeune homme venant à peine de commencer à travailler ici venu pour me faire la transmission, incapable de modifier ou d'intervenir en aucune façon avec quoi que ce soit que l'obscur CESI au-dessus avait en tête. Linn savait qu'il n'avait pas non plus beaucoup de choix de son côté. Il avait déjà accepté la mission, un choix qui n'en était pas un depuis le début. Un sentiment d'inévitabilité s'était installé, comme lorsque l'on se rend au bloc opératoire pour une opération majeure, s'en remettant à un processus déjà en mouvement, sans savoir comment et où l'on sera expulsé. Le sentiment de ne pas savoir, quelque part excitant, grandissait de plus en plus d'instant en instant, contrastant avec la constriction vigilante de ses jours ici. Que disait le vieux dicton, voler sur une aile et sur une prière ?

— Super, autre chose ? Je suis prêt à partir.

R James sembla surpris, étonné, et peut-être même un peu envieux ou impressionné. Peut-être autant surpris par les émotions que par ce qui les avait déclenchées. Peut-être était-il au courant des intentions cachées reliées à la mission de Linn, ou peut-être pas. Mais juste maintenant il semblait ressentir l'émotion d'une chose inhabituelle à côté de lui, un sentiment de risque, comme si une fenêtre s'ouvrait soudainement d'un espace claustrophobique.

— Bonne chance, dit-il dans un instant d'authenticité, et il le pensait.

— Merci. Linn tira la porte, la verrouilla et s'installa. L'appareil avança lentement, tiré sur les rails de lancement. Il entendit les portes intérieures de la zone se refermer. Aucune chance qu'un souffle d'air frais n'entre, d'une façon imagée, ou dit autrement, R James, Richard James, ne respirerait rien d'autre que l'air soigneusement régulé du Lab, et ne verrait rien de ce monde stérile qui s'apprêtait à être dévoilé à l'extérieur. Linn aurait peu de temps après que les portes extérieures se seraient ouvertes pour soulever l'appareil des rails et le mettre en vol. Le sas extérieur s'ouvrit, l'appareil s'y engagea puis décolla.

Kikerri, la femelle faucon, chasseur des forêts, attendait. Silencieuse et patiente. Tournant occasionnellement sa tête, balayant les alentours de ses yeux perçants et de son attention soutenue. Elle ne laissait rien passer. Le reste de son corps profilé immobile. Attendant dans son perchoir caché en haut d'un grand pin à aiguilles, elle avait une bonne vision de la vallée escarpée dans les deux directions. Le soleil matinal et l'ombre filtrait au travers des aiguilles du pin inclinées en fines lignes autour d'elle, dissimulant sa présence vigilante. Son bleu-gris sombre était tacheté de lumière, tout comme les plumes de sa poitrine déjà marquée par les fines lignes brun-rouge de son espèce.

Soudain, une explosion de mouvement dans la vallée attire son regard. Elle se tourne vers la pente opposée et l'amas de formes rondes brillantes qui nichent là, comme des coquilles d'œufs géants à moitié enterrées dans la terre, dont certaines aussi grandes que les arbres les plus grands. Une volée d'oiseaux marron a surgi de la zone de broussailles à côté des œufs. Les oiseaux traversent la pente et disparaissent dans un bosquet d'arbres. Elle attend que les oiseaux se déplacent à nouveau. Elle n'est pas pressée. Ses oisillons ont déjà pris leur envol en autonomie, son besoin de chasser n'est plus si grand.

Elle porte intentionnellement son regard vers les formes d'œufs étranges sur la pente. Ils avaient été en sommeil pendant des générations de son espèce. Personne pour les couver ou maintenir vivante la force vitale en eux. Des générations d'ailés étaient venues et reparties. Aucune vie n'avait émergé de ces coquilles géantes inconnues jusqu'à ce que quelques tristes oisillons en émergent la nuit. Toutes les espèces étaient d'accord. Kikerri pouvait y ressentir un mouvement, très subtile, au milieu des autres rythmes de la journée. Ce que le peuple des chouettes ressentait la nuit, il ne pouvait l'exprimer, comme s'il y avait des faibles lueurs ou des ombres brillantes. L'espèce des cerfs restait éloignée de la pente, la façon dont les sons se répercutaient sur ces étranges coquilles était inquiétant. Quoi que ce soit qu'il puisse y avoir à l'intérieur, ce n'était pas comme la croissance d'une nouvelle vie dans ses propres œufs ou dans les œufs d'autres espèces d'ailés. Pas de lutte déterminée pour sortir. Pas d'empressement, pas d'urgence. Pas de chaleur recherchant le contact d'une mamelle. Quelle que soit la vie qui attendait à l'intérieur, elle voulait y rester.

De nouvelles tensions émanent de la coquille géante ce matin, et des sons brutaux, répétitifs et stridents viennent du côté exposé au soleil. Un son encore plus fort de grincement minéral, lourd, soudain, comme un arbre tombant ou un coup de tonnerre, se fait entendre juste avant que les oiseaux ne s'envolent. Maintenant Kikerri peut ressentir une autre présence entrer dans cette journée, une présence qui voit les pentes ce matin d'une façon différente que les autres espèces, et dont l'étrangeté fait se propager une immobilité prudente. Les rochers, les arbres, toute la variété des motifs de la lumière matinale et de l'ombre sur la pente autour de l'œuf bizarre, tout semble tendu comme une toile d'araignée alourdie par le poids de la rosée. Kikerri déploie ses ailes. Elle se redresse au-dessus de son perchoir, soudainement en tension, et se positionne pour s'envoler.

Une autre secousse, un son grinçant explose en cette journée, suivi par un rugissement sourd venant de derrière l'œuf, vibrant régulièrement comme les abeilles d'une ruche en colère. Une étrange forme de poisson apparait en vue, faisant du sur place dans l'air comme certaines espèces d'insectes. Elle fait tournoyer l'air en-dessous. L'air reculant, s'éloignant pour la laisser passer. Kikerri s'élance dans les airs, circonvoluant rapidement au travers des arbres, larges ailes fortes et queue étroite s'orientant, s'inclinant, tournant, autour et à travers les denses branches des cèdres, des pins, et des sapins, Kikerri, vole rapidement, s'étendant, glissant, à travers les longs bras des arbres, à travers les couloirs inclinés de la lumière du soleil, trouvant des horizons et des chemins cachés dans l'air de la forêt avec la même habileté sûre et la même grâce que le vent et l'ombre. Hurlant en vol son cri d'alarme : "Kiiiiii Ki Kiiiii ……. Kiiiiii Ki Kiiiii… Kiiiiii Ki Ki Ki Kiiiii …….." afin d'alerter la journée, la vallée, afin d'alerter le ciel. "Kiiiiii Ki KI KI Kiiiii...... Kiiiiii Ki Ki Ki Kiiii." Son cri pour les intrus.

L'étrange poisson du ciel plus lourd, se déplace avec lourdeur dans son vol d'insecte lent, tourne lentement, descend plus bas, en direction du ruisseau. Forme de poisson, attirée par l'eau, à peine éclos, peut-être cherchant l'eau comme d'autres peuples de l'eau le font, cherchant sa maison. Celui-ci barate le doux air matinal sur son passage, provoquant une distorsion chatoyante autour de lui avec son souffle rugissant, il laisse dans son sillage un air d'étrangeté.

Kikerri se pose dans un arbre du côté ensoleillé de l'extrémité est de l'œuf. Elle regarde attentivement à sa surface. Pas de fissures ou de débris de coquille. À la place, un œil étrange s'est ouvert sur le côté de la coquille, un œil creux, vide à l'intérieur. Puis les paupières de l'étrange œil commencent à se refermer très lentement dans un mouvement bizarre comme l'œil d'un lézard. Elle ressent un frisson. Elle s'élève dans les airs, l'ombre de ses ailes déployées balaye l'œil alors qu'il se referme, balaye la partie aveugle du reste de l'œuf, sa silhouette élancée et claire s'allonge le long de la courbure de la coquille. Elle s'élève de plus en plus haut. Elle crie encore en montant vers le ciel "Kiiiiii Ki KI KI Kiiii.... Kiiiiii Ki KI Ki Kiiii".....

La vallée se rétrécit au-dessous d'elle. L'étrange coquille alien devient de plus en plus petite, les arbres et les arbustes sur les pentes familières défilant en une texture tachetée recouvrant la terre. Les crêtes, les arêtes et les vallées au-delà de la vallée qui forment sa maison défilent dans le cercle de la distance contenue dans son regard. La cible de sa vision aiguisée se balade dans le paysage qui défile, elle scrute les espaces plus proches se déployant au sein de sa vision longue distance. De petits détails précis et clairs, feuille par feuille, brindille par brindille, tressaillement de poils, clignement d'yeux, une fourrure hérissée par la brise. Sa propre ombre devient plus grande, plus floue, fantomatique, ondulant à travers les arbres. Tout cela contenu dans l'horizon de ses yeux, délimité par l'ouverture du ciel. Vers le sud, elle peut voir des champs de nuages défilant dans le cercle de son monde. Les traînées de volutes fines d'abord. Suivis de nuages plus denses en formation, bourgeonnant. Ils arrivent vite, en même temps que d'autres formes nuageuses douces, polies, par les vents, satinées de l'éclat légèrement arc-en-ciel de la neige à venir, premier indice de l'hiver se rapprochant. Les ombres de longs nuages se répandent, balayant le pays, s'inclinant, glissant, emplissant et circulant au-dessus et par-delà, vallée après vallée, crête après crête.

Kikerri chevauche l'air dense qui fait s'élever les nuages, et envoie son cri d'alerte dans le pays. "Kiiiiii KI Ki Ki Kiiii…. Kiiiiii Ki Ki Ki Kiiii." Elle projette son regard aiguisé dans les distances plus proches de sa vallée en dessous d'elle. Elle suit l'étrange insecte poisson du ciel dans sa remontée de la vallée jusqu'à ce qu'il atteigne le sommet de la crête à l'extrémité et redescende de l'autre côté, puis elle entend sa sœur cousine dans cette vallée reprendre le cri d'alarme. Vers le sud, Kikerri entend un lointain "Kiirrrrr, Kirrrrrr, Kearrrrr", d'un visiteur aux épaules rouges alerté par ses cris sur son trajet vers une terre d'hivernage, puis un autre plus faible "Kiiiiii Ki Ki Ki Kiiii" un peu plus loin. Toutes les espèces de rapaces poursuivront l'étrange poisson du ciel s'il traverse leur territoire. Où que cet oisillon bizarre puisse aller dans ce monde de vallées escarpées et de nids de ciel, le pays le saura. Il y aura de nombreux yeux. Et de nombreux cris d'alerte.

Kikerri courbe ses ailes pour faire de lents cercles loin au-dessus de la vallée. Elle s'élève toujours plus haut, en silence, fusionnant avec le ciel. Puis elle replie ses ailes et replonge vers la terre, dans une chute spectaculaire comme dans le plongeon de chasse, la terre s'élevant pour la rencontrer, devenant plus grande, accourant vers elle, les courants d'air parfumés des rochers, des arbres, des buissons, des pentes, familiers, sa maison, tout est attiré vers elle, Kikerri sauvage et fière, s'affinant dans l'air pour venir se reposer de nouveau sur sa branche. Elle laisse la journée s'installer autour d'elle, les fins éclats et fragments de lumière du soleil et de l'ombre sont tamisés au travers des longues aiguilles du pin qui l'entourent et qui la cachent de nouveau.

Au moment où la porte extérieure de la plateforme de décollage s'entrouvrit avec un brutal craquement pneumatique, Linn ressentit un moment d'extrême désorientation, une déconnexion le vidant de l'intérieur. L'éclair de lumière s'élargit et soudainement il fit face aux vifs rayons non filtrés du soleil matinal. Une brillance floue rencontra ses yeux puis s'affina malgré lui en un paysage, même après que ses yeux physiques se furent adaptés à cette lumière inhabituelle. Il resta comme suspendu. L'esprit derrière les yeux s'était plus habitué qu'il ne l'avait imaginé à concevoir les formes familières du Lab, les murs et couloirs métalliques, le ciel muet en panneaux synthétiques. Internalisé, intériorisé, le Lab avait travaillé ses sens plus qu'il ne le pensait.

Le soleil était encore proche du sommet de la crête devant lui. Rayons de soleil inclinés diffusés au travers de grandes formes comme les arbres. Grandes ombres s'écoulant le long de la pente, bordant des parcelles de lumière, formant des motifs subtils autour des grandes silhouettes et des formes plus petites des rochers ou des buissons, leur contour éclairé à contre-jour par la lumière matinale. Motifs et rythmes du monde naturel, un monde perdu, depuis longtemps oublié. Tout d'abord sonné et n'en revenant pas, il finit par reconnaître les grandes formes comme étant des arbres. Des arbres vivants. Il ne s'était pas attendu à cela. Que le paysage soit vivant. Les capteurs extérieurs étaient tombés en panne dans tous les Labs après les premiers violents orages solaires et n'avaient pas été remplacés. Inutile, nous étions déjà scellés à l'intérieur. Notre seule interface cruciale avec le monde extérieur était de réguler l'énergie solaire, de façon automatique, par un processus moléculaire au sein des couches de plasma des panneaux synthétiques. Les transmissions depuis les zones de guerres, peu fréquentes et brouillées dès le début avant de cesser complètement, avaient apporté un témoignage douloureux de l'horreur et de la destruction quasi totales à l'extérieur. Il n'était pas préparé.

Le monde sauvage immaculé. Comme si le Lab s'était soulevé dans les airs et avait atterri là, sans traces, sans routes, sans signes humains à part la bande de gravier, telle un cerne austère, au-dessous de lui à la base du mur du dôme. Cela faisait des décennies qu'il n'avait pas volé sur un appareil, vingt ans ou plus. Les arbres et buissons qu'il commençait maintenant à reconnaître sur la pente proche était plus grands. Les buissons, les petits arbustes et les herbes avaient envahi la bande de gravier, réintégrant la zone hostile au paysage. Il pensait trouver de la désolation, des rochers stériles et avait du mal à concevoir qu'il puisse y avoir de la vie. Le dôme principal et les dômes plus petits autour étaient seulement connectés de l'intérieur, l'entourant comme des wagons de protection contre ce qui était supposé être un monde hostile à l'extérieur, étranger, dépourvu de vie. Hypothèses temporaires ou nouvelle réalité supposée, tout cela était maintenant derrière lui. Alors qu'il fit s'élever l'appareil au-dessus de la plateforme de lancement, il comprit que ce n'étaient pas juste les portes extérieures qui se refermaient derrière lui. Il était déjà à l'extérieur.

Linn fit lentement pivoter l'appareil vers la droite en une large courbe. Le Lab était posé au milieu d'une pente exposée au sud. Au pied de la pente, un petit ruisseau trouvait son chemin à travers la vallée étroite. Il descendit au-dessous du niveau du dôme afin de remonter le ruisseau vers l'ouest. Dès lors qu'il ne fut plus en face du soleil, il put voir que le ciel était voilé, avec une teinte laiteuse différente du ciel synthétique, une couleur subtile à cheval entre le monde qu'il venait de quitter et le monde dans lequel il entrait maintenant. Il se demanda s'il y avait des nuages plus conséquents, s'il y avait une véritable météo. La régulation moléculaire des panneaux synthétiques était tout ce qu'il y avait comme météo à l'intérieur. Les molécules du revêtement étaient les seules à lire le ciel directement. Il se sentait vulnérable ici à l'extérieur, depuis longtemps si éloigné de l'adaptation aux signaux basiques de la vie elle-même. Et sortant de sa longue anesthésie, il ressentit aussi l'autre facette du sentiment d'ouverture et de l'exposition, la stimulation d'un enthousiasme oublié, une joie redécouverte. Le lit du cours d'eau tournait vers la gauche puis de nouveau vers la droite pour contourner un mur de rochers effondrés et continuait ensuite à serpenter entre les flancs raides des pentes de chaque côté, devenant de plus en plus sinueux en remontant la vallée, se rétrécissant vers sa source au-dessous de la crête lointaine. Il cliqua sur l'écran de la carte. Son trajet suivait la ligne brillante le long des vallées, puis atteignait les points les plus bas des crêtes, avant de redescendre dans les vallées. Terrain ondulé et plissé sur la carte holographique. Il voyageait seulement le long d'un parmi les nombreux plis de ce dédale de canyons et de vallées. Le Lab 6 était situé à une demi-journée de vol, inséré dans l'une de ces vallées isolées loin devant. Une destination qui devenait de plus en plus abstraite et sans lien avec le paysage défilant en dessous de lui comme cette ligne brillante. Il éteignit la carte et laissa le petit ruisseau être son guide pour le moment. À travers l'épaisse couverture d'arbres le long des rives du ruisseau, il put avoir des petits aperçus d'une eau brillante et scintillante, reflétant le ciel pâle au-dessus. Un jour d'automne, une lumière douce venant du ciel voilé, quelques traînées et volutes de nuages plus épais commençaient à se montrer vers le sud. Les grandes formes des arbres, leur couleur verte intense dans la lumière diffuse, les reconnaissances de leur forme propre s'ouvraient lentement dans son esprit tels des souvenirs depuis longtemps oubliés. Les flèches presque géométriques des cèdres, les silhouettes ébouriffées des sapins, les couronnes en forme d'œuf des pins, leurs longues aiguilles étincelaient dans la douce lumière. Ici et là les feuilles jaune d'or de ce qui devait être des chênes et des érables. À sa droite, des buissons plus petits bleu-gris ou verts, possiblement de manzanita, couronnant la face sud plus sèche de la crête. Un autre champ de rochers à la rondeur étonnamment nette. Comme dans un rêve éveillé, détails presque transparents dans leur clarté pénétrante.

Le monde sauvage. Il s'émerveilla une fois de plus. Pas de signes humains et une terre s'étendant sans obstacles, semblable à la mer. Miri aurait adoré être ici. Est-ce que même l'amour savait que tout cela était encore en vie, le paysage, la Terre, les animaux. Ici et là il aperçut des oiseaux effrayés par le vol de l'appareil, avec de brèves explosions de mouvements disparaissant dans les arbres. Il devait y avoir aussi des animaux là-dessous, des à quatre pattes. Il espérait que les ours en fassent partie. Pour Miri. Il se souvint au début quand ils recherchaient sur des moteurs de recherche au sujet des voyages spatiaux, Miri avait trouvé un article archivé provenant d'une vieille revue universitaire. Son université mère. Un titre accrocheur, reliant les voyages spatiaux et les ours. Il faisait ressortir les possibles connexions entre l'apesanteur et l'hibernation. *Tu vois !* avait-elle dit d'un air enjoué et triomphateur, ses yeux dansant comme ils le faisaient toujours quand elle était ravie. *Un signe ! Je le savais, ils ont besoin de moi !* Les ours avaient été son premier domaine de recherche, étudiant la régénération cellulaire durant l'hibernation des ours, les processus moléculaires maintenant les os et la masse musculaire pendant le sommeil. C'était avant qu'elle ne se consacre plus qu'aux molécules, laissant les ours dans le champ. Son premier amour, celui qui l'avait conduit à la science. Pour Linn, cela avait été la beauté fascinante des motifs naturels, pour elle cela avait été les ours. La belle et la bête. La beauté et les ours. Pour la millionième fois, et pour une millionième raison, il aurait souhaité qu'elle soit là.

Il fit s'élever un peu plus l'appareil afin que le coussin de turbulences générées ne cause pas d'ondulations en dessous et qu'il puisse savourer la liberté planante et flottante d'un vol lent, comme de nager dans le ciel. Le paysage défilait en dessous de lui, tout autour de lui. Il était si beau qu'il ne voulait en aucune façon le perturber. Pour Linn, après avoir passé des années dans l'environnement contrôlé du Lab, être simplement dans la présence d'une altérité autre que celle de Ken était aussi beau que de voler. Il s'éleva au-dessus de la crête au fond de la vallée et plongea de nouveau, suivant les montées et les descentes du paysage, flottant comme l'air vers et par-dessus les crêtes afin de suivre chaque vallée successive au-delà. À chaque fois qu'il atteignait le sommet d'une crête proche, il pouvait apercevoir vagues après vagues les lignes de crêtes s'évanouissant dans les bleus laiteux de la distance, et à l'horizon de ce pays inconnu les sommets enneigés étincelant dans la lumière du soleil matinal.

Et tout était immaculé. Sauvage. Cela avait commencé par du sauvage, une zone isolée faisant partie d'une parcelle beaucoup plus grande de terres du gouvernement, hors de portée de tous, sauf pour le petit groupe de recherche sur le projet du Lab. Un lieu secret. Ainsi la Terre avait été ici libre d'être elle-même, et elle avait survécu. Il fut surpris de voir comme la forêt paraissait en bonne santé. Les premières grandes vagues de radiations venant de l'effondrement des centrales atomiques n'étaient pas parvenues jusque-là. Les capteurs extérieurs étaient alors encore en état de marche. Les courants des vents, la distance et la chaîne des hautes montagnes entre avaient protégé les Labs. Le volume de cette première radiation dévastatrice s'était répandu partout ailleurs, et les Labs avaient déjà été scellés avant que les autres sortes d'effondrements ne frappent, avant que la Purge et la Guerre et la Dévastation ne secouent le monde extérieur. Les voyages spatiaux simulés ont leurs propres avantages, et cela avait été, bien que rarement exprimé, l'un des éléments d'attraction du projet au commencement. Même au sein de leur monde académique clos, ils avaient ressenti le bouleversement arrivant même s'ils ne le reconnaissaient que rarement entre eux ou pour eux-mêmes. Une complicité protectrice avec une sorte d'aveuglement. Faire partie d'une capsule temporelle faisait secrètement partie de ce qui les attirait, plus que la simulation du voyage spatial. Le monde qui était déjà devenu le plus risqué était le nôtre. Et ce furent les épidémies humaines qui, adaptées à nos propres réponses immunitaires humaines et nous visant exclusivement, avaient en fin de compte eu les effets les plus dévastateurs sur ceux qui les avaient propagés en activant leurs marqueurs. Nous avions aussi échappé à cela.

Alors que les communications devenaient plus rares, il était devenu clair que bien qu'étant tenu à l'écart des ravages de notre temps au sein du sanctuaire du Lab, nous n'étions pas séparés temporellement. Notre responsabilité n'en était ainsi désormais que plus grande. Nous n'étions plus des pseudos voyageurs de l'espace, nous étions véritablement des arches de Noé, les embarcations mêmes, chacun de nous arches d'humanité. Et ce fut peut-être l'isolation et le fardeau de ce que nous pourrions être, ou ce que nous pourrions devoir être, qui avait commencé à changer les dynamiques humaines de nos petites communautés insulaires.

Reliques du passé, requiem ou graine, graine d'un futur qui n'avait pas été envisagé avant. Est-ce que notre première responsabilité était de préserver le passé ou de s'adapter, de répondre et de changer afin de survivre ? Biologie de base. Une question essentielle. Tout dans le Lab renforçait la répétition et l'immobilisme dans le but de maintenir. Même la recherche, en particulier la recherche, était si souvent au service de la validation et de promulgation de la pensée établie. Tellement peu demandait ou récompensait l'innovation, sauf dans les réparations. Pour sûr, nous devions être créatifs dans ce domaine. C'est peut-être pour cela qu'il avait toujours préféré les équipes des mécaniciens, mais même pour eux, peu importe la créativité de leurs solutions, la mission était toujours de maintenir. Même l'engagement de rester encapsulé à l'intérieur du Lab, pas même l'air ne devait être changé, travaillait contre nous. Le monde extérieur avait changé et continuait à changer. Trop dangereux de partir. Pour aller où ? Retourner dans les villes ? Radiations et épidémies. Frénésie d'hommes fous en roue libre en cette fin des temps. Pourquoi ne pas y ajouter en plus des extraterrestres, nous étions supposés être dans l'espace extérieur. Désert. Rochers stériles. Vol spatial maintenant très éloigné. Le moment était certainement venu de changer le but du projet. L'arche du maintien des conventions et des contrats, ou l'arche de la vie, du vivant, continuelle, sans peur.

Nous devions choisir. Débats passionnés pendant un moment. Sous-jacente à tout argument proposé, il y avait la peur fondamentale de partir. Une peur qui serait finalement exploitée par quelqu'un lui-même dans sa peur. Et c'était ainsi que nous en étions arrivés là, le CESI dirigeant le Lab, tous les autres acquiesçant. Il n'en avait pas fallu beaucoup, mais ces étapes avaient été suffisantes pour sceller la peur avec encore plus de peur. Nous avions commencé comme astronautes, cryptographes, programmeurs pour ceux qui feraient vraiment le voyage dans l'espace. Maintenant nous étions des astro-riens. Le programme s'était terminé avec la civilisation qui l'avait envisagé. C'en était fini des pseudo-voyageurs de l'espace, même pas vraiment sur Terre mais encapsulés dans le Lab. Prisonniers entre des mondes, aveuglés par des futurs qui n'existeraient jamais. Il prit conscience qu'il y avait eu un autre futur depuis le début. Le Lab n'était pas l'arche, pas cette capsule temporelle privilégiée qu'il se croyait être. Pas plus que nous ne l'étions. L'arche n'était pas à l'intérieur.

L'arche était dehors. Il pouvait maintenant voir tout autour de lui, la vie continuant, complexe, saine, entière. Miraculeusement, et à ses yeux, avec beauté. D'elle-même. L'arche était la Terre, dans sa myriade de générosité. L'arche était ici. C'était là où nous devions être, si nous avions la volonté de rejoindre la vie, si nous pouvions même nous souvenir comment.

Il était entré dans un territoire vierge, dans le temps et dans l'espace, excepté la fine ligne de son trajet luisant sur l'écran de la carte, qu'il vérifiait de temps à autre. Une ligne de plus en plus abstraite, avec une mission suspecte pour commencer. Et d'autant plus suspecte juste avant le lancement s'il avait voulu y regarder de plus près.... Mais maintenant il voulait vraiment essayer d'entrer en contact avec l'autre Lab. Il s'était un peu autorisé à espérer qu'au Lab 6 ils auraient découvert ce qu'était vraiment l'extérieur, et qu'ils auraient fait d'autres choix, ceux que nous avions eu peur de faire. Il continua à suivre les petits ruisseaux et cours d'eau qui trouvaient leur chemin, le chemin de l'eau, à travers les dédales de ces terres reculées, vérifiant juste assez la carte pour rester sur son trajet supposément idéal. Le Lab 6 était implanté dans l'un des plis de crêtes quelque part loin devant. Le paysage défilait en dessous. De longues pentes de couche granitique avec seulement quelques arbres noueux et des arbustes s'accrochant à quelques prises entre d'énormes blocs de rochers ronds. De petites prairies ici et là au milieu d'une pente, verdure, riches de jeunes plantes, et de pins plus grands aux larges formes pleines et des branches balayant le bas du sol. Une autre zone de bosquets de manzanita au sommet d'une crête. Plus de nuages se rapprochaient maintenant, s'élevant du sud, leurs ombres circulant rapidement en, puis hors des vallées, faisant des taches dans le paysage. Des nuages plus gros s'élevaient au-dessus d'eux venant d'en dessous de l'horizon sud, des réguliers et des balayés par le vent, d'autres bourgeonnaient, faisant des montagnes dans le ciel dont la taille faisait paraître plus petit le paysage en dessous.

Après que Richard James eut fermé les portes intérieures de la plateforme de décollage, Ken mit en marche depuis l'écran de sa station de travail un circuit fermé de caméra à l'intérieur de la zone de lancement. Juste pour dire une nouvelle fois aurevoir à Linn s'était-elle dit, mais elle ne faisait vraiment pas confiance à ce Richard James et voulait être sûre que Linn puisse prendre son envol en toute sécurité. La caméra était la seule qui restait sur toute la zone de lancement. 'Oubliée' à point nommé avait-elle souri, alors que tous les autres capteurs avaient été enlevés et utilisés en remplacement ailleurs. Elle ne s'attendait pas à voir beaucoup, la caméra étant dirigée vers le bas du sol visant les rails de lancement, mais au moins elle saurait comment le lancement se serait déroulé.

Elle vit le bas de l'appareil s'élever hors du champ de vision, le champ de distorsion sous l'appareil déforma brièvement la bande étroite de brillance en haut de l'écran qui était le monde extérieur, un monde trop brillant pour les réglages de la caméra. Le sol ensoleillé, moins éclatant, était plus dans sa gamme. Elle put clairement distinguer les rails, puis au moment où l'appareil descendait et tournait vers la droite, une grande ombre se déplaça lentement sur le sol bloquant la lumière du soleil pendant un instant, puis l'ombre disparut. Alors que les portes commençaient à se refermer, elle bataillait avec le contraste et le zoom pour essayer de voir ce qu'il y avait dans la bande de brillance en haut de l'écran, et puis une ombre plus petite balaya soudainement le sol plus proche et plus pâle, ondulant mystérieusement sur les rails comme un rapace aux ailes déployées. Puis l'ombre s'en alla, et la large bande de lumière du soleil s'amincit jusqu'à disparaître comme l'ombre, la caméra ne montrant plus que des rails muets et de nouveau la lumière interne.

Elle expira. Elle n'avait même pas réalisé qu'elle avait retenu son souffle. Elle reprit un peu ses esprits. Une vie à l'extérieur, des rochers stériles, cela ne pouvait être un oiseau. C'était un oiseau, un rapace. Cela ne pouvait être un oiseau, ce devait certainement être l'avion… Elle pressa sur stop, puis de nouveau sur replay et attendit que la petite ombre apparaisse sur l'écran. Elle appuya sur pause et étudia l'image aussi longuement qu'elle osa. Elle essaya d'imaginer chaque orientation possible de la lumière du soleil sur l'avion qui serait susceptible de projeter une ombre de la forme d'un rapace. Pas moyen, et cette chose bougeait dans la direction opposée.

Elle envoya la séquence complète sur sa mémoire privée, effaça l'originale, et modifia le registre de la caméra afin de faire comme si elle n'avait jamais été allumée, puis l'esprit encore avec l'ombre, elle retourna travailler, peu importe le foutu truc qui se trouverait sur sa table de travail. Cela ne pouvait pas être un oiseau, c'était un oiseau. L'image était si brève, si granuleuse, si floue, difficile d'être sûre. Elle remit en route l'enregistrement une nouvelle fois. Elle étudia l'étroite bande de brillance, peut-être quelques contours flous s'y dessinaient, cela pouvait être des rochers, cela pouvait être n'importe quoi. Mais qu'est-ce qu'il pouvait donc y avoir là dehors ? Qu'est-ce que Linn pouvait bien voir ? Elle ferma de nouveau le fichier. Maudites soient les ingérences de ces bâtards du CESI qui avaient enlevé les modules de transmission de l'appareil à la dernière minute. Elle regrettait de ne pas avoir plus insisté pour les faire réinstaller mais elle aurait presque dépassé la limite, ce petit gars insipide du CESI avait de puissants soutiens. Et si, et si… et puis son esprit revint à la charge sur cet improbable questionnement. Et si c'était un rapace, et si un rapace vivait là à l'extérieur, et puis quoi d'autre ? Et si c'était le cas? Et bien quoi ? Cela pourrait être le moment de se montrer un peu curieuse. Elle se sourit à elle-même, ça pourrait être le moment pour moi de faire des inventaires. Elle saisit quelques trucs au hasard sur sa table de travail et se dirigea vers le compartiment isolé de l'équipement spécial dans la zone de stockage, le seul endroit dans le dôme technique à être totalement sans surveillance. C'est le moment pour moi de penser sérieusement à voix haute, de comprendre certaines choses avant que Linn ne rentre. Ce ne sera pas avant la fin de l'après-midi, et puis ce sera peut-être le moment pour lui de faire aussi un petit inventaire… Mince ! Est-ce que cela ne rendrait pas fous ces bâtards du CESI s'il s'avérait que le monde n'était pas plat après tout. Il serait temps que la Terre soit de nouveau ronde.

"Kiiiiii Ki Ki Ki Kiiiiii…. Kiiiiii Ki KI KI Kiiiii…. Kiiiiii Ki Ki Ki Kiiiii." Alehya entendit le cri d'alarme du faucon résonnant depuis le bas de la vallée vers l'est. Clair et intense, et haut dans le ciel. Le cri que les chasseurs ailés de la forêt avaient l'habitude d'utiliser pour chasser les intrus s'approchant trop près de leur nid. Ce n'était ni la saison, ni l'endroit, cela venait du ciel plutôt que des arbres. Des intrus dans le ciel, approchant trop du ciel du monde de ce faucon, approchant trop du ciel du nid de cette vallée. "Kiiiiii Ki Ki Ki Kiiiiii…. Kiiiiii Ki KI KI Kiiiii….". Le faucon poussa encore son cri d'alarme, revenant plus haut vers l'est, puis le faucon et ses cris s'évanouirent dans la distance. Plus loin à l'est, Alehya entendit un autre cri de faucon lui répondant. L'espèce des faucons était en état d'alerte aujourd'hui. Les avertissements restèrent avec Alehya comme des ridelettes à la surface d'une eau calme, alors que les cris s'évanouissaient dans le lointain, et la lumière du soleil et l'ombre retrouvèrent leur quiétude sur la pente autour d'elle.

Une étrange vibration inconnue parvint de nouveau à ses oreilles. Alehya réalisa qu'elle en avait pris conscience dès les cris d'alarmes du faucon bien avant qu'elle ne perçoive le son. Le bourdonnement d'un souffle métallique, un grondement minéral creux, pénible, lointain, un écho sans source, en disharmonie avec la beauté de la journée. Le son se manifestait par intermittence, s'évanouissant puis revenant à nouveau, à chaque fois un peu plus fort, pour finalement ne plus s'évanouir du tout, approchant régulièrement, de plus en plus fort. Elle connaissait les histoires que les vieux racontaient. Elle savait pourquoi le Peuple se déplaçait avec cette paisible danse de l'ombre et de la lumière qu'elle aimait tant. Elle savait pourquoi, lorsqu'ils étaient éloignés de la cache protectrice de leur village, ils ne devaient jamais laisser de traces de leur passage dans le paysage, aucune empreinte, aucune branche cassée, aucun caillou déplacé. Les survols réguliers de ceux qui regardent du dessus s'étaient arrêtés il y a longtemps et le dernier vol aléatoire avait eu lieu bien avant ses premières lunes de femme quelques hivers en arrière. Quelques anciens à la vision profonde ressentaient que certains des yeux du ciel en orbite en altitude au-dessus de la portée des yeux humains fonctionnaient encore. D'autres disaient qu'ils ne croyaient pas qu'il restait encore des Guetteurs pour les surveiller. Mais si les yeux du ciel étaient encore capables de voir en détail ce qui se passait ici en dessous, et même si ne serait-ce qu'un seul œil du ciel ne voyait et qu'un seul Guetteur était là pour constater ce qui était vu, cela mettrait le Peuple en danger. Elle savait que certains des yeux des Guetteurs pouvaient aussi faire tomber la mort autant que voir. La marche attentive et dissimulée dans le paysage continuait donc et faisait partie de la vie du Peuple.

Pour certains des anciens et pour les nouveaux qui étaient venus vivre avec nous au fil des années, pour tous ceux qui avaient vécu les formes de marche plus empressées de l'Avant, la marche lente avait d'abord été difficile. Pour les plus jeunes, pour ceux nés comme elle parmi le Peuple, la marche de la Terre venait naturellement, d'abord comme un jeu, puis comme une habileté, et enfin comme un art, une joie. Alehya trouvait difficile d'envisager de marcher d'une autre façon que tranquillement avec le paysage. Elle pouvait comprendre qu'il faille se déplacer rapidement dans certains cas de dangers, mais elle ne pouvait pas concevoir que l'on puisse s'habituer à la précipitation, à vouloir se déplacer si rapidement au point de passer à côté de cette plénitude qui nous touche à chaque instant, venant des plantes, des arbres, des rochers, du ciel. Et même dans le cas de danger, cette connexion était d'autant plus nécessaire. Courir dans la plénitude, c'était une capacité particulière. Parfois conférée par la grâce en cas de nécessité, parfois pratiquée, apprise.

Elle se souvint, lorsqu'elle était plus jeune, d'avoir joué à Vite Vite Cours Cours avec d'autres enfants. Celui qui avait été désigné pour se dépêcher devait fermer ses yeux à un certain endroit pendant que les autres se cachaient le long d'un sentier. Lorsque tout le monde s'était caché et avait fait son cri personnel d'animal ou d'oiseau qui servait à nous reconnaître, la personne pressée devait courir le long du sentier en essayant de voir autant des autres enfants cachés qu'il le pouvait. En général aucun. Puis le coureur déplaçait la marque un peu plus loin sur le chemin, partait se cacher et faisait son cri, et le premier des enfants cachés sortait et se mettait à courir en essayant de voir. Si cinq ou six enfants jouaient, chacun devait courir sept fois, et cela devenait difficile de ne pas rigoler. Les cachés se rendaient de plus en plus visibles, faisant des grimaces, remuant les doigts faisant ressortir sur le chemin des brindilles, des branches, voir des pieds. Nous finissions tous par sortir de notre cachette en s'écroulant de rire tous ensemble sur le sentier. Quelques enfants étaient devenus bons pour voir tout en courant rapidement, et ils avaient commencé à s'entraîner pour les moments de dangers où l'on pourrait avoir besoin de coureurs. Alehya avait fait partie de ceux-là. Et même si son entraînement ne lui avait donné que plus d'amour pour le rythme lent et doux de la marche quotidienne, il lui avait aussi permis d'acquérir une souplesse et une grâce dans ses mouvements que toute la communauté appréciait. Sa joie était une offrande pour tous. Son ami Tomah aimait la course en tant que tel et cette habileté à percevoir en courant. Son entraînement l'avait conduit encore plus loin. Il offrait une autre forme de joie, et le Peuple appréciait la force de son assurance. Il courait telle une flèche en vol, et c'était tellement inattendu pour un garçon si posé et calme. Maintenant c'était presque un homme, elle se souvint de lui et sourit.

L'étrange son se rapprochait, cri vide, plein de précipitation, de hâte et peut-être voyant. Alors qu'une forme volante s'approchait en dessous d'elle, volant bas, suivant le cours sinueux de l'étroite vallée, elle s'immobilisa, cachée en haut d'une pente dans l'ombre d'un arbre. Un appareil en métal de la forme d'un poisson, ressemblant plus à une chose nageant que volant, un poisson du ciel en métal, soufflant un grondement creux et sourd. L'intru des faucons. Des marques étranges sur le côté. Des ailes courtes, comme des ailerons. Des ovales brillants de peau dure et plate sur le devant de l'appareil, différents du corps métallique. Les ovales étaient comme des yeux, mais elle savait que c'était une chose fabriquée, une chose des Guetteurs. Elle avait entendu dans des histoires que de nombreux appareils comme celui-ci n'avait personne à l'intérieur, juste de l'équipement qui pouvait voler en autonomie et agir de lui-même en fonction de ce qu'il rencontrait. Elle savait que les Guetteurs pouvaient aussi voir au travers des yeux de l'appareil à distance lorsque celui-ci était en vol. Celui-ci n'était pas une chose de Guetteurs à distance. Il y avait bien quelqu'un à l'intérieur, elle en était sûre. Elle pouvait ressentir une présence différente d'une machine. Elle ne savait pas comment un ancien ressentirait un Guetteur, mais elle fut surprise comme la personne à l'intérieur de l'appareil lui paraissait humaine, et elle ne ressentait pas de voyage de mort ici. Qui que ce soit ou quoi que ce soit qui nageait dans le ciel au travers de cette vallée, les anciens devaient être tenus au courant. Le parcours médicinal pouvait être remis à un autre moment.

Elle attendit. Le poisson du ciel en métal pouvait revenir, ou il pouvait y en avoir d'autres à suivre. Elle était certaine qu'il ne l'avait pas vue. Elle n'avait pas bougé dans l'ombre de l'arbre, fondue dans l'ombre, avec l'arbre, cachée au sein de l'écran des larges branches basses. Elle n'avait laissé aucune trace de son passage sur la pente dans les zones découvertes. Pour la sécurité du Peuple, elle attendit un peu plus longtemps, encore immobile. L'appareil s'éloignait clairement. Il était parvenu au sommet du point le plus bas de la crête à l'extrémité de la vallée après avoir contourné le gros surplomb de dalles de granite surgissant de la pente un peu plus haut dans la gorge. Il doit avoir plongé pour suivre la vallée suivante. Le son de son grondement vide s'affaiblissait en traversant le paysage, plus fort lorsque l'appareil survolait une autre crête, puis avec un son plus faible lorsque plongeant en dessous de la ligne de crête pour suivre une autre vallée, les crêtes tamisant de nouveau son pénible grondement. Vers l'ouest, le pays était accidenté malgré les doux contours des crêtes sommitales et des couches d'arbres se dissolvant dans les bleus du lointain. Un enchevêtrement de canyons et d'étroites vallées.

Puis elle entendit un changement dans le bruit. Non pas du fait des crêtes ou de la distance, mais de l'appareil lui-même, plus aigu maintenant, comme une plainte, puis un rythme bégayant et haché, et l'intuition fulgurante d'une personne à bord très effrayée. Ainsi l'ouverture du Peuple pouvait atteindre même ceux qui cherchaient du dessus. Le cri de peur plus fort, puis atténué du fait des replis de la Terre séparant Alehya de cette chose volante chancelante, puis un fort bruit sourd, comme un arbre tombant, ou une coulée de boue. Brutal, final. Puis le silence et l'immobilité d'un calme sur ses gardes. Quelques minutes passèrent. Un autre son, intense, explosif, puis au loin une colonne d'épaisse fumée noire s'éleva au-dessus de la ligne de crête.

Linn venait juste de repérer une large zone de prairie au-dessus devant lui lorsque la lumière rouge d'alarme s'alluma. Une chute soudaine de puissance dans la pile à combustible. D'autres lumières d'alarmes. La fonction de recharge automatique bloquée. Le son du moteur de l'appareil balbutia, arythmique, l'appareil était en train de perdre le peu d'altitude qu'il avait, et il la perdait rapidement. La large prairie de plus en plus proche, et puis le moteur s'arrêta complètement. Il s'efforça de maintenir l'appareil dans une position planeur aussi longtemps que possible, puis laissa l'impact abrasif freiner l'appareil. Arrachant les herbes et les petits arbustes, labourant la terre, il finit par s'arrêter, le nez enterré dans un tas de terre, d'herbes et de graviers du champ déchiqueté. Linn avait été brutalement projeté en avant contre son harnais, mais les sangles avaient résisté. Il était peut-être contusionné, choqué et tremblant, mais sans blessure. Le tableau de contrôle des instruments était mort. Aucun moyen pour le système de faire un auto diagnostique. La mécanique de l'appareil à l'intérieur de l'avion avait indubitablement été broyée dans l'impact.

Il chercha instinctivement la trousse de secours sous le siège. Equipement de base même pour des vols courts. Il ne trouva rien. Depuis trop longtemps éloigné du terrain, il aurait dû vérifier. Ce devait être quelque part. Il y avait très peu d'endroits dans le cockpit où la trousse pouvait être, tout à portée de main. Il ne trouva rien. Il l'avait cru là, il s'en était remis à l'équipe de préparation. Il pensa au jeune homme, Richard James, à la batterie de remplacement, à l'avertissement dans le regard de Ken. Il se trouva en train de se demander quoi d'autre avait ou n'avait pas été préparé pour lui. Cette soudaine perte de puissance, tellement inattendue. Il était seulement sorti depuis quelques heures, la charge aurait dû tenir pour la totalité du vol, aller et retour. La nouvelle batterie avait été fournie par le CESI spécifiquement pour cette mission. Afin de s'assurer qu'elle durerait. Supposément. Que supposait-il d'autre ? Encore choqué, bougeant lentement, il se libéra du harnais et essaya la porte. Le loquet refusa de s'ouvrir. Une vague de panique commença à émerger, il essaya de nouveau le loquet, avec plus de force cette fois et en y ajoutant quelques jurons biologiques. Le verrou finit par lâcher. Il souleva la porte, bougeant plus rapidement maintenant, et faisant violemment glisser la porte sur ses rails en sautant sur l'herbe de la prairie. Trébuchant, sur le point de tomber, trouvant son équilibre en se penchant dans l'air, volant maintenant sur des jambes humaines maladroites, chancelant, courant dans la prairie. Un avertissement venant de l'intérieur de lui-même, profond, insistent, urgent, l'éloignant de l'appareil, l'amenant vers un petit bosquet d'arbres semblable à une île dans la prairie. Il courut vers les arbres, leur forme devenant plus grande, le disque de leur ombre rond et parfait comme de l'eau calme semblait accueillant, un port sûr, un refuge. Derrière lui un éclair de lumière avec l'explosion de l'appareil, puis un bruit de craquement fulgurant. L'onde de choc le souleva et le projeta en avant le plongeant dans l'herbe tout près des arbres. Sonné, ses oreilles sifflant, il demeura immobile son visage enfoui dans l'odeur de l'humidité fertile des racines, des plantes de la prairie et de la terre argileuse, cherchant à se protéger de la fumée âcre et caustique qui commençait à se répandre dans l'air. Son corps choqué dans l'immobilité, ses pensées déconnectées du reste de lui, en roue libre. Digérant. Un accident avec une explication pratique. La réserve de carburant endommagée par l'impact. Les embouts déchirés de part en part. Frottement venant de l'accident. Et une autre question agitait aussi son esprit. La question qu'il ne souhaitait pas se poser. Que l'accident, son accident, puisse avoir été prémédité, préparé, au grand minimum par une négligence intentionnelle, au pire un sabotage pur et simple. Puis une autre pensée, au-delà du questionnement, enveloppé dans l'émerveillement et la gratitude de la force, quelle qu'elle soit, qui l'avait extrait de l'appareil vers l'île des arbres, grâce ou intuition, gratitude dans tous les cas.

L'épais nuage de fumée était en train de se dissiper, ce n'était plus qu'une fine colonne s'élevant dans l'air. Il rampa jusqu'à l'ombre protectrice des arbres et s'assit en s'adossant à l'écorce douce de l'arbre le plus proche. C'étaient des cèdres. Leur parfum riche et épicé remplaça progressivement dans l'air la pollution rémanente du feu chimique. Il s'assit, se laissant aller au sein de l'arbre, laissant le choc l'emmener en profondeur, s'abandonnant au choc, à l'arbre, à la prairie, à la terre argileuse. Inspirant le cèdre et la prairie, expirant l'enfermement du Lab. Permettant à ses pensées d'aller et venir, laissant des motifs se rassembler puis se disperser. Se posant en douceur, comme les feuilles tombantes, comme de la cendre tombante, comme de la neige tombante. Lentement, tranquillement, la conscience du temps revint et avec elle le sérieux d'un autre genre de gravité. Le jour devenait plus sombre, la couverture nuageuse s'était épaissie. Un front froid était en train d'arriver rapidement. Il ressentit une humidité froide dans l'air. Quelques flocons de neige tout autour de lui, le calme de la Terre se tournant doucement vers l'intérieur, vers le bas, des minuscules eaux partout autour de lui dont il se souvenait être de la glace. Il devait rechercher un abri plus chaud. Il tenta de se lever. Sa tête ne bougeait pas au même rythme que son corps. Elle se mit plutôt à tourner ce qui fit aussi tourner le sol. Il s'agrippa à l'arbre pour se soutenir et redescendit lentement vers le sol pour s'asseoir de nouveau.

Alehya remonta la pente avec précaution, se déplaçant avec le vent. Un calme vigilant persistait dans la vallée. Le groupe d'oiseaux bleus s'était dispersé au premier son du cri du faucon, et il n'était pas revenu une fois le poisson du ciel passé. Elle faisait encore attention au cas où il y aurait d'autres appareils volants, d'autres yeux du ciel. Elle atteint les manzanitas et se courba, cachée à l'intérieur du bosquet d'ombres pourpres et de troncs brun-rouge. Elle regarda la fumée s'élevant au-dessus des couches de lignes de crêtes. Au moins trois vallées entre ici et là-bas. L'appel de la peur qu'elle avait ressenti lorsque l'avion s'essoufflait avait été suivi par l'appel d'une vive douleur ou d'une alerte qui s'était rapidement affaiblie en une douceur imprécise, comme si la personne était en état de choc, mais l'appel était encore là.

Quelqu'un arrivait dans le chemin derrière elle. Elle put distinguer les sons tamisés d'une personne se déplaçant comme elle l'avait fait, suivant les rythmes du vent et des ombres. Tomah. Il savait qu'elle était partie sur ce chemin aujourd'hui. Peut-être avait-il aussi vu le poisson du ciel, même avant la fumée. Il monta avec légèreté dans la pente, fit une pause à l'ombre du même arbre où elle s'était assise, et regarda avec insistance vers les manzanitas sur la crête. Elle fit un petit geste de la main. Il sourit au sein de l'ombre tachetée de l'arbre. Elle lui répondit par un sourire. Deux ombres se souriant. Il attendit un moment, puis remonta la pente pour la rejoindre.

Ils parlèrent principalement au sein d'une ouverture entre eux, parfois avec les mains et les yeux, occasionnellement avec des mots doucement murmurés.

Le vol ... ? commença Tomah

Tu l'as vu aussi ?

Oui.

Il a suivi la vallée, en volant bas. Elle mima le vol de l'avion avec ses mains alors que ses yeux dessinaient le trajet qu'il avait pris en remontant la vallée.

Une personne.....

Oui, je l'ai senti aussi.

La fumée... La chose volante s'est écrasée.

Oui. La personne avait peur.

Un homme.

Alehya acquiesça d'un signe de tête et se mit à murmurer. "Il n'est plus si effrayé à l'heure qu'il est, il est plus calme, il se pose, difficile à décrire, une texture, comme de la neige qui tombe." Elle fit alors dans le langage des signes les gracieux mouvements tournoyants pour dire la neige, les deux mains flottant doucement en direction du bas, et elle ajouta dans le langage silencieux, *son appel n'est plus aussi fort maintenant, mais je peux encore le ressentir.*

C'est étrange de sentir un Taibo'oo si clairement. Plutôt que le mot 'Guetteur', il utilisa le mot pour désigner les étrangers dans la langue des Anciens.

Je ne savais pas qu'ils connaissaient la communication silencieuse.

Oui. J'ai aussi été surprise. Tomah, c'est important, comme un rêve ou une vision. Je ne peux pas vraiment voir… mais il ne semble pas dangereux, peut-être différent, mais pas un Taibo'oo, il semble humain… Ses yeux étaient dans l'attente, emplis de questionnements au sujet de sa connexion avec cet événement étrange. *Il y a une raison pour qu'il soit passé si près,* conclut-elle, comme si cela s'était installé en elle.

Tomah sentit qu'il devait bien réfléchir avant de répondre. Il avait vu son regard impatient. Il connaissait son dynamisme. Sa volonté d'aider quiconque, un petit oiseau tombé du nid, un ancien portant un panier lourd sur le chemin, un des jeunes enfants avec une blessure aux genoux. Ses mains habiles fabriquant des cordes, tressant des paniers, toujours prêtes à veiller sur un feu de cuisson, à équilibrer une charge, et maintenant à guérir, son nouvel apprentissage de la voie intérieure des plantes médicinales. Sa volonté forte, son esprit indépendant, son bon cœur. Il serait difficile de lui faire renoncer, de la convaincre de ne pas y aller. Il mit tout cela dans la balance avec l'affection qu'il lui portait. Son amour grandissait. Il lui fit signe de ramper à quatre pattes dans les manzanitas jusqu'à ce qu'ils puissent tous les deux voir le site de l'accident. Le premier gros panache de fumée qui s'était élevé avait maintenant dérivé vers le nord, se dissipant progressivement. Une fine colonne de fumée sombre s'élevait encore du lieu de l'accident.

Un, deux, au moins trois vallées, entre ici et là-bas, peut-être quatre, suggéra Alehya en comptant du regard.

Pays escarpé, répondit Tomah. Il examina la distance avec ses yeux, puis acquiesça, satisfait. *Regarde le grand arbre sur la crête. Là, aligné avec la fumée, sur la crête la plus proche de la fumée. Tu vois ?*

Oui je le vois.

Je reconnais cet arbre, une double couronne, le tronc courbé avant la ramification. L'oncle de cœur d'Abi avait vu l'ourse près de là-bas sur la crête. C'était il y a deux hivers, au cours du printemps. Les ours étaient descendus des montagnes plus tôt cette année-là après leur sommeil hivernal, tu t'en souviens ? Et celui-ci était grognon. Vieil Oncle ne savait pas que l'ours était là. Il était monté tranquillement et avait surpris l'ours. Vieil Oncle lui aussi avait été surpris.

Il l'avait surpris. Aïïï !

Vieil Oncle respire fortement, mais il reste grand et parle calmement avec l'ours. Finalement l'ours se détourne et repart. Mais Vieil Oncle dit qu'il a un pressentiment au sujet de cet ours. Après que l'ours soit hors de vue, Vieil Oncle grimpe sur le gros arbre le plus proche. Celui avec la fourche, là-bas sur la crête. C'était assez sûr, l'ours allait revenir.

L'ours revient. Les yeux d'Alehya brillaient, Tomah racontait si bien l'histoire.

L'ours s'approche de l'arbre et regarde vers Vieil Oncle pendant un moment, sentant et humant l'air, puis il commence à grimper aussi à l'arbre. Vieil Oncle se met à grimper plus haut pour échapper à l'ours, mais lorsque l'ours arrive à la fourche, il regarde de nouveau vers Vieil Oncle et commence à grimper sur l'autre tronc.

L'autre tronc ! sourit Alehya en levant ses sourcils d'une façon malicieuse.

Oui. C'est ainsi que Vieil Oncle le raconte. L'ours est là-haut au même niveau que Vieil Oncle, le regardant depuis l'autre tronc. Puis l'ours se met à mâchouiller l'arbre, pour la résine et la partie intérieure de l'écorce. Il y a une grosse marque sur le tronc qui a été mâchouillé par l'ours, on ne peut pas tout à fait le voir d'ici. Puis l'ours redescend et s'en va.

Le pin à sucre. Bien plus sucré que Vieil Oncle, rit Alehya et tous les deux sourirent.

Vieil Oncle disait que cet ours savait qu'il était trop coriace et âcre pour constituer un repas, que des tendons et des os.

La famille des ours est sage. Ils savent beaucoup de choses. Et celle-ci a donné à Vieil Oncle une bonne histoire.

Abi m'a montré l'arbre quand nous sommes allés à la petite source en haut de la vallée juste après l'arbre. C'est cette même vallée où a eu lieu l'accident.

Ils regardèrent au-delà de l'arbre. La fumée se dissipait maintenant plus rapidement. De longs rideaux d'averses de neige se mêlent à l'ombre des nuages balayaient le sud, arrivant vite, se rapprochant de la vallée et se rassemblant vers les montagnes plus hautes au-delà.

Les ours auront rapidement de la neige à manger dans la montagne s'ils ne sont pas déjà endormis, remarqua Alehya en faisant le geste de la main pour l'hiver, tenant ses pouces proches de sa poitrine et les faisant trembler, mais ses yeux étaient dans la vallée, pas dans les montagnes lointaines.

La neige va bientôt arriver dans les vallées aussi.

Oui.

L'homme de l'accident, tu as dit qu'il se sentait comme de la neige tombante... Tomah revint à la décision à prendre. Vieil Oncle et l'ours, l'arbre et l'accident, l'arrivée de la neige et le temps du sommeil de l'hiver. Tout était connecté. Tomah savait qu'avoir raconté cette histoire avait son importance. Pendant qu'il la racontait il avait passé au crible les éléments de cette journée, se souvenant comment son propre oncle lui avait enseigné que tout comptait, que chaque chose était une partie du tout, que chaque chose avait une histoire et que les histoires en faisaient aussi partie, que ces histoires étaient la façon dont nous voyons se dessiner les choses, et la façon dont nous nous en souvenons. Elles étaient des repères, comme l'arbre, pointant vers la structure en laquelle toutes les choses se trament. Les histoires nous aidaient à voir la totalité, la connexion, l'appartenance. Elles nous aidaient à décider.

Tomah, je dois le rejoindre rapidement, il se peut qu'il ait besoin de notre aide. Alehya tenta de le convaincre avec ses yeux.

Il était évident que nous devions y aller.

Oui c'est le moment.

Au moins maintenant qu'il avait reconnu l'arbre, il pourrait aider.

Je me souviens comment Abi m'a amené dans cette vallée, commença-t-il doucement, reparcourant le trajet avec son esprit.

Tu peux revenir par ce chemin, et puis y entrer de là-bas.

Il fit des gestes avec les mains.

Et pourquoi est-ce que je n'irais pas directement vers l'arbre de l'ours plutôt ?

Tomah la regarda. *Peut-être plus rapide, à moins que tu ne doives faire demi-tour sur le chemin. Et ces vallées sont très raides… Un trajet plus difficile*, finit-il par dire, mais il put lire dans ses yeux qu'elle avait déjà pris sa décision. Leur conseil à deux n'avait pas exactement atteint le consensus, mais il n'y avait pas beaucoup de temps. Elle était toujours si vive, et lui était par nature plus lent et plus réfléchi pour considérer et décider, même si une fois décidé, il était aussi décisif dans ses actions qu'il était réfléchi pour les considérer. Il y avait un moment pour aller lentement et un temps pour faire vite. Une fois que vous avez décoché une flèche, il est difficile de la faire revenir. Il aimait avoir un but précis en tête. Il regrettait de ne pas pouvoir aller avec elle, mais elle s'y connaissait plus en soin et il était le coureur le plus rapide, le messager de leur Peuple. Ils avaient tous les deux leur habileté et leur façon de faire. Il soupira et lui sourit avec affection.

Vas-y maintenant, et je parlerai au village et aux anciens de l'avion du ciel et où tu es allée. Il est nécessaire qu'ils le sachent. Et, ajouta-t-il, *fais attention.*

Il se tourna et estima de nouveau la distance avec ses yeux, comme s'il était déjà en train de suivre la progression d'Alehya là-bas, jaugeant l'arrivée des nuages de neige. Lui faisant confiance tout en étant encore un peu hésitant à la laisser partir.

Fais attention, dit-il de nouveau,

Et prends garde aux ours du printemps !

Tous les deux rirent.

Et toi aussi, fais attention, Rapide Messager.

Elle lui toucha doucement la main et lui sourit avec les yeux, ce qui fit parcourir en son corps une chaleur brillante.

Il la toucha doucement en retour avec ses yeux, puis il reprit le chemin par lequel il était venu, se déplaçant plus rapidement cette fois.

La femme connue comme Dort-comme-un-Ours-Vit-Deux-Fois s'attardait sur le sentier de la montagne. Loin à l'est, elle avait aperçu une fine colonne de fumée grise s'élevant au-dessus des lignes de crêtes comme une traînée de fusain dans le ciel assombri de nuages. Elle posa son panier et éleva ses mains pour faire écran à ses yeux afin de mieux voir la fumée. La fille Alehya s'était rendue à un camp-village dans cette direction afin d'apprendre là-bas de quelques anciens les herbes médicinales de ce canyon et de cette vallée. Et peut-être aussi pour se rapprocher de Tomah. Vit-Deux-Fois sourit. Les jeunes étaient si beaux dans leur découverte mutuelle. Elle n'avait aucun souvenir de sa jeunesse ni de ses premières amours comme pour Alehya et Tomah, et elle se réjouissait de leur bonheur. Alehya était une amie particulière qui l'avait aidée avec les us et coutumes du Peuple lorsqu'elle était nouvelle parmi eux. Vit-Deux-Fois ne savait pas ce que cette fumée signifiait. Elle fit une prière pour la sécurité de tout le Peuple dans les pays bleus vers l'est. La fumée attira son attention, ainsi que la direction de l'est et la mit mal à l'aise. Le Peuple l'avait trouvée vers là-bas, quelque part dans ce lointain, enveloppée dans un profond sommeil, et ils avaient pris soin d'elle et l'avaient accueillie dans leur vie comme une des leurs. Ils l'avaient d'abord appelée Dort-Comme-Un-Ours, mais les ours reprennent une vie normale lorsqu'ils émergent de leur sommeil hivernal, et comme elle ne se souvenait de rien d'avant, ils l'appelèrent Vit-Deux-Fois tandis que ceux qui la connaissaient bien l'appelaient encore affectueusement Dort-Comme-Un-Ours après la période de sommeil des ours. Lorsqu'elle essayait de remonter au temps d'avant sa présence avec le Peuple, elle se retrouvait toujours bloquée par une obscurité protectrice refoulante. Quels que soient les souvenirs qui pouvaient revenir de l'au-delà, une obscurité voulait demeurer. Être avec le Peuple lui suffisait maintenant.

Une neige légère commença à tomber, avec des flocons semblables à de petites plumes dérivant dans l'air autour d'elle. Quelques-uns s'accrochèrent à ses cheveux, le blanc contre ses mèches sombres commençant à peine à s'accumuler sur le gris de leur propre hiver. Ici et là dans le lointain, des rideaux soyeux de neige plus lourde faisaient disparaître la fine de colonne de fumée. Les anciens avec lesquels elle s'était réunie aujourd'hui avaient fait une pause sur le sentier un peu au-dessus, ils la regardaient en l'attendant. Elle reprit son panier et continua à monter la pente pour les rejoindre, en suivant le murmure de leurs pas, déposés sur le sol aussi légèrement que de fragiles flocons de neige.

La femelle ourse leva la tête. Le vent venant de la montagne amena l'odeur âcre d'une chose inhabituelle qui était en train de brûler, une odeur inconnue et transperçante. Les choses qui étaient en train de brûler n'étaient pas du monde dans lequel elle vivait, respirait et se déplaçait, elles n'étaient pas du monde qui était en harmonie avec elle comme elle était en harmonie avec lui, aussi confortablement que l'épaisse fourrure grisonnante autour d'elle roulait et ondulait avec le mouvement de ses muscles au-dessous. Elle se leva sur ses pattes arrière, ses grandes pattes avant restant relâchées, respirant profondément, inspire, expire, inspire, expire, de plus en plus profond... Son museau frémit, les muscles autour de son nez et de ses lèvres bougeant, se suspendant, se contractant, guidant ses sens, sa bouche lapant l'air, goûtant, testant, cherchant plus d'indices sur ces choses inconnues. Elle demeura érigée pendant un moment, puis retomba sur ses quatre pattes et s'éloigna doucement. Sa lourdeur se balançant avec aisance, avec grâce et avec le roulement et le balancement de ses épaules puissantes et de ses larges hanches élastiques. Quelques flocons de neige dérivant dans l'air, puis plus abondants. La neige tombait maintenant doucement tout autour d'elle. Fondant sur son museau. De petits amas duveteux de flocons se balançaient délicatement sur les longues extrémités de sa fourrure. Ne fondant pas. Un appel venant de ses os, l'appel de l'hiver. Un autre appel de l'intérieur, de nouvelles vies attendaient grandissant en elle, minuscules, dérivant sur ses mers intérieures, un besoin ancestral d'entrer dans le renouveau atemporel de son espèce suspendu dans une profondeur au-delà du sommeil.

Elle n'avait pas de nom à entendre, comme en ont certaines autres espèces. Son nom était dans tous ses sons, dans chacun de ses mouvements, dans son odeur, dans son souffle. Ses nouveaux oursons la reconnaîtraient, comme d'autres la reconnaissaient, par sa présence même, par son être, infus dans chaque mouvement de sa respiration, dans la texture de sa fourrure, dans la façon de se déhancher et de bouger les épaules, épaule et hanche en alternance. Ils la connaîtraient par cœur. Ils ne l'oublieraient jamais. Ils la connaîtraient dans leur sang, son sang en eux l'appelant continuellement.

Linn laissa son poids s'appuyer contre l'arbre, et s'enfonça dans la Terre, laissant la Terre et l'arbre absorber le tourbillon de son esprit. Il pouvait ressentir les racines en profondeur au-dessous de lui. Les racines des arbres, des herbes de la prairie, de la totalité du paysage l'attiraient à l'intérieur, l'attiraient vers le bas, l'attraction de l'hiver. Les racines exploraient, cherchant des petits interstices entre des particules de sol, cherchant des gouttes d'eau dormant bien en dessous du gel et du dégel de l'hiver. Il pouvait ressentir les forêts de feuilles mortes cherchant à se dissoudre dans leur propre sommeil hivernal, cherchant à redevenir sol et lumière et air dans une autre saison. Géométrie fractale. Motifs fractals. Forme tantôt intérieure, tantôt extérieure. Intuition fractale, le noyau du sens définissant, donnant naissance et illuminant la totalité. Etrangement, il se sentait en paix, toutes les questions et les réponses n'étaient plus nécessaires dans l'instant. Des voiles de neige fine emplissaient l'air, de petits grains tombaient au rythme régulier de la pluie. Une pause, puis de plus gros flocons, attirés plus doucement vers la Terre, dérivant vers le bas avec la gravité plus lente de la grâce, sa tête qui lui tournait se mit en phase avec la neige. La neige formait de fragiles ailettes en équilibre sur les brins secs des herbes de la prairie. Les fines tiges se courbaient, pliant sous leur poids délicat pour finalement plonger dans la blancheur grandissante. Bientôt les restes de l'accident ne paraîtraient être rien de plus qu'un affleurement irrégulier de rochers, dès lors plus rien d'étranger, se fondant lentement dans le paysage avec la même grâce enveloppante. Il était maintenant sur une petite île, dans l'ombre de neige des cèdres. La blancheur en colorait doucement l'intérieur dans sa direction. Une neige granuleuse tombait de nouveau, des petits morceaux de neige dérivant vers son île étaient transportés par les bourrasques du vent. Des grains de neige se déposaient sur ses jambes étendues. Quelques-uns à la fois, puis un peu plus. S'installant dans les crevasses entre les plis du pantalon, les givrant en hauts reliefs. Comme le négatif d'une photo de jadis, ou la lumière de la lune sculptant le monde en formes d'ombre et de lumière. Il soupira. Beauté subtile, si simple finalement. Il n'avait même pas froid.

Alehya attendit jusqu'à ce que les traces subtiles du passage de Tomah s'effacent. *Cours rapidement, Rapide Messager.* Elle sourit de nouveau dans la direction vers laquelle il était parti. Elle avança lentement au travers du labyrinthe des troncs de manzanita jusqu'à ce qu'elle puisse voir le bas de la prochaine vallée. La crête plongeait plus fortement. La pente raide au-dessous d'elle était densément végétalisée, principalement de vieux cèdres et de vieux sapins, quelques pins et de vieilles souches d'arbousier, quelques arbustes et des arbres plus jeunes s'entremêlaient en recherchant la lumière au milieu des arbres plus grands. Elle regarda dans le lointain vers le crash. Une colonne de fumée de moins en moins dense s'élevait encore dans le ciel, flottant un peu dans l'air puis se dissipant rapidement. Des averses de neige tachetaient le paysage vers le sud et vers l'est, se déplaçant rapidement de vallées en vallées. Elle se repéra de nouveau grâce à la position de l'arbre de l'ours de Vieil Oncle, et par rapport au terrain qui descendait raide sous elle. Une fois la fumée dissipée, l'arbre serait son guide à chaque fois qu'elle atteindrait le sommet des crêtes entre là et le lieu du crash.

L'appel de l'homme du ciel l'aiderait à le trouver lorsqu'elle en serait plus proche.

Elle commença à essayer de descendre la pente, se déplaçant lentement à travers l'enchevêtrement de broussailles et de branches tombées. Sous l'épaisse couverture des arbres, l'air de la forêt était silencieux, à part son déplacement trop bruyant, au moins pour ses oreilles. Tout autour d'elle, le parfum frais de cèdre vert se mêlait à l'odeur sèche de la moisissure venant de la décomposition. Des années de branches friables, de brindilles et de feuilles répandues finement en couches fragiles sur le sol de la forêt, craquaient doucement sous ses pas, peu importe l'attention qu'elle pouvait y mettre. Progression lente effectivement. Tomah avait raison. Mais toutes les pentes exposées au nord étaient ainsi, et contourner prendrait encore plus de temps. Elle ressentit de la gratitude en atteignant un chemin de biches qui lui offrit un trajet plus calme traversant la pente raide en diagonale. Cet étroit passage déjà emprunté se dessinait au travers de petites brindilles cassantes qui montraient la voie pour descendre plus facilement. Enfin pas toujours si facilement. Cela dépend si l'on se déplace à quatre pattes et que l'on est un peu plus proche du sol, se dit-elle en souriant lorsqu'elle arriva à un premier paquet de branches basses traversant le chemin. Les biches avaient dû passer juste en dessous, elle s'accroupit pour faire de même.

Plus bas dans la pente, le sentier fusionna avec un chemin de biches plus large qui portait des traces de biches mais aussi d'autres amis à quatre pattes, les deux chemins se rassemblaient en descendant la pente tel un petit ruisseau rejoignant un autre naturellement. Le chemin qu'elle avait rejoint était bien fréquenté, avec assez de recouvrement de traces de talons lobés, de griffes, de doigts et de coussinets ainsi que de sabots pour qu'il soit plus difficile de distinguer ses traces si elle prenait soin de mélanger ses pas aux leurs. Nombreux de ses compagnons voyageurs étaient plus actifs la nuit, et en marchant dans leur sillage, elle lisait les signes qui témoignaient de leurs vies. Un passage avec quelques traces fraîches dépassant toutes les autres. *Bonjour sœur coyote, tu es encore de sortie à cette heure-ci je vois.* Des traces de mains aux doigts longs et délicats ressortant du tas d'autres formes. *Petit frère raton laveur, est-ce que ta cueillette a été bonne ?* De petites traces de pieds plats, proches de mini pieds d'ours mais pas tout à fait identiques. *Salut petite mère mouffette, est-ce que ta nuit de chasse a été bonne aussi ?* Tissés au-dessus, au-dessous, autour, et au travers de la plupart des autres motifs sur le chemin, les formes fendues des sabots de biches. Elle sourit. Le peuple des cerfs en chemin vers leur couche du début d'après-midi dissimulerait bientôt son passage avec leurs traces nettes et aigues. *Merci à vous tous mes frères et sœurs, pour vos chemins, pour fondre mon chemin dans les vôtres.*

Quelques flocons de neige commencèrent à dériver dans l'air. Tout autour d'elle, une sensation de redescente et d'intériorisation avec la neige. Comme un doux soupir, un moment de suspension, une grande écoute de la venue de l'hiver. Un moment pour faire une pause, pour s'asseoir et être avec la quiétude prête à recouvrir le paysage. Elle tendit ses mains vers l'extérieur, quelques flocons de neige atterrirent dans ses paumes ouvertes, fondant avec sa chaleur. *Merci eaux du ciel, merci eaux de l'hiver pour votre bénédiction.* Une légère rafale de vent souffla en réponse, la neige tombant au-dessus d'elle, blanc sur blanc dans l'espace du ciel brillant entre les arbres sombres. L'hiver respirait en réponse, en flocons tournoyant dans le calme tombant et se répandant progressivement en douceur tout autour d'elle. Elle adorait la neige, et particulièrement les premières neiges, mais elle avait une mission et le mouvement d'intériorisation qui l'entourait ajouta à l'urgence. Elle devait rejoindre l'homme avant que ce mouvement ne l'avale aussi, pour toujours, dans la grâce de l'hiver.

Après qu'elle eut traversé le petit ruisseau au fond de la vallée, un enchevêtrement d'arbres tombés et de ronces entrelacées colonisait la pente s'élevant au-dessus d'elle. L'un des endroits ou le feu du ciel venant des orages d'été avaient pris des arbres. Le chemin qu'elle suivait le contournait, il faudrait qu'elle en fasse de même. Peu de couverture ici jusqu'à ce qu'elle atteigne les arbres plus hauts sur la pente. Soudain un déluge de neige emplit l'air. Elle rapprocha d'elle son manteau extérieur. S'il commençait à neiger plus fort, ses traces deviendraient visibles dans la blancheur. Même lorsqu'elles seraient recouvertes, il y aurait encore des motifs apparents. Les petites fossettes et le rythme de leur espacement dans la surface lisse de la neige seraient faciles à décrypter. Et il n'y aurait aucun moyen de cacher les creux qui se révéleraient avec la neige plus lourde. S'il devait y avoir des yeux, il serait mieux pour ses traces de se fondre avec le passage du peuple des biches et des autres amis à quatre pattes. Ils connaissaient mieux le terrain, et nombre d'entre eux avaient une vision plus précise et plus avisée, ils ne prendraient pas de risques inconsidérés.

Même dans les sentiers d'animaux, sa progression était lente. À chaque fois qu'elle atteignait le sommet d'une crête, elle se réorientait vers l'arbre de Vieil Oncle. La neige s'arrêta et reprit en courtes averses disparaissant aussi vite qu'elles étaient venues. Parfois en petits amas de flocons semblables aux plumes duveteuses du poitrail, parfois en minuscules cailloux granuleux semblables à du sable blanc. Lorsqu'elle atteignit finalement l'arbre de l'ours et qu'elle put regarder vers le crash en contre-bas, elle remarqua que le fond de la vallée était plus large que dans les autres vallées, s'incurvant un petit peu vers un côté, avec un espace de prairie au niveau de la courbure. La source que Tomah était allé voir avec Abi devait se trouver à l'extrémité de la vallée au pied de la face rocheuse pentue. Tout se dissolvait rapidement en voiles de neige tourbillonnante. La neige tombait ici plus intensément, gelant la prairie et se déposant avec légèreté sur les épaules des arbres. Bientôt le paysage serait complètement enveloppé dans le blanc de l'hiver. Au milieu du champ, une large gouge dans la terre menait à un tas à la forme ronde duquel dépassaient quelques formes irrégulières. Le crash. La neige n'adhérait pas encore au monticule ni là où la terre avait été mise à nu, et ces choses portaient encore une énergie étrangère. Pour le moment clairement laissées à part de la blancheur grandissante, avant d'être bientôt incorporées à la bénédiction de la neige. Aucun signe de l'homme, aucun signe d'une personne qui se serait échappée de l'épave. Aucun signe que d'autres de son espèce ne soient venus enquêter sur le crash. L'appel de l'homme était devenu très faible, comme s'il se fondait avec la neige dans le paysage, mais elle était certaine qu'il était quelque part dans les environs.

Elle s'approcha précautionneusement du site de l'accident. Elle s'arrêta et écouta, se déplaçant doucement, s'arrêtant pour écouter de nouveau. Elle trouva l'homme sous un petit bosquet de jeunes cèdres. Il était assis, son dos appuyé contre un arbre, ses jambes étendues sur le sol, ses bras relâchés sur les côtés. Il était encore en vie et au-delà de la conscience d'être vivant ou pas. Ni réveillé ni endormi, respirant très doucement, étrangement en paix. Elle put ressentir son choc, et quelque chose d'autre, qui n'était pas son expérience à elle, un sentiment venant de lui comme s'il tombait, comme s'il abandonnait tout appui. Elle se demanda de quel genre de monde il était venu et ce qui pouvait donner naissance à un tel sentiment, à un tel besoin de s'évanouir. Pour le moment il avait besoin de chaleur, il avait besoin d'un abri. Et elle aussi. Aucun autre de son espèce n'était venu pour prendre soin de lui. Peut-être que ses gens ne savaient pas encore, peut-être étaient-ils très loin. La neige laissa un temps de répit, elle ne savait pas pour combien de temps. Elle avait aperçu en approchant du lieu de l'accident un amas d'arbres tombés en remontant un peu vers la zone boisée. Elle pourrait y improviser un abri et y trouver du bois secs pour faire un feu pour réchauffer l'homme. Elle serait en état encore pour un moment, elle s'était un peu entraînée à la chaleur intérieure, mais ses membres étaient en train de se refroidir fortement. Elle ôta son manteau et l'enveloppa autour de lui et partit trouver les arbres tombés.

Plusieurs grands arbres étaient tombés en s'entrecroisant à leur sommet. Après avoir remercié le peuple des arbres pour l'abri qu'ils pouvaient encore lui offrir, même dans cet état, elle se fraya un passage au travers des branches sèches jusqu'à l'endroit où deux des troncs les plus larges s'entrecroisaient, et elle commença à casser des branches pour construire un toit rudimentaire par-dessus l'espace anguleux les séparant. Elle laissa un écran de branches intactes à l'entrée de son chemin. Elle répandit sur le toit des branches plus fines parallèles à la première série pour remplir quelques-uns des espaces intermédiaires et l'arrière de l'abri. Elle expliqua ses besoins à un bosquet de jeunes cèdres à proximité, les remercia puis cassa quelques-uns de leurs rameaux les plus petits. Elle étala une couche dense de feuillage plat de cèdres verts sur le toit de branches mortes et remplit l'arrière sous les troncs, elle avait fabriqué une petite grotte. La neige commença à tomber de nouveau. Si elle tombait suffisamment dense, elle finirait de compléter le toit. Elle remercia la neige et ressortit de sa cachette, puis rassembla des aiguilles de pins et du cèdre sec, et les empila à l'intérieur de l'abri pour en faire un grand nid. Alors que de plus en plus de flocons dérivaient dans l'air, elle ramassa de l'écorce sèche de l'intérieur des arbres tombés pour en faire de l'amadou, et suffisamment de brindilles sèches et de petites branches pour maintenir un petit feu pour la nuit. Elle en fit un tas à proximité de l'ouverture de la grotte juste derrière quelques pierres qu'elle avait trouvées pour former un foyer réflexif, puis elle partit chercher l'homme. En plus de ses graines médicinales, elle avait un petit sac de graines de chia, la nourriture des voyageurs, et elle avait rempli d'eau sa gourde tressée en traversant le dernier ruisseau. En revenant sur le lieu de l'accident, elle ramassa une petite poignée d'aiguilles vertes de pins, et quelques feuilles de plantes hivernales grandissant dans un lieu protégé. *Merci mes frères et sœurs, merci.* La nourriture n'était pour l'instant pas un problème. La chaleur était ce dont cet homme avait le plus besoin. Ce dont son cœur et son esprit avaient besoin était mystérieux. D'où était-il venu, pourquoi était-il là ? Pourquoi l'avait-elle aperçu ? Le Peuple ne croyait pas au hasard. Toutes les choses faisaient partie de motifs tissés dans la grande bonté au cœur de toute vie. Elle devait attendre et voir.

Le visage de la jeune femme était soudainement apparu devant lui. Ses yeux, en particulier, semblaient l'appeler. Il avait essayé d'émerger, de former des mots pour répondre, mais il était trop loin, bien que le visage de la fille fût si proche. Elle l'enveloppa dans une sorte de fourrure, puis elle partit. Elle était peut-être un autre souvenir, un de ce qu'il n'avait jamais su avoir. Ses yeux lui rappelaient d'autres yeux, il ne pouvait pas se rappeler qui. Tellement de souvenirs l'avaient d'abord entouré sur son île, désormais si peu.

Elle était de retour, ses yeux plus insistants qu'auparavant. Elle voulait de lui qu'il fasse quelque chose, se lever, bouger. Il voulait lui expliquer que sa tête lui tournait, mais il ne trouvait pas les mots. Pourquoi ce souvenir n'était-il pas parti ? Ses mains étaient bienveillantes, leur contact étonnamment réel. Peut-être était-elle plus qu'un souvenir ? Elle le releva doucement sur ses pieds. La terre tourna un peu, mais il n'eut pas de vertige. Elle voulait qu'il marche avec lui. Ses mains étaient aussi fortes que douces. Elles l'aidaient à le préserver du vertige. Lentement il bougea un pied, puis l'autre. Elle le guida, et il s'éloigna en marchant de son île sous les cèdres. Elle aussi était une île. Il s'appuyait sur elle pour stabiliser ses pas. Ils se dirigèrent vers la forêt. Des flocons de neige se déposaient sur les cheveux et les bras de cette jeune femme qui le soutenait. Géométries subtiles, équilibre subtil. Ses cheveux et sa peau était d'un brun doré avec un éclat brillant comme les feuilles de chêne venant de tomber à l'automne. De subtils motifs au début, se reproduisant tout du long.

Ils arrivèrent à une petite grotte nichée au sein d'un enchevêtrement de troncs d'arbres tombés. Une autre île, douce avec son odeur de cèdre et de pin. Elle l'aida à s'asseoir sur un tas de cèdre sec, ramena la fourrure autour de lui et se détourna. Il la regarda, captivé par un souvenir qui n'était pas un souvenir, qui avait sa propre vie et son propre sens. Elle réduisit de larges morceaux d'écorces sèches en petits brins, cassa des petites brindilles et construisit un magnifique abri miniature de brindilles et de brins à l'entrée de la grotte. Elle déballa un petit paquet et déroula une petite cordelette de la longueur d'un bras qui liait deux pièces de bois ensemble, un bout de bois épais de forme cylindrique arrondi à chacune de ses extrémités et une pièce de bois plus plate de longueur similaire. Les deux étaient à peu près de la taille de ses mains. Le morceau plat comportait une rangée de petites cupules creusées, chacune avec une entaille sur le côté. Elle choisit quelques branches parmi la pile derrière elle, testa leur souplesse et attacha la cordelette sur l'un d'entre eux comme un arc. Elle fit un petit nid de très fins lambeaux d'écorce et de quelques matériaux doux venant de son paquet et le mit de côté. Il regardait, fasciné, comme s'il s'était éveillé d'un rêve, déterminé à se souvenir de tout ce qu'il voyait, avec la peur qu'à tout moment le rêve puisse changer ou disparaître. Les actions de la jeune femme étaient posées, sans précipitation, emplies d'une grâce respectueuse. Elle positionna la pièce de bois plate sur un large morceau d'écorce, s'agenouilla sur un seul genou, et mis un pied sur la pièce de bois. D'un mouvement habile, elle enroula la corde tendue de l'arc autour du petit bâton cylindrique et positionna le bâton à la verticale dans l'une des petites cupules de la planche. Elle sortit de sa pochette une pierre de la taille de la paume de la main, et positionna le petit creux de l'une des faces de la pierre sur le sommet du bâton en le maintenant à cette place avec une main. Puis elle commença à faire des allers-retours avec l'arc, d'un mouvement rapide et silencieux. Faisant du silence une musique invisible. Maintenant il en était sûr, il était dans un rêve, il était dans le rêve de la jeune femme, et elle aussi était un rêve, un rêve d'où viennent les souvenirs.

De fines volutes de fumée commencèrent à s'élever à partir de l'endroit où le bâton touchait la cupule. Sa musique devint visible, d'une tonalité ondulante et tournoyante dont il aurait aimé avoir les oreilles pour l'entendre. Elle posa l'arc et le bâton, souleva la pièce de bois plate et déposa soigneusement quelque chose sur l'écorce dans le petit nid. Elle le maintint proche de ses lèvres, murmurant encore de la musique silencieuse avec son souffle. Quelques étincelles jaillirent du nid, puis de toutes petites flammes devinrent visibles. Elle déposa tendrement le nid enflammé au sein de la structure miniature qu'elle avait construite auparavant et s'agenouilla pour souffler dessus. Des flammèches commencèrent à lécher la petite forme conique. Elle déposa précautionneusement de nouvelles brindilles sur la mini structure, construisant la même forme à chaque fois au sein des flammes, la reconstruisant aussi rapidement que le feu la consumait, une forme éphémère persistante vivant grâce à elle à l'intérieur des flammes. Alors que les flammes devenaient plus grandes, la jeune femme se mit à chanter doucement, une mélodie qu'il put cette fois entendre, mais pas les mots. Les flammes vacillaient en s'élevant dans l'air calme, brûlant régulièrement, de plus en plus brillantes. Il put ressentir la chaleur se répandre tout autour de lui dans le nid de la grotte. La musique de la jeune femme, le rêve du feu. Cocooné par la chaleur, il se laissa partir plus profondément, plus loin, appelé par un autre rêve souvenir persistant aussi éphémère et permanent que la petite structure dans les flammes.

Alors que le crépuscule commençait à poindre, Alehya s'assit à l'entrée de l'abri. La neige était attirée continuellement vers le bas en un rideau sans limite, des flocons individuels luisaient de rouge et d'or en passant brièvement dans la lumière de son petit feu. Elle avait amassé suffisamment de bois secs pour la nuit, bois de femme. Elle sourit, le bois de tout le monde maintenant, plus besoin des gros bûchers de colère des temps terribles de l'Avant dont elle avait entendu parler dans des histoires et des mémoires partagées. Son bois était en petits morceaux, juste assez grands pour nourrir soigneusement un mini feu et former une couche de braises irradiant leur chaleur entre ses petites offrandes et les petites flammes. La voix silencieuse du feu se mélangeant facilement, confortablement, avec la quiétude de la neige apparaissant de plus en plus comme un crépuscule granuleux.

Merci frère-sœur feu pour ta chaleur bienfaisante, pour ton rayonnement, pour ta lumière, pour ta compagnie.

Elle regarda vers l'homme. Elle l'avait rejoint à temps. Il était plus chaud maintenant, en sécurité avec le feu dans le nid de la grotte. Le froid ne serait pas cette fois la façon dont il quitterait ce monde. Mais son cœur, elle n'était pas sûre, c'était comme si son cœur était déjà parti. Elle pouvait le ressentir disparaître dans son propre crépuscule, vacillant derrière elle. Retiré. Absent. Son cœur présent quelque part ailleurs. Comme s'il suivait quelqu'un de très loin, un appel de son monde, essayant de le rejoindre. Ou bien quelqu'un qu'il essayait de rejoindre, qu'il essayait de rattraper. Elle se demanda, avait-il une amie spéciale, comme Tomah était pour elle, avait-il des frères, des sœurs, des tantes ou des enfants, qui envoyaient leur appel ici, le recherchant. Il avait un sentiment de désir, un désir s'étirant sur une séparation de temps encore plus que de lieu, un désir pour quelqu'un de si loin dans un avant personnel qu'il ne pourrait seulement qu'essayer d'atteindre, sans jamais rejoindre.

Il rappelait à Alehya le petit faon dont elle s'était occupée après que sa mère fut emmenée par un cougar, c'était un bon et un mauvais souvenir. Un petit cerf courageux, ouvert, sans peur. Il l'avait suivie, se lovant avec confiance pendant qu'elle dormait. Une des mères s'était d'abord occupé de lui, offrant son lait aussi tendrement à ce petit être à quatre pattes qu'à son propre enfant. Mais Alehya était celle qui le menait sur les chemins des plantes vertes. Elle connaissait bien ce qu'aimait et ce que n'aimait pas l'espèce des cerfs. Elle avait suivi leurs sentiers, elles avaient vu les empreintes de leurs sabots pointus imprimées dans la terre de la prairie et les tiges déchirées dont ils mangeaient les jeunes pousses et feuilles tendres, goûtant un peu ici et là. Elles connaissaient leurs couches favorites, à la chaleur du soleil les jours frais, sous une ombre profonde lors des chaleurs de l'été. Et puis elle l'avait finalement rendu à sa propre espèce, à sa propre façon de vivre. Elle éprouva de la tristesse et en même temps de la joie lorsqu'il partit suivre les siens. Elle savait que cela pourrait être un peu difficile pour lui au début. Il devrait essayer de se débrouiller pour s'adapter, pour apprendre les signes, l'oreille en arrière, la tête baissée ou tournée, un sabot à moitié levé, signalant un espace privé à ne pas envahir. Elle ne pouvait rien lui donner de tout cela, mais seulement les chemins qui verdoyaient de plantes, et les sentiers, et son amour.

Elle s'allongea plus près pour ajouter quelques bouts de bois dans le feu. La lueur chaleureuse du feu teintait de rouge les bords arrondis de neige se formant à l'extérieur de l'entrée de la grotte. Elle regarda de nouveau l'homme, et s'interrogea. Il ressemblait au petit faon ou à un oiseau à l'aile blessée. Combien de temps celui-là pourrait-il survivre ? Elle se rassit et s'enfouit dans le tas de feuilles et d'aiguilles de cèdres. Elle réajusta sa cape en fourrure de lapin d'une façon plus serrée autour de l'homme afin d'être sûr qu'il reste au chaud. Le petit faon, des feuilles vertes et des tendres pousses, le petit oiseau, des insectes et des vers, que pouvait-elle bien lui donner à cet homme pour l'aider dans son lieu inconnu, tellement loin.

La mort de l'homme, s'il venait à partir pour suivre quoi que ce soit ou qui que ce soit qui l'appelle, serait pour elle comme la mort d'un petit enfant qui n'aurait pas encore eu assez de temps pour être là avant de repartir. Bref, mystérieux, ne laissant que des souvenirs fugaces. Emportant ses mémoires de voyage avec lui, celles avec lesquelles il était arrivé, non partagées, inexplorées. Ou bien alors peut-être que l'homme allait rester, et être comme l'espèce des cigales, s'entrouvrant en une autre vie, peut-être surpris par le rythme fort et chantant de leur voix nouvellement découverte après des années dans le noir silence de la terre, contraints par quelque ancienne sagesse à rester. Elle se pencha pour ajouter quelques bouts de bois dans le feu, puis se réinstalla dans le nid de cèdres et de pins. Elle mit un coin de sa cape par-dessus ses épaules et vérifia que l'homme était toujours couvert. Sa respiration douce était lente et régulière. Se dissolvant, semblant fondre à l'intérieur, quel chemin prendrait-il ? Elle offrit de courtes prières à la nuit tombante au-dehors, et s'installa pour la nuit à venir.

Merci frère sœur feu pour ton esprit brillant et ton espoir. Merci frère sœur neige pour ta protection et pour ta grâce, merci mère père nuit pour venir avec douceur, pour tous nous protéger et nous garder.

La femelle ourse fit une pause en haut de la pente de la montagne. Elle leva la tête, sa bouche ouverte, humant, goûtant l'air du crépuscule. La neige tombait tout autour d'elle. Attirée continument vers la terre, elle recouvrait déjà les prairies d'altitude. Elle se redressa sur ses pattes arrière, stabilisant à la verticale son grand poids d'hiver dans l'air descendant. Elle respira profondément la subtile odeur minérale transportée par la neige. Claire, légère, lointaine, la saveur de la haute atmosphère venait se reposer sur le flanc de la montagne. Sommeil hivernal du ciel. Effaçant les dernières traces des autres odeurs minérales. Les dernières traces du feu étranger. Cette combustion était terminée. L'appel de l'homme venu avec ce feu était désormais en train de s'éteindre, semblable à de fines volutes. Plus autant d'inquiétude. Il se posait, comme la neige. La jeune petite femelle avait rejoint l'homme à temps. Le Peuple saurait s'il fallait l'accueillir ou pas pendant cette période de sommeil hivernal. Elle poussa un doux whouff et se remit sur ses quatre pattes. Elle marcha lentement à travers la prairie, à travers les voiles de neige tourbillonnant. Marchant dans les larges traces sûres de sa mère et des mères de sa mère avant elle.

Elle s'arrêta et se tourna un instant sur le côté. Ses griffes raclèrent les parties émiettées d'un tronc d'arbre tombé. Elles s'enfoncèrent légèrement, nonchalamment dans les débris comme des morceaux de sombre obscurité dans la lueur crépusculaire de la blancheur de la neige. Elle y trouva quelques insectes lents. Lenteur de l'hiver. Elle les ramassa délicatement, un par un, avec ses lèvres habiles. Puis elle se remit en marche. La grande faim en elle commençait déjà à diminuer. Elle était en sécurité. La couche de graisse enveloppant son corps sous sa lourde fourrure était épaisse. Suffisante pour elle et pour ses oursons à venir. Elle déambula tranquillement dans la prairie d'altitude vers sa tanière. Marchant à la suite de la lignée immémoriale des mères qui ressentent de nouvelles vies en elles. Nouvelles vies attendant dans une migration ancestrale de traverser le pont du corps de leur mère pour devenir forme.

Elle atteignit sa tanière. Rocher gris et racines noueuses de vieux pins. Une petite ouverture cachée entre. Haut dans la montagne, sur une pente où la neige persiste au printemps. Une petite grotte, taille d'ours, creusée dans le flanc de la montagne, soutenue par les racines d'un gros arbre. Un arbre passant son vieil âge à pousser dans le cœur de la montagne sans chercher à atteindre le ciel comme le font la plupart des arbres. Lui plutôt soulevé par la hauteur même de la montagne, ses racines entrelacées avec le cœur de la montagne, partageant les secrets des rochers et des pierres de la montagne. Creusé entre les racines, un long tunnel bas tournant le dos aux orages et au vent. Une petite chambre au-dessus du niveau du tunnel, avec juste assez de place pour que la femelle ourse puisse s'y retourner. Un nid d'herbes et de feuilles rassemblées avant la neige. Ses oursons naîtraient ici, au cœur de l'hiver, dans son sommeil ancestral. Contenus dans le cercle de la chaleur de son corps enroulé autour d'eux. Son souffle réchaufferait l'air qu'ils respirent. Les oursons chercheraient ses tétons dans l'obscurité de leur cécité de nouveaux nés. Trouvant la mère source dans la forêt de sa fourrure uniquement guidés par la chaleur de la chair. Les oursons grandissent beaucoup grâce au lait riche et crémeux de leur espèce. Chair d'ours. La gravité et la dignité de l'espèce des ours. Mémoire cellulaire, riche comme la crème, offerte avec son lait. Ses propres os et muscles se régénèrent pendant qu'elle dépense ses réserves de graisse pour réchauffer et nourrir, pendant que ses oursons grandissent et qu'elle dort.

Elle était restée proche de sa tanière depuis que la neige avait commencé à recouvrir les sommets les plus élevés. Dormant chaque jour de plus en plus. Parfois dans la tanière, parfois à l'extérieur. Elle s'arrêta à l'entrée, cherchant dans l'air une dernière fois. Sa respiration étant comme sa bénédiction pour la terre en hiver. Elle sonda la blancheur descendant sur la montagne dans une lueur persistante de crépuscule. Le Peuple garderait ces paysages réveillés pendant la période du sommeil hivernal, et elle garderait les portes de leurs rêves, même en errant dans le pays lointain au-delà du sommeil et du rêve, dans la liberté de son espèce.

Au sein du crépuscule voilé de neige à l'extérieur de sa cachette, et du silence des pierres et de la terre, l'ourse, s'installa, se recroquevillant sur elle-même, cocoonée dans sa fourrure, en d'épaisses couches de graisses hivernales, graisse provenant de baies, de noix et de graines, de racines et de larves, de chairs et d'écorces et de fruits et de feuilles, des soleils chauds de l'été, de la terre humide du printemps, et des ciels bleus et dégagés de l'automne. Trouvant refuge en tous ceux-ci, descendant, spiralant vers l'intérieur, recroquevillée autour des nouvelles vies en elle. Les berçant dans ses souvenirs, tressant des échelles de mémoires dans chaque cellule, scintillant dans la lumière. Une lumière vivante, respirante, tout comme elle, une lumière spiralant dans le temps d'une autre façon, entrelacement de chemins, de passerelles, connectant des futures mémoires avec des choses passées depuis longtemps ou avec des futurs potentiels qui n'existeront peut-être jamais hors de la mémoire, ou encore connectant des choses passées avec leur potentiel devenir.

Suspendus au sein du rythme paisible de sa respiration, chevauchant des mers calmes au-delà du sommeil sans rêve, au-delà du rêve. Douces houles d'air léchant les rivages de ses poumons, reculant et revenant de nouveau, calmement, de plus en plus lentement. Suspendus dans le rythme ralentissant de son sang, douces vagues léchant les rives de son cœur, marées rouges reculant et revenant de nouveau. Des marées de plus en plus lentes. Atteignant le seuil de sa liberté ancestrale, son héritage à pouvoir se mouvoir librement au-delà du temps, au-delà du besoin d'un souvenir rédempteur.

Une autre rencontre sur le seuil, une autre petite femelle, cheveux noirs avec quelques mèches grisonnantes découpant son visage comme les ailes d'un oiseau noir. Une femme de l'espèce humaine, non pas comme le Peuple, mais pas non plus différente. La femme qui ne savait pas comment elle est arrivée là. Désorientée. Incertaine.

Fille, pourquoi es-tu ici ? Est-ce que ton espèce pratique aussi le rêve profond au-delà du sommeil ? demanda l'ourse doucement.

Non, enfin peut-être. Je ne sais pas... Y en a-t-il d'autres ? ... Comment me suis-je retrouvée là ?.... Je cherche...... je cherche...... quelque chose......

L'ourse considère sa réponse. Elle regarde la femme. Elle ressemble à une petite oursonne celle-là, née aveugle dans l'obscurité, elle ne connaît pas encore la lumière. Elle cherche de la chaleur, et plus que cela, elle cherche quelque chose qu'elle ne connaît pas, ne sachant que chercher, et pourtant elle est si proche.

Eh bien, pars avec ma bénédiction, tu ne trouveras pas ici, pas encore. Elle regarde dans les yeux de la femme, des yeux marron, tachetés de quelques pointes de lumière du soleil. Si semblable aux yeux de l'espèce des ours.

Reviens quand tu sauras ce que tu cherches, et je pourrai t'aider.

Mi'thal ? Je suis venu aussi vite que j'ai pu. La neige était plus dense plus haut dans la montagne.

Mi'thal leva les yeux en entendant le son reconnaissable du cri de corbeau de son frère, un croassement guttural et grave qui accompagnait son émission, et vit la forme familière de sa silhouette dans la lueur du crépuscule à l'extérieur de l'entrée de la hutte. Elle lui répondit par son cri de corbeau, celui qu'elle utilisait avec lui depuis qu'ils étaient enfants, puis il se baissa pour passer par la basse porte d'entrée. Elle attendit que Ta'le se soit redressé et qu'il ait brossé la neige de son manteau et de ses cheveux, puis elle lui dit :

Je suis contente que tu sois là. Elle est de nouveau loin. Je ne peux pas l'atteindre…

Que s'est-il passé ? Il s'agenouilla devant le petit feu et laissa ses sens accueillir la chaleur familière des huttes de son peuple, riche d'une odeur de terre, d'herbes sèches et de fumée de bois. Et aujourd'hui, avec en plus le parfum des herbes médicinales s'élevant d'un petit panier de cuisson près du feu. Puis ses yeux discernèrent une silhouette enveloppée dans l'ombre près de sa sœur.

Je ne suis pas sûr. Les anciens avec qui elle était sur la montagne ont dit qu'elle a vu la fumée à l'est.

Oui.

Tu l'as vu aussi ?

Oui… Vas-y… Les yeux de Ta'le se fixèrent sur la forme endormie qui était à côté d'elle.

Elle a regardé vers l'est pendant un moment et a d'abord semblé bien. Elle a marché avec eux sur le chemin, puis elle s'est simplement assise et a de nouveau disparu en elle-même. Ils l'ont allongée comme un somnambule. Elle fit un geste en direction du corps dormant.

Elle est comme ça depuis.

Nous avons tous ressenti l'attraction avec laquelle est en lutte dans ses rêves.

Oui. Cette fois elle semble essayer plus fortement pour aller au-delà du seuil de son obscurité. Quelque chose l'appelle. Peut-être cette fois est-elle partie pour la trouver.

C'est dur pour elle.

C'est pourquoi elle a autant attendu avant d'essayer.

A-t-elle de la fièvre ? Il s'était rapproché de la femme endormie et toucha son visage avec douceur et tendresse.

Elle est chaude, oui, comme une fièvre mais différent, comme si elle réchauffe l'air ambiant pendant que son corps se refroidit continuellement. Son pouls et sa respiration sont très lents.

Un voyage difficile. Je vais rester assis auprès d'elle maintenant.

Merci Mi'thal.

Je serai bientôt de retour.

Elle hésita, car il ne partait pas tout de suite.

Difficile pour toi aussi … la femme que tu aimes…

Ici ou loin, elle reste la femme que j'aime, ça va aller.

Et que se passera-t-il si elle trouve ce qu'elle cherche ?

Nous verrons bien.

Il regarda le feu. *Je ne savais pas que j'aimerai un jour de nouveau.*

Nous sommes tous contents pour toi que tu aimes de nouveau, petit frère.

Il y a longtemps tu fus plus grande que moi, ma petite grande sœur.

Il lui sourit.

Merci, Mi'thal de prendre soin d'elle, et de moi.

Il contempla plus longuement les petites flammes et la lueur des braises. Mi'thal put voir ses yeux entrer dans une profondeur intérieure lumineuse, avec quelques points brillants de lumière et de couleur bien au-delà du feu. Il finit par se tourner vers elle.

Tu l'as soignée quand elle est venue à nous au début, son sommeil de maintenant est-il comme celui d'alors ?

Oui c'est le même, mais cette fois il y a plus de frictions à l'intérieur. Elle fit un mouvement de tiraillement avec ses mains.

Son combat.

Oui. Nous lui avons tous dit qu'elle n'a pas besoin de se souvenir. Elle peut vivre sa nouvelle vie parmi le Peuple sans l'obscurité qui garde ses souvenirs d'avant.

Sauf à l'intérieur… Ils restèrent silencieux pendant un moment. *Et tes souvenirs ?* demanda-t-elle doucement.

Il prit un certain temps avant de répondre. La paisible chaleur du refuge emplie de leur souffle se mélangeant à la lueur pulsante des braises du feu. La respiration de celle qui dormait était à peine perceptible, si faible et si lente. Mi'thal n'attendait plus de réponse quand il répondit finalement :

Difficile, mais pas aussi loin que les siens. Et je suis en train de faire la paix avec eux.

Une autre longue pause. Une braise bougea dans le feu.

Serait-il mieux pour elle si nous lui en disions plus au sujet de comment nous l'avons trouvée ? s'aventura-t-elle.

Il regarda de nouveau longuement le feu.

Non il y a une raison pour qu'elle oublie. Les anciens et les conseils sont d'accords. Lorsque ce sera le moment pour elle de se souvenir, elle trouvera son propre chemin vers ses souvenirs, elle trouvera la force d'y aller.

Il s'arrêta de nouveau, se plongeant dans d'autres distances avec son regard.

Ce que nous faisons ici, ce que nous faisons tous, dans les camps villages et dans la montagne, la façon dont nous vivons nos vies maintenant, nous essayons de le faire ensemble, on ne doit pas laisser cela mourir. Le futur naît de nous maintenant. Nous sommes si peu nombreux. Nous avons besoin de tout le monde. Il faut qu'elle revienne. Nous avons presque failli perdre la Terre la dernière fois. Nous ne pouvons pas laisser cela se repasser.

Mi'thal hocha la tête en signe d'acquiescement.

Si fragile est notre présence en ce monde. Si éphémère et si pleine d'espoir, si pleine de la promesse de la vie.

Comme nous le sommes tous.

La femme endormie à côté d'eux voyageait à travers ses propres mondes, suivant des chemins cachés, passant d'un souvenir clair à un autre, suivant des traces de pas remontant le temps, se déplaçant entre ombre et lumière, s'arrêtant ici et là avec la brise, comme la fille Alehya lui avait enseigné. Cherchant au travers de la spirale des souvenirs, essayant de tisser des fragments de sa vie en une complétude encore au-delà de son entendement.

Elle n'avait pas de souvenirs de son temps avant. Ses souvenirs n'étaient que des récents. Des souvenirs avec le Peuple. La plupart étaient des moments d'émergence de beauté. Le soleil matinal au début du printemps réchauffant une petite prairie, des nuages de brume s'élevant de la paisible chaleur et rayonnant légèrement à contre-jour dans la douceur de l'air. Des gouttes de pluie étincelant au bout des aiguilles de pins après une brève averse. Des bourgeons d'érable s'ouvrant, maintenus à la verticale sur les pointes courbées de branches dénudées, semblable à des flammes vertes. Des moments non pas de personne individuelle mais de témoin invisible. Des moments de lieux tissés au fil des jours, des nuits et des saisons. Comme de fins cordons à double brins. Des doigts habiles lui apprenant comment entortiller ensemble de longues fibres de plantes, l'aidant avec patience à s'intégrer en une nouvelle vie. D'autres moments, plus long, la personne vivant cette nouvelle vie, timide, délicate, émergeant lentement, îlots de conversation, des moments de lien ensemble, l'ancrant, lui montrant les cycles et le flot des saisons. Suivant ces souvenirs, démêlant les deux brins, séparant les filaments de la fibre, cherchant la plante et le bord du ruisseau, la berge où elle a d'abord grandi et fleuri.

Son premier souvenir était le réveil parmi le Peuple. Errant sur une rive sans forme. La perception revenant lentement. Ses pensées et ses sens encore distants vacillaient dans la texture granuleuse du crépuscule. Elle avait chaud, enveloppée dans une douceur telle une fourrure. Des sons l'atteignaient, des sons calmes venant de loin, se déplaçant en elle comme les lignes courbes de la lumière à travers l'eau. Faible crépitement d'un feu. Voix ondulante d'une femme, mélodieuse, comme l'eau, chantant doucement. Odeur de fumée de bois, s'ajoutant à celle d'herbes et de quelque chose d'autre, doux et fort en même temps, réconfortant. Une autre odeur, la riche terre minérale, maternante. Un éclat de rire au loin, des voix d'enfants, des rires d'enfants. Elle ouvrit les yeux. Une femme assise près d'un petit feu, chantant en déposant soigneusement quelques bouts de bois dans les flammes, comme si son chant et le feu formaient ensemble une prière. La lumière du feu luisait sur les larges traînées grisonnantes de la longue chevelure noire de la femme. La femme souriante, demanda sans mots à une part d'elle comment elle se sentait, si elle se sentait mieux maintenant.

Oui, répondit-elle, aussi sans mots, ne sachant pas comment.

Bien. Veux-tu du thé? La femme souriant encore lui offrit une tasse en forme de bol. Elle entoura la tasse de ses mains, la sentant chaude et ronde. Souffle chaud de la vapeur parfumée de la tasse. L'odeur, forte et pleine, aussi légère et verte. Forte, avec la force des feuilles et des racines. Le regard de la femme était bienveillant.

— Tu as dormi pendant des jours. Elle parla cette-fois en utilisant des mots.

— Où suis-je ?

— Tu es avec le Peuple.

— Comment suis-je arrivée là ?

— Nous t'avons trouvée. Tu es en sécurité maintenant. *Termine le thé et repose-toi encore.*

Elle rendit la tasse vide à la femme avec des mains interrogatives, lumineuses et pâles. Elle se sentait très fatiguée. Elle ressentit une douceur réconfortante autour d'elle, se laissant de nouveau emporter sur une rive lointaine. Une profondeur soudaine et spacieuse, une éviction de tous les sens, de toutes les pensées et de toutes les perceptions, devenant un champ palpable de luminosités pulsantes, des petits brins de lumières colorées.

Pas encore de mots pour nommer. Seulement des couleurs et des formes. Les mots et les formes vinrent plus tard, faisant partie des nouveaux souvenirs. Sa mémoire était très sélective en remontant en arrière, une absence entourée par une personne sans nom, comme les buissons au feuillage bleu-gris devant elle, un mystère même pour eux-mêmes. Une personne qui savait comment être dans un monde, dans une vie, qui connaissait l'attraction de la gravité, la sensation du chaud et du froid. Qui était une fois née jeune, quelque part ailleurs, et qui avait grandi et qui était maintenant là, capable de ressentir et de percevoir. Une personne définie qui fonctionnait encore même sans nom ou sans histoire. Le mouvement qu'était sa vie continuant simplement à partir d'un point de son passé au-delà duquel elle ne pouvait voir.

Assise à la frontière du camp-village, un de ses lieux favoris, le soleil matinal pas encore très haut au-dessus de la tête, chaleur sur son visage. Ses jambes étendues devant elle, caressant doucement d'une main le sommet des herbes blondes de l'été. Elle entendit une voix derrière elle, familière mais inattendue.

— Salut, puis-je me joindre à toi ? d'une voix chaleureuse comme la lumière du soleil matinal.

— Bien sûr. Elle se retourna et lui sourit pendant qu'il s'installait confortablement sur le sol à côté d'elle.

— Tu m'as dit la même chose quand nous nous sommes rencontrés la première fois, je me suis améliorée maintenant pour parler en communication silencieuse, hors des mots vocalisés.

— Je sais, mais parfois j'aime voir tes yeux lorsque tu entends ma voix et te retournes vers moi.

Elle le regarda, son visage élégant et affiné d'une façon subtile, un visage qui pouvait être délicat ou fort selon les moments. Ses yeux sombres, avec une touche de vert, comme les mares de forêts où les ruisseaux circulent plus lentement dans l'ombre des arbres. Elle avait connu d'autres yeux qui étaient noirs comme ceux-là, quelque part elle en était certaine, tout en ayant le sentiment que ces autres yeux étaient habituellement en recherche, rapides, cherchant à l'extérieur pour comprendre. Les yeux de Ta'le étaient différents, ils s'ouvraient au contraire vers l'intérieur, attirant la compréhension vers le haut depuis une profondeur qu'elle sentait ne pas avoir rencontrée auparavant, permettant en quelque sorte une compréhension remontant du cœur, permettant à son cœur de connaître et de décider.

Tu m'as manqué dit-elle simplement en le regardant

Tu m'as manqué aussi.

Elle se rapprocha de lui et reposa sa tête sur son épaule pendant un moment, puis elle releva la tête pour lui sourire.

Je suis contente que tu sois là.

Es-tu heureuse ici au village ?

Le Peuple est bon, et j'adore les enfants. J'adore les regarder jouer, si vivants, si brillants, le monde et chacun d'eux étant si nouveaux les uns pour les autres. J'aime être avec eux.

Ils t'aiment aussi. J'ai entendu dire que tu leur racontes des histoires.

Nous nous racontons des histoires ensemble, en les découvrant, en les suivant.

143

Où vont les histoires ?

Pas bien loin. Elle rit, son rire ondulant avec la lumière du soleil.

Je laisse les enfants guider. Tu connais les enfants, leurs joies avec les choses les plus simples, les rochers, les arbres, les petites fleurs sauvages cachées dans l'herbe, une jolie pierre sur le chemin, un nid d'oiseau, la coquille d'un escargot. Les petits arcs-en-ciel dans les gouttes de rosée au lever du soleil. Les images de leurs joies et des siennes s'échappaient d'elle au-delà de ce qu'en disaient les mots.

Des taches violettes sur tes doigts depuis le mûrissement des dernières mûres dans la chaleur de l'été.

Il rit de nouveau lorsqu'elle leva ses doigts tâchés de mûres.

Ils restèrent tous les deux silencieux pendant un moment, puis finalement elle offrit :

Je ne me souviens toujours pas.

Cela n'est pas nécessaire. Il lui libéra quelques mèches de cheveux qui étaient tombées sur son visage.

C'est suffisant que tu sois ici avec le Peuple.

Oui c'est ma maison maintenant. Elle fit une pause.

Mais parfois, je sens que je ne suis pas vraiment là, ni vraiment ailleurs… Je ne sais pas, je suis… quelque part ni lumière ni ombre, un peu des deux, entre les deux, comme les formes que l'on voit au clair de lune… Faisant une autre pause, ses mains bougèrent dans l'air, formant d'invisibles formes courbes. Puis ses mains venant se reposer l'une sur l'autre dans son giron, elle poursuivit :

Et peut-être comme un rêve essayant de se réveiller… Je cherche… je cherche quelque chose d'autre dans les souvenirs… je cherche… je ne suis pas sûre… je cherche quelque chose au-delà de la lumière et de l'ombre, car elles apparaissent peut-être ensemble… Je ne sais même pas si je le trouverai ici.

Il attendit en silence, laissant les pensées et images qu'elle partageait plonger en lui, atterrissant en douceur comme ses mains. Au bout d'un moment, il se tourna vers elle.

Je veux que tu viennes au camp des contemplatifs avec moi, pour le visiter. Je demanderai aux autres contemplatifs. La prochaine fois que je descendrai de la montagne, je te ramènerai avec moi.

J'aimerais bien. Elle sourit. *Quand viendras-tu ?*

Dans quelques mois, avant l'hiver.

J'attendrai.

Elle regarda en et au-delà d'une distance se superposant avec la lumière du soleil matinal qui les entourait.

Parfois je te ressens ainsi que les autres là-haut sur la montagne… comme si vous étiez des coquillages de lumière ou des pierres arrondies polies par la mer, nettoyés sur les rives d'un grand bonheur, baignés de lumière, reposant comme si vous aviez été déposés là par la mer.

Elle baissa le regard, soudainement timide. Ils firent tous les deux une pause, transportés un instant par son évocation de la mer, chacun attiré par différents courants. Chacun voyageant dans la mémoire en différentes mers, en différentes directions. Elle regarda ses propres mains, comme des coquilles vides, quelle marée, quelle mer les avait lavées sur son giron.

Il revint le premier.

Oui, dit-il, avec un sourire serein, les yeux brillants et tristes en même temps, en paix avec les deux.

Oui, c'est ainsi. Je t'amènerai là-bas. Il l'embrassa doucement, brièvement, et se retira avant que la tristesse qui était toujours là ne remonte. Il attira sa tête avec douceur sur son épaule et la garda proche de lui, ressentant la chaleur saline de ses larmes silencieuses sur son cou, ses propres larmes emplissant déjà ses yeux. Les larmes de la mer. Océans de chagrin, eaux de vie…

Sa mémoire continuait de dériver dans des courants lointains, non pas vers ses souvenirs à elle mais pour cette fois vers les souvenirs de lui, qui remontaient à plus loin. *Petit-fils*, son grand-père lui avait dit. *Va vers les montagnes. Prends quiconque voudra aller avec toi. Ne reste pas ici. Je te retrouverai là-bas…* Elle lui avait demandé pour les noms. Son nom : *Attend la pluie. Attendant la pluie.*

— Quand j'étais enfant, mon grand-père m'avait dit…

Il s'arrêta, ses yeux obscurcis de l'intérieur pendant un instant. Puis il poursuivit.

— Il y a longtemps. Mon grand-père m'avait dit… une fois, il y a longtemps…Il fit de nouveau une pause, cherchant un chemin sûr au travers. — Il m'avait dit que l'on pouvait voir le monde entier dans les premières gouttes de pluie. J'adorais la pluie. Les premières pluies après une longue période de sécheresse. L'odeur de la terre humide dans les champs, une terre venant de retrouver l'humidité.

Il était d'une autre contrée, la lumière triste de nouveau dans ses yeux. Puis il sourit doucement et reprit.

— Je restais dehors quand la pluie arrivait, attendant d'attraper les premières gouttes dans mes mains, attendant la pluie. Mon grand-père… il me donna ce nom, avec aussi le don de la pluie.

Elle pouvait le voir avec les yeux de son cœur, lui tout petit enfant debout avec son visage tourné vers le ciel, les paumes des mains ouvertes, attendant d'attraper les premières gouttes, attendant la bénédiction de la pluie. Attendant d'y voir le monde entier, attendant de tenir ce miracle dans ses mains.

— Et est-ce que tu attends toujours la pluie ? avait-elle demandé.

Sa réponse vint d'un lieu au-delà des mots.

— Oui et non. La pluie que j'attends maintenant est partout. Il toucha son propre cœur.

— À l'intérieur, à l'extérieur, partout… et je connais la contrée, où je pourrai enfin trouver cette pluie.

Petit-fils, va là-bas. Son grand-père. Une pluie différente. L'autre partie de sa mémoire, l'autre côté de son nom dont il ne lui parla pas à ce moment, mais plus tard. Le grand-père qui connaissait le secret de la pluie, qui l'avait prévenu de partir avant qu'il ne soit trop tard. *Petit-fils, va dans les montagnes. Prends quiconque voudra aller avec toi. Ne reste pas ici. Je te retrouverai là-bas.* Epoque trouble, turbulences. Epoque brutale, le temps du Nettoyage, le temps de la haine et de l'intolérance. Avant la Guerre. La police militaire, les milices. Les escadrons de la mort. Seigneurs de guerre.

Gangs de guerriers. Tout se construisant en prévision de la guerre. La police de GUERRE apparut. Son grand-père battu. Les voisins témoins. Personne ne bougea. La voix de Ta'le douce, racontant calmement l'horreur. Elle lui avait posé la question, au sujet de son nom, et au sujet de ce qu'elle avait vu dans ses yeux…

— Personne n'est venu pour nous aider. J'étais jeune, j'ai essayé… Quand je suis arrivé, ils étaient partis. Ma mère en sanglots. Mon grand-père mourant. Je l'ai tenu alors qu'il mourrait. *Petit-fils*, murmura-t-il, montrant les montagnes de sa main tremblante et cassée, comme une aile repliée. *Va vers les montagnes. Va là-bas. Je t'y retrouverai.* Ma mère était déjà malade. Mon père déjà mort. Dans la nouvelle prison. Nous n'avons jamais su comment. Ma'marie, ma mère, elle ne pourrait pas survivre à cela. Elle avait perdu son cœur. Elle nous dit de partir, de suivre les mots de Grand-père. Ma sœur, Mi'thal, il sourit, elle voulait venir avec moi. Elle est…, souriant de nouveau, très… déterminée, forte. Ils rirent tous les deux, et puis il poursuivit son récit d'un ton calme, grave et avec toujours la retenue de la sensibilité de sa peine.

— Notre sœur plus jeune, Li'sele, avait peur, elle voulut rester… Mi'thal et moi sommes finalement partis. Nous avons trouvé un camp du Peuple. Ils nous offrirent un refuge. Ils accueillaient en cette période de nombreux réfugiés, quiconque pouvait anticiper suffisamment et qui avait le courage de partir. J'ai laissé Mi'thal avec eux. Je suis retourné chercher notre mère et notre sœur. Je pensais

qu'elles viendraient si elles savaient qu'il y avait un endroit
où aller....

Sa voix se serra.

— Li'sele... ma sœur... avait été capturée et tuée
brutalement. Ma mère n'eut pas l'autorisation de l'enterrer.
Un exemple pour la communauté. Ma'marie était comme
un oiseau qui avait frappé une vitre de verre, trop sonnée
et paralysée pour bouger d'elle-même. Je la persuadai de
venir dans les collines. Nous partîmes de nuit. La pluie
arriva à l'aube. Elle mourut dans mes bras. Ces bras ont
tenu tellement de mort.

Il s'arrêta. Elle se rapprocha encore enveloppant ses
bras autour de lui.

Et tellement de vie, avait-elle dit silencieusement, en le
serrant. Comme si elle pouvait presser son cœur contre le
sien, les pressant ensemble en un seul cœur.

— Ma mère, avait-il poursuivi, était en paix à la fin, avec
la pluie. *Regarde*, avait-elle dit, *la pluie de Grand-père...* puis
elle s'éteignit, heureuse de rentrer à la maison...

Il resta silencieux pendant un moment.

— Ces bras ont tenu tellement de mort, dit-il encore et
les larmes remontèrent dans ses yeux.

— Ces bras ont aussi tenu tellement de vie, tellement
de pluie, avait-elle dit en le serrant.

Et puis, les autres mots qui suivirent vinrent du lieu
lointain d'un témoin accueillant, inondant la mémoire
d'une grâce purifiante.

— Les larmes sont une autre sorte de pluie, les pleurs des anciennes mers, les larmes de la mer, donnant vie à la terre.

Silencieusement, miraculeusement. Il la regarda.

— Connais-tu la mer ?

Elle regarda étonnée, absente pendant un instant, présente quelque part ailleurs.

— Je...ne sais pas, je..., sa voix très distante, perdue, revenant avec hésitation, — c'est comme si quelqu'un d'autre avait dit ces mots, finit-elle par dire, d'un autre temps, d'une autre mémoire. Comme un voile... Elle bougea ses mains d'un mouvement comme une brise, écartant un rideau invisible dans l'air devant elle, et le refermant de nouveau. — Comme un voile qui se retire, juste un petit aperçu, et puis se referme. Elle se sentait liquide, fragile, aqueuse. Elle s'accrocha comme une chanson aux mots *les pleurs des anciennes mers*, un souvenir qui l'appelait. Déchirant. Voulant refermer l'ouverture avant que sa nouvelle vie ne soit entraînée dans le trou, et ayant peur de la laisser se refermer, ayant peur de perdre le fil de la mémoire qui pourrait la rendre entière, se souvenant d'une sagesse qu'elle eut auparavant. La pluie, la mer. Vit-Deux-Fois. Dort-Comme-Un-Ours. Combien d'autres vies avait-elle vécues, des mondes entiers dans la pluie.

Puis une obscurité soudaine, à elle cette fois, pas à lui. Au milieu de cette obscurité, une bonté protectrice présente, une autre vie, une autre direction l'attirant, la touchant à partir d'une autre sorte de temps au-delà des allers-retours spiralant de ses souvenirs, au-delà des deux directions avec lesquelles elle était déjà familière. Elle se souvint de la question de l'ourse, *que cherches-tu ?* Le soleil tachetait les profondeurs des yeux de l'ourse qui la regardait. Attendant sa réponse. Les mots surprirent Vit-Deux-Fois lorsqu'elle s'entendit dire, *je cherche au-delà de la mémoire une complétude* … Avait-elle dit cela ? Ou seulement senti qu'elle l'avait dit, ne réalisant que plus tard ce que l'ourse avait ouvert pour elle ? … et la réponse silencieuse de l'ourse dans son cœur, *c'est une porte, oui. Il y en a d'autres…* elle ne put comprendre cela sur le moment, mais seulement le mettre de côté pour s'en souvenir plus tard. D'autres questions. Demandant à Ta'le, comment est-ce que l'on t'appelle, son nom d'appel, ce qu'il signifie. Et sa réponse, un peu taquine : *Quelle est la couleur de la lumière ? Toutes les couleurs et aucune en même temps.* Des questions, des questions. Avec douceur, cherchant la question au-delà du questionnement qui les déverrouillerait toutes.

Puis un autre brillant îlot de souvenirs, une autre brèche de temps s'ouvrant. Un autre amour l'appelant à aimer pour aimer. Croisant d'autres vies et d'autres souvenirs. Un carrefour, une question en soi. Et en réponse une porte hors du temps, un futur remontant à ses racines dans le passé. Comme les motifs des branches des chênes dénudés en hiver ressemblant à des racines noueuses. Atteignant le ciel de l'hiver au lieu de la terre de l'été. Les racines du ciel. Les racines de la Terre. Traçant la mémoire en chacune. Cherchant encore, empreintes de pas larges et profondes, déterminée à trouver le motif se tramant dans toutes ses vies, un motif profond et sûr, comme les chemins des ours, qui sait où ils mènent.

Ta'le contemplait la pâle lueur de l'aube commençant à se diffuser à travers le trou de fumée et à devenir plus intense. Mi'thal le trouva encore assis à côté de la silhouette endormie de la femme si retirée en sa distance privée, tellement absente de la sensation de leur monde à côté d'elle. Mi'thal posa doucement ses mains sur les épaules de son frère.

Tu es resté éveillé toute la nuit.

Il prit sa main dans l'une des siennes et lui sourit.

Je vais bien. Je lui ai dit dans son sommeil que je l'attendrai. Elle est encore loin dans son voyage.

Je vais faire du thé.

Oui, fit-il, mais il était déjà loin lui aussi, attendant patiemment d'entrevoir l'endroit où se dirigeait celle qui rêvait dans son errance.

La neige s'était arrêtée pendant la nuit. Alors que le ciel de l'aube devenait plus clair, Alehya contemplait l'émergence d'un monde pâle et sans couleur. Ciel pâle sans couleur. Paysage sans couleur, brillant dès la première lumière. La neige accumulée arrondissait chaque chose, faisant pendre les épaules des arbres, comblant les trous du paysage en une blancheur sans discontinuité. Un lustre glacé en direction du ciel avec une légère iridescence, le monde enneigé du dessous reflétait la surface du ciel. Les premiers rayons du soleil touchaient les sommets des arbres chargés de neige avec une lumière dorée chaleureuse. La neige étincelante scintillait de petits arcs-en-ciel. Alehya bougea légèrement sa tête d'avant en arrière avec lenteur et douceur, les petits points lumineux brillaient en passant du rouge au jaune, au vert, au bleu, au pourpre, lui faisant des clins d'œil.

Merci mère père arc-en-ciel, âme de tout, de révéler votre grâce.

Elle se tourna vers l'homme. Il avait ouvert les yeux quelques fois, mais elle ne savait pas s'il avait vu la clarté de l'aube, ses yeux tellement pleins d'autres visions. Il avait souri à certains moments, à d'autres il avait gémi et elle l'avait réconforté. Maintenant il était de nouveau calme, retiré en son sommeil obscur.

Linn refit partiellement surface de sa transe semblable au rêve. Comme ouvrant les yeux sous l'eau, tout semblait fluide, cotonneux, baigné en mailles de lumière ondulante. Des moitiés de souvenirs cheminaient à sa suite vers le réveil. Il essaya d'en saisir des fragments, de les mettre en quelque ordre pour les appréhender, mais ils ne voulaient être appréhendés, tournant, spiralant, et finalement se dissolvant comme des volutes de fumées ou comme des rêves. Paysages inconnus, senteurs de racines, d'écorces, de feuilles, et une touffe d'herbes blondes séchées. Des graines soyeuses au sommet des herbes roulaient sous le toucher délicat de doigts. Une voix. "Tu aimes les herbes ?" Petits moments, fragments d'un monde familier, familier et pourtant lointain. Des détails remontant aujourd'hui à loin, oubliés depuis longtemps. De nouveau des odeurs de terre. Un petit feu. Comme celui dans la grotte-nid ici. La fille du feu ? La lumière du soleil, chaude comme le feu, et du mouvement, mouvement clair et brillant, lumière et flottement, et des éclats de rire voltigeant comme des ailes d'oiseaux. Rires d'enfants peut-être. À qui appartenait ce rêve, à qui appartenait ce rêve en lequel il était ? Il ne savait plus. Des brins fins d'une fibre, une paire de mains, des mouvements complexes d'enroulement, une cordelette ou un cordon grandissant sous des doigts agiles.

Puis soudainement Miri parut étrangement proche. Brins de souvenirs qu'il reconnut comme étant siens. Miri et lui lorsqu'ils étaient encore jeunes. Lors de leur première rencontre, lorsqu'ils étaient en train d'apprendre à se connaître. Tous les deux assis dehors sur le sol. Miri dessinant pour lui des traces d'ours dans la terre à côté d'elle.

— Regarde, la trace de devant ressemble à ça, on dirait une main. Elle souleva sa main, avec la paume plate, les doigts se recourbant comme pour mimer les griffes d'ours. Ses yeux souriaient. — Et les pattes arrière marchent à plat, leurs pieds sont comme les nôtres.

— Mais ils ont des griffes plus grosses que nous, fit-il en souriant.

— Oui, répondit-elle pétillante, et si seulement je pouvais dormir tout l'hiver, et me réveiller régénérée comme ils le font !

Elle lui avait parlé de son travail sur l'hibernation des ours, sur les subtilités moléculaires leur permettant d'inverser les pertes osseuses et de régénérer la masse musculaire pendant leur sommeil, et comment leurs dents continuaient de grandir tout au long de leur vie.

Puis une autre image de Miri lui traversa l'esprit, effrayée cette fois, tendue, désorientée, mais très ferme, lui disant de partir, de s'échapper, pas de sécurité ici.

Déroutant. Il gémit dans son propre sommeil étrange. Il sentit au loin quelque chose de doux et de chaud, apaisant tout autour de lui, puis il franchit le cap et retomba à l'intérieur. De nouveau attiré en un vortex d'autres souvenirs qu'il ne pouvait pas saisir. Alors qu'il s'enfonçait encore plus loin, l'image d'une femme qu'il n'avait jamais vue auparavant, au visage amical et bienveillant, lui offrant de ses mains un petit panier rond comme pour lui souhaiter la bienvenue. Il ne savait pas pourquoi.

Hivers, introspection et chaleur à côté des feux partagés. Celle qui dormait, accaparée par sa recherche, la question de l'ourse, pourquoi cherche-t-elle, le chemin étant sa réponse, la guidant. Elle remontait encore et encore des fils clairs de souvenirs sur l'axe des saisons, enroulant et déroulant comme les fines tiges de saules et les racines que Mi'thal rassemble et prépare en été pour la fabrication des paniers en hiver. Assise auprès du feu, déroulant soigneusement les fibres courbes, les tissant de nouveau avec patience en d'autres cercles, d'autres courbes. Tissant des motifs pouvant contenir et garder, comme un panier, le sens d'une vie.

De longues nuits d'hiver, pluvieuses, le son des gouttes de pluie tambourinant sur les couches de débris végétaux recouvrant la hutte de terre. Sons de doux staccato accompagnant son sommeil, rythmes de chansons ancestrales seulement connues de la pluie. Et puis vint la neige de l'hiver, et la blancheur. Fines volutes de fumée s'élevant par les trous de fumée des huttes à la tombée de la nuit, le village recouvert de neige. Ombres bleues se répandant sur la blancheur, devenant unes avec l'air du crépuscule. Blancs monticules de neige des huttes rayonnant dans la lumière matinale. Feux recouverts pendant la journée, plus aucune volute de fumées dans l'air clair et vif. Plus tôt auparavant, en remontant les saisons, la lumière brumeuse des jours d'automne se fondant en l'intense chaleur des soleils de l'été hauts dans le ciel, elle-même laissant la place à la lumière tamisée du printemps, s'élevant lentement au-dessus des arbres. De nouveau les soleils de l'hiver, plus bas sur les horizons du sud, cycles de la lune, nuits d'obscurité couronnée d'étoiles, nuits saturées de la lumière des lunes venant à maturité, claire de lune baignant les petites clairières de forêt comme de la neige tombée. Les saisons se chevauchant, tournant en rond, les souvenirs se formant et se dissolvant de nouveau, tournant toujours autour de l'est, et de l'obscurité bleue-nuit d'une autre sorte de nuit, derrière laquelle les mémoires d'une autre vie dorment avec leurs propres rêves. Son chemin ne s'arrête pas là, les courbes de ses souvenirs s'enroulant et se déroulant simultanément, l'attirant.

Assis ensemble sur la terre chaude. Ses mains caressent légèrement l'herbe. Puis une voix nouvelle, inconnue, à côté d'elle.

— Salut. Puis-je me joindre à toi ? Un moment de silence entre eux, un espace timide, puis la voix reprend : — tu aimes les herbes. Pas une question, une observation, une évaluation et peut-être une appréciation de la tendresse avec laquelle elle caresse doucement le sommet des herbes.

Dérivant en un autre rêve, loin des souvenirs. Terre arc-en-ciel, mer arc-en-ciel. Souffle arc-en-ciel air arc-en-ciel, arc-en-ciel partout. Pas encore. Chants de la mer profonds dans leur propre sommeil, mots chantant pour eux-mêmes. Enfin, le dernier souvenir, venant de la mer, lui essayant cette fois de pointer du doigt avec son autre main le chemin pour aller, au lieu de cela ses propres yeux l'emmenant là-bas. Enorme poisson d'argent. Il avait attendu. Messager, il avait attendu la venue de quelqu'un d'autre. Personne n'était venu. Son grand-père. Ses yeux l'emmenant là-bas à la place.

Îlots brillants de souvenirs. Une autre conversation, une autre saison, assis ensemble sur la terre chaude. Ses mains caressent légèrement d'autres herbes. La voix de lui à côté d'elle :

— Salut. Puis-je me joindre à toi ? Sa voix devenant plus familière, apprenant progressivement à se connaître, avec la délicatesse et la gravité des espèces animales.

Elle lui avait demandé son nom. Attend la Pluie, Attendant la Pluie. Son nom extérieur. Elle lui avait déjà demandé auparavant, lorsqu'ils étaient encore nouveaux l'un pour l'autre. Cette fois, elle…

La mer. Son évocation de la mer. Une mer avait été une amie pour elle, une lueur de souvenir de l'avant. Un lien d'une certaine façon. Non pas qu'elle ait vécu proche de la mer, mais elle la connaissait. Comment elle connaissait et ce qu'elle en connaissait avaient son importance. Il y avait une connexion. La mer était différente pour Ta'le, pas non plus la vraie mer, symbole d'un autre temps plus douloureux, mais les larmes, une perte longtemps auparavant, les larmes d'une agonie douloureuse, des temps brutaux, mais il y avait d'autres mers pour lui aussi. Il lui en avait parlé de quelques-unes. Les pratiques qu'ils faisaient là-haut sur la montagne étaient comme la mer, disait-il, fluides, scintillantes, emplies de lumière tout comme elle l'avait senti dans son cœur.

Tu verras un jour, dit-il, *un jour tu verras ce que nous voyons, ce que je vois*. Il n'était pas pressé et ne forçait rien. Mais elle savait qu'il souhaitait par-dessus tout partager cela avec elle.

Ilots de brillance, îlots de souvenirs, bruits de la vie du village. Des voix. Des rires. Repas de glands moulus. Rythme de bruits intermittents. Chants d'oiseaux. Voix d'enfants, se dispersant et se rassemblant de nouveau, comme les voix des oiseaux, comme leurs chants. Odeur de fumée du feu de bois tôt le matin persistant dans ses cheveux.

Elle avait trouvé un endroit à la limite du camp-village où elle pouvait s'asseoir en silence, laissant les bruits de la vie du village s'évanouir autour d'elle. Comme un rêveur se réveillant lentement de son rêve. Pour repartir dans un autre rêve. Combien de couches de vies de rêves avait-elle ? Combien en fallait-il pour se réveiller. Parfois il y avait des aperçus de quelque chose d'autre que l'espèce humaine, quelque chose de beaucoup plus ancien, plus ancien qu'elle, qui avait aussi été sa vie. Avait-elle ressenti cela dans sa vie d'avant ? Ou était-ce seulement maintenant, ici dans l'intervalle, que d'autres mondes pouvaient percer ? Le Peuple était intime avec les amis animaux et avec les amies plantes, ils parlaient d'eux comme d'une famille, comme des proches. Avec respect, avec affection. Mais peut-être plus comme des cousins ou des voisins, imaginait-elle. L'étrange sensation qu'elle avait eue et qui la troublait était plus que cela. Viscérale. Os plus grands, plus épais, muscles plus forts, enveloppés de fourrure, le poids se balançant d'un côté à l'autre, épaules et hanches, marchant d'une foulée plus large. Sensation fugace. Temporaire. Disparaissant rapidement, telle une ombre au coin de son regard, cachée derrière la vie dont elle ne parvenait pas à se souvenir du tout. Celle clairement humaine, l'appelant, l'attirant, en un rêve qu'elle ne pouvait jamais atteindre. Elle caresse de ses mains les herbes à côté d'elle, respirant la douce fragrance épicée des cèdres réchauffés par le soleil. Sentant sous elle la terre réchauffée par le soleil. La soutenant. Apportant de la chaleur à ses os. Des os humains cette fois.

Un matin d'automne, son premier automne avec le Peuple, assise dans une petite clairière à la limite d'un camp-village, un peu plus bas dans l'une des vallées cachées. Les forêts de cèdres de montagne laissaient la place aux chênes et aux érables. Glands et baies de manzanita mûrissant. Les oiseaux jacassent en traversant les manzanitas, récoltent, se préparent à l'hiver comme le fait le Peuple. Agréable de s'asseoir le dos contre un arbre, les jambes étendues devant elle dans la pâle lumière de l'automne. Une main caresse doucement les nouvelles pousses automnales d'herbes vertes. Quelques feuilles jaune d'or de chênes et d'érables commencent à tomber, dérivant dans l'air comme des papillons d'été.

— Salut. Puis-je me joindre à toi ? La voix d'un homme, inattendue, douce, à côté d'elle.

— Bien sûr. Elle le regarde, surprise qu'il ait parlé à haute voix. Elle commençait à peine à s'habituer aux façons de faire silencieuses du Peuple, communiquant sans mots. La fille Alehya avait commencé à lui enseigner quelques-uns des gestes gracieux du langage des mains qu'ils utilisaient parfois. La voix de l'homme est agréable, perturbant à peine la tranquillité du matin. Elle prend conscience qu'il lui a parlé à voix haute par bienveillance envers elle, elle qui est si nouvelle dans toutes leurs façons de faire.

Elle lui sourit.

— Est-ce que tu vis ici dans le village ?

— Non, je vis plus haut sur la montagne au camp des contemplatifs.

— Et toi aussi tu es un contemplatif ?

Elle en avait un tout petit peu entendu parler. Un petit groupe, hommes et femmes du Peuple, vivant très simplement, de façon isolée, suivant un chemin spirituel ancestral. Quelque chose en lien avec la lumière et l'eau, avec les visions et les yeux du cœur. Certains les appelaient les gens du cœur de la lumière. Elle n'avait encore jamais rencontré un contemplatif et ne savait pas à quoi s'attendre. L'homme à côté d'elle l'intrigue. Son comportement est simple et sobre, empreint d'une profondeur cachée. Elle l'apprécie.

— Oui. Nous descendons de la montagne à tour de rôle pendant que les autres restent en retraite. Cette fois j'apporte des herbes médicinales venant des zones d'altitude, en quantité suffisante pour tous les villages pour l'hiver. Je ramènerai là-haut dans la montagne des glands et des baies sèches lorsque je remonterai.

— Tu aimes là-haut ?

Il sourit. Un sourire silencieux, intérieur, paisible et bienveillant, comme quelqu'un qui reviendrait d'une contrée lointaine avec des récits de voyage à raconter, mais pas de mots pour les dire.

— La pratique est très belle.

— Je peux le voir dans tes yeux.

Elle sourit aussi, un sourire plus triste. Elle aussi venait d'une contrée lointaine. Elle ne se souvenait pas encore de ses propres histoires, mais elle ne savait pas si elles seraient aussi belles.

— Comment t'appelles-tu ?

— On m'appelle Attend la Pluie. J'ai appris à laisser les choses apparaître le moment voulu.

Un long temps de pause entre eux.

— J'attends aussi, j'attends de me souvenir, finit-elle par offrir.

— Le souvenir aussi apparaît le moment voulu. Il est parfois suffisant de continuer à vivre, au-delà du souvenir. J'ai entendu dire que tu es connue parmi nous comme Dort-Comme-Un-Ours et aussi comme Vit-Deux-Fois. Une liberté rare et précieuse de se réveiller et de pouvoir vivre une nouvelle vie… une vie complètement vierge.

Ils restent de nouveau silencieux pendant un moment. Le silence de l'homme est plus délicat que la lumière automnale qui les entoure, plus semblable à la pâle lumière d'une autre saison, le début du printemps, avec la promesse d'une accélération. Une saison qu'elle n'avait pas encore expérimentée. Pas ici. Une autre contrée lointaine.

— Je dois partir maintenant. Bienvenue au sein du Peuple, femme qui Dort-Comme-Un-Ours et Vit-Deux-Fois, et attend.

— Peut-être que je te reverrai ? demande-t-elle.

— Lorsque je remonterai, oui.

— J'attendrai. Elle sourit timidement, et détourne le regard.

Et plus tard, elle lui avait demandé, *que signifient les autres noms, les noms de vocation ?*

Ils sont comme une musique, comme un chant d'oiseau. Ils signifient toute chose.

D'où viennent-ils ?

Du grand cœur vivant autour et en chaque chose. Ils sont comme des noms en rêve j'imagine, venant du grand rêve nous rêvant, comme dirait le petit peuple des San du Kalahari. De nouveau de la tristesse dans ses yeux. Venant du peuple des San ou venant simplement du temps plus proche de l'Avant, lorsqu'ils avaient été quelque chose qu'il connaissait, ou qu'il avait étudié ou appris de quelqu'un qui comptait alors pour lui. Depuis longtemps parti. Avant. Tous.

Parle-moi des noms qui sont comme les noms des Anciens.

Il n'y en a pas beaucoup, juste quelques-uns. Et l'on ne les prononce pas tout à fait de la façon habituelle. Les Anciens avaient plus de sons complexes. Notre langue, notre palais et nos oreilles sont beaucoup plus simples.

Il lui parle des noms qu'il connaît et des personnes qui les portent ou qui sont ainsi appelées.

Certains de ces noms sonnent comme les anciens noms mais n'en sont pas. Ils viennent d'un rêve différent, Alai, Tomah, Mi'thal, Ta'le.

Echos d'un autre souvenir.

— Ta'le, mon nom de vocation est Ta'le, lui dit-il à voix haute la première fois qu'elle lui avait demandé.

— Je n'ai pas encore de nom de vocation. Encore quelque chose que j'attends, avait-elle répondu avec tristesse.

— Ton nom te trouvera, tout comme la pluie, dit-il, et elle ne lui en avait pas demandé plus, elle ne lui avait pas non plus posé de question à ce moment-là au sujet de la pluie, devinant seulement dans la profondeur de ses yeux.

Des noms encore, des souvenirs s'enchaînant comme le cycle des saisons, se fixant. J'étais là et je suis encore là. Cette fois elle l'avait interrogé au sujet des noms extérieurs. Son nom. Les noms étaient comme des points de repère. Des souvenirs. Que l'on partage. Des moments partagés. Des balises sur le chemin. Ils vous permettent de savoir où vous êtes, qui vous êtes, une connexion à un alors, à un temps avant. Elle lui avait demandé auparavant. Il lui avait parlé de 'l'attente' lors de leur première rencontre. Maintenant il lui parlait de la pluie... *Petit-fils...* son grand-père lui avait dit *petit-fils...* essayant de montrer avec sa main brisée par la police, montrant avec ses doigts repliés tous ensemble comme une aile cassée, sans pouvoir s'envoler, au lieu de cela ses yeux l'emmenant là-bas.

Elle l'avait interrogé au sujet des noms que les gens du Peuple utilisaient entre eux. La façon dont ils choisissaient les noms. Son nom, Attend la Pluie. Attendant la Pluie.

— Mon nom est venu avec moi, dit-il en souriant, un nom d'enfance, il y a longtemps.

Le sourire s'effaça faisant place à un sourire plus triste, lointain, distant.

De nouveau des hivers, repli intérieur, ciels gris, fortes pluies. Les nuages lourds du poids de leur eau pressant bas vers la terre à proximité du sommet des arbres, et puis la blancheur, les neiges de l'hiver transformant le paysage, les enfants jouant émerveillés dans la neige brillante et étincelante. Etés. Un début d'été, son premier été. L'air matinal encore frais avant que la chaleur de la journée ne prenne le dessus. La lumière dorée du soleil atteint le sommet des arbres déroulant lentement leur grande forme, les jeunes feuilles vertes mûrissent lentement en feuillage vert sombre de l'été. Journées chaudes. Les mûres grossissent sur les ronciers. Les abeilles se soulent avec lourdeur d'une fleur à l'autre. De petits bourgeons de glands tombent dans la chaleur de l'après-midi, petits chapeaux encore bien ronds avec des écailles marron dont la noix à l'intérieur grossit mais sans encore germer. Ces chapeaux semblables à de minuscules paniers parfaits, bien tissés par les plus habiles des mains. Agencement de minuscules écailles marron se chevauchant d'une façon complexe et précise, semblable à un beau panier tissé avec soin dans les mains de Mi'thal.

Pistant encore, suivant les traces de ses souvenirs, marchant en elles encore et encore comme le fait l'espèce des ours. Cherchant encore, cherchant quoi ? Elle le saurait lorsqu'elle y serait. Rassemblement du Conseil du village. Des visages maintenant familiers, pas si familiers au début pourtant. Assis proches autour d'un petit feu. La cérémonie de bienvenue, le confère des noms. Des visages amicaux, la chaleur du feu et des visages se mélangent. Ils lui donnent un nouveau nom, son nom extérieur, celui par lequel elle sera connue au sein du Peuple. Dort-Comme-Un-Ours Vit-Deux-Fois. Il y en avait d'autres parmi eux, d'autres perdus puis retrouvés, qui avaient vécu d'autres vies avant de faire partie du Peuple, mais personne aussi complètement éloigné de son passé qu'elle ne l'était. Ils l'acceptèrent sans la pousser ni à se souvenir ni à oublier quoi que ce soit. C'était suffisant d'être parmi le Peuple, de s'ouvrir à chaque jour ici. Son autre nom, son nom intérieur de vocation, viendrait plus tard, il ne serait pas donné par le Peuple, mais par la grande bonté en laquelle chaque chose apparaît et au sein de laquelle toutes les choses sont embrassées. *Puisses-tu vivre longtemps parmi nous.* Une accolade de chacune des personnes, une offrande, et une prière de bénédiction. Un petit panier, finement tissé. *Puisses-tu être emplie de joie, tressée avec nous, et porteuse de notre amour.* Une paire de mocassins souples. *Puissent tes pas être doux et ne pas laisser de traces.* Un collier de coquillages et de graines. *Pour la beauté et pour la promesse de ce qui peut être.*

Et puis son premier moment en dehors de la hutte. Ses jambes aussi hésitantes que ses sens. Mi'thal l'aide à s'installer, assise sur la terre maternante, son dos appuyé contre un arbre. Une pâle lumière tachetant le sol autour d'elle. Le bruissement d'une brise, le jeu des ondulations de la lumière et de l'ombre. Le feuillage gris-bleu des manzanitas. Des volées de petits oiseaux balayant l'air, remontant sur les branches de l'arbre au-dessus de sa tête comme s'ils étaient sur des courbes. Gazouillis harmonieux pépiant, dérivant au travers de la douceur de l'air automnal. Un petit groupe d'enfants courent à proximité, leurs rires voltigent comme des oiseaux. Attirés, ils se tournent vers elle d'un seul mouvement comme des oiseaux. Se tenant en cercle autour d'elle, ils la regardent avec des yeux grands ouverts et brillants. Une petite fille lui offre une feuille de chêne jaune d'or, une autre lui offre timidement quelques minuscules fleurs d'automne, comme les petites étoiles de lavande. Chaque enfant lui dit son nom en souriant et lui fait un petit cadeau, une petite plume bleue, quelques glands. Elle accepte chaque cadeau avec ses mains en forme de bol, se réjouissant de leurs trésors autant qu'eux, puis lève les bras en riant.

— Tant de noms, tant de noms !

Les enfants lui demandent son nom

— Comment est-ce qu'on t'appelle ?

Une pause soudaine, un espace. Un creux ou une liberté, tellement nouveau qu'elle n'y avait pas encore pensé. Puis rentrant de nouveau dans le jeu des enfants :

— Je ne sais pas encore, je dois d'abord apprendre le vôtre, n'est-ce pas ? Nous pourrons en reparler une autre fois. Peut-être que vous pourrez m'aider à me souvenir du mien. Puis elle ajouta d'un air complice : — Promis, vous m'aiderez ?

— Oh Oui ! Oh Oui ! et ils partirent, aussi rapidement que des oiseaux et juste comme la lumière.

Remontant encore plus loin. Un autre vide. Un endroit plus dur, plus froid, résonnant des souvenirs enfouis auxquels elle ne pouvait accéder. Odeurs minérales. Puis quelque chose de dur, poli et pointu. Des sons métalliques et creux. Des visages. Durs, tranchants et creux, comme les sons métalliques. Derrière eux, au-delà d'eux, un endroit où elle doit aller, quelqu'un qu'elle doit rejoindre. Les visages ne la laisseront pas, ils se tiennent toujours dans le passage. Les visages ne l'arrêtent pas seulement par leur présence ou par leurs mots mais avec une cruauté implacable qu'elle n'aurait jamais pu imaginer auparavant. Puis de nouveau la dissolution, la lumière et l'obscurité ensemble. Les visages ne peuvent pas l'atteindre là, elle est en sécurité en cette expérience. Une grande bonté et un grand amour la rencontrent dans cette obscurité brillante et la gardent là. Mais cette fois, elle en est certaine, une autre petite île de brillance s'offre à elle au-delà des visages, au-delà de la dissolution et de l'obscurité. L'atteignant à partir d'un monde solide et réel, d'un autre temps, d'une autre vie. L'île la rejoint, lui demandant une clarté en réponse. Elle est presque en contact, puis à la fois l'île et sa réponse se dissolvent, tunnel temporel, spiralant, s'enroulant, des bandes striées de lumière et d'ombre la tirent hors de sa recherche, remontant maintenant, de plus en plus vite, et soudain elle est de retour sur les rives de sa vie actuelle.

Ta'le est encore à côté d'elle, attendant comme il a promis qu'il le ferait. Ses yeux sages et tristes s'égayent à son retour.

Bienvenue à la maison.

Elle se blottit dans ses bras.

Brillance lorsque Linn réémergea. Brillance partout. Il plissa des yeux en regardant la lumière. La fille assise à côté de son petit foyer à l'entrée de l'abri, apparaissait comme une silhouette en contrejour d'un monde surbrillant attendant à l'extérieur. Il ferma ses yeux. La lumière lui faisait mal, si vive et si claire même derrière ses paupières fermées. Il ouvrit ses yeux avec précaution. Pleine lumière du jour maintenant, le matin peut-être. La neige s'était arrêtée à un moment pendant la nuit. Un ciel limpide au-dessus des grandes formes arrondies des arbres recouverts de neige. L'éclatante lumière du soleil étincelait sur toutes les facettes d'un monde transformé. La neige recouvrait tout, alourdissant les arbres vers le bas, en équilibre sur toutes les branches nues et sur les brindilles sous forme de crêtes abruptes. Un monde immergé dans la blancheur, une mer brillante de lumière éblouissante. Il referma ses yeux. Epuisé. Quoi que ce soit qui l'avait maintenu dans son état semblable à un rêve s'était effondré, avait cédé comme une bande élastique étirée trop fortement. Il n'était plus tenu. Il se sentait lourd et triste. Triste d'une façon inattendue, ne sachant pas pourquoi. Comme s'il avait manqué quelque chose d'important, et maintenant il ne lui était plus possible de revenir en arrière pour le trouver. La fille le regarda et lui sourit. Elle lui tendit un petit panier étroitement tissé avec quelque chose de chaud et d'odorant à l'intérieur. De la vapeur s'élevant, avec une odeur d'herbes fraîches, comme un thé fait avec des arbres. Il prit une gorgée et lui rendit, trop fatigué pour porter la tasse. Elle retourna alimenter le feu, en chantant doucement vers les petites flammes. Il s'égara de nouveau, repartant dans le sommeil. Ni souvenirs ni rêves lui appartenant ou appartenant à quelqu'un d'autre, juste un simple sommeil reposant.

Lorsqu'il se réveilla de nouveau, un rayon de soleil plein et tranquille pénétrait à côté de lui dans l'abri. Doux, réconfortant. À l'extérieur, de minuscules arcs-en-ciel de lumière vive scintillaient de la brillance éblouissante.

Vers midi, l'air se réchauffa. Mi'thal persuada Vit-Deux-Fois de faire quelques pas lentement dans l'air doux. La neige fondait déjà dans les endroits ensoleillés et tombait des épaules arrondies des arbres. De petites gouttes d'eau scintillaient au bout des brindilles. Ici et là un petit effondrement de neige non fondue tombait comme une cascade pétillante, gagnant progressivement de la vitesse de branche en branche. Monde vivant dégelant, moment de commencement, fluide et émergeant, tout comme elle. Vit-Deux-Fois sourit. Un premier jour du monde, comme dans les chansons, lorsque la Terre et le ciel et toutes les espèces étaient encore nouveaux les uns pour les autres et pour eux-mêmes. Un bon jour pour revenir.

Elle avait senti un changement en elle durant sa quête, dans son sommeil. Quelque chose d'inconnu de son passé avait perdu son emprise sur elle, et quelque chose d'autre s'était ouvert, un nouveau possible. Subtil, informel. Elle ne cherchait plus de la même façon, sans savoir exactement pourquoi, elle ressentait que c'était vraiment le moment d'un nouveau départ, un espace fluide et ouvert au-dessus d'elle, fondant et aquatique comme la journée.

Elle se tourna vers son amie et la serra dans ses bras. *Merci Mi'thal*, dit-elle, trop nouvelle et trop pleine pour d'autres mots.

Quand elles revinrent à la hutte, Mi'thal lui donna une tasse de bouillie de glands qu'elle avait gardée au chaud dans les braises du feu.

Tiens, dit-elle, *on donne ça aux nouvelles mères après l'accouchement, pour qu'elles reprennent des forces.*

Et Vit-Deux-Fois savait que Mi'thal pouvait ressentir un peu de ce qu'elle avait vécu cette fois pendant son sommeil. Comme en réponse, Mi'thal ajouta en plaisantant :

Si tu continues à donner naissance à toi-même, on devra encore changer ton nom, Vis Trois Fois !

Oh non !... et puis je suis encore une ourse... en tout cas je dors encore comme eux.

Elles rirent toutes les deux. Ta'le leva les yeux vers elles de là où il était assis dans le cercle autour du feu et leur sourit.

Ta'le et sa sœur étaient assis ensemble près des braises du feu se consumant lentement. Vit-Deux-Fois avait mangé la bouillie de glands et était entrée dans un sommeil normal de repos. Ils l'avaient d'abord surveillée avec vigilance, mais elle n'avait pas glissé dans le profond sommeil de l'espèce des ours, et ils restèrent assis tranquillement, en la regardant avec affection et soulagement plutôt qu'avec inquiétude. Ta'le se tourna vers sa sœur.

Mi'thal ? Penses-tu qu'elle serait capable de faire le voyage jusqu'à la montagne ? Je vais devoir repartir bientôt, avant que la neige ne revienne. Je voudrais lui demander de venir avec moi. Penses-tu qu'elle sera assez forte ?

Pour rester là-haut ou pour faire le voyage ?

Il sourit.

Peut-être les deux j'imagine. Non juste le trajet, c'est tellement tôt après son autre voyage. Elle a changé cette fois au retour de son sommeil. Et peut-être qu'elle s'ouvre. Il fit le geste comme s'il entourait délicatement de ses mains une forme ronde fragile, puis il ouvrit ses paumes vers le haut tout en les séparant en un doux mouvement d'expansion, aussi délicat que la forme invisible qui n'était plus là.

Je pense qu'elle s'est d'une certaine façon détournée de sa recherche de l'ombre, et qu'elle est maintenant en recherche de quelque chose d'autre à la place. Elle a un esprit fort, avec suffisamment de force pour la montagne. Elle s'y fera, et elle n'abandonnera pas.

Mi'thal regarda longuement son frère. Elle avait ressenti le changement dans Vit-Deux-Fois, d'une façon peut-être différente, sans être vraiment sûre de la direction que prendrait finalement ce nouveau départ. Elle finit par dire, *Non, elle n'abandonnera pas. J'étais inquiète pour toi mon frère.*

Il la regarda.

Un esprit fort… comme une ourse ? demanda doucement Mi'thal, et ils sourirent tous les deux.

Fort comme l'espèce des ours, oui, et profond. Elle aimera la montagne.

Prends soin de toi, mon frère, Tommo Agai. Elle utilisa son autre nom rarement employé, son nom de vie au sein du Peuple, si souvent éclipsé par le surnom de son enfance qui l'avait suivi jusqu'ici, et par son nom de vocation, qui comme le sien, avait éclipsé tous les autres noms, pas seulement entre eux, mais avec tous les autres qui les connaissaient bien.

Les ours mangent les saumons, lui rappela-t-elle.

Tommo Agai était le nom pour les rares et insaisissables truites saumonées d'hiver dans la langue des Anciens. Nombre des contemplatifs avaient des noms de truites saumonées. Appelés de l'intérieur comme l'étaient les contemplatifs à rechercher la solitude des hautes montagnes afin d'accomplir leur chemin, ils se sentaient proches des poissons argent aux reflets arc-en-ciel qui eux aussi étaient poussés de l'intérieur à rechercher en hiver les domaines d'altitude des torrents rapides des montagnes afin d'achever le cycle de leur vie. Et les noms de truites d'hiver semblaient désigner dès leur plus jeune âge ceux destinés au chemin des contemplatifs. Il y avait déjà un autre Tommo Agai plus jeune, le plus jeune fils du gros homme avec un poisson tatoué qui amusait les enfants quand il pliait son bras pour imiter le poisson bondissant. On pouvait compter dans le Conseil sur sa force tranquille et sur sa bonne composition, en particulier lorsqu'une décision difficile devait être prise. Le gros homme, Agai, reçut ainsi le nom d'une truite différente, le Tama' Agai, l'énorme truite saumonée qui arrivait en grand nombre à chaque printemps et qui nourrissait le Peuple. En conformité avec son nom, l'homme Agai avait aidé le Peuple à se nourrir lors de leur voyage difficile par-delà les montagnes jusqu'à leur refuge ici, mais son fils, attiré vers d'autres montagnes comme Ta'le, se sentait proche des autres truites, Tommo Agai, un rêveur depuis son plus jeune âge, un chercheur, un de ceux appelés à voir au-delà, un quêteur. Ta'le soupira.

Les ours mangent l'espèce des saumons, l'espèce des truites, répéta Mi'thal.

Je sais. Mieux vaut être dévoré par l'amour que par d'autres bouches qui nous attendent dans les souvenirs… Ils demeurèrent silencieux pendant un moment.

Une volée de petits oiseaux plongea dans des buissons recouverts de neige à l'extérieur de la basse porte d'entrée. Des motifs tachetés de lumière et d'ombre voltigeaient sur le sol à l'est de la porte, reflétant le mouvement du dehors.

Elle viendra avec toi, dit enfin Mi'thal, son regard tourné vers l'intérieur dans une sorte de distance qui lui apparaissait parfois, une simple expérience de clarté.

Elle y restera et ton monde deviendra son monde, mais elle appartient aussi à d'autres mondes. Quelque chose réclame son cœur. Je ne sais pas quel sera son chemin lorsque le moment sera venu pour elle de choisir. Elle est forte, c'est vrai, comme l'espèce des ours, et elle n'a pas peur. Elle le regarda. *Elle n'a pas peur...d'aimer.*

Oui, dit-il. *Je sais. Elle a déjà réclamé mon cœur.*

Elle sera assez forte pour faire le voyage, assez forte pour rester, mais pendant combien de temps, je ne peux pas dire. Quelque chose d'autre l'appelle au-delà de ce qui l'a attirée, quelque chose qu'elle ne voit peut-être même pas encore. Elle n'est pas différente de toi, petit frère. Elle le regarda. *Elle t'aime énormément. Elle saura honorer ce qu'elle réclame. Elle te ressemble beaucoup, petit frère, plus que tu ne le penses.*

Elle le taquinait maintenant gentiment, comme elle le faisait toujours lorsqu'elle savait qu'il était sur le point de partir, qu'il était déjà parti dans son esprit. L'attention et l'amour qu'ils se portaient mutuellement étaient restés forts au fil des années. Sa plaisanterie était autant une bénédiction et une prière qu'une expression de l'attention qu'elle avait pour lui. *Elle a attendu, je pense, pour que tu l'amènes là-bas. Elle sera heureuse de partir avec toi.*

La journée se réchauffait progressivement, devenant plus douce. Vers le milieu de l'après-midi, la neige reculait rapidement, même sous les arbres. Alehya s'assit à l'entrée du refuge et regarda le paysage émergeant de son lourd manteau de neige. L'hiver était reparti aussi soudainement qu'il était arrivé. La vision d'Alehya était obstruée par les arbres tombés et les branches à proximité de l'entrée, mais lorsqu'elle leva les yeux, elle put apercevoir de la neige glissant en gros paquets des hautes flèches des arbres étincelant dans la brillante lumière du soleil ou bien étant tamisée en tombant de branche en branche en déclenchant la chute de plus de neige. Elle rassembla les braises luisantes du feu et s'assit à proximité de la chaleur rayonnant des cendres. Un large faisceau de lumière pénétra encore pendant un moment à l'intérieur de l'abri puis disparut. L'homme semblait reconnaître la lumière du soleil. Il avait souri brièvement puis avait refermé ses yeux. Il était maintenant de nouveau réveillé, et regardait le monde dégelant avec un regard émerveillé comme s'il était en train de rêver. Pour Alehya, l'air chaud et humide, saturé pendant tout l'après-midi d'odeurs de racines et de terre humide, de bois humide, de feuilles mortes humides était comme l'une de ces tisanes de plantes que les anciens lui apprenaient à faire. Un temps fertile, comme le moment de la lune réchauffant au début du printemps.

Elle pensa aux nouvelles feuilles vertes et aux premières fleurs timides de cette autre saison l'hiver précédent, et au visage rayonnant de son ami Tomah, essoufflé, arrivant en courant au camp avec la nouvelle "Les truites du printemps ! Les truites du printemps !" Appelant le gros homme "Agai ! Agai ! Ton peuple est là ! Ton peuple est de retour !" Et le grand éclat de rire d'Agai pliant son bras et faisant bondir son tatouage de poisson pour les enfants rassemblés autour. "Les truites migrent !" Rires et excitations alors que tout le village descend à la rivière pour souhaiter la bienvenue à l'arrivée annuelle des énormes poissons. *Merci, pères truites et mères truites pour la générosité de votre espèce.* Le temps de la lune de la faim serait révolu, la lune chaude arrivant bientôt. Elle gardait cette image du visage de Toma'h dans son cœur, la réchauffant autant et même plus que les restes du petit feu à côté d'elle ou que la lumière du soleil pénétrant.

Tomah, Abi et le frère aîné d'Abi arrivèrent vers la fin de l'après-midi. Alehya savait que le Peuple enverrait quelqu'un pour la chercher, c'était leur façon de faire. Elle avait ressenti son cœur s'accélérer alors que les garçons approchaient de la vallée, et elle avait ressenti leur inquiétude lorsqu'ils avaient atteint le lieu du crash, cherchant des indices qui étaient déjà en train de se dissoudre dans le paysage dégelant. Et elle savait dans son cœur que Tomah était parmi eux. Elle sentait son appel, et bien que son petit abri eût été habilement dissimulé à tous sauf à des yeux habitués, elle attira Tomah par son appel en retour, et ils se retrouvèrent assez facilement.

Les trois garçons s'entassèrent dans l'abri avec Alehya et l'homme du poisson du ciel qui les regardait de sa trance de réveil, souriant d'un air rêveur comme s'il s'attendait à les voir s'évanouir à tout moment ou à déployer des ailes.

Aiii ! Sœur amie, dit Abi pour la saluer, *le seul endroit sec à des kilomètres alentour ! Nous avons quasiment nagé sur tout le chemin jusqu'ici* !

Ils rirent doucement. L'homme du ciel semblait perplexe et amusé de leur conversation silencieuse.

Comment va-t-il ? Le frère d'Abi fit un petit geste de la tête vers l'homme.

Okay, je pense qu'au moins son corps va assez bien. Il n'aime pas se tenir debout ou se déplacer, mais il n'y a pas d'os cassés, pas... elle fit le signe de la main pour la maladie, tenant ses mains ouvertes paumes dirigées vers les côtes inférieures, dans un mouvement de pulsation tantôt vers l'intérieur tantôt vers l'extérieur, comme si quelque chose palpitait à l'intérieur. *Il doit certainement être en état de choc, il n'est pas encore complètement là.*

C'est clair ! dit Abi. *Quel crash ! Il est chanceux d'être encore en vie, la traînée dans le champ, l'amoncellement de rochers et de terre.* Il fit un long mouvement, tout son bras poussant avec énergie.

D'autres Taibo'oo sont venus à sa recherche ? demanda le frère d'Abi, regardant attentivement l'homme avec une légère mais claire emphase sur le mot Taibo'oo.

Non, la neige est arrivée si vite, si dense, elle a rempli le ciel tout autant que le paysage. Vous êtes nos premiers visiteurs, dit-elle en leur souriant.

Puis elle regarda l'homme, avec un autre regard que le frère d'Abi, et dit avec tristesse, *aucun de son peuple n'est venu pour lui, et il est loin… à la poursuite de son cœur, à la recherche de son cœur… Je pense que son cœur est loin aussi.*

Ils s'assirent silencieusement pendant un moment, chacun d'eux éprouvant de la gratitude que leur cœur soit bien là, écoutant les bruits sourds des derniers paquets lourds de neige s'écrasant sur le sol en tombant depuis les arbres.

Tiens, nous vous avons apporté un peu de nourriture. Tomah mit la main dans sa besace de voyage et offrit à Alehya quelques pignons de pins et un petit saumon séché, une friandise spéciale. *Nous n'avons pas apporté d'eau.* Il rit. *Il semble que tu en as plein partout ici*, et il montra les gouttes se formant et tombant avec régularité des branches de cèdres du toit à l'entrée de la petite grotte.

Est-ce que le Tai… cet homme sera assez résistant pour faire le trajet du retour jusqu'au village ? demanda le frère d'Abi, ses yeux fixés sur les gouttes d'eau. *Le Peuple a demandé que nous le ramenions si nous le trouvions encore en vie. Une fois qu'il a vu quelqu'un du Peuple… il ne peut pas repartir vers… vers ce lieu d'où il vient.*

Oui, finit-elle par répondre. *Il sera assez fort pour marcher jusqu'au camp, avec de l'aide. Ce n'est pas si loin, mais je ne pense pas qu'il puisse le faire tout seul, pas sans quelqu'un pour le stabiliser. Il va avoir besoin de soutien. C'est bien qu'ils vous aient envoyés à trois ! Et il est très grand, qui va l'aider à maintenir sa tête droite ?* dit-elle d'une façon taquine. Elle regarda les trois garçons avec affection. *Merci,* dit-elle. *Je suis contente que vous soyez là.* Mais ses yeux se portèrent uniquement sur Tomah lorsqu'elle dit : *ma hutte est votre hutte,* en désignant le petit abri. Puis elle détourna le regard, souriant d'un air timide.

Ils passèrent la nuit assis autour du petit feu, somnolant de temps en temps comme lors de longues nuits de baby-sitter, et ils partirent tôt le matin suivant quand le monde trempé par l'eau du dégel avait encore suffisamment de fermeté sous les pieds après le froid de la nuit. Tomah avait apporté un manteau supplémentaire pour Alehya. Il le mit autour de ses épaules avec soin et tendresse, comme s'il aurait préféré protéger sa chaleur d'une autre façon, puis ils prirent la route. Un garçon de chaque côté de l'homme, guidant ses pas avec douceur, tour à tour le guidant et le soutenant sur le chemin.

Il était grand mais mince et très léger. Facile à soutenir même s'il était bien plus grand qu'eux. S'il avait un poids, il était quelque part ailleurs, son centre de gravité très éloigné d'où se trouvait son corps. Il avait du mal à se tenir en équilibre, et il marchait d'une façon absente, mais il les suivait avec bonne volonté, allant où ils le conduisaient sans se plaindre, comme un petit enfant ou un somnambule errant dans un rêve éveillé.

Ta'le et Vit-Deux-Fois partirent sur le chemin de la montagne au milieu de la matinée.

Je suis prête, avait-elle dit simplement quand il lui avait demandé.

Ses yeux brillant d'un bonheur serein, son visage s'ouvrant comme une fleur avec cette même joie.

Tu es sûre ? Ses yeux scrutent son visage, interrogatifs. *Ce n'est pas si loin, mais le chemin est pentu par endroits, et nous allons devoir partir bientôt, avant les prochaines chutes de neige, et une fois que l'hiver s'est installé....*

Je suis prête, dit-elle de nouveau.

Pour l'hiver ou le trajet ?

Ses yeux rient encore.

Pour les deux. Et ne t'inquiète pas, je suis bien reposée maintenant, je suis celle qui a dormi. Tu es celui, je pense, qui a veillé tard pour moi ! Elle se blottit dans ses bras. *Je veux être avec toi*, dit-elle doucement dans son épaule alors qu'il la serrait fort.

Mi'thal les regarda s'en aller longtemps après qu'ils furent hors de la vue physique.

Tu vas lui manquer, avait dit Ta'le, et c'était vrai. Elle envoya son cœur avec eux afin de les protéger sur leur chemin.

Vit-Deux-Fois se sentait de plus en plus forte et légère au fur et à mesure qu'ils s'élevaient dans la montagne. Comme si la montagne lui donnait de la force. Une sorte de promesse, une invitation qui l'accueillait, l'attirant tout du long. Elle savait comment être là, une sensation tellement inattendue de sécurité, celle de connaître quelque part la montagne, de rentrer enfin à la maison. Elle ne s'était pas attendue à cela. Elle pensait entrer dans le monde de Ta'le, pas le sien. Les rochers, l'air vif et brillant, le changement des motifs et des rythmes de ce pays pentu, les plaques de neige brillante devenant plus fréquentes, le rapide passage de l'ombre de nuages jouant au travers des pentes, tout cela étrangement familier. Les arbres patinés par le temps le long du chemin semblaient lui parler sur son passage, la rencontrant, l'accueillant dans une langue qu'une partie d'elle comprenait, l'autre pas encore. Elle parlait peu, satisfaite de faire confiance à cette sensation. Pas encore prête à la mettre en mots, dits ou non-dits, ni à partager avec Ta'le pendant l'ascension beaucoup plus qu'un sentiment grandissant de ravissement.

Le chemin était étroit et disparaissait par endroits, fusionnant avec le paysage. Elle gardait Ta'le à quelques pas de distance devant elle, ses pieds à l'aise changeant de direction sur le sentier, un pas ici, un transfert de poids, pivotant autour du bord d'un rocher. Le sentier doux sous ses pieds. Des années de contemplatifs marchant sur ce chemin, s'adaptant au rythme des pentes de la montagne avaient formé un chemin se fondant harmonieusement dans le paysage. La voie de la montagne. L'équilibre rencontrant l'équilibre, le talon et la plante du pied rencontrant les rochers et les pierres qui la portaient maintenant aussi. Elle se demanda s'il ressentait aussi cela de la montagne, ou s'il était attiré par une autre force, sa pratique peut-être, l'appelant, telle la mystérieuse truite d'hiver qui était son autre nom. Celles dont il lui avait parlé, vivant la plupart de leurs années cachées dans les profondeurs salines des derniers grands lacs mères ancestraux, puis frayant l'hiver dans les eaux rapides des torrents de montagne.

Merci chemin des montagnes, de nous conduire où que nous allions.

Elle se souvint de ce que Ta'le lui avait dit, lors de la première rencontre, *un don rare et précieux, une vie épurée.* Pour elle, la montagne était comme cela, l'air si frais et pur, les pierres, les rochers, les vieux arbres, le vent, les formes sculptées, tout ayant des racines remontant, lui semblait-il, jusqu'à l'essence du ciel et de la montagne, avant que le temps ne soulève ces immenses blocs de montagne vers le ciel. Un paysage si ancien, naturellement au-delà de la mémoire. Un endroit de repos spirituel, rochers installés, s'installant il y a longtemps dans leur propre temps. Elle n'aurait pas besoin de ses souvenirs perdus ici.

La montagne ne lui offrait pas seulement une vie épurée, elle en était sûre, mais elle l'amenait à vivre de nouveau une nouvelle vie. Elle se souvenait de Mi'thal lui racontant, après la cérémonie du confer de noms, que Vit-Deux-Fois était un bon nom, un nom pour grandir avec et pour grandir en. *Tes deux noms sont de bons noms, des noms puissants*, avait dit Mi'thal, *et n'oublie pas, ta famille ours a d'autres sagesses que le sommeil* ! Et elles avaient ri. Une conversation qui remontait à un autre monde maintenant. Ta'le se retourna pour la regarder, comme s'il l'avait senti sourire au souvenir de sa sœur, comme s'il les ressentait toutes les deux. Mi'thal lui parut soudain très proche.

Tu as appelé ? demanda-t-il.

Non, oui, je suis déjà si heureuse d'être ici, mon bonheur a dû t'appeler de lui-même. Son sourire irradiant jusqu'aux yeux. *J'adore ici*, dit-elle en ouvrant tout grands ses bras comme pour prendre la montagne.

Attends encore un peu, répondit-il, *nous n'y sommes pas encore*, et il sourit, se retournant en direction du chemin, lui aussi se sentant plus léger à l'intérieur à chaque pas.

Lorsqu'ils s'arrêtaient de temps en temps pour se reposer, elle contemplait les paysages s'étendant vers l'est. La succession des sillons des vallées et des arêtes des crêtes se fondait en un bleu brumeux, s'éloignant de plus en plus au fur et à mesure de l'ascension, et tous ses souvenirs, les plus récents comme ceux silencieux inaccessibles d'un autre temps s'évaporaient en cette pâle distance. À chaque fois qu'ils s'arrêtaient, ils s'étaient élevés un peu plus haut dans la montagne et elle pouvait contempler à partir d'un endroit de plus en plus lointain cette marée se retirant. Elle revint à la montagne marchant avec attention dans les pas de Ta'le qui la conduisait. Progressivement, rocher après rocher, pierre après pierre, les distances bleues derrière elle se dissolvaient, invisibles, en un doux avant. Pas aussi dur que le terrible Avant dont le Peuple parlait seulement lorsqu'il était nécessaire d'apprendre des expériences et des choix d'alors. Son avant personnel faisait naître une sensation plus douce maintenant, se retirant doucement, s'éloignant de lui-même, devenant telle une brume, semblable à un fantôme, s'évanouissant rapidement dans l'air clair de la montagne comme les nuées vaporeuses de nuages d'altitude dérivant dans le ciel au-dessus d'elle, dissolvant tout ce qui était derrière elle et qui l'avait maintenue. Ou bien peut-être que ces nuages se développaient comme les graines de quelque chose de nouveau, elle ne savait pas, peut-être les deux à la fois.

Ta'le leva les yeux vers la montagne et le ciel.

Tu vas aimer quand il neige, le calme et le silence. L'hiver va bientôt arriver, et nous arriverons juste à temps.

Pour elle maintenant, il n'y avait plus que le silence et la paix de la journée que leur présence ici ne perturbait même pas, leur passage s'unissant au calme autour d'eux d'une façon de plus en plus naturelle au-fur-et-à-mesure de leur ascension.

La montée devint plus raide, le sentier sur le flanc de la montagne se mettant à zigzaguer vers le sommet d'une crête escarpée. Quelques névés en travers du chemin glissants pour les pieds. Ils traversèrent un torrent rapide juste avant que celui-ci ne plonge en un saut presque vertical. Ils s'arrêtèrent et s'agenouillèrent à côté de l'eau tumultueuse. Ta'le utilisa une louche tressée pour remplir leur gourde d'eau, puis en versa un peu dans les mains en coupe de Vit-Deux-Fois et dans les siennes, ils élevèrent l'eau vers le ciel et les hauts sommets les surplombant. *Merci, eaux du ciel, eaux de la montagne, pour votre bénédiction.* Puis ils burent jusqu'à plus soif. L'eau claire et froide emplissant et descendant dans leur gorge, eau froide et douce, cristalline et vivante. Froid de l'hiver, froid plongeant, fraîcheur minérale, saveur des rochers, de la neige et du ciel.

Comme boire dans la montagne, dit-elle, *comme boire dans le ciel, dans l'air pur des hauteurs, dans le cœur de la montagne.*

Comme cela nous boit à l'intérieur, dit-il en souriant. Il emplit de nouveau leur petit récipient d'eau finement tressés et ils se remirent en route.

Passant à travers un bosquet d'arbres plus grands qui s'étaient abrités dans un creux de la pente, un oiseau gris et fin avec un cercle brillant autour de l'œil et une certaine grâce, et une étrange présence, comme une biche, demeurait tout proche à côté du sentier et buvait dans une petite flaque de neige fondue contenue dans le trou d'un rocher.

Ta'le salua l'oiseau. *Bonjour petit frère*, dit-il, *nous te remercions de nous accueillir à la maison.* Il se tourna vers Vit-Deux-Fois. *Une solitaire*, dit-il, *une grive ermite.* L'un des rares noms de l'Avant qui convienne encore. Ses yeux pétillaient, joyeux. *Ils sont assez généreux pour partager leur montagne avec nous. Ils aiment beaucoup de choses semblables à celles que nous aimons dans le fait d'être ici.*

Ils atteignirent le sommet de la crête, les hauts sommets s'élevaient encore bien au-dessus de chaque côté, recouverts de conifères nains cédaient la place à de longues pentes raides de roches gris et d'éboulis dont la partie supérieure était recouverte de neige. Arrivé en haut du sentier, Ta'le s'écarta du chemin afin qu'elle puisse apercevoir l'autre côté en venant le rejoindre. Contenus entre deux bras de montagne, une petite vallée plate, comme la paume ouverte d'une main. Une prairie luxuriante, maintenant marron en automne comme une fourrure fauve rêche. Quelques cours d'eau serpentaient à travers les herbes, les herbes se recourbant de chaque côté par-dessus les berges abruptes. Une rive avec des arbres plus grands, de petits groupes de trembles à l'écorce blanche au sein d'un petit bois d'épicéas, de pins et de sapins. Les huttes des contemplatifs étaient nichées à l'abri sous ces arbres plus grands, des habitations de terre semblables à celles des camps villages, mais plus petites et recouvertes par un gazon d'herbes vivantes leur donnant un air de petites collines verdoyantes. Le cœur de Vit-Deux-Fois, déjà plein de montagne était maintenant sur le point de déborder de la grâce de ce lieu caché, avec le pressentiment d'une joie encore plus profonde attendant ici, attendant d'être découverte ou révélée. Un secret ouvert comme le ciel, désormais aussi ouvert que les distances lointaines s'effaçant derrière elle, une ouverture aussi douce que la lumière de la fin de l'après-midi. Un havre de sécurité. Une paix scintillante. *Merci* souffla-t-elle, *Merci*.

Elle était au bord des larmes, non pas de tristesse, mais d'une joie inconnue humidifiant ses yeux.

Oui, répondit-il simplement, la regardant, absorbé dans sa propre joie magnifiée par celle de Vit-Deux-Fois. Avec son cœur, il offrit silencieusement,

Merci montagne, merci ciel, merci grand cœur de lumière, pour ce chemin et pour la femme à mes côtés. Merci de nous ramener à la maison.

Ils demeurèrent un moment côte à côte, leurs bras s'entourant mutuellement, en silence avec le silence de la montagne, des pierres et du ciel, puis ils descendirent le sentier vers le camp des contemplatifs, laissant le bleu des distances lointaines à l'est disparaître de leur vue derrière la crête.

Alors qu'ils s'approchaient du camp, Vit-Deux-Fois ressentit autour du groupe de petites huttes la même atmosphère de calme profond qu'elle ressentait en Ta'le. Dans le village dans lequel elle avait vécu avec Mi'thal, il semblait toujours y avoir quelqu'un en mouvement, calmement et avec attention, mais il y avait toujours une sensation d'animation dans le village dans son ensemble, les gens vivant leur vie avec joie et gaieté, en interaction.

Riant, parlant, racontant des histoires, chantant des chansons, plaisantant, se taquinant, discutant, se faisant des cadeaux, des paniers, des filets, et des flèches, jouant avec les enfants, tout cela, bien que joyeux, laissait des traces d'énergie même si personne n'en avait conscience. Les traces ici au camp des contemplatifs avaient une tonalité différente, la joie aussi était là, mais elle était d'une autre nature, venant d'une introspection palpable et sereine. Et cette introspection s'accompagnait d'un soupçon subtil et intangible d'une bonté inconcevable, qui embrassait aussi Vit-Deux-Fois dans son rayonnement.

J'aime ici, dit-elle finalement, et les mots simples de son appel semblait être un murmure au sein de cette immensité.

Tu rencontreras les autres demain, dit Ta'le, répondant à sa question avant qu'elle ne la pose alors qu'ils s'étaient arrêtés devant l'une des huttes. Il mit la porte sur le côté, une peau raide étendue sur un maillage de branches plus petites qui recouvrait largement l'ouverture, et lui fit signe d'entrer. *Ma hutte est ta hutte*, dit-il en la rejoignant et en montrant le petit espace, *comme mon cœur*. Il prit ses mains et l'attira doucement à lui, puis l'embrassa.

Bienvenue dans la montagne. Il sourit. Il put percevoir dans ses yeux que la montagne en avait déjà fait de même à sa façon. Elle serait ici chez elle.

L'intérieur de la hutte était disposé de façon assez similaire aux huttes du village. La lumière venant du trou de fumée et de la peau semi-translucide recouvrant la porte était juste suffisante pour y voir. Un petit cercle de pierres au centre de la hutte pour le feu. Sur un côté, une plateforme basse pour dormir et qui était aussi l'endroit commun pour s'asseoir et pour travailler. Le sol de pierres rondes patinées s'enfonçait plus profondément dans la Terre que celui des huttes du village.

Nous avons creusé plus profond ici, dit Ta'le, *pour se protéger du froid hivernal.* Une petite ouverture de l'autre côté menait à une grotte semblable à une alcôve comme une hutte miniature, avec juste assez de place pour qu'une personne puisse s'asseoir à l'intérieur sur un simple coussin au centre. Des paniers étaient disposés tout autour de la hutte, sur la large étagère formée par le sommet du mur de fondation en pierre. Les contemplatifs vivaient apparemment une vie aussi simple et épurée que les villageois. Elle reconnut les mains habiles de Mi'thal dans quelques œuvres de paniers grâce aux motifs de tressage particuliers qui les distinguaient. Quelques petites touffes de pailles suspendues ici et là. Quelques paniers pour la cuisine et quelques pierres de cuissons à proximité du foyer. Une niche à côté de la porte pour le bois pour le feu. Elle saisit tous les détails, familiers bien que nouveaux, tous les us et coutumes de la vie quotidienne du Peuple comme Ta'le les vivait. Propre et fonctionnel, chaque objet était soigné, respecté, toute la hutte respirait la même sensation de recueillement et de profondeur intérieure qu'elle ressentait si intensément en lui. Elle trouvait précieux les simples détails de la façon dont il avait exprimé sa vie, toute la hutte semblant en quelque sorte vivante comme si elle l'attendait, comme s'il n'en était jamais parti.

Ta'le remua les cendres dans le foyer. Quelques braises encore dormantes rougirent brièvement avant qu'il ne les recouvre de nouveau.

Nous ferons un autre feu plus tard à la tombée de la nuit. La fumée se voit tellement dans l'air clair ici en altitude, nous faisons très attention. Un des autres contemplatifs est venu tôt ce matin avant l'aube pour attiser le feu pendant un moment. Nous faisons ainsi les uns pour les autres lorsque l'un d'entre nous descend de la montagne. Nous essayons de faire que les huttes ne refroidissent pas complètement. Cela demande beaucoup de feu et de bois pour les réchauffer de nouveau. Nous préférons les maintenir chaudes en les alimentant petit peu par petit peu. Il sourit. *ça garde la hutte vivante.*

Chaud n'était pas exactement ce qu'elle en ressentait pour le moment. Elle devrait prendre l'habitude des façons de faire d'ici. Encore plus simples que celles des villages en dessous. Elle acquiesça. La hutte semblait vivante et pas non plus vraiment froide.

Comme s'il pouvait lire en son cœur, il dit : *Notre nourriture est plutôt simple aussi. J'espère que tu aimes les nouilles d'écorces de sapins et d'épicéas, dit-il avec de la gaieté dans ses yeux. Pas souvent ! Mais nous comptons plus sur les pins ici, les pignons de pins et le pollen des jeunes cônes principalement. Les repas de glands sont plus une nourriture spéciale, nous devons les transporter jusqu'ici. J'espère que tu aimes les bouillies de pignons…*et ils sourirent tous les deux.

Oui, fit-elle. Elle mit ses bras autour de lui et se rapprocha.

J'aime beaucoup.

Vit-Deux-Fois et Ta'le étaient assis à côté du feu du soir, silencieux. La quiétude de la nuit et le silence entre eux étaient confortables et réconfortants. Pour Vit-Deux-Fois, la journée avait été longue et si pleine qu'elle ne pouvait que se poser dans la plénitude, ouverte et sans questions, permettant à la graine de quoi que ce soit que cette plénitude pourrait finalement amener de s'installer en elle. Ta'le se posa en un voyage, depuis longtemps commencé, rentrant chez lui en le lent mûrissement d'un processus qu'elle ne pouvait que deviner. Différentes étapes d'un même voyage. Le même rythme de la confiance lui permettant de se déployer.

Sans le regarder, elle vit de nouveau dans son propre cœur comme il semblait heureux en la lueur chaleureuse du feu. Son visage, qui lui était familier comme un visiteur lorsqu'il venait au village, un visage dont elle avait pensé qu'il se sentait chez lui partout, en sécurité en sa propre profondeur, était maintenant semblable à une profonde et lente expiration, un souffle fusionnant en un souffle plus vaste l'entourant, un abandon, dans la confiance d'être chez soi.

Ta'le laissa le feu mourir de lui-même et recouvrit doucement les braises avec les cendres. *Merci frère sœur feu, de nous accueillir à la maison. Dors bien.* Ils demeurèrent de nouveau assis en silence pendant un moment laissant leurs yeux s'accoutumer à la douce obscurité de la hutte, puis il se leva et pris ses mains. *Viens*, dit-il, *J'ai un trésor à partager avec toi.* Ils s'enveloppèrent de leur manteau et il la conduisit à l'extérieur dans la nuit de la montagne. Les hauts sommets enneigés s'élevaient de part et d'autre du camp, brillant de la lumière des étoiles, formant un abysse d'étoiles dans le ciel brillant. L'obscurité éblouissante au-dessus de leur tête était transpercée d'innombrables puits de lumière, débordant du point précis de leur brillance. D'innombrables mondes scintillant de lumière, trop nombreux pour qu'on puisse les distinguer. Des névés de neige persistante luisaient sous la lumière des étoiles. Ils s'éloignèrent un peu du camp jusqu'à une pente à proximité afin d'avoir une vue plus large sur le ciel. Vit-Deux-Fois regarda vers le sol et y vit deux ombres formées par l'éclat des étoiles, intangibles comme la nuit sous leurs pieds. *Regarde* ! fit-elle. *Les ombres des étoiles.* Ces ombres les suivaient où qu'ils aillent. Elle se sentit fragile et éphémère comme les ombres et la lumière des étoiles. Une coquille creuse de lumière, non plus vide mais pleine de l'intangible substance de la grâce. "Merci", dit-elle à voix haute très doucement, sa voix telle un murmure de lumière d'étoile et d'ombre. "Merci", à Ta'le, au ciel, aux montagnes, aux étoiles, à tout ce qui les avait conduits jusque-là, à tout ce qui les avait rassemblés.

Les pâles couleurs célestes de l'aube emplissaient le ciel. Les premiers rayons touchaient les pics des hautes montagnes. Des arcs-en-ciel cœur de lumière scintillaient de chaque minuscule facette de ces couronnes de neige, vus par quelques yeux autres que ceux de la lumière elle-même. Dans la petite vallée nichée sur l'un des flancs de la montagne, le camp des contemplatifs était encore enveloppé par l'obscurité de l'aube. Vit-Deux-Fois s'éveilla tôt, émergeant doucement des couches de son sommeil. Ta'le était déjà en train de remuer le feu. Il leva le regard au moment où elle ouvrit les yeux et sourit. Il se leva du feu et vint la rejoindre. *Bonjour, nous sommes là*, dit-il en enfouissant sa tête dans la chaleur de son sommeil, et frottant son nez contre elle.

Plus haut sur un autre flanc de la montagne, l'ourse se retourna dans son sommeil de plus en plus profond et recroquevilla encore plus le poids de sa lourde forme se dissolvant autour de la chaleur de sa lente respiration. Son rythme cardiaque ralentissait avec sa respiration, fusionnant déjà avec les grandes marées de l'hiver, fusionnant avec les battements de cœur des pierres et avec ceux de la neige, avec les couleurs célestes des aubes et des nuits étoilées se déployant dans le ciel extérieur, avec le souffle réchauffé dans la grotte obscure de sa tanière. Elle était cocoonée dans les profondeurs de la roche, du ciel et de la nuit de l'hiver, cocoonée dans les enveloppes de lumière des aubes roses et turquoises, dans les halos arc-en-ciel entourant les lunes géantes, dans la lumière des montagnes reflétant les ciels radieux. Ou alors enveloppée d'insondables nuits emplies de minuscules points de lumière, enveloppée dans les lumières spiralant des mémoires de son espèce tissées en chaque cellule de sa chair endormie, elle dérivait au-delà du sommeil et du rêve. Il sera bientôt l'heure, et les minuscules graines des nouvelles vies en elle commenceront à s'éveiller.

Appelées par le rythme ralenti de son cœur, elle chevauchait la douce houle se déployant dans ses mers intérieures, les nouvelles vies suivront le rythme par lequel ils finiront par venir à la forme. Ecoutant, attendant, jusqu'à ce que les marées se soient suffisamment ralenties pour passer de la lumière même de la dissolution jusqu'à la reformation de la chair de corps d'ours, dans la profondeur de son sommeil ancestral. Les intervalles entre chaque battement de cœur devenant de plus en plus longs, de vastes ouvertures au sein de sa forme endormie permettant à des mémoires ancestrales de se rassembler. Un seul cœur battant profondément et emplissant la totalité de leur monde naissant, puis de nouveau un espace hors du temps. La chaleur de son corps se refroidissait, pas aussi vite, pas aussi loin, diminution graduelle suivant le ralentissement des marées de dissolution et d'émergence de l'existence. Les temps du commencement.

Les graines de nouvelles vies en elle, minuscules cellules fécondées ayant attendu pendant la chaleur de l'été et pendant toute la fin du printemps, saison des chaleurs pour les ours. Minuscules cellules ayant attendu patiemment en traversant la saison des noix, des graines et des fruits, des petites pommes sèches acides et des mûres juteuses avec leur propre chaleur, des écureuils fouisseurs à la douce saveur avec leur graisse à maturité, les pierres déterrées qui volent et la terre retirée de leurs nids. Cellules attendant à travers tout cela, jusqu'à ce que les réserves de graisse hivernale de l'ourse soient suffisantes pour les nourrir ainsi qu'elle-même durant son sommeil de l'hiver. Ces cellules écoutent maintenant les courants ralentissant du sang et de la respiration pendant que l'ourse se laisse dériver dans sa profondeur de mère au-delà du rêve sans rêve, enfouie dans la quiétude et le froid de l'hiver. Les enfants de sa chaleur vont commencer à s'ancrer dans le reflux et le flot de sa forme se dissolvant. Ils vont prendre racine, et grandir au travers de leur propre voyage vers l'existence, tressés avec la radiance inhérente et avec l'essence minérale des mers salines. Profondeurs de sang et d'os encodées de la démarche nonchalante de leur espèce, de leur errance, de leurs pattes rapides comme l'éclair, de leur posture imposante redressée lors des périodes de chaleurs.

L'ourse bouge mollement ses muscles, de façon imperceptible, et soupire. C'est l'heure. Bientôt ce serait un nouveau commencement.

La lumière diminuait progressivement en descendant vers le bas des pentes de la montagne. Dans les gorges et les vallées au-dessous, matin bleu nuit du moment avant l'aube. Lune noire. Ciel noir. Les étoiles au-dessus faisant ressortir chaque arbre. Les grands arbres autour des huttes de terre du village plus sombres que le ciel, ombres opaques contre l'obscurité plus brillante et translucide au-delà. Odeurs de nuit riches et vertes venant de la douce respiration des plantes et des arbres tissant leur propre corps, grandissant à partir de la lumière accumulée. La nuit devenait lumière. L'aube approchait. La pénombre s'ouvrait lentement dans l'air. Les dormeurs dans le village commençaient à éveiller leur corps diurne dans la fertile demi-lumière d'entre les mondes. Le village frémissait. De petits feux endormis. Minuscules au sein de l'aube. L'odeur forte de fumée de bois. De petites brindilles et branches dans les feux expiraient la lumière accumulée la nuit dans la chair des plantes. Elles expiraient de nouveau à l'aube de la lumière en tant que feu. Tout était un dans une pénombre granuleuse. Les enfants endormis se réveillaient puis replongeaient dans leur sommeil. Errant, comme elle, entre le monde de la nuit et le monde du jour.

Ils entendaient dans leur sommeil les sons rassurants de leurs oncles et de leurs tantes, de leurs pères et de leurs mères, de leurs grands-pères et de leurs grands-mères qui réveillaient la journée pour eux. Préparant pour eux un autre jour afin que tout soit là lorsqu'ils se réveillent. Des prières silencieuses. Les doux bruits du jour naissant se propageaient dans leur forme endormie, comme les ondulations de la lumière à travers l'eau. Les corps de l'aube rêvaient encore, et les rêves ondulaient comme les bruits du jour à travers la chair de leur sommeil vacillant, puis se dissolvaient à la frontière du sommeil, fusionnant avec la pénombre de l'aube.

Puis une lueur incolore plus brillante se mit à s'écouler du trou de fumée. Les premières lumières se rapprochaient en se propageant à travers le lointain ciel extérieur. Les arbres gardaient les étoiles de l'aube à proximité, les cachant dans leurs branches, attendant le soleil, attendant que les formes de leurs grandes ombres mûrissent de nouveau en rondeur dans la crémeuse lumière dorée. Douces odeurs de cuisine des bouillies de glands, sons feutrés d'ébullition dans les paniers de cuisson sur le feu. Une main pour remuer. Légèrement éclairée par la lueur rougeoyante du feu. Chuchotements de voix. Des adultes déjà habitués au jour parlent doucement. Un appel plus proche la taquine gentiment. *Hé ! Tête endormie ! Alehya réveille-toi !*

Alehya s'étire sous sa chaude fourrure de sommeil. Ils l'ont laissée dormir. Elle s'est laissé dormir. Elle a été très fatiguée après avoir sauvé l'homme. Très fatiguée. Autant par l'étrangeté de cet homme que par le sauvetage. Le rassemblement du Conseil pour parler avec l'homme et entendre ce qu'il aura à dire ne se fera pas avant quelques jours. Lui aussi devra se réveiller. Les bruits et les odeurs, familiers pour elle, seront encore étrangers pour lui. Tout sera étrange, tout sera nouveau, comme lui l'est pour eux, l'ensemble du village formera un nouveau décor autour de lui, il est déjà en formation, l'entourant.

Ils le laisseraient rester. Ils le devaient. Ils ne pouvaient pas le renvoyer d'où il vient. Cela compromettrait les villages, et il était trop innocent et non préparé dans le vide de son étrangeté pour être envoyé seul dans le sommeil hivernal de ce pays. L'instinct d'Alehya était de sauver et de protéger pas seulement le Peuple, mais tous, même cet homme si semblable à un petit oiseau tombé d'un nid, et cette fois tombant dans un autre nid. Tombé ou déposé là, comme un oisillon venant d'un œuf de l'oiseau vacher. D'où était-il tombé ? De son côté que dirait-il ? Il était resté si silencieux, si absent, qui serait-il en revenant ? Comment s'adapterait-il ? Tout le monde, les vieux comme les jeunes, y pensait. Nous nous rassemblerons, entendrons et parlerons et nous écouterons l'homme et nous nous écouterons réciproquement jusqu'à ce qu'un consensus harmonieux émerge. Ceux qui connaissaient l'époque de l'Avant et ceux qui pouvaient sentir des choses remontant loin dans la mémoire ou des choses susceptibles d'advenir, chacun d'entre nous ayant des racines dans les deux directions, ensemble nous saurons dans quelle direction irait cette nouvelle chose, ce nouvel agencement déjà en train de se mettre en place, et si nous irions avec lui ou pas.

"Tu devrais aller voir At'sah, elle est la plus ancienne dans le village, elle connaît la plupart des chansons."

Linn avait posé des questions au sujet des us et coutumes du Peuple. À quoi ressemblerait le Conseil ? Comment le Peuple avait survécu à la Guerre et à la Dévastation ? Comment avaient-ils atterri là ? Comment vivaient-ils ? Mille questions en effervescence, débordant de lui après qu'il eut réalisé qu'il était de nouveau en vie. Quelque chose lui était arrivé après le crash, quelque chose qu'il avait besoin de comprendre. Il avait fondu, il s'était dissout, telle une chenille dans une chrysalide, en une soupe lumineuse intérieure, innocent, obscur, sans direction. Puis le visage de la jeune femme était apparu, le rappelant à un ici différent de celui qu'il avait quitté. Pendant le temps où il était dans l'abri qu'elle avait construit, il était resté suspendu, fluide, réticent à prendre forme. Même le voyage jusqu'au village avait été semblable à un rêve se déroulant pour quelqu'un d'autre. Les garçons l'aidant sur le sentier avait conduit une vacuité liquéfiée, il n'y avait là personne. Même maintenant il n'était pas sûr de qui il était, ni même de la raison pour laquelle il était là.

Il avait encore besoin de l'imagination, d'une image mûrissant afin de se concevoir autour. Un nouveau modèle auquel il pourrait s'identifier. Il souhaitait désespérément retrouver des repères. Grâce au moyen qui lui était le plus familier, poser des questions, les questions émergeant en flots. "Le moment venu", lui assuraient ses hôtes. "Garde tout cela pour le Conseil. Pour le moment tu as besoin de repos." Thé chaud, à la saveur légèrement herbeuse, à l'odeur de racines et de feuilles inhabituelles. "Reprendre des forces", disaient-ils. Offert avec des mains bienveillantes. D'autres mains bienveillantes l'installant sous un arbre à la limite du village. Portant autour de lui une tunique grossièrement tressée de bandes de fourrures. Les nuages de l'hiver étaient passés. Un pâle soleil d'automne dissipant la fraîcheur de l'air, mais même avec la chaleur du soleil, un froid persistait dans ses os. Le rappelant en arrière, loin de maintenant, loin de la vie que ces gens d'ici semblaient vivre, si légèrement ? si facilement ? si gracieusement ? avec tant de gratitude ? si humblement ? Il était difficile pour Linn de les définir. Subtiles dans leur bonheur paisible d'être simplement en vie, si différent de son monde.

Chaque jour, alors qu'il s'asseyait sous l'arbre, se réchauffant au soleil, quelques personnes venaient le saluer. Sans rien pousser ni forcer même si les circonstances étranges de sa venue étaient connues de tous. L'approchant au contraire avec une délicatesse bienveillante, sans la méfiance du Lab, mais avec une retenue dissimulant ce qui semblait être leur ouverture naturelle. Une distance qui le rendait un peu triste. Pourrait-il un jour s'intégrer ? Le souhaitait-il ? Et si oui, voudraient-ils qu'il reste ? Pour le moment, ils s'approchaient pour se présenter, pour lui souhaiter la bienvenue, malgré son air étrange.

"Nous parlerons plus lors du Conseil", dit un homme, lui offrant un sourire amical. L'invitation au Conseil avait été lancée dès l'arrivée de Linn, et quelques personnes étaient déjà venues de certains des autres camps villages. Apparemment, tout se décidait avec tous. Ensemble.

"Parfois, cela prend du temps", lui dit un autre homme avec un petit sourire.

"Ecouter et parler et se mettre d'accord prend du temps, et de l'attention. Tu verras." Après que l'homme fut parti, une volée de petits oiseaux traversa l'espace comme s'ils étaient conduits le long de fines lignes courbes, dessinées magnétiquement d'un seul trait vers les branches d'un même arbre. Puis tout aussi soudainement, tous repartirent glissant sur d'autres cordes invisibles vers un autre arbre. Chacun se déplaçant sur sa propre corde, bougeant comme un seul être ? comme une seule intention ? Il se demanda si le Conseil se déroulerait ainsi.

Il essaya de poser des questions au sujet d'autres aspects de leur vie, voulant savoir à quoi s'attendre.

"Ah !" dit un gros homme, bien musclé avec un tatouage de poisson sur un de ses larges biceps, sa voix étonnamment douce pour un homme si imposant et robuste. "Ah oui, à quoi s'attendre ! On essaye de laisser ce qui doit être advenir lorsque c'est le moment. On attend et on écoute. C'est une bonne façon de faire…"

Linn tenta une question différente avec une femme d'âge moyen portant dans ses bras un panier superbement tressé qui le salua avec un sourire timide. Cette fois il interrogea à propos de l'histoire du Peuple.

— Oh, fit-elle, tu devrais aller voir Vieille At'sah. Elle pourra te raconter.

Linn avait déjà brièvement rencontré Vieille At'sah. Une femme qui paraissait avoir peut-être autour de quatre-vingts ans. Vieille At'sah doit être très âgée en effet.

— At'sah est un nom pour désigner la graine de moutarde sauvage, dit l'homme à côté de la femme au panier, fais attention, elle est plutôt directe. Piquante aussi. L'homme rit affectueusement.

La femme souriant proposa à Linn de le conduire à la hutte d'At'sah.

— C'est sur mon chemin, dit-elle avec une voix douce qui devint mélodieuse et chaleureuse, Vieille At'sah est la mère de ma mère. C'est une chanteuse. Elle chante nos chants, elle les garde vivants pour nous, les chants de qui nous sommes. Mais tu auras besoin d'oreilles pour entendre…

Ils marchèrent silencieusement le long de l'étroit sentier. Elle le précédait, marchant doucement à un rythme s'adaptant à la démarche encore incertaine de Linn. Même dans leur retenue, le Peuple le traitait avec une attention bienveillante. Sa tête ne lui tournait plus, mais il n'avait pas encore les jambes pour le terrain, ni le pied marin, et plus de vaisseau. Poisson du ciel, ainsi avait-il entendu nommer son avion. Poisson hors de l'eau, poisson hors de l'air, poisson essayant d'atterrir, sans savoir comment.

La femme s'arrêta sur le chemin et se retourna vers lui.

— Il est bien de lui amener quelque chose comme cadeau si tu veux entendre un chant. Il n'y a pas besoin que ce soit une grosse chose, le geste de l'offrande est ce qui compte.

Linn haussa les épaules. Il secoua la tête et ouvrit ses mains.

— Je suis venu sans rien.

— Tiens, fit-elle en pressant une petite bourse souple dans l'une de ses mains, voici quelques glands à lui offrir.

Il fit le geste quasiment universel du 'je ne peux accepter ta gentille offrande', mais la femme lui dit simplement :

— Si tu restes ici avec nous, tu prendras part à nos habitudes de partager, nous sommes comme cela, cela fait partie de notre histoire, pourrait-on dire. Elle sourit. — De notre histoire, de notre chant.

Si tu restes. Ces mots le hantèrent alors qu'elle continuait son explication.

— Elle va reconnaître la bourse, elle va savoir qu'elle vient de moi, et elle considérera ton geste comme une nouvelle partie du cadeau. Un cadeau voyageur. Percevant une lueur de perplexité dans ses yeux, elle ajouta :

— Ici parmi nous, il y a des cadeaux qui sont passés par de nombreuses mains. Ce sont des cadeaux voyageurs, et ils portent la valeur des mains qu'ils ont rencontrées sur leur chemin. À la fois en donnant et en recevant. C'est leur chant.

Ils atteignirent l'entrée de l'une des huttes en terre, une modeste butte de terre recouverte de feuilles. Elle était difficilement distinguable du sol forestier environnant excepté sa forme ronde et quelques légères volutes de fumée s'élevant du trou de fumée et disparaissant dans les branches au-dessus. La femme ne fit pas de bruit pour s'annoncer et attendit attentivement en silence pendant quelques minutes. Linn se dit qu'elle devait avoir une conversation en silence avec quelqu'un à l'intérieur, annonçant leur présence avec ce qu'ils nommaient 'l'appel', le mode de communication silencieuse. Lorsqu'elle se tourna vers Linn, elle employa de nouveau des mots parlés.

— Tu peux y aller maintenant. Grand-maman se réjouit de te voir.

La vieille chanteuse, assise dans la hutte dans l'ombre à côté d'un petit feu, fut au début à peine visible pour les yeux de Linn. Une volute de fumée s'éleva doucement des braises luisantes devant elle, dérivant vers le haut en courbes légères au travers d'une colonne de douce lumière venant du trou de fumée. Vieille At'sah se pencha en avant pour ajouter quelques bouts de bois dans le feu. Ses cheveux soudainement brillants, un nuage de blanc éclairé dans la colonne de lumière. Son visage ridé et plissé comme un ancien lit de rivière, rougit par la lueur chaleureuse du feu. Soleil levant et soleil couchant. Puis elle se rassit. Progressivement, les yeux de Linn s'accoutumèrent à la lumière à l'intérieur de la hutte, le visage de la Vieille At'sah dans l'ombre devenant de plus en plus clair.

Vieille At'sah était en effet très, très vieille. Plus vieille que quiconque Linn n'avait jamais rencontré dans sa vie. Dans le monde technologique et ingénieux duquel il venait et dont il se souvenait avoir été si récemment éjecté, les vieilles personnes faisaient beaucoup d'efforts pour paraître aussi jeunes que possible. Cette femme paraissait avoir accueilli son âge, avec la certitude d'un arbre à son apogée, son vieil âge assurant sa survie comme pour l'arbre. L'âge comme une expression de la force vitale, non pas comme un obstacle. Les plis et les crevasses de son épaisse peau ridée étaient étonnamment beaux, tout particulièrement les méandres de rides au coin extérieur de ses yeux. Des deltas de rides de rires, une carte vivante de toutes les fois où elle avait souri ou ri de bonheur. Il s'émerveilla de la complexité et de la plénitude des motifs. Un réseau vivant d'émotions, une histoire rappelant ce qui fait l'entièreté d'une personne, ne rappelant pas seulement les faits des événements tels qu'ils se produisent, mais la façon dont ils sont vécus, les textures de la vie encodées dans son visage, tout comme il les imaginait être encodées dans les chants. De façon inattendue elle lui paraissait être d'une vivacité captivante, peut-être parce qu'il était lui-même tellement vide d'autres contextes, en dehors des souvenirs partagés ici, et elle était si pleine, chantant ses souvenirs dans des chansons. Ne sachant pas quoi faire d'autre, il s'agenouilla à quelques pas d'elle et lui offrit en silence la petite bourse. Puis il attendit.

Elle finit par prendre en compte sa présence et son cadeau avec un sourire étonnamment engageant. Il vit et ressentit à la fois une brève image d'elle comme une jeune femme, taquine, joueuse, pleine de vie. Désarmé et déboussolé, il lui fallut quelques instants pour prendre conscience qu'elle l'avait invité à s'asseoir avec elle auprès du feu.

Après ce qu'il espérait être une attente appropriée, et d'une façon qu'il espérait être appropriée, Linn demanda,

— Ils m'ont dit que vous pourriez me raconter certaines des histoires du Peuple. Le Conseil n'aura pas lieu avant quelques jours. J'ai demandé ici et là, je voudrais commencer à apprendre, je voudrais apprendre des choses de vos us et coutumes.

— Nous n'avons pas... d'histoire, commença-t-elle lentement, contemplant dans des couches de distance avec des yeux anciens. Puis elle resta silencieuse pendant un moment. Comment parler à ce nouveau venu si récemment de ce monde solide et figé qu'ils avaient fui il y a si longtemps, comment lui parler de la fluidité des souvenirs partagés. — L'histoire... est un rêve de groupe, reprit-elle, sa voix aussi lointaine que ses yeux, comme si les mots, les mots parlés, étaient eux-mêmes une contrée lointaine, devenant plus forts et plus proches au fur et à mesure de son discours, ses mots appelant d'autres mots. Il se demanda d'ailleurs si elle parlait souvent avec des mots. Pensait-elle seulement avec des mots ? Puis il se souvint qu'elle était une chanteuse de chants, et les chants étaient pour lui musique, écoutés en tant que tel et entendus. Il se posa intérieurement pour écouter sa voix emplissant lentement la hutte de terre. — L'histoire est le pouvoir d'un rêve de groupe…qui continue d'hypnotiser longtemps après qu'elle a cessé de vivre, histoire passée, l'histoire autosatisfaite, insulaire, d'une seule vision. Jamais la nôtre. L'histoire, une belle chanson dont la moitié est reniée, la voix triomphante d'un nous militant, et le silence d'un eux vaincus et acquiesçant. Oui c'est vrai c'est cela l'histoire, un nous bruyant et tapageur, et un eux silencieux.

Elle contempla de nouveau dans le lointain. Puis elle le regarda de nouveau avec un air malicieux et dit :

— Mais tu sais, le silence est là où l'on garde les autres récits, où nous les mettons en sûreté, en leur évitant de se transformer en l'histoire. Non nous ne les laissons pas prendre cette direction. Nous les gardons en sécurité dans le silence. Sa voix s'évanouit comme des volutes de fumée, disparaissant dans l'espace de la quiétude, trop plein pour être appelé silence. Puis elle parla de nouveau. — L'histoire est… un mensonge, un mensonge sans vie, qui ne nage plus, ne brille plus, ne vole plus, ne bondit plus, mais qui est au contraire écrit… L'histoire n'est plus elle-même vivante… Mais elle vit des corps figés des autres chants, les chants qui se souviennent comment bondir et voler, qui se souviennent comment déployer les ailes.

Elle le regarda comme si elle pouvait voir en lui, à travers lui, percevant directement sa passion du vol, toute sa connaissance de l'art de voler, et cette clarté qu'il recherchait sur le pont suspendu du Lab. Il se prit à vouloir détourner les yeux, mais le regard de la Vieille At'sah était bon et elle garda son attention en continuant avec douceur.

— Jusqu'à ce que, incapable de prendre son envol, l'histoire victorieuse se trouve elle-même prise dans le danger très réel d'être enfermée dans sa propre forme, dramatique, espérant et craignant l'assurance qu'elle ne soit pas la seule. Elle le regarda de nouveau. — Comme votre peuple, n'est-ce pas ? Dans ce lieu duquel vous venez ? Elle avait changé si rapidement. Il avait été captivé, perdu par ses mots. Il acquiesça en pouvant à peine murmurer.

— Oui, c'est ainsi.

Apprendre leurs façons d'être en effet. Comme s'il avait posé une question sur les manières et les tasses de thé et qu'elle lui avait directement donné à la place les mains qui tiennent le thé, et toutes les eaux du monde tendrement contenues dans ses paumes ouvertes.

Elle déposa quelques brindilles odorantes sur les charbons ardents. De petites flammes dansèrent à la vie.

— Et puis l'autre histoire, paisible, sans armes, assurée, qui s'éveille et commence à vivre et à respirer de nouveau, avalant toutes les autres histoires dans l'innocence de son devenir. Oui c'est ainsi chez nous et dans cette terre ici, nous sommes tous en devenir, c'est notre mode d'être. Il y a des souvenirs, dit-elle, de nombreux souvenirs, tout le monde a des souvenirs, le feu a des souvenirs, les eaux, les arbres, nous en avons tous, mais oui, ils sont tous tressés ensemble dans ce devenir.

Elle lui sourit. Ils restèrent assis en silence pendant que le feu diminuait. Il contempla les délicates flammèches lécher l'air, virevoltant, dansant, devenant plus petites dans le scintillement s'élevant des braises luisantes en dessous. Elle se retourna finalement vers lui et lui dit :

— Nous parlerons de nouveau au Conseil. Nous nous y retrouverons. Et il comprit que sa visite chez elle était terminée.

— Merci, Vieille At'sah, de m'avoir parlé du sens des chants.

Il s'inclina doucement, elle cligna des yeux, la brillance soudaine dans son regard inondant brièvement l'obscurité diurne de la hutte de terre, dansant comme les petites flammes.

Gros Carl amena Linn au Conseil, discutant amicalement en lui montrant le chemin, et Linn apprécia sa compagnie. Malgré son nom, Gros Carl n'était pas gros physiquement, mais la générosité de sa présence paraissait grosse. Un grand cœur. Qui vous incluait. Qui incluait tout le monde d'une façon simple et sans chichi ce qui rendait simple d'être avec lui. Cheveux noirs hirsutes aussi généreux que le reste de lui, gris tendant vers le givre au niveau des temps. Barbe et sourcils noirs hirsutes. Des yeux chaleureux et pétillant qui n'avait pas peur de regarder. Dans ces yeux une profondeur d'expérience qui ne s'était pas estompée, et s'était peut-être même accentuée, Gros Carl aimait particulièrement apprécier et s'amuser avec tout ce qui était autour de lui. Depuis le peu de temps que Linn l'avait rencontré, Gros Carl le considérait déjà comme un ami. Alors que Linn se penchait pour passer l'entrée basse de la hutte du Conseil, il lui fit une tappe sur l'épaule pour le rassurer et lui chuchota "Ne t'inquiète pas, tout va bien se passer. Tu vas voir".

Comme la hutte d'At'sah, la hutte du Conseil parut sombre aux yeux de Linn lorsqu'il y pénétra. Une obscurité respirante, sentant la terre, la fumée de bois et le cèdre sec, emplie du léger bruissement de nombreuses personnes chuchotant, gloussant, bougeant, s'installant, le tout se mélangeant avec le crépitement du petit feu au centre de la hutte. Gros Carl avait expliqué à Linn qu'ils parleraient pour lui aujourd'hui à voix haute au lieu de la communication silencieuse telle qu'ils l'utilisaient habituellement dans ce genre de rassemblement. Et le Peuple semblait se réjouir de jouer avec les sonorités de leur voix autant qu'avec leurs mots, et les fréquents et doux éclats de rires laissaient penser à de nombreuses gentilles taquineries et plaisanteries.

Une fois que ses yeux se furent accoutumés, il vit que contrairement à la loge d'At'sah, le lieu de la rencontre était grand, beaucoup plus grand qu'aucune des autres huttes qu'il avait vues, même si elle semblait avoir été construite sur le même modèle. Un sol de terre creusé, quatre poteaux solides proches du centre de la hutte pour soutenir le toit, disposés à égale distance les uns des autres autour d'un cercle central de feu délimité avec des pierres. Des poutres reposant sur le sommet des poteaux pour les relier. Des perches plus fines disposées proches les unes des autres formant une sorte de grand cône s'élevant depuis le bord du sol excavé pour venir reposer sur les poutres transversales s'étendant vers l'intérieur, leur extrémité se chevauchant autour d'un trou de fumée au centre. Des rangées de fins branchages tressés entre les perches à leur extrémité basse, l'ensemble du toit colmaté avec des herbes et de la mousse. Des couches d'écorces et de terre à l'extérieur, recouvertes de tas de débris forestiers pour protéger la couche supérieure de la pluie. C'était un peu comme d'être à l'intérieur d'un panier retourné ou d'un chapeau tressé, ou d'une grotte, un peu tout à la fois. Au plus il s'y habituait, au plus il s'étonnait de trouver cela confortable. Gros Carl lui avait raconté que les Anciens qui avaient vécu dans ces contrées il y a bien longtemps en construisaient même des plus grandes pour danser et se rencontrer. Des maisons rondes comme ils les appelaient. Mais les grandes huttes étaient désormais trop difficiles à maintenir cachées. Le Peuple construisait à la place des huttes plus modestes pour le Conseil. "C'est ainsi, avait dit Gros Carl avec un petit rire, nous devons tous les entasser dedans."

Le lieu rond était en effet entassé. Vieux et jeunes serrés les uns contre les autres assis jambes croisées, le plus souvent face au feu. Quelques personnes assises proches du feu firent un signe à Linn et à Gros Carl et leur montrèrent les places libres à côté d'eux. "Regarde, il semble que nos sièges aient été préparés" dit Big Carl avec un sourire malicieux, et il conduit Linn jusqu'au centre de la hutte. En se déplaçant parmi les personnes agglutinées, les yeux et visages si nombreux tournés vers lui donnèrent un sentiment de conscience de lui-même. Une sensation étrange pour quelqu'un qui se sentait encore plus comme une absence que comme une présence, même envers lui-même, une absence qui n'avait pas envie de revenir à la méfiance réservée de la culture de surveillance du Lab. Les visages et les regards autour de lui ici étaient bienveillants et ouverts, mais ils étaient encore neutres. Pas exactement méfiants, mais ils le regardaient plutôt avec une sorte d'attention réservée. Attendant d'entendre ce qu'il dirait. D'entendre ce que chacun dirait.

Quelques visages semblaient familiers. La fille qui l'avait sauvé après l'accident lui sourit timidement lorsqu'il passa, son épaule appuya sur celle du garçon à côté d'elle, qui lui aussi sourit. Linn le reconnut comme l'un des garçons qui étaient venus les chercher et qui l'avaient aidé à garder son équilibre sur le sentier du retour vers le village. Le gros homme avec le tatouage de poisson que Linn avait rencontré plus tôt était assis proche du feu. Et pour l'esprit de Linn qui s'attendait à une certaine sorte de protocole, il semblait être le modérateur ou le meneur du rassemblement à la façon dont certains des visages regardaient Linn puis se tournaient vers le gros homme puis regardaient de nouveau Linn. L'homme était dans une prière profonde, ses yeux absorbés dans le feu, mais il leva le regard et lui sourit, avec un regard qui parut à Linn un brin complice, comme si l'homme savait quelque chose à son sujet le faisant se sentir rassuré d'une façon inattendue, puis l'homme replongea son regard dans le feu. La femme au panier qui l'avait emmené voir la vieille At'sah était assise à côté du gros homme, et semblait aussi avoir une fonction. Elle avait disposé devant elle sur le sol ce qui pouvait s'apparenter à des objets rituels.

Vieille At'sah était assise devant eux, offrant de petites branches au feu. Elle leva son regard et éblouit brièvement Linn avec une brillance qui n'avait rien de physique, puis se remit à nourrir le feu, chantant très doucement, comme si son chant et les flammes n'étaient qu'une seule mélodie. De petits enfants partout dans la hutte assis sur les genoux de parents, de tantes ou d'oncles ou d'autres frères et sœurs plus âgés, se tortillant et regardant avec curiosité entre les épaules pour entrapercevoir Linn. Un bruit de fond continu de murmures, de bavardages et de tranquilles plaisanteries lorsque des personnes se poussaient légèrement les unes les autres pour faire de la place à un nouvel arrivant. La hutte était chaude avec tous ces corps rassemblés, même si vieille At'sah maintenait le feu petit, plus pour la lumière et la bénédiction pensa Linn, que pour la chaleur.

— Je ne savais pas que nous étions venus pour un sauna ! s'exclama une voix venant de quelque part au milieu de la foule. Un éclat de rires en réponse. Tout le monde avait chaud.

— C'est la seule façon pour que Vieil Oncle en fasse un ! ajouta quelqu'un d'autre, taquin.

— Tu paries !? sourit malicieusement un très vieil homme avec peu de dents, qui rayonna comme la vieille At'sah lorsque les visages se tournèrent vers lui.

Plus de rires. Le village était une famille. Ils se connaissaient tous bien. Ils s'étaient rassemblés pour discuter d'un sujet important, et il régnait une atmosphère de réflexion et de présence respectueuse, mais clairement sans le formalisme rigide auquel Linn était habitué dans les réunions du Lab. Ici l'acte de se rassembler avait un ressenti différent, comme si le fait même de se rassembler était aussi important pour eux que de réfléchir et d'aboutir à un consensus. La légèreté et le jeu de simplement être ensemble faisaient partie du processus d'établissement du consensus. Leur retenue venait de la présence de Linn, car entre eux il n'y en avait pas. Gros Carl avait parlé à Linn des Guetteurs, ainsi que le Peuple appelait les yeux du ciel et les drones de surveillance, et Linn étant arrivé avec ce qui semblait être un avion de Guetteur, il y avait une inquiétude qu'il puisse lui aussi être un Guetteur.

"Ça va être difficile", avait dit Linn avec amertume. Comment allait-il expliquer les dynamiques complexes et tordues du Lab, comment il se sentait par rapport à ce qui s'était passé là-bas, et sa soudaine expulsion ?

"Raconte-leur simplement, lui avait dit Gros Carl, ils viennent pour écouter, pour vraiment écouter, et ils seront ouverts. Il y en a d'autres parmi nous qui sont passés par de plus grandes difficultés pour pouvoir vivre avec nous. Ils comprendront."

Linn regarda les visages autour de lui et sourit timidement. Il ressentait un chatoiement qu'il ne pouvait décrire, comme de la bienveillance venant vers lui. Peut-être comprendraient-ils. Peut-être l'avaient-ils déjà fait.

Le gros homme leva une main avec une sorte de geste de bénédiction. Le tatouage de poisson sur son bras bondit et scintilla dans la lumière du feu. Les bruissements et les chuchotements commencèrent à s'apaiser. La femme à côté de lui alluma une petite touffe d'herbes. Armoise et cèdre, Linn commençait tout juste à apprendre à identifier les odeurs. Elle attisa la touffe avec une plume, répandant des volutes de douce fumée à travers la hutte, et en hauteur vers le trou à fumée, et en bas vers le feu. Vieille At'sah commença à chanter d'une voix plus forte, avec un timbre envoûtant et ondulant comme le vent dans les feuilles ou l'eau en mouvement. D'autres voix la rejoignirent, murmurant avec le même rythme doux. Toutes les personnes de la hutte, entraînées par la mélodie, semblèrent se fondre une seule. Puis les autres voix s'évanouirent lorsqu'elle arrêta de chanter. La hutte redevint silencieuse pendant un moment, un silence plein et riche, rempli de la présence d'un peuple s'étant rassemblé comme une personne. Le gros homme parla enfin avec une voix lente et douce qui portait néanmoins facilement dans toute la hutte.

"Nous sommes rassemblés pour écouter ce que notre visiteur Linn a à dire. Il ne connaît pas encore la façon de communiquer silencieusement, l'appel. Certains d'entre nous en ont discuté auparavant." Il fit un geste parcourant la pièce et de nombreuses têtes acquiescèrent. "Il serait bien d'écouter et de parler avec des mots parlés, afin qu'il puisse comprendre notre cœur comme nous comprenons le sien. Puissent notre écoute et notre parole à tous être justes et vraies." Encore plus d'acquiescements et de murmures d'assentiment.

Un autre moment de silence, un temps d'attente cette fois. Un peuple communicatif se préparant normalement et tranquillement en tant que groupe à échanger avec le nouvel étranger. Puis Gros Carl pris la parole.

"Cet homme, Linn, assis à côté de moi, a été l'hôte de ma hutte depuis qu'il est venu ici. Je le sais avoir un bon cœur. Il est maintenant un ami. Je suis heureux de lui avoir ouvert ma hutte. Il ne connaît pas encore nos us et coutumes. J'imagine qu'il aimerait en savoir plus sur nos expériences des temps de l'Avant. Il est juste arrivé récemment d'un vestige du monde que nous avons quitté. Cela l'aiderait de connaître notre sentiment au sujet de ce monde, des choses que nous avons vécues, et comment ceux d'entre nous qui ont traversé ces temps difficiles ont été capables de changer et de commencer à nouveau. Cela l'aiderait à raconter son histoire s'il connaissait la façon dont nous racontons les nôtres. Il est venu en ami."

Un certain nombre hochèrent la tête pour exprimer leur accord, et il y eut encore plus de murmures d'assentiment. Lentement, un par un, le Peuple commença à s'exprimer.

La tête de Linn se mit un peu à tourner au fur et à mesure du déploiement de l'histoire, voix douces s'entremêlant, se chevauchant parfois, ponctuant les mots de chacun par des sons d'assentiment et d'emphases, tous parlant comme d'une seule voix. La voix d'un Peuple qui a pratiqué l'entraide pour survivre à une horreur qu'on ne souhaiterait à personne, et qui entre dans les détails de son histoire avec la sobriété d'un long deuil, et avec un besoin de mettre de la distance. Quelque chose que Linn pouvait comprendre.

Les camps de famine. Au départ des camps de distribution de nourriture, puis la famine. Provoquée. "Ils nous parlèrent de distribution de nourriture pour nous faire bouger." De hautes clôtures. Barbelés, des rouleaux de barbelés tranchant. Des tours de gardes. Dans les zones les plus désolées de la vallée centrale. Les prisons étaient déjà pleines. Les Taibo'oo, les Guetteurs, en construisirent encore plus. Ils avaient commencé à mettre de plus en plus de personnes en prison même avant. La nouvelle industrie. Elle avait perduré pendant des années. Ils les appelaient alors maintenant simplement des dépôts de nourriture. Des soldats passant de maisons en maisons, arrêtant tous ceux qui ne voulaient pas y aller, tous ceux qui possédaient de la nourriture. Les mises en réserve, c'est ainsi que les Guetteurs les appelaient alors. "Même si cela venait de votre propre jardin, même si vous le cultiviez, même si vous le partagiez", ajouta une autre voix. Pour les Guetteurs, partager était le pire. Trahison, antipatriotisme, minant l'ordre civil. Ils surveillaient du dessus avec les yeux du ciel. Tout le monde n'avait pas d'autres choix que d'obtempérer. "À moins, dit la voix douce d'un vieil homme, à moins. Certains étaient partis au début des troubles, ou même avant." Il sourit malicieusement. Trop tard pour la plupart. Pas d'envoi de nourriture venant de la montagne. Une terre désolée là-bas aussi. Le grenier était devenu une terre brûlée, consumée par un accident nucléaire. Des ciels gris partout après l'accident. Puis les tempêtes solaires. Linn hocha la tête pour acquiescer. Il se souvint des années au Lab où ils durent faire pousser des cultures avec de la lumière artificielle. Ils avaient utilisé une grande partie de leurs réserves d'énergie. Elles étaient devenues très petites pendant un moment, avant que le ciel extérieur ne recommençât à éclairer suffisamment pour qu'ils puissent de nouveau utiliser l'énergie solaire. Dans leur propre isolement, ils avaient indirectement été victimes des mêmes choses.

Les voix firent une pause au moment où le Peuple rassemblé au Conseil attendait de voir s'il allait commencer à parler. Linn baissa le regard, timide et embarrassé, prenant soudainement conscience de la finesse de la communication du Peuple, et que lui-même s'était peut-être égaré dans le monde de leur communication subtile sans savoir comment. Quand ils virent qu'il demeurait silencieux, ils reprirent. Après les tempêtes solaires, de nouveau des yeux du ciel. Pas autant. Pour les militaires seulement. Plus de télécommunication civile. Plus de civils. Juste des prisonniers, des détenus et la sécurité. La sécurité militaire et paramilitaire, des contractuels, opérant sous un vague mandat pas très clair qui ne semblait être là que pour justifier les abus, et cela incluait la police de GUERRE. Un état s'effondrant sur lui-même. Affamant les personnes à l'intérieur des clôtures. Les patrouilles à l'extérieur, elles, bien nourries et bien armées. Ciels sales. Des épidémies balayant le territoire, se répandant dans les camps. Les systèmes immunitaires déjà affaiblis par les conséquences imprévues des organismes génétiquement modifiés et les communications microondes. Cela était aussi des problèmes familiers pour Linn. Miri avait fait quelques travaux précurseurs sur ces conséquences, elle avait essayé de tirer la sonnette d'alarme, mais ses recherches furent ignorées ou supprimées. Miri. Il se força à ne pas partir dans ses souvenirs afin de ne pas interrompre de nouveau le Conseil. Avec un autre genre de retenue que dans le Lab. Ici il ressentait un respect instinctif pour quelque chose qu'il comprenait à peine, un réseau intangible de bienveillance et d'intention, un motif se déployant dont il faisait déjà partie.

L'histoire du terrible Avant se poursuivit. Les armes nucléaires et chimiques déchaînées, et puis les virus fabriqués. Spécifiquement conçus pour viser les réponses immunitaires des 'ennemis'. Sélectionnant quelques Guetteurs inoculés avec un vaccin de protection avant que les virus ne soient relâchés. Mais les virus se retournèrent aussi contre eux. "La nature trouve toujours son chemin", dit quelqu'un doucement. Biotech Armageddon. "Ils durent affronter la bio terreur venant d'ennemis trop petits pour être visibles. Difficile d'intimider un microorganisme avec des mensonges et de la propagande, avec une police secrète, difficile de le corrompre émotionnellement. Leur terreur extérieure vint à eux de l'intérieur. Ils furent les bio chevaux de Troie, portant leur propre ennemi, leur propre destinée."

"Nous n'avons pas eu besoin de recevoir des nouvelles. Le fléau frappa si soudainement. Nos camps étaient déjà loin, cachés." "On pouvait ressentir la souffrance", dit un autre. "Nous avons prié." Des têtes acquiesçaient. "Une grande tristesse", dit un autre. "Partout sur tous les territoires." Silence, lourd du poids des souvenirs, et puis Gros Carl parla.

"Nous pensions que le mieux que nous pouvions faire était de mourir avec dignité. De revendiquer une autre façon d'être, d'être les uns avec les autres, d'être avec la Terre, avec autant de bienveillance que nous le pouvions. Comme une prière, comme une famille." Il sourit.

"Et je crois que cela a marché. Je crois que la Grosse Mama nous voulait ici, voulait bien de quelques humains dans les environs malgré tout. Voulait que nous restions." Il toucha affectueusement le sol devant lui avec ses mains. "Elle nous donna une autre chance. Le reste de l'humanité étant parti dans une autre voie, il fallait à tout prix sortir de l'impasse."

La texture des voix s'entremêlant comme une seule voix changea. Nous étions déjà dans les collines. Nous vivions tranquillement, prenant garde à rester cachés. Migrant lentement, plus haut dans les montagnes avec les saisons lorsqu'ils revenaient. Nous avons fini par traverser la crête de la Sierra, et avons trouvé le lieu réservé aux programmes de simulation spatiale. La haute clôture. Les panneaux. RISQUE. RESTEZ À DISTANCE. DANGER. ZONE DE REHABILITATION. À l'intérieur de la clôture, le sol avait été creusé et retourné. La couche souterraine stérile sur le dessus. Des sapins et des cèdres rabougris plantés en rangs comme des flammes chimiques, grandissant comme s'ils étaient en feu à l'intérieur. Des aiguilles rouge-orangé vers le bas et le long du tronc, les extrémités comme des flammes vertes. Nous avons envoyé nos éclaireurs les plus rapides parcourir la clôture. Ils trouvèrent quelques endroits où elle était effondrée, mais la clôture et le sol torturé à l'intérieur s'étendaient sur des kilomètres. Il s'agissait de revenir en arrière ou de continuer à avancer dans ce paysage caustique. Avant de travers la clôture, nous nous sommes réunis. Nous avons campé, parlé et prié. Tout le monde parla avec son cœur. Un des anciens eut une vision en rêve cette nuit-là, que le sol juste à l'intérieur de la clôture était creux, en feu à la racine des arbres, mais elle dit que si nous ne restions pas dans la clôture, elle avait vu que le pays au-delà était de nouveau sain.

Quelques personnes pénétrèrent en premier, traversant cet endroit malade. Ils s'enfoncèrent plus avant et découvrirent le terrain en bonne santé que la vieille avait vu. En meilleure santé que de nombreux territoires que nous avions déjà traversés dans notre errance. Ici, à l'intérieur des barrières, pas de signes d'humains d'aucune sorte. Un soulagement inattendu.

"Puis nous sommes allés à l'un de ces endroits, celui qui parlait fit une pause, nous sommes venus à cet endroit", le mot non prononcé Taibo'oo imprégna la hutte. "Nous l'avons largement contourné, le laissant à lui-même. Progressivement nous avons appris à connaître ce pays. Où il y en avait d'autres… de ces endroits, d'où il fallait rester à distance. Il n'y en avait pas tant que cela et ils étaient éloignés les uns des autres, et la terre entre ces endroits était généreuse pour nous, c'est ainsi que nous sommes restés, retirés et cachés."

"Nous avons vécu ici paisiblement, et pas seuls. Les animaux, les oiseaux, les poissons, toute la communauté des plantes, ont aussi trouvé refuge ici. Nous mangions peu de viandes. Nos amis, les quadripèdes, ceux qui ont des nageoires et ceux qui ont des ailes, eux aussi luttaient. Tous ensemble nous étions une sorte d'arche de Noé", il sourit. De doux murmures parcoururent la hutte, oui, tous ensemble nous étions une arche. Non pas une arche de tube à essai cette fois, ni un dôme scellé, mais une arche vivante, soutenue par le cœur de la Mère Terre. "tout le monde tous ensemble", un autre homme répéta. "Nous étions paisibles, attentifs. Progressivement, nous avons senti que l'horreur était en train de passer, mourant de sa propre volonté démente." "Nous avons senti quelque chose s'adoucir aux frontières de notre monde, ajouta une autre voix, nous pouvions le ressentir. La terreur et l'obscurité se dissipaient progressivement. Plus personne pour la garder en vie, plus de victimes, plus de bourreaux. S'estompant, épuisée. Vidée. La vie commença de nouveau à respirer. Mais nous ne sommes jamais revenus en arrière. Le risque de contamination était trop grand. Pas seulement la persistance de la contamination biologique et nucléaire, mais aussi venant du monde de la pensée, des fantômes et des esprits de cette époque trouble qui s'est dévorée elle-même. Nous les avons laissés demeurer dans leur propre paix troublée. Ici nous avons cultivé la bonté, nous avons gardé vivante une flamme différente."

Progressivement, un poids s'est levé. Comme le printemps après un long hiver.

"Nous avions confiance que nous vivions de nouveau. Que nous pouvions vivre. Que Grande Mama voulait bien de nous malgré tout", la femme qui parlait fit un geste affectueux en direction de Gros Carl. "Le fléau nous avait contournés. Nous avions une responsabilité. Continuer à vivre, comme une prière, une prière pour une nouvelle vie, une vie simple, paisible et pleine de gratitude. Cela nous a aidés d'avoir choisi cette voie auparavant, cela nous a aidés à accepter la responsabilité d'avoir été épargnés. Avec humilité, sans s'angoisser ni idéaliser. Continuer à vivre simplement, comme les Ancêtres le firent longtemps avant nous. Nous sommes restés à l'écart des zones contaminées, pour éviter d'être recontaminés par la bête avide. Certains d'entre nous s'étaient battus contre ce monstre auparavant, nous n'étions pas immunisés, peut-être vaccinés, expérimentés, oui, mais certains parmi nous livraient encore une bataille continuelle avec la bête, même ici… Et si nous pouvions ? Pourquoi pas ? Tellement facile de glisser en arrière dans les premiers temps, parfois même ce qui semblait être des suggestions innocentes avaient d'autres racines, nous devions nous aider les uns les autres à voir, et à réapprendre. Cela en valait le coup, les jeunes nés dans d'autres circonstances nous y ont aidé aussi. La bête avide n'était pas simplement des toxines physiques, mais aussi la toxicité de l'esprit et du cœur d'une culture consommant le monde et élaborant sa propre fin, d'une façon si sournoisement et délibérément aveugle. La culture des esprits avides. La bienveillance nous a sauvés ici. La bienveillance a éloigné le monstre de l'exploitation dans la terreur de son propre dénouement."

Le Peuple resta silencieux pendant un moment. Linn sentit qu'ils avaient atteint une sorte d'harmonie non verbale, et qu'il était maintenant temps pour lui de s'exprimer.

Il posa son attention sur le feu, comme s'il parlait aux flammes auxquelles Vieille At'sah avait chanté. Il commença avec une voix calme et distante qui semblait lointaine même à ses oreilles.

"Pour nous… à l'intérieur du Lab, nous n'avons ressenti que notre propre isolement, nous savions que ça n'allait pas à l'extérieur ici, à l'extérieur là-bas, dehors…" Il hésita. Se plaçant du point de vue général du Peuple rassemblé autour de lui, il n'était plus sûr à partir de quelle direction raconter l'histoire. Il se trouvait entre des mondes, son point de vue avait déjà commencé à changer. Pour le Peuple, le Lab était l'extérieur absolu, extérieur à la réalité partagée du territoire. "Mais… lorsque les capteurs tombèrent en panne puis que les transmetteurs cessèrent de fonctionner, nous pensions, on nous disait que tout n'était que roche stérile à l'extérieur. J'imagine que d'une certaine façon ça l'était presque."

"Oui ça l'était presque", murmura une voix, et des têtes acquiescèrent ici et là dans la hutte comme pour encourager Linn à poursuivre.

Il fit une pause pensant à quel point le Lab était maintenu dans l'isolement hermétique le plus total. Il leva brièvement le regard et vit des visages partout, le regardant avec une bienveillance attentive. Encouragé et déconcerté, il reprit son histoire, devenue maintenant plus une confession.

"Pour nous à l'intérieur, c'était déjà … de la roche stérile. Nous avions oublié comment ressentir le monde." Il hésita de nouveau, attristé. Il essaya d'expliquer à quoi cela pouvait ressembler dans le Lab, les moniteurs surveillant et enregistrant tout le temps. Comme les yeux du ciel, dans chaque pièce, dans chaque logement. Il put ressentir tout autour de lui un sentiment d'horreur mélangé à de la compassion. Ils connaissaient les yeux du ciel. Alors les avoir si proches de vous… Il évita de parler des Guetteurs ou des Taibo'oo en utilisant leur nom, espérant ainsi se mettre à distance pour ne pas être associé avec ces mots, luttant pour essayer d'expliquer comment cela s'était véritablement passé. Comment expliquer la tromperie, le pouvoir fascinant du mensonge avec lequel ils avaient vécu. Simulation de voyage spatial, mondes extraterrestres ennemis, le vide de l'espace, nous avions amené avec nous dans le Lab notre propre imagerie imaginaire et l'avions cultivée. Il leur parla du projet. Les jardins, la recherche, les capteurs, l'émergence du CESI. Le resserrement progressif de la 'sécurité'. La paranoïa et la peur, chacun se refermant. Les disparitions occasionnelles de quiconque parlait trop, ou avait une vision différente, ou se comportait différemment. Dans toute la hutte, des têtes acquiesçaient en sympathie. Pendant qu'il était en train de raconter son histoire, il put ressentir que ce qui s'était passé dans le Lab n'était finalement pas si différent de ce qui s'était passé à l'extérieur après tout. Il se sentit moins seul comme jamais depuis bien longtemps. Ils avaient tous dû lutter contre les mêmes schémas provenant des mêmes graines. Des motifs fractals se répétant à l'infini. Il regarda l'espace de la hutte et eut le sentiment que chacun ici pouvait ressentir les parties de son histoire qu'il n'avait pas été capable d'exprimer à voix haute. Peut-être était-ce cela qu'ils appelaient la communication silencieuse, l'appel. Et ce n'est pas tout, non seulement semblaient-ils pouvoir ressentir, mais aussi entrer en empathie avec les conditions que le personnel du Lab avait instaurées pour lui-même. Il y avait véritablement une bienveillance dans leur ouverture. Encouragé, il poursuivit.

"Nous nous sommes effondrés de l'intérieur, j'imagine en essayant de maintenir les derniers restes de l'esprit qui avait donné naissance à l'horreur." Il s'arrêta, soudainement écœuré de réaliser que l'esprit qui avait donné naissance à l'horreur était encore vivant, il n'était pas complètement mort, pas encore. Il était encore en vie, là-bas dans le Lab, particulièrement incarné par le haut commandement du CESI. "Il est encore en vie, la contagion", dit-il presque en murmurant. Il avait le sentiment que chacun l'avait de toute façon entendu, avant même qu'il ne parle, entendu l'horreur plus que ses mots. "Le Lab 7 est le dernier Lab n'est-ce pas ? Nous devons le mettre à bas", dit-il simplement. Puis il se souvint de Kai. Ce ne serait pas suffisant de sauver Kai et quelques autres comme il l'avait impossiblement espéré le faire, avant de prendre conscience de l'impact de la terrible menace que le Lab pouvait vraiment représenter.

"Mon fils, commença-t-il, mon fils est encore dedans, et... il y en a d'autres..." Ses mots s'estompaient comme de la fumée. L'énormité. Il ne savait même pas encore s'ils allaient lui permettre de rester, s'ils allaient le laisser seul organiser une mission pour sauver son fils. S'ils allaient le laisser seul détruire le Lab.

"Ma femme, elle est morte il y a quelques années, mais notre fils, et les autres..." Il était de façon inattendue proche des larmes.

Une femme plus âgée assise proche de lui qu'il n'avait pas encore remarquée mis sa main sur son épaule, et fit un signe de la tête. "Oui, dit-elle doucement, nombre d'entre nous sont passés par là, nous savons."

Une voix d'enfant claire et brillante se fit entendre dans le silence temporaire de la hutte. Le Peuple avait discuté si Linn pouvait rester, avec une franche sincérité qui mettait parfois Linn mal à l'aise, mais Gros Carl et le gros homme avec le tatouage de poisson le regardaient de temps en temps en lui souriant pour le rassurer pendant que Linn faisait de son mieux pour ne pas sombrer. Il avait au début supposé que le gros homme était une sorte de chef ou de meneur, mais l'homme ne semblait être qu'une autre voix, et son sourire était tout ce qu'il y avait de plus rassurant, étant celui d'un ami plutôt que celui d'une autorité. Il ne semblait même pas y avoir besoin de facilitateurs. Au sein du flot fluide de silences et de paroles et d'écoutes, chacun paraissait se sentir libre de parler avec son cœur comme il disait, d'une façon équitable, et quand ils le faisaient, tous, jeunes et vieux, écoutaient de façon tout aussi équitable.

Linn se tourna pour voir le nouvel orateur, un petit garçon assis sur les cuisses d'un vieil homme.

"Je ne sais pas grand-chose des... des Guetteurs et de tout ça, mais cet homme ici il m'a l'air tranquille et gentil. Il peut rester ?"

Des bruits d'assentiment ici et là dans la hutte, puis le vieil homme prit la parole.

"Et j'ai trop vu de ces guetteurs dans les temps de l'Avant, dit-il en mettant particulièrement l'accent sur le temps du passé, et je ne vois pas de traces, pas de relents de méchanceté dans cet homme désormais présent parmi nous. Il me semble plus innocent qu'autre chose, comme mon petit-fils ici." Il étreignit le petit garçon qui avait parlé et lui sourit affectueusement. "J'accueillerai cet homme qui vient de loin dans notre hutte s'il reste."

L'une après l'autre, les personnes exprimèrent leur opinion et leurs sentiments au sujet de Linn d'une façon franche et ouverte. De petits murmures d'approbation ou de désaccord à chaque prise de parole, s'entremêlèrent jusqu'au consensus. Cela rappelait à Linn certains aspects de la communication des abeilles qu'il avait étudiée longtemps auparavant dans un cours sur le changement et la résolution des systèmes. S'il n'avait pas été ici le sujet de la discussion avec toute sa vie dans la balance, il aurait été fasciné par leur processus de décision. Le Peuple s'était rassemblé pour l'écouter s'exprimer et écouter ce que chacun avait à dire, et ce qu'ils entendaient était clairement plus que des mots, une perception subtile, continuelle, vocalisée ou non, au sein d'une ouverture qui était à l'opposé du Lab, où les mots étaient des rideaux, des voiles, des boucliers, des masques pour dissimuler ou pour tromper. Ici les mots étaient respectés. Pas besoin de mentir, leurs mots avaient des racines qui menaient à d'autres racines qui menaient à des paroles encore plus profondes, à des sens partagés à savourer, et parfois de pleins paniers de sens.

Le petit garçon, le grand-père, la voix douce de la femme plus jeune pour laquelle Linn devait tendre l'oreille pour entendre les mots. Et ainsi des échanges allers-retours au sein de la hutte bondée. Chacun parlait longuement et parfois à plusieurs reprises, des signes de têtes, parfois pour approuver, d'autres fois en désaccord. Un continuel frémissement de réponses comme les rires et les plaisanteries auparavant, ponctuait les paroles de l'orateur. Les gens du Peuple étaient des auditeurs attentifs, actifs, murmurant, commentant : "oui, ça s'est passé comme ça ", ou "eh, eh" répétant souvent des bouts de ce que l'orateur venait de dire pour exprimer qu'ils avaient entendu. Tout cela chevauchait les paroles de l'orateur et tressait ensemble les paroles en une voix unique, à la fois écoutant et étant entendue, ponctuée de temps en temps par des silences collectifs qui semblaient encore plus pleins des pensées partagées.

Et finalement, d'un seul cœur, ils décidèrent qu'il pouvait rester.

La nuit était déjà tombée et Linn était épuisé lorsque le Conseil prit fin. Marchant ensemble sur le chemin du retour vers la hutte de Gros Carl, Linn et Gros Carl purent entendre les légers sons des autres se dispersant dans l'obscurité environnante. Le Peuple, son Peuple désormais, semblait être capable de voir dans le noir, tous, jeunes et vieux. Non pas comme si cela venait d'un pouvoir spécial ou d'une vision nocturne super secrète. Juste une constatation, un fait ordinaire. Ils semblaient tous savoir où ils se dirigeaient. Comme se réveiller la nuit et savoir où se trouve chaque chose dans notre chambre sans avoir besoin d'allumer la lumière. Familier. Ainsi. Gros Carl, remarquant la fatigue de Linn, le guida par un simple contact avec son coude, prenant parfois brièvement son bras, l'orientant délicatement mais sûrement à travers ce qui était encore pour Linn un territoire peu connu. Faisant parfois quelques commentaires, comme en passant devant une hutte avec une faible lueur rouge provenant d'un feu récemment nourri et sortant au travers des branches à proximité du trou de fumée "L'oncle d'Aba doit avoir prévu de veiller tard ce soir". Passant devant une autre hutte, l'odeur douce et épicée d'armoise et de cèdre brûlés ensemble comme de l'encens, "la fille aînée de Naira en train de faire ses prières du soir, priant pour ce beau jeune homme du village voisin peut-être." La voix de Gros Carl riche d'une affection amusée pour ces jeunes gens, pour tout le Peuple, guidant Linn dans la carte des vies et des relations qui se déroulaient autour de lui et dont il faisait maintenant partie.

La hutte de Gros Carl était à la bordure extérieure du village. Il avait proposé d'accueillir Linn à son arrivée au début, et ils s'étaient suffisamment bien entendus pour avoir tissé en quelques petits jours une relation d'amitié discrète. Gros Carl avait exprimé au Conseil que Linn était bienvenu à demeurer avec lui aussi longtemps qu'il le voudrait, et Linn en était reconnaissant. Gros Carl était d'un naturel amical et semblait être à l'aise avec quelqu'un à ses côtés. D'une façon inattendue, Linn s'était intégré facilement, au moins avec Gros Carl, malgré le malaise et l'incertitude de son statut de réfugié. Cela avait été un début. Linn fut surpris que Gros Carl n'ait pas de femme, de partenaire ou de membres de sa famille vivant auprès de lui contrairement à beaucoup d'autres, mais il n'avait pas posé de questions, une des questions qu'il sentait intuitivement qu'il ne devait pas poser. Pas encore. Un autre commencement. Il devait apprendre la patience, la confiance et laisser les choses se déployer. Il regrettait que Kai ne soit pas là, ni Miri. Il aurait aimé leur offrir ce nouveau monde auquel ils se seraient certainement adaptés bien plus rapidement que lui. De nouveau la tristesse. Il eut soudainement la certitude de savoir la raison pour laquelle Gros Carl vivait seul. Non pas par choix, mais du fait de l'absence. La bonté et la gentillesse de Gros Carl à son égard venait d'une grande perte, une profonde douleur d'un lointain passé, usant lentement les bords tranchants de cette douleur aussi sûrement qu'une pierre immergée dans l'eau s'arrondit avec l'acceptation, l'arrondissement d'un cœur humain se mesurant dans le temps de l'eau, dans le temps de la pierre. Linn avait un long chemin à parcourir. Pour lui les bords étaient encore tranchants, et il n'avait pas abandonné l'espoir que d'une façon ou d'une autre, impossiblement, il pourrait sauver Kai. Pour cela, il avait besoin d'un bord.

Linn était épuisé, émotionnellement et physiquement, mais il lui était difficile d'imaginer s'endormir. Fatigué et tendu par tout ce qui avait été dit au Conseil et par son introduction à une dynamique communautaire pour lui si nouvelle et si peu connue, presque extraterrestre, et dont il souhaitait pourtant sincèrement devenir familier. Gros Carl sembla percevoir son état, et ne sembla pas non plus vouloir se presser pour aller dormir. Linn s'assit à côté du petit cercle de feu au centre de la hutte. Quelques braises enfouies vacillèrent faiblement dans les cendres. Gros Carl le rejoint, remua les cendres et ajouta un peu d'amadou et quelques brindilles. Le feu revint à la vie. Ils restèrent assis en silence pendant un moment, chacun chevauchant différentes pensées, différents souvenirs.

La seule chose pour laquelle Linn n'avait pas vraiment trouvé de réponses au Conseil était sur le fait de retourner au Lab pour aller chercher Kai et tous ceux qui voudraient partir. Linn ne pouvait simplement pas les abandonner, enfermés dans le Lab, sans qu'ils ne sachent ce qu'il y avait véritablement à l'extérieur. Et pas seulement Kai, mais MacPhe aussi, Ken et les autres techniciens, et il était certain qu'il devait y en avoir beaucoup d'autres qui seraient contents de partir, voire enthousiastes, s'ils savaient qu'il existait un lieu où aller. Mais le seul consensus qui était ressorti du Conseil avait été d'attendre un peu pour décider, d'y réfléchir encore. Linn comprenait la prudence du Peuple. Leur survie toutes ces années avait dépendu du fait qu'ils demeurent cachés, invisibles. Même encore maintenant, ils faisaient attention à ne pas laisser de traces ou d'autres signes, à cacher leurs sentiers et leurs villages, à ne pas faire de grands feux ou des feux avec beaucoup de fumée, à faire des feux principalement le soir et tôt à l'aube lorsque la lumière tamisée et vacillante du crépuscule cachait les volutes de fumée. Et s'ils avaient besoin de faire du feu à d'autres moments, ils le gardaient très petit, prenant soin de minimiser la fumée ou la luminosité chaleureuse qui pourrait se refléter la nuit sur les branches du haut protégeant au-dessus les feux et les huttes.

Et l'hiver arrivait. Ils l'avaient clairement vu. Difficile de le comprendre de nouveau pour quelqu'un qui avait vécu pendant des années virtuellement sans saisons. L'hiver obligeait le Peuple à certaines restrictions particulières. Les premières neiges avaient fondu rapidement mais plus de neige allait venir. C'était l'époque du sommeil hivernal pour le pays. Et par pays, cela aussi était très clair pour eux, ils entendaient les myriades de vie qui se déplaçaient et vivaient avec eux ici. Ils se sentaient aussi une responsabilité envers elles. Pour le Peuple, l'hiver était le temps pour se rassembler dans les huttes, pour confectionner des ustensiles simples en bois, en os ou en pierre, pour fabriquer des cordages et des paniers, pour coudre fourrures, peaux et cordes pour fabriquer les douces robes dans lesquelles ils dormaient et qui les gardaient au chaud quand ils se déplaçaient dans le froid. C'était le temps pour écouter les histoires, et pour les histoires en chansons. Le temps pour se souvenir et attendre, et pour réfléchir.

Et tout particulièrement, ce n'était pas un temps pour mener une troupe de guerriers. Linn était surpris qu'ils utilisent une telle expression, ils paraissaient si paisibles, si enclins à l'harmonie. Le concept semblait être hors contexte. Lorsqu'il argumenta qu'une troupe de secours lui paraissait plus adéquate, ils furent d'accord, oui, c'est aussi ce que nous aimerions être, mais nous devons penser à ce qui pourrait aussi arriver dans cet endroit. Ils n'avaient pas oublié les difficultés des temps de l'Avant, ou la ténacité avec laquelle les Taibo'oo restaient attachés à leurs idées de pouvoir, et Linn dut admettre que le risque était élevé que la mission de secours puisse faire face à de sérieuses confrontations, que cela pourrait facilement être le cas. Prudence et réflexion faisaient depuis plus sens pour lui.

De subtiles modifications dans les motifs initiaux. Fractales, consensus. Il commençait à comprendre.

"C'est ce qu'il y a de mieux", dit tranquillement Gros Carl, comme s'il ressentait les pensées de Linn ou savait que c'était dans l'esprit de Linn. "Nous devrons peser le pour et le contre avec beaucoup d'attention. Peut-être au printemps, le temps des commencements. Pour le moment, apprends à nous connaître. Ils connaissent ton cœur. Ils comprennent et respectent ton cœur sur ce sujet. Ton fils, tes amis. Beaucoup d'entre nous dans les temps de l'Avant ont eu des proches bien aimés que nous avons voulu secourir, sauver. Mais la sécurité du Peuple, de tous les villages… Nous devions penser à cela même à cette période. Aujourd'hui nous devons encore y penser avec précaution, c'est ce qu'il y a de mieux pour tout le monde. Ne perds pas espoir, attends de voir."

Pour Linn, le printemps, la saison des commencements, semblait être très loin.

"Nombre d'entre nous de la vieille époque avons perdu des personnes qui nous étaient précieuses, dans ces temps de l'Avant, dans ces temps de terreur, et la Guerre, poursuivit Gros Carl en se parlant à lui-même, au feu et aux autres qui n'étaient pas là tout autant qu'à Linn, mais parfois, il est arrivé que nous puissions aller les chercher. Pas toujours. Parfois non." Il tourna ses mains paumes tantôt vers le haut tantôt vers le bas. "Beaucoup d'entre nous ont perdu des proches à cette époque. Nous devions les abandonner. La chose est de continuer, ne pas laisser ton cœur se refermer. C'est le gros point qui te fait directement retourner en arrière autrement. Mieux vaut encore ne jamais être parti."

Linn pensa à Miri. La perte encore si vive et récente à certains moments, et devenant maintenant plus distante comme tout le reste avant le crash, avant le vol de l'avion. Il pensa comprendre pourquoi le Peuple faisait habituellement référence aux temps difficiles, à l'horreur, aux durs temps de la terreur comme simplement l'Avant. La douleur de la perte était encore vive à certains moments mais les événements continuaient de s'éloigner, Avant.

Il était très tard lorsque l'épuisement finit par rattraper Linn. Peut-être devait-il en passer par cet épuisement pour finalement atterrir.

"Oui, je sais", dit Gros Carl, et Linn entendit plusieurs vies dans ses mots.

Alors que Linn s'enfouit dans la fourrure de couchage que Gros Carl lui avait donnée, il put entendre les bruits de son ami dans l'obscurité de l'autre côté de la hutte, faisant les petits bruits des personnes qui s'installent pour dormir. Finalement Linn se laissa se relâcher. Ils lui avaient permis de rester. Il avait un ami, plusieurs amis. Il pourrait recommencer. Le Peuple lui avait dit qu'il y en avait quelques-uns de son 'genre' venant d'autres Labs qui avaient réussi à s'intégrer et qui vivaient maintenant au sein du Peuple. L'un d'eux avait envoyé un message qu'il viendrait prochainement rendre visite à Linn. Et enfin, enveloppé dans la douce fourrure de la robe et le confort apaisant de la hutte de terre, il finit par s'abandonner au sommeil.

L'air un peu plus doux avait fait fondre les premières neiges, même là-haut sur la montagne au camp des contemplatifs la neige avait reculé sur les pentes, puis la neige vint de nouveau, enveloppant les paysages pentus et escarpés du blanc de l'hiver. Une forte chute de neige avait scellé le sentier du versant Est. Il ne serait plus sûr de voyager à nouveau avant que le printemps ne soit bien avancé, avant que la saison des avalanches ne prennent fin avec les jours plus chauds. Jusqu'à ce moment, le camp des contemplatifs serait enneigé.

Vit-Deux-Fois avait rencontré chacun des contemplatifs de façon informelle plutôt que dans un conseil comme elle s'y était attendu. Lorsque Ta'le leur en avait parlé avant même de l'inviter, il avait été apparemment décidé de façon unanime avant son arrivée qu'elle pourrait rester. Des personnes timides et tranquilles pour la plupart, bienveillants et généreux comme tous ceux du Peuple l'étaient, il était facile de dire bonjour, comme si elle avait vécu ici depuis longtemps. Pas besoin de plus d'accueil compliqué que de simplement reconnaître sa présence ici.

Une des femmes était un peu plus bavarde. *C'est mon travail maintenant* ! La femme plaisanta avec un sourire brillant dans ses yeux. *Essentiellement de la coordination et de la messagerie. Faire passer les informations et les besoins, organiser les trajets en bas de la montagne aux saisons. Nous faisons cela à tour de rôle, nous partageons les responsabilités, personne ne veut gérer,* levant les yeux au-ciel en faisant le jeu de mot, *à plein temps ! Ici, avec chacun si profondément dans la pratique, c'est utile d'avoir quelqu'un.... Tu connais les oies ? Celles qui ont un front gris avec un long cou noir et la flamme sur le menton, les voyageuses du ciel ? Il y en a toujours une pour surveiller chaque groupe quand elles paissent dans les champs. Elles lèvent et baissent la tête continuellement tour à tour, elles n'ont pas besoin de regarder autour pour savoir quand changer.*

Oui, fit-elle, se souvenant de la première fois où elle avait vu les grands oiseaux sur le sol.

C'est ainsi, dit la femme, *juste ainsi. C'est comme cela que nous nous surveillons. Nos groupes sont toujours petits, habituellement pas plus que douze ou treize, pas plus que les lunes d'une année.* Elle fit dans l'air devant elle un cercle avec sa main, pour le cycle annuel des saisons, les mouvements de sa main synchronisés avec ses paroles. *C'est suffisamment de personnes pour être un soutien, mais pas trop pour que nous puissions connaître mutuellement le cœur de chacun et que le consensus vienne facilement. Au moins avec moins de temps !* Ses yeux sourirent encore.

Vit-Deux-Fois pensa qu'il ne devait pas y avoir ici beaucoup de différends ou de désaccords. Chacun se dirigeant vers un but commun, chacun sur son chemin, ensemble. Le respect mutuel qui faisait tellement partie de la vie du Peuple dans les camps-villages était encore plus fort ici avec l'intention focalisée de leur pratique et l'isolement du camp. Même ainsi, cette focalisation semblait les maintenir ailleurs dans ce qui était pour elle un autre monde. Pour le moment, ils étaient tous bienveillants comme Ta'le, et comme lui empreints d'une intensité calme et d'une brillance fluide comme s'il rayonnait de l'intérieur. Elle avait le sentiment qu'ils avaient une autre sorte d'yeux, regardant de l'intérieur une immense merveille au-delà même des mots et des paroles. Une merveille omniprésente. Un secret ouvert, un de ce que l'on peut voir, comme une montagne, une fois que l'on y est. Ils la firent se sentir chez elle, et de son côté, Vit-Deux-Fois se sentait étrangement chez elle avec ces personnes tellement immergées dans quelque chose si complètement au cœur de tout ce qui est, quelque chose qui d'une certaine façon les transportait. Avec tellement de confiance dans le voyage lui-même qu'ils n'étaient pas pressés de se rendre là où cela les amenait, satisfaits de se laisser porter, parfaitement concentrés et en même temps dans le lâcher prise. Très semblable à elle.

Le rythme de leurs journées était simple, et plus encore après que la neige était venue et avait demeuré. Chaque contemplatif passait la plupart de son temps à l'intérieur de sa hutte pour pratiquer. Pendant l'hiver, ils fabriquaient des ombres à neige, comme les ombres à soleil dans les camps-villages, canopées ouvertes faites de branches et des feuilles s'élevant sur des poteaux et entassées au-dessus pour faire de l'ombre. Les espaces extérieurs où quelques personnes pouvaient se rassembler étaient protégés du dessus, afin de pouvoir parler tranquillement, travailler, et s'occuper de jeunes enfants. Ici les ombres à neige étaient peu structurées, construites habilement pour s'intégrer avec fluidité au travers des espaces des arbres environnants, reliant les espaces protégés sous des conifères denses, connectant les espaces plus ouverts sous les bouleaux dénudés, reliant toutes les huttes, protégeant les chemins entre elles et les tas de bois derrière chaque hutte. Cela ressemblait du dessus à des amas désordonnés de branchages, avec d'étroits couloirs au-dessous devenant parfois presque des tunnels, disait Ta'le, lorsque le manteau neigeux était épais.

Il lui montra comment il s'asseyait dans l'alcôve, là où il pratiquait, et les minuscules ouvertures, 'les yeux du mur' qui laissaient passer de petits rayons de la lumière du jour, étonnamment brillante dans l'obscurité de la hutte, et le tapis tressé qu'il pouvait dérouler sur l'ouverture de l'alcôve pendant qu'il pratiquait. *Ce n'est pas pour te laisser à l'extérieur*, dit-il en touchant son visage tendrement, *c'est juste pour garder la lumière à l'intérieur.*

Pour l'heure elle était satisfaite de s'asseoir à sa façon à côté des braises du feu, demeurant dans une paix grandissante qui s'étendait en elle jour après jour.

Ta'le sourit quand elle lui en parla. *Oui*, fit-il, *c'est comme cela, le chemin intérieur. Mieux vaut aller doucement, puis quand tu pourras être là, quand tu pourras tout le temps demeurer dans cette ouverture, alors tu pourras commencer*, et il l'embrassa.

Ils connaissent ton cœur, dit-il, *ils connaissent leurs semblables lorsqu'ils les rencontrent. Comme la truite d'hiver, si rare, si difficile à trouver, ils doivent se reconnaître mutuellement à vue* !

Ainsi s'intégra-t-elle tranquillement dans le rythme paisible de leurs journées. Il tirait le rideau en travers de l'alcôve lorsqu'il pratiquait, et ainsi elle ne savait pas exactement ce qu'il faisait, à part les vagues de sensations qui la balayaient lorsqu'ils pratiquait, comme si elle était emplie d'une mer cachée, trempant toute chose telle une vaste mer de joie au-delà des mots. Et elle se sentait lavée jusqu'à la même rive qu'elle avait perçue de loin dans les yeux de son cœur, son rayonnement étant déjà si intense à cette époque. La clarté profonde qu'elle avait vue dans ses yeux la première fois qu'ils s'étaient rencontrés emplissant maintenant la petite hutte avec ce qui était pour elle un émerveillement paisible. Des coquillages de lumière, ou des pierres brillantes sur le rivage sans limite d'une mer également infinie, les truites d'hiver savent pourquoi les montagnes les attirent ici. Elle aussi le savait, d'une autre façon peut-être, dans une part d'elle en train de naître, informe, déjà en mouvement.

Hauts sommets recouverts de neige, îles de blancheur demeurant hors du temps. Les montagnes en hiver, profondément enracinées, jusqu'à leurs origines en fusion, avant les océans et les mers, avant les forêts et les rivières, remontant à des temps reculés, ayant émergé sous l'effet d'une gravité ancienne il y a si longtemps que seuls les rochers et les pierres s'en souviennent dans leur propre temps. Massives, gigantesques, panaches de fumée s'élevant haut en altitude, ciels couronnés de feu avant que le bleu du lointain ne commence, avant que des éons de mers antiques et de leur respiration ne donnent naissance à la croissance verte, aux vols et aux bonds, au puissant et au fragile, chacun aussi minuscule et éphémère que les ailes d'un insecte pour les yeux des montagnes. La fécondité de la famille des montagnes s'exprimait d'autres façons, comme les minéraux offerts aux eaux vivantes pour soutenir la vie, comme les minéraux demeurant dans un repos hors du temps pour soutenir la vie d'une autre sorte, une vie vécue pour la quête du retour à l'origine au-delà et au sein de tout temps. Ainsi, les montagnes sont proches de la lumière plus que tout autre chose. Le même message de l'intention se trame en chacune depuis le commencement. La même force. Chacune appelée à être à la fois le chemin et le guide. Les racines du monde sont faites de lumière. Les montagnes le savent et en sont satisfaites.

L'ourse, émergea doucement des profondeurs au-delà du sommeil et du rêve telle une grande créature marine se soulevant majestueusement de la grande mer, des bulles de perception et de souvenirs flottant à la surface devant elle. Depuis l'essence saline des temps du commencement et du renouveau, l'ourse vint de nouveau sur le seuil à la rencontre de la femme. Ses mèches de cheveux noirs commençant à peine à givrer, disposées autour de son visage comme les ailes déployées d'un oiseau.

La femme regarda l'ourse, voyant des yeux marron tachetés de jaune d'or comme les siens, des yeux la regardant à partir d'une profondeur bienveillante qu'elle souhaitait ardemment rencontrer, fluide, glissant comme l'eau quand elle essayait de la saisir. Des yeux la sondant.

La femme regarda tout autour, émerveillée, *Je suis là de nouveau… Comment suis-je arrivée là… Pourquoi est-ce que je sais venir ici…* hésitante, essayant de ne pas laisser l'ouverture s'évanouir, essayant de saisir et de retenir le rêve. *J'ai été… Je sais quelque chose de ce que je recherche…* Vit-Deux-Fois se sentit vaciller et essaya de retrouver un sol plus stable dans son esprit. *Vous m'avez demandé, avant… Vous avez* demandé… *Et j'en sais maintenant un peu plus, pas la totalité mais un peu plus, je suis en quête d'une plénitude au-delà de la mémoire,* dit la femme, comme si elle récitait quelque chose qu'elle avait compris avant et qui était déjà en train de se dissoudre à l'instant même où elle prononçait ces mots, au-delà des ombres et de la lumière de la mémoire, plus ancien, plein, une appartenance remontant à un temps éloigné, avant le commencement… *Je cherche*, dit-elle, *le secret du cœur de la montagne*, se surprenant elle-même de ses mots qui n'étaient pas vraiment des mots. Plutôt une connaissance.

Tu es plus proche, dit l'ourse, *de connaître ce qui est trouvé, de connaître ce que tu trouves quand tu le trouves, mais pas encore tout à fait. Tu es encore un nouveau-né et aveugle. Tu dois mûrir et grandir. Tes yeux s'ouvriront le moment venu.* Elle leva sa patte et regarda longuement la femme dans les yeux. *Ils s'ouvriront*, dit-elle doucement, *ils s'ouvriront…*

Attends, dit la femme à l'ourse qui se retournait pour partir. *Il y a quelque chose d'autre… Parfois, je sens quelque chose me suivre, me cherchant lorsque je cherche. Est-ce que c'est quelque chose venant d'avant ? Cela me met mal à l'aise. Je… Est-ce que cela me trouvera avant que je ne trouve ce que je cherche ? Est-ce que je devrais … est-ce que je devrais aller à sa rencontre si cela revient ?*

L'ourse réfléchit quoi et à quel point répondre. *C'est à toi de choisir, tu as déjà choisi. Rien ne te trouve qui ne t'appartienne déjà. Mais beaucoup de choses t'appartiennent, c'est en cela que tu peux choisir. Tu as plus de choix en toi que tu ne le crois. Tu es d'une nature forte et passionnée, fais-en usage avec précaution*, dit l'ourse. *Tu as la capacité de choisir beaucoup plus que ce que tu ne crois. Fais-en usage avec sagesse.*

J'ai de nouveau rencontré l'ourse, dit Vit-Deux-Fois à Ta'le quand ils furent tous les deux réveillés. *Je n'arrive pas à me souvenir de tout, mais l'ourse m'a rassurée d'une certaine façon, comme la montagne je crois. Mais elle m'a aussi poussée d'une autre façon.* Elle fit un mouvement ondulant vers l'avant avec la paume de sa main. *Comme la truite d'hiver de ton nom peut-être, attirée vers la montagne en hiver puis revenant aux anciennes mers*, dit-elle en souriant et en l'attirant d'une façon joueuse.

L'ourse est très sage... dit-elle, repartant vers d'autres profondeurs, Ta'le la garda proche de lui, allongés ensemble dans leur vêtement de couchage, l'entourant de son corps chaud et de son cœur, la protégeant, elle repartit dans le sommeil. *Il y a assez de temps pour la truite d'hiver pour qu'elle remonte la montagne et retourne dans sa maison ancestrale avant que les ours ne se réveillent de leur sommeil d'hiver. C'est l'autre poisson, la truite de printemps prise dans les grandes marées, qui devra être vigilante.* Puis il l'embrassa doucement et la borda avec la robe de fourrure en se levant pour s'asseoir avant l'aube.

Vit-Deux-Fois tenait le blanc coquillage de pierre dans sa main, sentant son poids, sa texture lisse et son grand âge, la bougeant doucement dans sa main de haut en bas, sentant la pierre s'installer dans sa paume à chaque fois. Une pierre et un coquillage ensemble, une ancienne coquille de palourde, couleur blanc de craie avec l'âge, de la taille de la paume d'une main, sortant d'une pierre grise avec de minuscules coquilles spiralées incrustées sur toute sa surface arrondie. Coquillage et pierre réunis ensemble comme si le coquillage blanc avait jadis été complètement enveloppé dans la pierre et que le temps et l'eau avaient usé une partie de la pierre devenue maintenant presque de la taille du coquillage, et le coquillage comme une main pâle serrant la pierre légèrement dans sa paume. Le coquillage tenant la pierre, la pierre emplissant le coquillage, les deux ensemble, comme un tout. C'était un cadeau de Ta'le. *Le coquillage est passé par de nombreuses mains,* avait-il dit doucement en lui offrant et il sourit, *un trésor, il est passé par de nombreuses mains pour venir ici jusqu'à toi...*

Alors qu'elle était assise avec le coquillage de pierre, elle se souvint d'autres trésors qui étaient venus temporairement à elle comme cadeaux et puis qui étaient devenus cadeaux à leur tour. Chacun était resté quelque temps sur le petit autel derrière son lieu de couchage dans la hutte de Mi'thal. Pas vraiment un autel. Au village aussi bien qu'ici, toutes les cabanes, toutes les huttes, chaque cabane ou chaque hutte était un autel, honorant un mode de vie, un mode d'être. Son autel avait été un petit panier tressé servant d'étagère, un simple endroit de collecte à proximité de là où elle dormait, et elle se souvint de quelques-uns des trésors qui s'étaient assis là. Un joli petit panier qu'elle avait fabriqué pour se faire la main et développer quelques compétences. Celui-ci s'en était allé vers un ami spécial de Mi'thal qui était venu rendre visite. Une petite pochette en peau de cerf brodée au fond, un cadeau de voyage que Vit-Deux-Fois avait reçu et avait donné à une jeune maman sur le point d'accoucher, comme une prière pour que le voyage de l'enfant dans cette vie soit sûr. Une petite flasque ronde en cuir dur, délicatement cousue, avec un bouchon en bois de cerisier et une cordelette finement tressée. La flasque lui avait aussi été donnée, et elle l'avait donnée à son tour à Alehya quand la fille était partie pour aller au village du canyon. Quelque chose dans lequel y mettre des rêves peut-être, ou des herbes ou des graines.

Tous les trésors sur sa petite étagère étaient des cadeaux. Souvent c'étaient des cadeaux d'hiver, faits avec patience et amour autour des feux de l'hiver lors de froides nuits. Une bobine de cordelettes d'ortie fines comme un fil de tendon. Un des enfants s'était entraîné et lui avait donné timidement. Le serpentin blanchi d'une coquille d'escargot vide, spiralant et fragile. Quelques chapeaux de glands semblables à de minuscules paniers parfaitement tressés. Une plume d'aile d'une oie, brun sombre, bien régulière, douce, emplie de la force prudente des grands voyageurs du ciel. Une plume scintillante à la pointe orangée, les gardiennes. Une plume de la queue d'un faucon avec les bandes mouchetées de marron et de blanc de ces rapides chasseurs de la forêt. Une simple pierre gris sombre qui tenait harmonieusement dans la main, un cadeau du sol, son poids confortable comme un ami. Arrivés jusqu'à elle ou ayant été fabriqués de ses propres mains, ils étaient tous des cadeaux en attente d'être donnés de nouveau, pour tisser les liens qui maintenaient si délicatement l'amitié et la relation ensemble. Un *tiens, c'est pour toi*, offert d'une main ouverte, deux mains ensemble, une sur l'autre, celle en dessous soutenant la main offrant, soutenant le geste. Le Peuple donnait et offrait continuellement. Au-delà des objets de la vie quotidienne, objets de première nécessité ou outils, les gens du Peuple avaient quelques effets personnels, des choses qu'ils possédaient temporairement et qui restaient temporairement avec eux dans leur mouvement à travers le flux du don. Le Peuple évaluait leurs possessions d'une autre façon, au travers de leurs interconnexions réciproques, et ils faisaient toujours des cadeaux.

"C'est une très vieille coutume, avait dit Mi'thal avec un sourire, venant d'un temps et d'un lieu très lointain. Nous l'avons simplement réactualisée, cela nous aide à rester entiers."

Les premiers petits paniers que Vit-Deux-Fois avait fabriqués furent offerts en cadeaux aux enfants avec lesquels elle inventait des histoires. Une feuille, une plume, une fragile demi-coque semblable au ciel d'un œuf de rouge-gorge. Dès le premier jour où elle avait rencontré les enfants, des trésors étaient passés à travers leurs mains, donnés et reçus puis donnés de nouveau, avec à chaque fois le temps de savourer la beauté du cadeau entre deux dons. Les cadeaux n'étaient jamais échangés en même temps, l'un contre l'autre. C'était différent, pas d'obligations ici, pas de tissus conjonctifs se distendant avec le temps. Donner trop tôt voulait dire ne pas vouloir garder la connexion ouverte avec cette personne, mais vouloir la terminer, clôturer. Dans une communauté où chacun dépend de tous, les connexions étaient rarement coupées. Réparées si elles avaient été peut-être quelque peu effilochées mais jamais coupées, et les cadeaux étaient pensés à l'avance et planifiés avec amour.

Le coquillage de pierre venait d'une interconnexion qui prenait racine au sein d'un flot plus large de connexion et d'appartenance. *Tu pourras le relâcher dans le fleuve du don le moment venu, dans la montagne, peut-être...* avait dit Ta'le doucement lorsqu'il le lui avait offert, un cadeau promis, et le coquillage de pierre blanc était resté sur son autel plus longtemps que les autres cadeaux, jusqu'à ce que la promesse soit réalisée. Et ainsi un jour au crépuscule, où se mélangeaient dans une douce lueur vacillante le ciel, les hauts sommets enneigés et les rochers gris s'exhibant sur les pentes raides et sur les parcelles de neige du champ d'herbe brunie, elle s'était un peu éloignée du camp. Elle prit l'antique coquillage et la pierre tendrement incrustés l'un dans l'autre et offrit leur union au grand cœur de la montagne. Donnant à la montagne la pierre, le coquillage, et toutes les mains par lesquelles ils étaient passés, les anciennes mers, de tout temps, de tout lieu. La blancheur du coquillage se dissolvant dans la blancheur de l'amas de neige où elle l'avait déposé, ne laissant que l'ombre la plus nue de son contour. Pas de demande, pas de prière, pas d'appel dans son cœur, juste de la gratitude, permettant à quoi que ce soit d'être. Tout devenu un dans la lueur de la pénombre. Comme elle, si petite au sein de l'immensité de la nuit tombante. Comme le camp des contemplatifs, si petit immergé dans la totalité, comme les contemplatifs, comme elle, isolés d'un certain point de vue et pourtant complètement fusionnés avec ce monde vacillant se développant entre le jour et la nuit. Lorsqu'elle regarda en arrière en repartant, le coquillage avait complètement disparu dans la blancheur de la neige luisant dans la pénombre, fondu, dissout dans le cœur de la montagne, elle sut que la montagne avait accepté son cadeau.

Cette nuit, longtemps après que Ta'le fut allé dormir après sa pratique du soir, elle resta assise à côté des braises du feu, se posant en une paix silencieuse. Et lorsqu'enfin elle se glissa sous sa robe de couchage et qu'elle se nicha contre son corps endormi, il l'entoura de son bras et la garda proche de lui depuis l'intérieur de son sommeil.

Kendra vérifia l'ensemble des petites pièces disposées sur sa table de travail, à la recherche du prochain composant de la série. L'un des avantages de son travail en tant que mécanicienne en chef était qu'elle devait accomplir les tâches les plus difficiles. Elle plissa les yeux sur les parties minuscules. Habituellement la lumière du jour traduite à travers le mur composite du Lab était largement suffisante pour éclairer. "Ça doit être mes yeux, marmonna-t-elle, ou mon âge". Elle leva brièvement les yeux en entendant des bruits de pas derrière elle. Mince, elle avait été tellement concentrée qu'elle n'avait entendu personne approcher.

— Juste une seconde, lança-t-elle, je suis à vous dans une minute.

— Pas de soucis, je peux attendre, répondit une voix douce, inconnue, la voix d'un jeune homme peut-être, agréable, bienveillante. J'ai déjà été prise en embuscade par pire, se rappela-t-elle.

Elle se baissa et se concentra de nouveau sur le serrage des minuscules vis du mécanisme complexe devant elle.

Elle finit puis soupira. Quand elle se retourna, elle fut encore plus étonnée en le voyant qu'elle ne l'avait été par son arrivée inattendue.

— Je suis désolé si je vous ai interrompue. Je m'appelle Kai Brenner, je vous amène l'écran de contrôle du dôme académique pour réparation. Ils ont dit que vous devriez avoir un ordre de travail pour ça quelque part dans vos dossiers. Il jeta un œil à l'espace surchargé des mécaniciens. Il sourit. Elle resta un temps sans mots. Il ressemblait tellement à son père.

— Non, bien, je veux dire, je venais juste de terminer, et nous avons probablement un ordre de travail pour cela quelque part.

— Super ! Je, euh, si c'est ok, je suis aussi à la recherche de Ken Williams, est-ce qu'il est dans les parages ?

Elle sourit à son tour.

— Oui, c'est moi. Kendra, on m'appelle Ken depuis des années. Elle accentua son sourire naturel au cas où il serait gêné. Elle était habituée à cela. Le sourire eut son effet. Il sembla amusé.

— Wow ! Désolé.

— C'est tout bon, ça arrive tout le temps. Vous le saurez maintenant les gars… Et depuis quand est-ce que les cadets livrent des colis ?

— Pas souvent, j'ai dû me battre pour ce travail, dit-il en riant, c'était d'une certaine façon sur ma route dans tous les cas…

Elle attendit, prudente et neutre, de voir ce qui allait se passer.

— J'ai juste, j'ai entendu que Ken, que vous, étiez le mécano qui avait vu partir mon père pour son...vol. Et je me demandais simplement, vous savez, si vous pouviez me dire…

La surveillance n'était pas aussi totale ici dans la zone de la mécanique que dans le reste du Lab. L'équipe des mécanos s'en était assurée. Il est assez simple de désactiver quelques capteurs stratégiques ici et là lorsque votre principale mission est la maintenance et la réparation. Sa propre table de travail, là où ils se trouvaient maintenant, était relativement sûre, mais c'était néanmoins une conversation qu'un aspirant cadet ne devrait pas avoir, et encore moins être entendue.

— C'est en fait Richard James qui a fait la préparation du vol, expliqua-t-elle, il ne travaille plus ici maintenant. Il nous avait en quelque sorte été prêté par le CESI pendant un temps à cette période. Elle regarda ses yeux. Déception, et autre chose, une ombre intérieure. Elle sourit.

— Bon je suis plutôt submergée aujourd'hui, ces satanées vis m'ont pris beaucoup trop de temps. Est-ce qu'il y a une chance que tu me donnes un coup de main quelques minutes ? J'ai quelques trucs à prendre dans l'entrepôt.

— Bien sûr ! Il sembla soulagé d'avoir une raison de rester.

Elle le conduisit le long d'un couloir dans une grande pièce de stockage. Des boîtes et des caisses empilées du sol au plafond en longue rangée. Au milieu de l'une d'entre elles, ils arrivèrent à un grand compartiment en métal.

Kendra déverrouilla la porte du compartiment, tendit la main pour allumer la lumière, et entra à l'intérieur. Kai courba sa tête et la suivit au travers de l'étroite porte. L'espace bas de plafond était à peu près de la taille de sa chambre à coucher. Des boîtes avec des étiquettes détaillées remplissaient les étagères qui s'alignaient le long du mur sur trois côtés. Une rangée d'instruments de mesure occupait le quatrième mur à côté de la porte.

Il régnait dans la pièce une étrange atmosphère qu'il ne pouvait pas vraiment identifier. Perplexe, il tourna son regard vers elle.

— Electronique. Matériel de précision. Nous le gardons ici. Le lieu est climatisé, avec une protection électromagnétique, le tout en état de marche. Protégé de la poussière, de la moisissure, des champs magnétiques, c'est clair. Elle ferma la porte en réengageant le verrou. — Protégé de toute surveillance. Elle le regarda.

— Comment…

— C'est une pièce complètement blindée. Il y a plusieurs épaisseurs de murs. Elle a été construite pour faire des expérimentations. Pour tester les subtils changements dans l'énergie électromagnétique. Il y a longtemps. Nous en avons hérité en quelque sorte. Il sembla être une bonne idée d'avoir un lieu pour entreposer du matériel à protéger. Elle attendit qu'il comprenne ce que cette pièce signifiait, puis elle reprit avec insistance :
— Aucun capteur de surveillance ne peut nous atteindre ici, et il n'y a aucun capteur de surveillance dans la pièce,

faisant de nouveau une pause puis elle finit par dire, que voulais-tu savoir au sujet de ton père ?

Sa réponse était déjà dans ses yeux au moment où il répondit

— Tout, n'importe quoi, quoi que ce soit que vous puissiez me dire.

— Je ne peux pas t'en dire beaucoup. Je l'ai effectivement vu juste avant qu'il n'aille à la zone de décollage rencontrer le gars du CESI. Ton père semblait plutôt calme vu de l'extérieur. Tu sais à quel point nous sommes prudents ces temps-ci... Elle savait prendre un gros risque avec lui, l'amener ici, lui parler ouvertement, mais ses yeux candides, si semblables à ceux de Linn, l'avaient incitée à être honnête avec lui. — Mais... Je ne sais pas, une intuition, sous la surface, il n'a pas pu en parler. Je pense qu'il se sentait mal à l'aise, mais prêt à aller dans le sens de ce qu'ils avaient prévu pour lui. Elle pressa ses lèvres ensemble et détourna le regard. Cette fois peut-être elle était allée trop loin.

— Ouais, dit-il, comme ma mère.

On y était, le gouffre, le trou dans son cœur et dans sa vie, attendant d'avoir un nom, pour aussi y verser quelques larmes, elle en était sûre.

— J'aimerais pouvoir t'aider. As-tu parlé avec McPhearson ? Aussitôt qu'elle eut dit cela, elle réalisa à quel point il serait impossible d'amener McPhearson dans un lieu blindé, et même de faire allusion à une rencontre. Ce serait dangereux aussi bien pour McPhe que pour le garçon.

— Non, Je…, fit-il en secouant la tête, j'ai eu de la chance cette fois. Je voulais venir ici depuis que j'avais eu les nouvelles. Ils m'ont mis sous étroite surveillance après que ma mère… Je regrette de ne pas avoir pu voir papa plus souvent, avant qu'il ne… Sa voix s'évanouit.

Oh mon Dieu, ce gamin a besoin d'un câlin. Elle prit le risque et mit ses bras autour de ce grand corps maladroit, puis elle se reprit rapidement et s'éloigna doucement.

— Merci, dit-il, ça va maintenant. J'ai, j'ai un peu appris à survivre.

— Ce sont des leçons qui se payent cher, hein ?

— Oui.

Il avait encore quelque chose à l'esprit. Une autre question émergea avec prudence, plus délicate à poser.

— Est-ce que vous, je veux dire, le vol… comme il n'est jamais revenu, je me demandais, si vous, je veux dire, je voulais savoir…Si ce que je pense a pu arriver…enfin quelque chose du genre ?

Pauvre gamin, sa mère a littéralement disparu il y a juste deux ans, et maintenant Linn.

— Bon, tu veux que je la fasse courte ?

— Oui.

— Tu es sûr ?

— Oui.

— Je pense que l'avion a probablement été saboté. Quoi que ce soit qui ait pu se produire à l'extérieur, je ne pense pas que c'était un accident. Je pense qu'ils ne voulaient plus le voir ici, en travers du chemin. Elle le regarda. Il prit une grande inspiration.

— Merci… Je me demandais… j'avais juste besoin d'entendre quelqu'un d'autre le dire, à haute voix. Elle attendit pendant que son regard plongeait dans une distance triste quelque part à l'intérieur, et puis il ajouta doucement, se parlant presque à lui-même : — C'est mort à l'extérieur, des rochers, pas de vie…

— Qu'en savons-nous vraiment ? Les capteurs extérieurs sont hors service. Pas de transmission radio. Nous ne savons pas. Il se pourrait qu'il y ait bien plus à l'extérieur que nous ne le pensons. Elle se souvint de l'ombre de la forme qu'elle avait vue le jour du vol de Linn. Un aperçu sur des ailes déployées, une silhouette traversant rapidement le sol de la zone de décollage avec tout ce que cela pouvait impliquer. Trop tôt pour autant pour raviver les espoirs du garçon. Elle n'en était même pas sûre, des images si fugaces, si floues. Il faudrait attendre pour le savoir. Pour le moment, sa survie dépendait des dynamiques internes au Lab. — Ton père était un bon pilote et une belle personne. Il s'en sera sorti avec quoi que ce soit qu'il ait pu rencontrer là-bas à l'extérieur. Rappelle-toi cela, tu tiens beaucoup de lui aussi.

Ils restèrent tous deux en silence, retirés pendant un moment dans leurs pensées. Plus de mots pourraient les amener à franchir un seuil qu'aucun des deux n'était prêt à dépasser. Une chose à la fois. Elle finit par dire :

— Bon, je suppose que nous en avons terminé… je ne peux plus m'attarder trop longtemps de toute façon. Si tu veux bien prendre une ou deux de ces boîtes… Elle fit un vague signe montrant la pièce.

— Bien sûr, lesquelles ?

— N'importe, c'est sans importance. Je les ramènerai simplement plus tard. J'aime trouver des excuses pour venir ici, cela me donne un peu d'espace pour respirer. Ils sourirent tous les deux. Danger évité, pour l'instant.

Kai ramena quelques boîtes à la zone des mécaniciens et les déposa à regret sur le banc qu'elle lui montra, puis il dit :

— Bon, j'imagine que je dois y aller ?

— Merci pour ton aide.

— De rien, pas de soucis.

Il sembla avoir besoin d'un ami, un véritable ami, pas un de ces pingouins abrutis de la sécurité.

— Et est-ce que tu as déjà prévu tes stages ? Tu es probablement destiné à autre chose, mais si tu veux faire un stage avec nous, tu sais, pour enrichir ta formation et t'ouvrir d'autres portes, tu es toujours le bienvenu ici.

— Merci, on verra. Il commença à s'éloigner en marchant. Après quelques pas, il s'arrêta et fit demi-tour vers elle. — Merci, puis il dit de nouveau et plus doucement, merci à vous.

— Prends soin de toi., dit-elle en le pensant vraiment, tout autant que lorsqu'elle l'avait dit à son père auparavant.

— Vous aussi, prenez soin de vous.

— Hé, Linn ? Salut je m'appelle Mike, Mike Aponetta.
L'homme au visage de jeune garçon avec un large sourire
enthousiaste tendit la main à Linn.

— Non c'est pas une blague ? Mike le DJ ? Linn avait
seulement entendu dire qu'un homme venant d'un autre
Lab et vivant avec le Peuple allait venir lui rendre visite.
Mike avait été le technicien principal des transmissions de
communication du Lab 5. Sa personnalité enjouée et ses
plaisanteries joyeuses à l'antenne lui avait fait valoir le
surnom de DJ.

— Absolument, *Mike le microphone*, ici Aponetta, le seul
et unique. Champion des ondes courtes, plus petit
émetteur-transmetteur du monde, la dernière voix de…
Mike s'arrêta, mordit sa lèvre inférieure, et regarda dans le
vague dans un espace privé que Linn ne connaissait que
trop bien. Linn voulut entrer en contact avec lui mais ne
sut pas comment. Encore perdu dans le lointain de sa
propre distance. Mike reprit rapidement ses esprits, de
nouveau soudainement à fond :

— Wow ! Linn Brenner ! J'en reviens pas. Je dois dire que c'est une vraie surprise, un véritable honneur. Quand nous avions entendu que vous étiez dans le projet, nous avions espéré que nous pourrions vous avoir dans notre groupe. Lab 7 a touché le gros lot.

Linn sourit nerveusement. Il baissa la tête et secoua ses cheveux pour les mettre hors de ses yeux en les relevant. Des gestes qui autrefois semblaient être une seconde nature et qui le caractérisaient, et qui maintenant paraissaient étranges et hors contexte. La dernière chose qu'il voulait en revenant à la vie était de retrouver ici ce passé universitaire.

— Eh bien je ne crois pas que cela les ait si impressionnés, la plupart dans notre équipe étaient des dévoreurs de chiffres. Je me suis senti plutôt esseulé là-bas, juste moi et ma femme Miri, Miriam Allen, et Ed McPhearson. En ajoutant le nom professionnel de Miri pour la compréhension de Mike, il fit un effort pour garder la conversation légère. Dire son nom à haute voix n'était pas facile.

— Wow ! Tous les trois ! Des poids lourds. J'aurais pensé que votre équipe aurait eu le plus de chances d'entre toutes avec vous trois à la manœuvre.

Tout en discutant avec Mike, Linn perçut un changement dans le rythme de sa propre énergie, un changement qu'il se sentit incapable de contrecarrer. Son esprit s'accéléra, se tendant et devenant fébrile avec un genre d'essoufflement mental. Frénétique à l'intérieur. Une texture si inhabituelle dans les interactions au sein du

Peuple. Il regarda Mike et réalisa que lui aussi était pris dedans. C'était comme être de retour dans le Lab, et ils purent tous les deux percevoir mutuellement la tristesse dans les yeux de l'autre se cachant derrière le style speed et désespéré qui leur était si familier auparavant. Un peu comme de l'hyperventilation, comme lorsque l'on manque d'air. Il essaya de changer de sujet, ramenant de nouveau la conversation sur le DJ.

— Et mon gars, tu étais la grande star dans notre Lab. La grande commande de brosses à dents pour le 5 fut le seul sujet sûr dont on pouvait parler à haute voix après que le CESI eut commencé à prendre les commandes. Tu nous as permis de ne pas devenir fous pendant un moment alors que les murs se refermaient à l'intérieur.

— Vous aviez encore le CESI ? Nous nous sommes débarrassés de ce foutu département de sécurité intérieure très tôt, en les réaffectant à des choses plus utiles.

— Oui, nous avons aussi essayé de le faire, mais nous avons été en minorité et d'une certaine façon ils ont pris le contrôle. Des grenouilles dans une casserole ne le remarquent pas avant qu'il ne soit trop tard. Il lui sembla juste impossible d'expliquer à Mike comment le personnel du Lab 7 s'était si entièrement englué dans l'apathie et la peur du CESI, comme s'ils avaient été envoûtés. — Nous étions en infériorité numérique, littéralement, ajouta-t-il faiblement avec un sourire forcé, puis il abandonna et laissa la tristesse se manifester. Pas de raison de la dissimuler ici, même en prise avec l'énergie du Lab, mais les vieilles habitudes meurent lentement. Malgré une parenthèse après le crash, elles étaient revenues. Il lui semblait difficile de reprendre une identité sans les inviter.

— Miri est morte maintenant. Cela fait une paire d'années.

— Aïe, je suis désolé. Je ne savais pas.

— Ouais. Pas beaucoup plus à dire. Il ne se sentait pas prêt à partir dans plus de détails même si Mike avait apparemment suffisamment été avec le Peuple pour développer un peu de leur sensibilité bienveillante malgré son enthousiasme compulsif et débordant. Peut-être que ce n'était qu'une de ses tendances du passé le hantant lui aussi. Linn ressentit une soudaine vague de proximité avec Mike.

Ils restèrent silencieux pendant un moment, puis Mike reconnecta avec Linn et le prit dans ses bras. Linn fit de même en retour, pas tout à fait comme un vieil ami perdu de vue depuis longtemps, mais pas non plus en tant qu'icône universitaire.

— Bienvenue au sein du Peuple, mon gars, dit Mike, bienvenue à la maison !

Puis ils purent vraiment se mettre à parler de ce qui s'était passé dans leur Lab. De comment ils se sentaient avec le Peuple, parfois à l'aise parfois comme des étrangers.

La difficulté d'essayer de s'intégrer. Le Lab de Mike avait été celui comportant la plus grande proportion de profils artistiques. Au contraire du personnel du Lab 7, où ils étaient seulement amateurs. Et le 7, expliqua Linn, avait eu plus que sa part de profils 'directifs'. Dictateur aurait été un meilleur mot pour les décrire vers la fin.

— Ils n'auraient pas tenu longtemps au Lab 5, rit Mike, cela n'aurait juste pas fonctionné. Personne ne les aurait écoutés. — Ce qui avait marché pour le 5 dit Mike était qu'avec tant de libre-penseurs dans l'équipe, ils devinrent curieux de ce qui se passait à l'extérieur. Nous avons ouvert les sas d'aération, et avons découvert que la Terre était encore en vie. Les communications avec les autres Labs avaient déjà cessé. Personne ne voulut rester. Nous sommes partis à pied en petits groupes. La plupart prirent la direction des cols de montagne pour retrouver les villes. Peu d'entre nous firent l'inverse, et le Peuple nous trouva et nous prit avec lui. Nous sommes maintenant éparpillés parmi les différents camps villages. Autant que je sache, il se pourrait que le Lab 5 soit intact, simplement abandonné en l'état. La dernière personne à partir a dû simplement fermer la porte et glisser la clé sous un rocher, dit Mike en riant, aucun d'entre nous n'a jamais voulu y retourner. Nous avons entendu des gens du Peuple que la plupart des autres Labs étaient en ruines et que la majorité de ceux du Lab 5 avaient péri dans une tempête de neige en essayant de traverser les hautes montagnes. Les quelques-uns d'entre nous vivant parmi le Peuple sont tout ce qui reste. Aucun d'entre nous n'a jamais voulu y retourner. Cette partie de notre vie se termina avec le Lab. — Le Peuple n'a jamais parlé du 7, reprit Mike après une longue pause, je pense que c'est Taibo'oo pour eux, extraterrestre, étrange. C'est un mot adapté de la langue des peuples anciens, les Paiutes peut-être, qui vécurent dans les environs il y a longtemps. Il fit un vague geste vers l'est.

— Le Peuple a adopté certaines de leurs coutumes. C'est comme cela qu'ils sont arrivés à survivre à l'enfer, ils ont fait même mieux que cela, ils vivent avec beaucoup plus de bienveillance et de grâce que nous n'aurions jamais pu imaginer. Certains anciens mots sont porteurs de capacités et ont aidé le Peuple à s'orienter vers de nouvelles façons d'être dans le monde, nouvelles pour eux. Les mots sont les ancres de l'homme, des noyaux pour que l'esprit s'y enroule autour. Ils peuvent te retenir ou te garder sur le bon chemin.

— Oui, je sais.

— Une certaine femme qui était avec le Peuple au début les avait étudiés. Elle avait fait des recherches ethnographiques, avait étudié des textes anciens, une antiquaire quoi, dit-il en riant, pas tout à fait, plus que ça. Du concret aussi, elle se souvenait de beaucoup de techniques, de mots et de tout ce qu'elle avait appris. C'était une chance. Je crois qu'elle a joué un rôle déterminant pour la survie du Peuple. J'imagine une sorte de sainte aujourd'hui rétrospectivement avec le souvenir. Sa source aussi, une autre femme, Wheat, Margaret Wheat. Je me souviens particulièrement de ce nom du fait de Margaret. J'ai eu une tante qui s'appelait Margaret... Sa voix devint distante...

Linn savait alors que le talent prolifique de Mike pour la conversation, sa capacité à remplir tous les silences disponibles avec un joyeux bavardage, était son moyen d'essayer de combler le gouffre que tout le monde ici sauf les plus jeunes semblait porter à l'intérieur de différentes façons. Mais il ressentait de la gratitude pour n'importe laquelle et pour toutes les informations que Mike lui avait confiées si volontiers. Les gens du Peuple préféraient donner des informations volontairement, ce qu'ils faisaient assez facilement pendant leur temps libre, et leurs façons de partager et de communiquer étaient tellement ancrées en eux que si quelque chose n'était pas partagé, ils étaient prêts à attendre patiemment jusqu'à ce que cela le soit. Avec Mike, le besoin de questions et de réponses de Linn, sa propre façon de combler le vide, ne semblait pas si intrusif.

— De toute façon, Taibo'oo était un mot pour les premiers colons, les mineurs, les envahisseurs, quelle que soit la façon dont on les nomme, dont on nous nomme, ajouta Mike avec ironie, mais le Peuple l'utilise maintenant pour tout ce qui vient de la culture toxique dont ils se sont échappés. Toutes les ruines des Labs sont Taibo'oo à un certain degré, même si elles se délabrent, contaminant par le simple fait d'être en contact avec quoi que ce soit qui en provienne.

— Oui, dit Linn. Tout cela ne résonnait que trop avec sa propre culture du Lab qui le poursuivait de l'intérieur. Mike semblait aussi connaître cela.

— Cela a été une grande discussion lorsqu'ils ont décidé que tu n'étais pas Taibo'oo même si tu venais de là-bas, dit Mike, c'est une des premières choses que j'ai entendues de toi. Il est arrivé avec un poisson du ciel, mais il n'est pas un Taibo'oo. Il regarda Linn. — Et mon gars, ça va aller de mieux en mieux, crois-moi, ça va le faire. Avec le temps.

Ils restèrent silencieux pendant un moment, puis Mike reprit :

— Tu devrais rencontrer certains réfugiés d'autres Labs. Il y a Alavero, plus loin vers l'est, il est du 3. Et McNeil et Eskander de mon groupe. Nous nous sommes séparés. Le fait de ne pas être entourés par d'autres personnes des Labs pouvant stimuler des vieux schémas nous a aidé à mieux nous acclimater. J'imagine que tu l'avais compris ? dit Mike en souriant un peu penaud, et Linn acquiesça.

— De toute façon, je ne vais pas rester longtemps. Puis il y a la femme de ton Lab. Le Peuple l'a trouvée plongée dans un sommeil étrange, à moitié morte, peut-être droguée, son corps abandonné à l'extérieur du Lab, quelque chose comme ça. Cela fait deux ans. Je ne connais pas son nom. Elle ne s'est jamais souvenue de qui elle était. Le Peuple la nomma Dort-Comme-Un-Ours quand elle finit par se réveiller, puis ils l'appelèrent Vit-Deux-Fois lorsqu'elle ne put se souvenir. Une femme gentille, de ce que je sais. Très amicale. Le Peuple l'apprécie. Elle a semblé bien s'intégrer, rit Mike, peut-être que c'est l'avantage de tout oublier. Elle est là-bas dans les montagnes, dans un des camps à l'ouest. Probablement recouvert de neige à l'heure qu'il est, peut être que tu pourras la rencontrer au printemps. Tu la reconnaîtras certainement, peut-être que tu lui rafraîchiras un peu la mémoire. Mike regarda Linn. — Et mon gars, ça va ? On dirait que tu as vu un fantôme.

— Cela fait deux ans ? demanda Linn, la femme ?

— Oui, pourquoi ?

— Lab 7 ? Linn était déjà loin. Tu es sûr que c'était le 7 ? demanda-t-il de nouveau puis il ajouta doucement : — oui, je crois que je comprends. Ce pourrait être Miri. Elle est morte il y a deux ans. Soi-disant. Nous n'avons jamais vraiment su ce qu'il s'était passé. Il eut soudainement la certitude que c'était Miri. Il pouvait le ressentir, il le savait. Il l'avait toujours su. Un espoir au-delà de la raison. Il raconta à Mike toute l'histoire, à propos du CESI, de la quarantaine. — Nous n'avons jamais su, nous n'avons jamais su, répéta Linn encore et encore, secouant sa tête, submergé par un flot de peine et de joie.

— Wow mon gars, pose la question autour de toi, il y a sûrement quelqu'un qui peut te la décrire. Je ne l'ai jamais rencontrée moi-même… tu es sûr ?

— Certain !

Mike put voir dans le visage de Linn qu'il était déjà trop tard pour lui donner un conseil bienveillant de ne pas faire jaillir trop d'espoir, Linn était déjà parti et fonçait droit devant.

— Bon, il vaudrait mieux que je m'en aille maintenant. Je voulais juste te saluer et te souhaiter la bienvenue. Peut-être c'est juste moi personnellement, mais même si ça fonctionne mieux d'être séparés des autres gars des Labs, j'ai pu avoir quelques nouvelles de chez moi, et quelque part tu sais cela m'a aidé. J'ai l'impression que ces nouvelles ont été pour toi un plus gros morceau que mon intention de départ, je suis désolé mon gars si je ne t'ai pas facilité les choses.

— Non tu plaisantes ? ça va bien, ça va encore mieux que ça, j'avais besoin de savoir, à propos d'elle, dit Linn, je voulais savoir. Et merci mon ami pour être venu me rendre visite, j'ai vraiment apprécié, cela a beaucoup compté pour moi.

Encore ébloui pas son espoir inattendu, il serra Mike dans ses bras. Il ressentait de la gratitude, une sincère gratitude, comme s'il revivait. Il serra Mike avec une chaleur et une facilité qui le surprirent lui-même. Peut-être que les choses allaient devenir plus faciles.

Si seulement il pouvait encore être avec elle. Son cœur s'était enflammé. Il devait être avec elle. Linn interrogea dans le village. Quelques personnes avaient rencontré la femme, leur visage souriait en se souvenant d'elle, la décrivant volontiers, d'une manière affectueuse. La plupart n'avaient juste qu'entendu parler d'elle et partageaient ce qu'ils en savaient. Gros Carl en saura plus disaient-ils, il saura. Il a un lien de parenté dans le village où elle se trouve.

Gros Carl était parti pour quelques jours visiter l'un des villages à l'ouest. Lorsqu'il revint ce même soir, Linn l'interrogea au sujet de la femme connue sous le nom de Vit-Deux-Fois, et effectivement, le moment et le lieu correspondaient, la façon dont ils l'avaient trouvée, son corps rejeté à l'extérieur du mur, comme s'il était donné pour mort. Le CESI devait avoir adapté après coup le conduit de recyclage à la porte spatiale d'évacuation des déchets pour laquelle elle avait été prévue. Gros Carl lui raconta que d'autres corps avaient été rejetés à l'extérieur de ce Lab au fil des ans, et cela aussi correspondait, les disparitions. C'est la raison pour laquelle le Peuple surveillait "cet endroit" comme Gros Carl l'appelait. Ils n'avaient pas pu sauver les autres car ils étaient arrivés trop tard. Miri, si c'était bien Miri, était la première à survivre. Ils la trouvèrent tout de suite.

— Tu es sûr que c'est ta femme ? demanda de nouveau Gros Carl.

Linn en était certain. Les descriptions de la femme mystérieuse correspondaient parfaitement à Miri. Même la connexion avec les ours, et aussi tout particulièrement l'affection évidente que tous ceux qui la connaissaient lui portaient. Miri était ainsi.

Gros Carl sembla songeur, mais Linn était trop plein d'espoir et de soulagement pour le remarquer. Gros Carl finit par dire :

— Elle est là-haut dans la montagne, pour l'hiver.

— Oui, c'est ce que j'ai entendu. Y a-t-il une façon de lui envoyer un message ?

Gros Carl demeura silencieux pendant un instant, considérant, c'était trop important pour faire confiance aux mots tout de suite. Il dit finalement :

— Elle ne s'est jamais souvenue de rien de sa vie d'avant, tu le sais n'est-ce pas ? Linn acquiesça d'un signe de la tête, et Gros Carl poursuivit : — Elle a une nouvelle vie maintenant… et une nouvelle vie avec un autre homme.

Le choc de Linn fut sans équivoque. Traversant son visage et ricochant dans toute la hutte. Instantané. Presque l'horreur. Gros Carl regarda son nouvel ami passant par des convulsions rapides d'espoir et de crainte, de chagrin et de joie entremêlés, s'installant tristement dans une sorte d'angoisse muette que Gros Carl ne connaissait que trop bien dans sa propre vie et dans les vies de son entourage à l'époque de l'Avant. Son cœur entra en empathie avec Linn. — Je suis désolé mon gars, dit Gros Carl, je pensais qu'il valait mieux que tu le saches maintenant, avant que tes espoirs ne s'élèvent trop haut…

— Oui, encore plus haut et je me serais écrasé dans le soleil si mes ailes n'avaient pas d'abord fondu. Mes ailes sont sauvées maintenant, dit-il en essayant de plaisanter, mais la bravade ne tint pas. Il détourna le regard pour fixer les braises du feu matinal, encore plus désemparé par cette double perte que ce qu'il n'aurait jamais imaginé pouvoir être.

Gros Carl resta assis avec lui en silence pendant un long moment puis il se leva pour partir et lui toucha délicatement l'épaule.

— Il va falloir du temps, mon gars. Je suis passé par là. Ça prend beaucoup de temps.

Oublie ça, disait l'homme à la chemise noire, oublie simplement ça et réponds.... Comprenait-il ?.... Pas besoin de mon chapeau, dit-il, je voyage léger ces temps-ci... loin, loin des épicentres des orages... Il laissait tomber. Quoi que ce soit qu'ils lui demandent, c'était inutile de répondre... Personne ne connaissait son vrai nom... Peut-être un autre jour, ailleurs... pas ici... pas maintenant... Maintenant tu le vois... maintenant tu...ne.... Pour lui la passion avait disparu, le radar ne mentait pas... et où... et quand... pas ici... pas ici... Linn se réveilla en sursaut, luttant pour se libérer du rêve. Se débattant depuis les profondeurs, luttant comme pour avoir de l'air, luttant pour redevenir clair. La même intangible substance qui l'avait maintenu en dessous le faisait maintenant remonter, flottant avec difficulté. Il se sentait si lourd, trop lourd pour rester à la surface, voulant désespérément atterrir, souhaitant que la bonté de la gravité puisse de nouveau le soutenir sous ses pieds, et non pas l'attirer dans une profondeur de tristesse qu'il ne pourrait pas supporter d'entendre. Elle était en vie. Elle vivait. Elle était complètement hors d'atteinte. Ne vivant pas dans le même monde que le sien. Vivant dans un autre temps. Dans un autre lieu. Avec de nouveaux souvenirs. Dans un endroit où il ne pouvait pas se rendre. Pas maintenant. Aucun moyen de la rejoindre là-bas... Quelque part, elle riait et souriait. Quelque part elle aimait de nouveau.

Il stoppa le cours de ses pensées, priant presque pour re sombrer dans la jungle inextricable du rêve dont il se souvenait à moitié. Souhaitant seulement sombrer de nouveau, tout sauf ça. Les criminels du CESI ne l'avaient pas tuée. Ils l'avaient plutôt torturée et avaient installé une barrière invisible dans son esprit, un fossé infranchissable que même elle ne pouvait franchir. Mais ils l'avaient laissé vivre sans le vouloir. Ils l'avaient recrachée à l'extérieur pour qu'elle meure dans la nuit, et d'une façon impossible, improbable, elle avait survécu. Comme la Terre, elle avait survécu. Le monde avait encore cette joie de l'avoir. S'envolant, puis dégringolant de façon spectaculaire, chevauchant les pentes changeantes de son chagrin, attirée par des courants contraires, côtés opposés d'une même arête tranchante transperçant son cœur, le coupant en deux. Le Peuple était bon, ils l'aideraient à continuer à vivre, comme ils l'avaient fait pour elle, comme ils l'avaient fait pour les autres qui les avaient rejoints avec un chagrin aussi grand, et parfois même supérieur. Entassé comme il était, coincé entre sa perte et son soulagement, aux prises avec ses souvenirs, Il lui était trop difficile de voir. Qu'est-ce qui était le plus dur, commencer une nouvelle vie avec trop de souvenirs ou pas assez ? Peut-être qu'un jour il

verrait, même montagne, même chemin. À la fin, peut-
être. Pour le moment, pas même un petit bout de sentier
en commun. La montagne trop loin pour le dire.

Gros Carl avait raconté à Linn que Miri était avec un homme venant d'un endroit dans la montagne appelé le camp des contemplatifs, et qu'elle était partie avec lui là-haut dans la montagne juste avant que les nouvelles neiges ne ferment le sentier. Il n'y aurait aucun moyen de la contacter avant le printemps. Gros Carl avait beaucoup d'affection pour l'homme avec lequel elle était. "Comme des frères", avait dit Gros Carl. "Venant des années d'errance, ajouta-t-il doucement, on a traversé beaucoup de choses tous les deux à cette époque." C'est pourquoi Linn avait fait preuve de retenue dans ses questions par respect pour l'amitié de Gros Carl ne voulant pas jouer avec sa fidélité. Il avait plutôt interrogé les gens du village. Et même là, il essayait de garder ses questions générales au sujet du camp des contemplatifs, des contemplatifs eux-mêmes et de la contemplation, ne sachant si d'autres ici avaient des connexions avec eux. La plupart des gens qu'il avait interrogés disaient qu'ils en savaient très peu sur les contemplatifs, encore moins sur la contemplation, seulement que c'était une sorte de chemin spirituel. "Quelque chose qui remonte à longtemps, à très très longtemps." "Visions, avait dit un homme, quelque chose à voir avec des visions et la lumière." "Le cœur de la lumière, c'est ce qu'ils voient", avait dit quelqu'un d'autre, une jeune femme qui semblait hésitante à en dire plus. Elle sourit timidement et se tourna pour partir. Alors qu'elle était en train de partir, elle dit comme beaucoup d'autres l'avaient fait : "Tu devrais aller voir Vieille At'sah, elle est celle à qui demander. Elle saura. Oui, elle saura."

Et ainsi, il prit une petite tasse finement tressée, un des cadeaux voyageurs qui était venu jusqu'à lui lorsque les villageois l'avaient gentiment accueilli dans les jours suivant le Conseil. "De ma tante de cœur", avait dit en lui offrant la tasse un jeune homme à la voix douce qui se nommait Tommo Agai. "Elle est l'une de celle qui a des mains qui soignent. Puisse le toucher de ses mains qui y demeure te réconforter. Et puisses-tu trouver ton propre parent de cœur ici parmi le Peuple." C'était l'une des choses les plus belles et délicates que Linn n'avait jamais vues, et il décida ainsi de l'offrir à la Vieille At'sah. J'apprends se dit-il à lui-même. Etapes par étapes, j'apprends. Il se souvint de Gros Carl et de Mike lui disant tous les deux, *il faut du temps*, et il sourit.

— Vieille Mère, demanda-t-il respectueusement après que Vieille At'sah l'eut invité à s'asseoir à côté d'elle, j'aimerais savoir quelque chose au sujet du chemin de la contemplation. J'ai entendu dire que c'est quelque chose en lien avec des visions, les yeux et la lumière... Elle le regarda. — Et je voudrais en savoir plus. Elle le regarda longuement, son regard ouvert et immobile, un regard doux et non focalisé comme si elle le voyait d'une autre façon. Puis elle demanda :

— Et peut-être plus encore au sujet de ceux qui contemplent ?

— Oui aussi, j'aimerais en savoir plus sur eux également.

— Et j'ai entendu, dit-elle, que la femme qui fut jadis ta femme…Linn fut saisi face à son franc-parler, mais il avait posé sa question. Il acquiesça de la tête.

— J'ai entendu, poursuivit-elle, que la femme qui fut jadis ta femme se trouve maintenant parmi les contemplatifs.

— Oui.

— Peut-être que c'est à son sujet que tu t'intéresses vraiment ?

— Oui, fit Linn avec tristesse, j'essaye de comprendre ce qui l'a amenée, ce qui l'amène là-bas.

— Au-delà de l'homme qui y est aussi ? demanda-t-elle avec sa façon directe et inconfortable. Elle fit une pause pendant un instant, regardant les braises de son feu. — Elle est là-bas pour de nombreuses raisons… pas seulement pour celui avec qui elle est maintenant. De nombreuses raisons…, dit finalement Vieille At'sah, comme les autres là-bas… comme je l'étais, comme je l'étais il y a longtemps maintenant. Linn la regarda.

— Vous étiez aussi une contemplative ?

Il lui sembla difficile de l'imaginer ailleurs que dans le village et dans sa hutte, comme si elle était un arbre ancien planté ici depuis si longtemps qu'il n'avait pas de souvenirs d'autres lieux, d'autres temps, son enracinement ici comme une partie nécessaire de son ancienneté.

— Oh, oui, fit-elle, ses yeux emplis d'une lueur brillante, différente de la brillance au scintillement plus rapide qu'il lui avait connue auparavant. — Et contrairement à certains autres qui ont décidé de rester, je suis revenue ici, ajouta-t-elle en regardant affectueusement tout autour de sa petite hutte. — Quand j'ai eu terminé le chemin. Ma place était ici, conclut-elle simplement en guise d'explication. — Il y en a d'autres qui choisissent de rester avec la montagne, qui ne redescendent pas dans cette vie après être arrivés au bout de la voie. Ils préfèrent fusionner avec le cœur de la montagne, un miroir de la profondeur bleu-nuit de la totalité... Pour moi, la montagne est aussi ici.

Elle regarda de nouveau dans le lointain et pourtant si étonnamment présente en même temps.

— Contempler, dit-elle après un certain temps, est une façon de revenir à la maison. Et pendant un moment Linn pensa qu'il voyait ou sentait avec d'autres yeux, Vieille At'sah se dissolvant comme une brume ou une vague, puis revenant. — Revenir à la maison que constitue la source de tout ce qui est. Il s'agit plus que des yeux et de la lumière bien qu'ils nous guident sur la voie. Le chemin est très profond, une profondeur cachée à l'intérieur et pour autant elle est aussi partout.

Elle fit un mouvement tout autour d'elle puis posa tendrement la main sur sa poitrine au niveau de son cœur.

— Et particulièrement cachée ici, dans le cœur.

Linn se rappela Miri parlant de l'apesanteur et disant à voix basse *peut-être qu'ils rencontreront Dieu là-bas.* J'aurais dû m'en douter, pensa Linn, j'aurais dû le savoir, une autre lumière même à l'époque dans son caractère enjoué, cachée derrière le pétillement de ses yeux, comme la lumière du soleil sur l'eau se prolongeant en une lumière différente dans la profondeur. D'une certaine façon, il l'avait su et il pensa qu'il avait compris. Cela ne rend pas les choses plus simples réalisa-t-il avec tristesse, juste plus réelles, aucun espace pour le maigre espoir qu'il avait entretenu qu'elle aurait pu revenir à une vie plus prosaïque.

— La contemplation… comme tout autre chemin, c'est ce que tu amènes avec toi quand tu y viens, et parfois, d'une façon même plus importante, c'est ce que tu as laissé derrière avant de le faire…

Elle le regarda. Ses mots faisaient mal mais ses yeux étaient bons. Elle toucha ses mains avec son doigt noueux comme la racine d'un vieil arbre. Elle sourit.

— Il est dans la nature des choses, mon fils, que les choses ne durent pas. Il y a toujours une émergence, toujours un devenir. Parfois cela apparaît comme un début, parfois cela apparaît comme une fin. Au sein même du commencement, avant que l'un ou l'autre n'apparaisse, ils sont déjà un. Tout le monde retourne à ce commencement, à une certaine saison de son errance. Nous sommes tous des errants dans cette vie, et chacun, à un certain point dans le temps et dans l'espace, revient au commencement de son errance. Parfois cela prend de nombreuses vies. On ne sait pas pendant combien de temps chacun d'entre nous a erré. Pas tout le monde n'en vient à rechercher l'origine au même moment.

Elle regarda Linn avec une grande profondeur de bonté. — Ce que je sais, dit-elle doucement, c'est que parfois nous devons dire au revoir.

Elle fit une pause pendant un long moment, puis elle reprit :

— Apprends à nous connaître mon fils, commence à apprendre nos coutumes, recommence à nouveau.

Longs récits le soir au coin du feu. Cordes pendant du ciel vers le monde de la Terre. Comme les vieilles et longues histoires oubliées ne vivant plus maintenant que dans quelques mémoires. Des cordes pour grimper au ciel, pour grimper vers d'autres mondes. Des lignes de pêche, poisson dans le ciel, histoires tournoyantes, appâts pour attraper les humains indisciplinés. *Longtemps avant le terrible Avant, d'autres pièges peuplaient le ciel*, rappellent les anciens à ceux qui écoutent, les rassurant.

Dans les camps des villages les enfants avec des yeux brillants écoutent encore et encore les chants au coin des feux de l'hiver. Des histoires à rallonge connectant la Terre et le ciel au temps des origines, avant que les espèces ne se séparent, avant qu'elles n'évoluent différemment.

Le sommeil hivernal n'était en général pas un temps pour voyager pour les gens du Peuple comme pour les nouveaux, et tout particulièrement pour le village de Mi'thal, le plus occidental des camps villageois mis à part celui des contemplatifs plus haut sur la montagne. Un peu plus d'allées et venues ici et là pour les camps à l'est, mais même là-bas dans les zones à plus basse altitude où l'hiver amenait de fortes pluies plus que de fortes neiges, pas beaucoup de visites non plus. Les nouvelles détaillées de l'arrivée de Linn étaient arrivées jusqu'à Mi'thal lentement, et il fallut du temps avant qu'elle en sache plus au sujet de cet homme grand qui semblait après tout ne pas être un Guetteur. Il y avait eu quelques messages au sujet du Conseil disant qu'un homme était arrivé dans un appareil de Taibo'oo, et qu'il allait rester mais c'était tout ce qu'elle savait jusqu'à ce que Gros Carl, lors de sa dernière visite, ne lui parle un peu plus de l'homme qui n'était pas Taibo'oo. Mi'thal avait senti quelque chose dans son récit que peut-être Gros Carl n'avait pas encore perçu, un avertissement subtil et indéfini, une croisée de chemins, un choix qui serait à faire plus tard. Lorsqu'elle avait envoyé son cœur à Ta'le et à Vit-Deux-Fois dans la montagne comme elle le faisait souvent, cet avertissement était encodé dans son appel, qu'elle en ait eu l'intention ou pas.

Je continue à voir Mi'thal, avait dit Vit-Deux-Fois. *Elle porte une grosse truite argentée. Je pense qu'elle nous souhaite tout le meilleur et qu'elle cherche à nous contacter.* Elle sourit. *Elle me manque.*

Ta'le l'avait vue aussi, et pour lui, tellement plus coutumier des nuances des appels de sa sœur, la tonalité d'une inquiétude non exprimée était aussi évidente. Une sorte d'avertissement dans son appel, quelque chose approchant pour les marées du printemps ou pour des marées plus tôt, ici pendant l'hiver, quelque chose devenant plus proche, qui se révèlera assez urgent le temps venu. Quel temps, quelle truite argentée, printemps ou hiver, différentes truites circulent à différents moments. Tout ce qu'il pouvait faire était d'attendre de voir. Des vies entières entre alors et maintenant. Les ours mangent les saumons, les ours dorment en hiver. Les truites saumonées de l'hiver sont sages, elles savent quand braver la montagne pour chevaucher leur propre courant. Il sourit. Il envoya en réponse les hauts amoncellements de neige, sachant que l'avertissement de Mi'thal était pour plus tard, pas pour maintenant.

Linn se réveilla dans la nuit, avec un rêve qui s'accrochait à lui. Un poisson brillant et obscur, et des visages s'élevant d'une grande profondeur d'eau, allant et venant puis s'évanouissant de nouveau. Un rêve qu'il avait déjà eu. Un fragment récurrent, dans lequel il cherchait quelque chose qu'il ne connaissait pas. Quelque chose au-delà du rêve. Un aperçu de l'eau brillante, puis l'obscurité de nouveau. Et un sentiment sinistre et persistant que ce n'était pas son rêve, que quelqu'un d'autre rêvait à travers lui ou que c'était un rêve perdu que personne ne recherchait.

L'hiver, un temps qui porte les graines de toutes les autres saisons, serrées doucement dans les paumes de ses mains. Non pas le fruit mûr, les mûres charnues et juteuses dans des mains teintées de violet attendant d'être dégustées. Ça c'était l'été. L'hiver est le temps des véritables débuts, lorsque les choses commencent vraiment. Le temps de l'introspection, en écoutant le moindre frémissement de leur entrée dans la vie. L'automne est lorsque les graines mûries tombent pour attendre, une autre sorte de début, le début de l'attente. Et puis le temps secret, au cœur de l'hiver, le temps caché et silencieux lorsque la lueur de toutes les nouvelles choses commence à poindre, d'abord imperceptible au sein du silence. À l'extérieur, l'hiver est un temps pour se souvenir et se projeter, un temps pour tresser des paniers, tisser des histoires, s'asseoir autour du feu, rire, plaisanter et partager du silence. Enveloppé par le silence et la blancheur de la neige ou par les sons tambourinant produits par les doigts de la pluie de l'hiver. Les odeurs des herbes mûries de l'été étalées sur les braises des feux endormis, faisant s'élever au travers des trous de fumée des prières dans le monde de l'hiver. Un temps d'espérance, attendant patiemment le passage de l'année, se préparant à de nouveaux commencements, prenant soin des graines.

Alehya offrit encore quelques herbes séchées aux charbons ardents du feu du soir. Armoise et cèdre pour purifier, et pour la bonté maternelle les rassemblant ensemble. Ces herbes qu'elle avait connues enfant devenaient maintenant ses proches amies grâce aux aînés guérisseurs qui la guidaient au cœur de la sagesse secrète des plantes. Elle sourit en voyant les délicates volutes de fumée s'élever des braises, répandant une odeur douce et piquante à travers la pénombre de la hutte, s'infiltrant autour et à travers les bottes d'herbes suspendues partout aux poutres de la hutte, enveloppant les paniers et les pochettes d'autres herbes sur les étagères du pourtour, enveloppant les formes endormies des aînés enveloppés ensemble dans les rêves du sommeil, l'homme et la femme âgés devenus comme les plantes ses amis les plus proches, sa famille pendant son séjour chez eux dans leur hutte. *Merci à vous mes amis*, dit-elle dans son cœur, *pour être ma famille, pour notre lien d'appartenance, tous ensemble*. Elle s'assit pendant un moment absorbée dans la paix de la nuit et des bruits de satisfaction de l'homme et de sa femme endormis, les rythmes de leur respiration entrelacés comme la vie qu'ils avaient tissée ensemble au fil des années comme une seule vie.

Elle pensa encore à la difficulté de garder une relation avec Tomah une fois qu'elle serait retournée dans son propre village sur les pentes basses de la montagne. Loin à l'ouest. La distance qui serait entre eux. Le temps de l'hiver. Le temps du voyage. Le temps de l'attente. Le temps pour devenir adulte. Le temps pour le moment du choix. Attendre pour choisir, puis choisir, si cela devait être son chemin. Il y en avait certains, hommes et femmes, qui préféraient ne pas choisir, pas encore, pas pour le moment. Certains pour toute leur vie. L'attente en particulier, pensa-t-elle, serait un moment difficile. Comme au printemps lorsque les hommes et les garçons s'assoient à tour de rôle à côté des torrents jusqu'au passage de la nouvelle année, jusqu'à ce que la grosse truite saumonée ne revienne.

Pour elle maintenant, son attente était pleine d'autres choses qui l'amèneraient à être plus proche des plantes, à apprendre les chants et les histoires des anciens, à jouer avec les enfants du village. Une bonne chose. Elle attendrait. Peut-être que son cœur, comme cela semblait parfois, avait déjà choisi Tomah dont le cœur l'avait déjà choisie elle, et tous deux attendaient que leur corps mûrissent en la décision. Elle sourit encore en se souvenant de la douceur et de la chaleur humide déjà présentes entre eux, cherchant même des racines plus profondes. Elle pourrait attendre patiemment que les racines deviennent plus fortes, attendre le moment juste pour que l'arbre bourgeonne et fleurisse. Et fructifie. Elle caressa son ventre mince, assez de temps pour attendre, assez de temps pour ça aussi, si ça devait être son chemin. *Cuando la distancia*, sa vieille tante, sa parente au panier, avait dit doucement avec un sourire dissimulé lorsqu'Alehya lui avait parlé, d'abord timidement, de ses sentiments pour Tomah et du fait de choisir. Et Alehya avait perçu dans les yeux de sa tante un autre sourire dissimulé privé, un de ceux touchant le cœur des anciens. Elle aussi avait été jeune et avait attendu, et avait attendu pour choisir. *Cuando la distancia...*

À la saison lorsque la distance devient ciel, lui avait dit un autre ancien il y a longtemps lorsqu'elle était enfant. Elle avait l'habitude de s'interroger sur cela, alors qu'il y avait déjà tant de choses à attendre, presque autant que maintenant. Elle se sourit à elle-même. Mais maintenant l'attente et le questionnement conduisaient à des choses qui façonneraient sa vie, des choses qui mettraient sur des chemins qui pourraient durer pour toute la vie. *Lorsque la distance devient ciel.* Elle était montée s'asseoir sur une crête à proximité du camp et avait regardé le pays vallonné, les plis des crêtes et les creux des vallées s'effaçant avec la distance dans les deux directions, toutes bleues et changeantes comme le ciel, comme si elles étaient déjà un seul ciel. Et puis vint un jour à l'automne, au moment où les feuilles commencent à faner, le soleil s'abaissant vers le sud à la mi-journée, le bleu du ciel perçant d'un ton si pur comme si le ciel criait et chantait bleu, les crêtes bleues et la distance résonnant à l'unisson, elle comprit que la distance devient ciel lorsque le cœur sait simplement quand et où il veut aller.

La lune devenait pleine, diminuait puis grossissait de nouveau. Les neiges étaient venues et demeuraient. Couche après couche, les petits couloirs connectant les huttes au camp des contemplatifs devenaient de plus en plus semblables à des tunnels blancs imbibés d'une froide lumière bleutée. Et tout autour du camp, la brillance éclatante de la montagne contenue dans son sommeil hivernal. Vit-Deux-Fois s'asseyait chaque jour dans la hutte, enveloppée dans la quiétude et le silence de l'hiver et la douce chaleur rayonnant des braises du feu matinal et des pierres autour du foyer. Une vaste paix en elle devenait progressivement plus profonde et plus brillante.

C'est comme m'asseoir dans mon cœur, dit-elle un jour à Ta'le. *Oui*, sourit-il, *c'est ainsi*.

Progressivement, elle ressentit son cœur fusionner avec l'immensité qui était aussi à l'intérieur, le cœur de la montagne comme elle l'avait appelé au début, puis elle l'avait laissé être, au-delà des mots, une grâce venant à maturité. Et un jour l'espace du cœur s'ouvrant, délicat comme la lumière, vaste comme le ciel.

Comme le soleil se levant dans mon cœur, avait-elle dit à Ta'le un autre jour où ils étaient tous les deux assis à côté du feu du soir.

Le ciel de ton cœur, dit-il doucement, la regardant. Il pouvait le percevoir dans ses yeux.

"Le ciel...de mon cœur", murmura-t-elle à haute voix, ressentant la texture de l'émerveillement même dans les mots.

Bienvenue dans la montagne, dit Ta'le. Il lui avait déjà dit cela auparavant, là c'était une autre sorte de bienvenue.

La montagne, dit-elle, *elle m'enseigne ses secrets...* Ils restèrent silencieux pendant un moment, puis elle dit, comme si elle goûtait les pensées au fur et à mesure qu'elles devenaient mots, *la montagne est comme la mer pour moi, elle m'ouvre, elle ouvre mon cœur... Je me sens quelque part proche de la montagne d'une façon que je ne comprends pas encore. J'ai déjà ressenti cela auparavant, mais il y a un sentiment d'appartenance plus profond. Je me sens encore plus appartenir à cet endroit maintenant. Peut-être*, hésita-t-elle, *pas comme un contemplatif, pas encore... Cela prendra du temps... Vous êtes tellement...* Elle chercha dans l'air environnant plus de mots... *tous tellement immergés de la même façon, celle que j'ai pu ressentir en toi avant de venir ici, mais la montagne, la montagne est peut-être ma vraie maison. Je ne sais pas pourquoi.*

Être à la maison, être vraiment chez soi, est même encore plus précieux et rare, dit-il, *que d'être purifié. Oui, clair et chez soi, les deux ensemble, c'est la voie...*

Ils restèrent assis silencieusement, dérivant doucement ensemble puis séparés puis de retour, sur des vagues remontant sur des rivages différents mais se chevauchant.

Lorsque le ciel de ton cœur rencontre les autres ciels, tous un, pas de près, pas de loin, tous un, spacieux, immense… dit enfin Ta'le, son souffle se dissolvant sans se terminer, vaste comme ses mots. Puis il dit doucement : "Cuando la distancia se vuelve cielo…", murmure d'un souvenir d'un passé lointain. *Lorsque le ciel de ton cœur rencontre les autres ciels, tous un, pas de proche, pas de loin, pas de séparation, tous un,* dit-il encore, *cela fait partie du chemin du retour à la maison.* Il embrassa délicatement son front et sourit en se levant, puis il alla dans l'alcôve pour sa pratique du soir.

Cuando la distancia…le ciel de ton cœur… Vit-Deux-Fois resta assise au sein de l'espace lumineux du rappel et de la reconnaissance entrelacés. Et la prochaine étape peut-être, se conseilla-t-elle pour finir, serait d'aller au-delà du souvenir, d'aller au-delà des mots qui même maintenant encore en évoquaient l'émerveillement. Le ciel véritable de son cœur, elle était satisfaite de le laisser s'épanouir encore de lui-même, une grâce, un don.

Comme la demi-coquille d'œuf de rouge-gorge qu'elle avait trouvée lors de son premier été au sein du Peuple, l'intérieur aussi propre qu'une pâle coquille de ciel pur immaculé. Celui-ci avait éclos, elle le sentait. Quel que soit ce qui avait vécu au sein de cette fragile coquille, au sein de ce ciel secret, cela avait fini par s'envoler. Elle avait donné la coquille au petit Kibi, le petit garçon aux grands yeux si brillants et si vifs, comme s'il faisait déjà partie de ceux qui pouvaient voler. Il l'avait doucement bercée dans ses mains avec beaucoup de tendresse, aussi enchanté par cette petite chose qu'elle avait pu l'être. *Cuando la distancia...*

Encore le cours du début de la matinée. Kai étudiait attentivement la coque synthétique du dôme, les tons violets, gris et bleus des silhouettes des entretoises, les tons laiteux des panneaux plus lumineux commençant juste à rayonner d'une pâle couleur opalescente de ce qui faisait ici office de ciel. Encore une heure de cours à tirer. Une nouvelle heure de la voix monotone de l'instructeur se profilant à l'horizon de notre vie. Il regarda les autres cadets dans le vaste hall d'entrée, se demandant encore si certains d'entre eux s'ennuyaient autant que lui. Trop dangereux de poser la question. Cela faisait maintenant plus de deux ans qu'on l'avait séquestré ici dans ce programme, deux ans à imaginer le déplacement de l'ombre de la coupole adjacente se déplaçant avec les saisons extérieures imperceptibles, si ce n'est en estimant à partir des changements subtils de la bio-lumière, quels nœuds sont interceptés par l'ombre, avec quelle entretoise celle-ci est-elle alignée ou traversée, à quelle période de l'année. C'était son Stonehenge high tech.

Il avait étudié le sujet des anciens mégalithes autant que les saisons dans le cours de science de la vie. Les courants des océans, la météo, les fronts de hautes et de basses pressions, les vents d'altitude. Taxinomie. Animaux. Histoire naturelle. Toutes des histoires artificielles d'un monde qu'il ne connaissait pas. Et de ce qu'il en voyait, une histoire artificielle aussi ici à l'intérieur. Surveillance d'une population décroissante qui avait appris dans sa totalité à refléter ce que l'on attendait d'elle, tout en gardant cachés ses pensées et ses sentiments. Plus personne de vraiment authentique. Trop effrayés pour vivre. Un gouffre à l'intérieur. Géodésie, utilisant les mathématiques pour trouver des points numériques sur la surface de la Terre, pour trouver la forme de la Terre, pour cartographier là où l'on se trouve. En théorie. Ainsi connaissait-il le monde à l'extérieur, ainsi vivaient-ils leur vie ici à l'intérieur. De façon imaginaire, excepté le passage de l'ombre se déplaçant quelque part dans un temps réel. Aujourd'hui était le jour où l'ombre atteindrait son apogée en début de matinée, elle y reviendrait chaque jour pendant environ une semaine, puis imperceptiblement commencerait à se retirer jour après jour un peu plus bas.

Il pensa au toit voûté de son monde. Il y avait une légère atténuation floue de la luminosité sur les bords des panneaux synthétiques du haut au niveau des entretoises s'étendant plus ou moins horizontalement. Comme si une autre sorte d'ombre s'y formait. Elle allait et venait à cette période de l'année. Neigeait-il à l'extérieur ? Y avait-il encore suffisamment d'atmosphère pour produire de la neige ? À quoi ressemblait la neige ? Il imagina un monde fait d'une blancheur froide. Il avait vu les archives holographiques d'images de paysages hivernaux et des gros plans de flocons de neige isolés. Il connaissait le froid, il avait touché la glace, il avait lu les écrits scientifiques et les mots d'autres auteurs plus poétiques évoquant l'expérience de la neige, mais il ne pouvait pas vraiment la connaître... La stérilité et l'inconnu de l'extérieur le hantaient et le fascinaient, et il se demandait, avec prudence, où pouvait bien être son père dans ce monde peut-être enneigé de pierres et de rochers. Un autre inconnu. Parfois, il croyait le sentir, ou peut-être ne faisait-il que l'imaginer, comme si un esprit le regardait et le questionnait avec bienveillance de temps en temps. Sa mère aussi, parfois, mais jamais en même temps. Elle était un autre esprit, le surveillant d'une autre façon, plus comme un souvenir, remontant à longtemps. "Oublie tes parents." L'instructeur avait été très clair, et Kai avait appris à dissimuler avec toujours plus de soin ces moments où il pouvait ressentir sa mère ou son père à proximité. Parfois cela le rendait heureux de se souvenir de ses parents s'occupant de lui. Parfois cela le rendait triste. Il essayait de s'occuper l'esprit avec ses études. Plus rien n'avait vraiment de sens désormais, juste rester en vie. Pourtant, cela comptait encore pour lui, il ne savait pas pourquoi. Quelque part la zone floue grandissant sur les bords des panneaux synthétiques continuait de l'interroger, et il n'en connaissait pas non plus la raison.

Les jours devenaient plus gris, plus assombris par les nuages, chaque jour se fondant en le suivant, le temps se mélangeant comme la couverture nuageuse. Pendant ce temps, à l'intérieur des huttes, c'était une saison pour raconter des histoires et des contes, la seule façon parfois de parler véritablement de certaines choses.

Linn, suivant le Conseil de la Vieille At'sah, faisait le tour du village, demandant toujours d'autres histoires. Les courtes, plaisantait-il en souriant, pas les longues nostalgiques connectées aux temps les plus reculés, mais les courtes, celles qui reliaient le Peuple avec sa terre, ici et maintenant, avec des détails concrets sur la façon dont ils avaient survécu. Il avait en marge de ses réflexions le sentiment persistant que s'il demandait à la Vieille At'sah, elle lui répondrait que les temps des débuts ressemblaient grandement à ceux d'aujourd'hui, mais lui avait besoin d'avancer un pas après l'autre. Durant le Conseil, il avait entendu beaucoup de choses sur les raisons pour lesquelles le Peuple vivait comme il vivait et sur la chronologie de leurs questionnements. Maintenant il voulait savoir comment ils avaient survécu, comment ils en étaient arrivés à "désapprendre l'aveuglement, à désapprendre l'indifférence qui les avaient empêchés de voir pendant les années du Nettoyage", comme avait dit un homme durant le Conseil. *Apprends nos coutumes, fils, commence par apprendre nos coutumes.*

Il passait de plus en plus de temps à la hutte de la Femme au Panier avec son mari, ses enfants et leurs amis, un lieu plein de gaieté, d'animation et de vie avec la tranquillité caractéristique du Peuple. Et en compagnie de la Femme au Panier et de sa grande et expansive famille, il apprit en détails comment ils vivaient avec tant d'habileté cette vie désarmante de simplicité. Une façon de vivre soutenue par la dextérité de leurs doigts, de leurs mains et de leurs yeux, difficile à appréhender au début pour Linn car tellement éloignée de son ancien monde, et soutenue par cette étonnante connexion si directe avec leur terre.

— Des graines, dit la Femme au Panier, nous avons mangé beaucoup de graines. Linn avait un jour demandé ce qu'ils mangeaient à l'époque des yeux du ciel et du ciel sombre et opaque au travers duquel les Guetteurs eux-mêmes ne pouvaient y voir, en particulier lorsqu'ils arrivèrent sur les terrains de réserve des Labs et qu'ils s'y installèrent.

— Nous mangions des graines, nous les mangions séchées et finement moulues, nous en faisions des bouillies ou des petits gâteaux que nous cuisions dans les cendres du feu, dit son mari et tous les deux sourirent, et nous les faisions légèrement germer avant de faire tout cela, afin de tirer le maximum de ce que les plantes pouvaient nous offrir. Et pendant tout le temps de l'errance et des ciels gris, à une époque où les saisons étaient encore perturbées, les plantes produisaient de nombreuses graines.

Linn se souvint que les premiers chercheurs sur le changement climatique avaient découvert que les plantes réagissaient à même une subtile hausse de la température en produisant plus de pollen et de graines que d'habitude, et il acquiesça de la tête.

— Oui, les graines étaient alors abondantes, les plantes réagissant à leur façon à ces temps de turbulence. Nous mangions peu de viande des quatre pattes. La famille des grands animaux luttaient aussi pour survivre comme nous le faisions. Mais avec le surplus de graines, la famille des rongeurs, elle, prospéra. De même que certains insectes, les larves et les termites, et ils étaient bien plus faciles à attraper... Le mari de la Femme au Panier sourit de nouveau, mais c'était un sourire plus sombre et plus bref. Même si le Peuple avait survécu pendant ces années difficiles, cela n'avait pas été simple.

— Et les poissons, les poissons étaient aussi abondants, se reproduisant en plus grand nombre pour les mêmes raisons. Nous ne prenions seulement de la générosité sans borne de ces années que ce dont nous avions besoin, jusqu'à ce que le temps de la guérison ne rétablisse l'équilibre entre toutes les espèces. Et même encore maintenant, et particulièrement maintenant, nous en laissons toujours suffisamment pour ensemencer le futur, afin que les déséquilibres ne reviennent pas. Nous avons beaucoup appris de l'espèce des ours sur quoi manger, pas spécialement sur la diversité de leur nourriture car leur digestion est différente de la nôtre ! Mais sur les sortes de nourritures qu'ils recherchent en fonction des saisons, particulièrement les nourritures de leur disette printanière, les nourritures lorsque leur faim se réveille, les pousses, les premières fleurs et les bourgeons. Et puis les racines et les vers, les larves et les bulbes, les noisettes et les noix, les baies, les capitules floraux, la partie interne de l'écorce des arbres, et encore les bourgeons et les jeunes pousses, et…

— Mais pas le granite ! Jamais le granite ! Nos dents ne sont pas comme les leurs…

Et Linn se souvint de Miri et de leur première rencontre, quand elle lui expliqua que les dents des ours continuaient à grandir tout au long de leur vie. Il mit ce souvenir de côté et remarqua alors comment la Femme au Panier et son mari le regardaient avec une compréhension si douce et si bienveillante qu'il se sentit perdu. La Femme au Panier lui prit les mains avec tendresse et Linn revint. Oui décidément pas du granite, finit-il par sourire, reconnaissant d'être de retour.

— Nous recherchions pour l'eau les sources les moins contaminées, et nous buvions de l'eau de source à chaque fois que nous le pouvions.

— Nous avions la volonté de nous adapter. Nous préservions notre énergie, en faisant attention à nos mouvements. Nous avons appris ce qui était stratégique et ce qui ne l'était pas, ce qui demandait une énergie trop intense. Nous avons maintenu nos besoins et nos désirs au minimum, et nous avons trouvé là une grâce, peut-être un peu de cette grâce dans laquelle les peuples anciens vivaient, tellement en union avec la terre et avec la totalité du cercle de la vie.

Un autre jour, Linn interrogea les jeunes garçons. Les petits-fils de la Femme au Panier jouaient joyeusement à proximité de la chaleur persistante du feu matinal et Linn leur demanda l'histoire du Peuple, comment le Peuple en était arrivé à vivre de cette façon.

— Au début le ciel était très méchant, fit l'un deux. Il prit un air féroce et son frère gloussa. — Rempli avec des yeux en colère. Puis ils dessinèrent loin d'eux des formes invisibles avec leurs mains.

— Mais le grand poisson dans les eaux du ciel remua les eaux du ciel avec sa queue. Ils firent tous deux un mouvement énergique d'ondulation avec leur corps entier.

— Et il a fait partir les yeux en colère.

— Puis les gens ont mangé des graines.

— Et ils ont creusé pour les racines. Des mouvements de creusement vigoureux.

— Et les larves. Ils ont mangé beaucoup de larves. Ils firent de grands mouvements de mastication avec leur mâchoire, les yeux brillants en regardant Linn.

— Hmm, très bon ! firent-ils tous les deux, se tapotant leur ventre.

— Et puis l'ours.

— Non, l'ours est arrivé après.

— Puis l'autre poisson, dans les eaux ici, est venu…

— Pour nourrir le Peuple, dirent-ils à l'unisson.

— Et c'est comme ça que nous vivons ici, conclurent-ils, rayonnant. Une histoire complète de leur monde.

— Merci ! fit Linn, c'est une histoire magnifique. Une histoire très belle. Les garçons, aux anges, retournèrent à leurs jeux, faisant bouger des petites figurines d'animaux et d'oiseaux faites avec les pailles des corbeilles ou sculptées dans le bois et l'os. Murmurant et riant en faisant bouger leurs figurines, les élevant en l'air en paire, les animaux hochant mutuellement leur tête dans une conversation intense. Puis ils rassemblèrent toutes les figurines dans un cercle pour faire un conseil, avec une petite pile de brindilles au centre comme feu du Conseil. L'un des garçons agita une petite fronde en cèdre en guise de prière de bénédiction. Un parfait et charmant microcosme de leur monde, et de la dynamique du monde avec et au sein duquel ils grandissaient. Comme c'était maintenant le cas pour lui…

— Tu apprécies mes petits fils ? demanda la Femme au Panier. Elle regarda Linn et sourit.

— Oui, beaucoup, répondit Linn, et la Femme au Panier sembla se réjouir d'une façon secrète que Linn ne comprit pas, elle se demandait qui parmi les femmes disponibles des camps-villages pourrait être celle qui s'unirait avec ce grand étranger qui n'était pas si étrange après tout, et qui faisait clairement partie du cercle de la famille.

La journée avait été bien remplie à la hutte de la Femme au Panier et Linn était content de s'asseoir à côté des braises du feu et de laisser les énergies de toutes les allées et venues et de toutes les conversations s'écouler. Plus tard dans l'après-midi, lorsque tous les remue-ménages se furent apaisés, la Femme au Panier vint le rejoindre à côté des braises. Elle sourit, heureuse d'avoir un temps calme après avoir été prise par la dynamique énergique de sa famille.

— Et voilà, Celle qui Sait Tout, dit-elle en plaisantant avec affection, que voudrais-tu savoir aujourd'hui de la vaste étendue de ma connaissance, fit-elle en riant.

Linn sourit, heureux d'être inclus dans les gentilles plaisanteries familières qui semblaient être une marque d'appartenance véritable au Peuple, et heureux que ses questions aussi puissent trouver une place ici. Il l'interrogea au sujet des outils simples et des effets personnels.

— Nous avions très tôt décidé de ne pas adopter ce que certains appelaient la technologie verte, et au lieu de cela nous nous sommes concentrés sur la vie verte à l'ancienne, la vie authentique de la Terre, dit la Femme au Panier, toutes les choses que nous utilisons et avec lesquelles nous vivons aujourd'hui, nos vêtements, nos outils, toutes les choses du quotidien, toutes sont faites à partir de plantes, de peaux, de plumes ou d'os. Elle parcourut de ses mains la surface lisse de sa robe en peau de cerf et toucha la bordure de son châle en laine en lambeaux souples d'écorce de cèdre, et sembla pensive. — Peut-être un fin fragment de roche comme lame de couteau ou comme pointe de flèche, une pierre plus lourde grossièrement taillée sertie dans un manche en bois comme herminette, ou une pierre ronde qui tient juste dans la main comme marteau. Les pierres plus massives pour broyer les glands ou faire de la farine de pignons de pin sont laissées aux lieux où l'on en a besoin. Dans les temps reculés, les Anciens les laissaient à la vue de tous. Nous les maintenons cachés désormais, mais jamais très loin de là où nous les utilisons. Nous ne nous sommes pas débarrassés de tous les outils en métal d'un seul coup. Nous avions encore gardé pendant quelque temps des casseroles et des couteaux, des haches, des pelles, des scies, des cuillères et des fourchettes. Au début, nous avions aussi encore des vêtements faits de vêtements usinés, rit-elle allègrement, ils n'ont pas tenu aussi longtemps que les outils en métal ! Progressivement nous avons préféré adopter les vieilles méthodes et constater la sagesse de leur usage. Au cours des années d'errance, il était beaucoup plus facile de transporter quelques paniers et un manteau pouvant se plier en deux en guise de lit que tout l'attirail des packs de survie même les plus légers. Au début il sembla juste évident qu'il ne fallait pas avoir à porter beaucoup, qu'il fallait rester léger et flexible, avec des choses se réparant facilement ou étant facilement remplaçables avec des matériaux trouvables partout où nous étions. Nous avons appris à perfectionner nos savoir-faire. Aiii ! dit-elle en souriant, la fabrication de panier est plus difficile que ce que tu ne l'imagines ! Progressivement nous avons appris à aimer la sensation dans la main des choses plus naturelles… un bâtonnet en saule plutôt qu'une cuillère en métal… En nous adaptant de plus en plus, nous avons pu clairement nous rendre compte comment les objets eux-mêmes reflètent, guident et même facilitent les habitudes de perception et les façons de vivre qui sont de façon si évidente ici, implicites, encodées, incarnées dans même les plus simples des choses.

Linn réfléchit au processus nécessaire pour affiner et donner forme au métal pour fabriquer une cuillère, en comparaison avec le bâtonnet qu'il avait vu, bout de saule courbé dans une forme gracieuse alors qu'il est vert, le bas de la courbe étant sculpté par l'usage jusqu'à devenir un fin bord plat. La cuillère et le bâtonnet, chacun avec l'énergie de mondes séparés les uns des autres.

— Il fut de plus en plus facile de choisir. Nous connaissions le chemin pour rentrer à la maison. Particulièrement à l'époque des réfugiés, lorsque nous avons pris conscience de la difficulté qu'il y avait parfois à prendre de la distance avec les habitudes destructrices de l'Avant, les outils simples nous ont pris par la main, dit-elle en souriant, et nous ont aidé à opérer le changement. Chacun devenant d'abord une prière, puis une façon d'être, chacun étant un enseignant, un guide, un ami. Elle parcourut avec ses mains le rebord du panier à ses côtés d'une façon délicate et pleine d'appréciation. — Ils ont porté bien plus que de l'eau et de la farine de gland, ils ont porté l'espoir d'une nouvelle vie, d'une nouvelle façon d'être.

Linn fut impressionné par la diversité de ses réflexions, la Femme au Panier sembla remarquer son appréciation.

— Nous sommes un certain nombre ici parmi le Peuple, dit-elle doucement, qui avions été éduqués pour des mondes bien différents que celui que nous avons choisi ici. Certains d'entre nous firent très tôt le choix de changer et de vivre à l'ancienne comme une prière, avant que ces façons de faire simple ne deviennent la seule façon de vivre, avant qu'il ne soit plus possible de choisir pour les autres qui avaient attendu plus longtemps, avant qu'ils ne puissent plus s'enfuir... Elle contempla au-delà du feu, au-delà du cercle chaleureux de sa hutte, en un autre temps. — Avant qu'il n'y eût pour personne plus aucune possibilité de choisir, ajouta-t-elle simplement, exprimant avec la voix une grande tristesse derrière les mots. Elle toucha de nouveau le rebord du panier. — Les outils simples, les paniers, ce sont de bons amis. Des amis fidèles.

Cette nuit, alors sur le point de se laisser aller dans le sommeil enroulé chaudement dans son manteau de couchage dans la hutte de Gros Carl, Linn se souvint des vieux volumes de l'encyclopédie de son arrière-arrière-grand-père qui l'avaient fasciné lorsqu'il était enfant. Compilation d'un flux de connaissances et d'histoires soudainement arrêtée en 1952. Il pensa au Lab, le monde encapsulé d'un flux de temps différent, arrêté à un point arbitraire d'une façon assez similaire. Capsules de souvenirs, tous les deux, et mondes séparés. Pas besoin de les revivre ou de les revisiter, si ce n'est de ne pas répéter les erreurs que nous, notre civilisation tout entière, avons faites. Il s'émerveilla de la façon dont le Peuple était désormais le porteur de la connaissance vivante de l'expérience directe. Une connaissance de doigts habiles, de mains adroites. Paniers, berceaux, mocassins, pointes de flèches, manteau de couchage, bouillie de glands, planches à feu avec drille, cordes de toutes dimensions, animaux miniatures pour les jeux des enfants, et les outils dont ils avaient besoin au quotidien, tous provenant de ces mains au lieu de nombres et de lettres. Marche lente, pas attentifs, pressant la Terre si délicatement et avec tant d'amour. En harmonie avec leur terre, comme leur terre prenait soin d'eux. Réciproque. Réciprocité, l'opposé de la surveillance. À l'image de la grande famille généreuse de la Femme au Panier, le Peuple constituait un réseau vivant de confiance et d'ouverture sachant où chacun d'eux se trouve et comment il va, même à distance. La façon de communiquer, partageant volontairement pensées et émotions, de façon non intrusive, avec politesse et respect, naturel, non forcée. Il se demanda si les dauphins et les baleines étaient aussi comme cela. Il espéra que certains d'entre eux avaient pu survivre en continuant leur vie dans le refuge d'une mer profonde, nageant librement, les chants d'appel de leur espèce se diffusant de façon omnidirectionnelle à travers les profondeurs, recevant partout, sachant comment recevoir, se branchant discrètement uniquement sur les messages leur étant destinés. Ou alors est-ce que tous les messages, tous les chants, pas seulement ceux avec une certaine fréquence, étaient-ils destinés à être entendus par chacun ? Ou par tous ? Existaient-ils en définitive des secrets au sein de l'environnement sonore des profondeurs pour ceux qui avaient fait des profondeurs leur maison ? Le tout est un, comme toutes les molécules d'eau relient toutes les eaux en une seule eau, sous plusieurs formes. Toutes les communications ont en commun de ne pas avoir besoin d'être écoutées en cachette, tout l'inverse du Lab. Des yeux et des oreilles secrets cherchant des secrets qui veulent rester cachés, ou bien des secrets ouverts, librement partagés, tissant des réseaux de bienveillance et de respect. Une fois il avait entendu cette histoire d'un dauphin outragé lorsqu'un chercheur malicieux se battit avec un ami dans l'eau en faisant semblant d'avoir besoin d'aide. Le dauphin avait apparemment été perturbé que quelqu'un puisse faire semblant dans un monde composé de pures résonances et de pures réciprocités, du moins pour le dauphin. Les profondeurs aquatiques était la transparence ultime, un autre monde dont les primates humains ingénieux avaient abusé dans leur précipitation à se manquer de respect les uns envers les autres. Linn s'étonnait que la Terre, cette Grosse Mama, comme l'appelait Carl, veuille bien que nous restions encore dans les parages. Bon, elle n'avait jamais souhaité que quiconque reste dans les parages, mais juste que les gars veuillent bien vivre en harmonie avec elle…

Et il s'attrista une fois de plus de l'arrogance de son ancien monde, et fut submergé par la simple gratitude venant que le Peuple ait choisi une voie différente, et qu'il l'ait accueilli en celle-ci.

L'hiver était une période occupée pour Alehya dans la hutte des anciens, ceux qui connaissaient les plantes. Trois d'entre eux, assis à proximité des braises du feu de la journée dans un bassin de lumière douce venant du trou de fumée. Pilant des racines sur des petites pierres, nettoyant des graines, triant des feuilles de plantes séchées, les liant entre elles pour les utiliser plus tard, et fabriquant des infusions pour des affections variées. Tous connaissaient certaines herbes, comment les trouver et s'en servir au besoin, mais les anciens des plantes étaient allés plus loin dans la voie des plantes, et parfois les gens aimaient simplement leur demander quelques conseils. En retour, une gentillesse rassurante était autant un remède que l'étaient les herbes. Une maladie peut faire se sentir une personne seule disaient les anciens, parfois la meilleure des médecines est de se sentir appartenir de nouveau. Les plantes le savent, et c'est pourquoi elles sont contentes d'aider. *Pourquoi pas plus tard que l'autre jour, notre vieille amie, cette adorable Madrone, vous la connaissez, la grand-mère qui vient de passer devant la hutte du Vieil Oncle sur le sentier allant vers l'est... Juste hier, elle disait...* et ils racontaient une autre histoire ou un autre souvenir ou un autre chant venant de la sagesse des plantes.

Des soirées assis autour du feu, parfois jusqu'à des heures avancées dans la nuit, avec la douce lueur de la lumière du feu et le silence de l'hiver à l'extérieur. Parfois écoutant la pluie tambouriner ou la quiétude enveloppante de la neige en train de tomber, et se mélangeant à l'intérieur avec les doux crépitements du feu, les voix des anciens parlaient comme une seule voix, lui enseignant les contes et les chants de chaque plante, faisant circuler les histoires de main en main, comme un cordage tressé avec deux brins s'entremêlant, devenant une voix tressée ensemble. Ce soir elle les avait interrogés au sujet des ours, des remèdes des ours, des savoirs des ours. Les anciens avaient souri, *Oui, les ours…* Leurs voix douces, après des années passées avec les plantes, entre eux, si douces que leurs mots parlés aussi bien que le langage silencieux étaient comme des murmures dans son cœur. *Toutes les espèces ont leur propre savoir sur les plantes qui soignent leur espèce, mais certains, comme les ours, en savent plus. Les ours, eux, connaissent les remèdes, ils connaissent les plantes, ils goûtent tout, ils savent où se trouvent les meilleurs pieds, là où les plantes sont les plus tendres. Ils savent quand revenir lorsque les baies mûrissent. Ils apprennent, les ours âgés enseignent aux plus jeunes, les jeunes suivent les vieux, ils apprennent et se souviennent de ce qu'ils ont appris.* Tous les deux acquiescèrent avec un sourire d'approbation. *Ils remuent la terre, ils sèment les graines avec leurs excréments, de très nombreuses graines, de très nombreuses crottes !* Ils rirent, en envoyant d'un air complice l'image d'un gros tas de crottes d'ours à Alehya qui rit avec eux. Ils fertilisent les graines. *Ce sont de grands fertiliseurs, les ours ! Leur fumier est très fort.* Encore plus de rires venant de tous les trois. *Ils éparpillent les bulbes, les racines. Ce sont des bienfaiteurs pour les plantes, les ours, comme le Peuple.*

— Mais nous ne pouvons pas creuser aussi profond ! protesta Alehya en s'exclamant à haute voix et riant de nouveau.

Cette nuit, elle rêve qu'elle creuse le sol dans une terre arc-en-ciel, claire et brillante, rouge, bleue, verte, jaune, lavande pâle, et turquoise comme les rares pierres du ciel. De grands arbres rayonnent de leur tronc une lumière bleue translucide. Lueur de troncs d'arbres bleus, translucide, avec à l'intérieur de la lumière bleue. Partout de petites fleurs de lumières s'épanouissent. Il y a un animal ressemblant à un chat avec une crête de lumière bleue luisante. Le lendemain, elle dit à Tomah, *un jour je t'amènerai là-bas avec moi.* Elle sourit. Il sait pour toujours qu'il suivra ce sourire n'importe où.

L'ourse, pleine dans son sommeil hivernal, les oursons devenaient plus forts en son sein, tissant des corps de chair d'ours cellule après cellule. Leurs propres mers intérieures puisant leur nourriture à partir de la sienne, puisant leur nourriture de son vaste corps endormi, du flux de sa respiration se reflétant dans la pulsation de son sang. Elle les nourrit, les soutient dans leur croissance, eux flottent dans sa plénitude. Deux cycles lunaires, lune croissante puis décroissante, loin hors du sommeil obscur de sa grotte, puis les oursons émergèrent de la vastitude du corps de l'ourse au sein de la nouvelle gravité de leur monde. L'ourse, gargantuesque, énorme mère, les oursons si petits, si légers, aussi longs que la largeur de sa patte. Les yeux fermés, scellés, se frayent dans leur obscurité aveugle un chemin au travers de la forêt de sa fourrure, recherchant la chaleur de ses mamelles sans poils, ne connaissant que l'attrait pour cette chaleur, ne connaissant que sa découverte. Ils roucoulent, gloussent, ronronnent bruyamment pendant qu'ils allaitent. Ils tètent son lait riche et crémeux chaud de la chaleur de son corps qui les remplit de vie. Un lait riche de la sagesse et des souvenirs de leur espèce devenant de nouveau de la chair. Chair d'ours, os d'ours, si minuscules pour l'instant, gigantesques dans leur cœur comme des montagnes naissantes. Absence de peur, errance dans la vastitude, saisie du vif poisson d'argent lors de son bond. Chaque mémoire intacte, sûre. L'ourse roule doucement et leur offre ses mamelles, connaissance ancestrale des mères de son espèce, les soignant au besoin depuis les profondeurs au-delà du sommeil et du rêve, les frottant avec son museau pendant qu'ils allaitent, les nettoyant avec sa langue, toutes les substances réabsorbées dans ses profondeurs de mères, toute chair comme une seule chair, comme encore un seul corps, pour le moment.

Attirée vers la mère source d'une façon très similaire, Vit-Deux-Fois se trouve de nouveau sur le seuil dans son rêve. L'ourse, depuis l'intérieur de son immensité de mère, immenses montagnes et immense ciel, immenses mondes, sentant une nouvelle fois la présence de la femelle sur le seuil, vient à la rencontre de la femme qui se tient plus proche maintenant, mais elle ne sait toujours pas pourquoi, en tant qu'humaine, elle est attirée jusqu'ici sur le seuil des ours.

L'ourse cherche les yeux de la femme, proches et pourtant si distants.

Pourquoi, demande la femme, *pourquoi suis-je ici ?* Les yeux de la femme si clairs et ouverts et pourtant encore incapables de voir.

L'ourse soupire, on peut quand même essayer. *Certains*, commence-t-elle doucement et lentement, *peuvent se mouvoir entre les espèces…* Mais l'ourse sait que la femme ne se souviendra pas, pas encore, et elle lui dit plutôt, *tu n'es pas encore prête. Tu es plus proche, encore en recherche, les yeux fermés, mais tu as appris à faire confiance à la recherche elle-même. Attends un peu plus longtemps, attends et mûris, attends jusqu'à ce que tes yeux s'ouvrent d'eux-mêmes, ils te ramèneront vers moi. Et tu comprendras ce qui s'ouvre ici. Tu connaîtras le passage. Assure-toi de revenir,* l'ourse leva sa patte en guise de bénédiction, *assure-toi de revenir.*

Le matin du réveil, Vit-Deux-Fois raconta à Ta'le, *J'ai vu l'ourse, cette fois j'ai senti une ouverture, comme un tunnel sur le côté, comme celui que j'avais entraperçu dans mon long sommeil, ouvrant sur une vie complètement différente, sans les ombres et la lumière de celle d'avant… Celle-là, elle sent la terre, elle sent la mer, elle est bien antérieure à l'espèce humaine…* Elle le regarda d'un air émerveillé. *Il y a quelque chose que je suis, qui vient d'avant cette vie dans ce lieu dont je n'arrive pas à me souvenir… Plus sauvage, plus libre, scintillante, je la touche parfois puis elle se dérobe. Il n'y a pas d'ombre qui la tienne à distance, c'est quelque chose d'autre, comme un voile clair, je ne peux pas encore l'atteindre…*

Le moment venu, répondit Ta'le, *le moment venu, cela marche comme ça pour ce genre de chose. La grâce vient en son temps. C'est la seule chose dont je sois certain, et j'appris à attendre et à faire confiance. L'attente et la confiance permettent à ton cœur de grandir suffisamment pour que la grâce puisse y pénétrer. Peut-être que nous attendons, toi et moi, une grâce différente, ou peut-être est-ce la même, mais l'attente et la confiance sont identiques, une.* Il soupira et la regarda avec tendresse, impossible de contrôler même s'il le voulait, il ressentit de la gratitude pour ce temps qu'ils avaient à passer ensemble et que la grâce leur avait offert et leur permettait de vivre. *Et donc*, sourit-il, *est-ce que pour le moment petite ourse voudrait encore un peu de bouillie de glands ?*

Cèdre et armoise. Les herbes séchées de l'été étalées sur les charbons de l'hiver. Une colonne de lumière de lune descendait de la nuit extérieure de l'hiver par le trou de fumée. Une odeur bienfaisante se répandait dans la hutte en pierre et s'élevait en spirales langoureuses au travers de la large bande de lumière laiteuse. Les contemplatifs étaient rassemblés dans la hutte de Ta'le et Vit-Deux-Fois. La pleine lune dehors éclatait d'une lumière débordante. Les étoiles se retiraient, se dissolvant comme les prières de fumée dans la nuit chatoyante sans obscurité. Claire et tranquille, la force des montagnes, du temps et de la lumière de la lune, fusionnaient toutes en une bénédiction éphémère omniprésente.

"Nous sommes ici pour célébrer, commençons par le commencement…" initia une voix douce, plus sur le mode de la communication silencieuse qu'avec des mots dits à haute voix, des sons translucides et délicats comme le clair de lune et pour autant lumineux, débordant d'une lumière invisible. Les quatorze membres de la famille des contemplatifs en comptant Vit-Deux-Fois étaient réunis ici, le petit groupe remplissant la petite hutte d'une vaste tendresse semblable à la nuit de la montagne au-dehors.

Il y eut d'abord de nombreux rires de bon cœur, comme c'était la façon de faire des rassemblements dans les camps-villages du bas, se mêlant avec les petits bruits de l'installation de chacun se pressant les uns contre les autres, se heurtant les uns contre les autres. Maintenant réunis, ils se posèrent plus profondément au sein de la joie familière de la pratique qu'ils partageaient. Insondables comme les grandes racines d'une mer infinie, les profondeurs du calme et de la clarté réunis devenues plus manifestes, force des montagnes, ouverture du ciel, humides de la beauté et de la tendresse de leur émergence, cœurs tous un au sein d'une grâce primordiale.

"Au commencement..." dit la voix fluide comme la mer, d'autres voix se joignant à elle... des gens ne parlant que très rarement à voix haute mais avec des voix plus proches de la respiration que des mots, leurs mots plutôt porteurs d'images au travers de la communication silencieuse se superposant aux mots de la voix.

"Au commencement..." Plus de voix se joignirent, maintenant une voix faite de nombreux timbres semblables à des couleurs s'enroulant ensemble en un cercle de lumière d'arc-en-ciel, avec une tendresse aussi perçante pour elle que la raison de leur rassemblement.

"Nous sommes ici pour célébrer deux sur le chemin de devenir un..." Les mots, les voix, la lumière de la lune, les encens de plantes, les cœurs réunis en une unique intention, tout cela embrassé par la plénitude de la nuit de la montagne. "...l'union de cet homme Ta'le Tommo Agai Qui Attend la Pluie, notre frère depuis toutes ces années, avec cette femme Vit-Deux-Fois Dort-Comme-Un-Ours, notre sœur dans ce voyage du retour à la maison, pour honorer et célébrer leur réunion en tant qu'un. Nous racontons ces vieilles histoires, celles qui parlent à la vibration de l'origine au sein de chacun d'eux, les ramenant à la maison, comme elle nous ramène tous."

Au commencement, une histoire, un scintillement, au début un corps de lumière empli de lumière dont chaque partie est semblable à la totalité. Des parties sans séparation. Sauf dans l'illusion qui vient après. La première supercherie, le premier auto-mensonge : les parties sont plus grandes que le tout, elles n'en font plus partie. La chute hors du temps doux, cyclique, courbe, dans l'exil de l'histoire, dans l'avant et l'après, dans l'exil du présent. L'histoire, jamais la nôtre, certains d'entre nous racontent d'autres façons les histoires de cette appartenance. L'histoire, ce récit qui ne fait plus rêver, trop rigide, exilé des cercles du temps en mouvement, riches et fertiles des nombreuses graines et des nombreux yeux en devenir.

Première terre, premier ciel, pressés ensemble, sans horizon, jusqu'aux limites sans bord et sans fin de leur union. Pas d'horizon au cercle plat de la totalité pressée. Lourds nuages d'eau, air lourd qui attend. Terre et ciel s'écartent doucement. Une pluie fertile imprègne la brume humide de leur nostalgie. Un arc-en-ciel imprègne la promesse d'un retour.

Premier homme première femme errant sur l'eau plate imprégnant la terre brune en croissance, herbe brune de toundra, mousse brune maritime et lichen sous les pieds nus de la mer, fourrure colorée, frisant entre les orteils recourbés. Quatre pieds, en paires, marchent droit dans l'espace s'élargissant entre la terre et le ciel, marchent dans les pas l'un de l'autre de façon à ce qu'un espace de terre ciel ne se développe pas entre eux. La terre et le ciel se séparent à contre-cœur, leur désir : la pluie. La mer trempe la terre. Les premières larmes. La distance grandissant, teintée de bleu, c'est la première naissance de la première couleur, toutes les couleurs sont cachées au sein de la brume humide de l'air fertile, cachées dans la pluie du désir. La grande pluie s'intensifie et emplit l'espace grandissant entre la terre et le ciel. Premier homme première femme marchent droit dans la grande pluie. Premier vent errant, poussant, tirant, fouettant, étirant l'espace du désir, étirant la pluie du désir. Pluie soufflée par le vent, grand désir étiré, penché, tourbillonnant autour du premier homme et de la première femme dans leur errance. Le désir horizontal entre eux, premier homme première femme mains moites se serrant mutuellement, l'arc-en-ciel trempé de pluie promet qu'ils ne seront jamais séparés.

Vent humide, parfums de mer, air froid et fertile. Premier ours erre dans la même pluie imprégnant l'espace qui grandit entre la terre et le ciel. Son désir est omniprésent. Son désir pour l'air humide, pour la terre mouillée forte sous ses pieds, quatre pieds, en paires, de chaque côté, rencontrant la terre. Son désir pour le vent errant qui l'emplit. Son désir pour l'air lourd chargé d'eau. Fourrure ébouriffée par le vent. Son désir pour l'errance, son désir partout. Là où l'horizon s'étend avec le vent. Montagnes, forêts, horizons là où la terre est agitée. Parfums de mer. Chaleur de sommeil au chaud dans la fourrure, grotte sombre, long sommeil. Son désir pour tout cela. Et toujours le grand désir, dans la profondeur du long sommeil de sa grotte sombre. Premier rêve, au-delà du sommeil et du rêve, le premier souvenir, terre et ciel réunis de nouveau ensemble renonçant à la

329

distance nouvellement apparue entre eux, revenant à la totalité pressée à plat sans horizon. Omniprésent, comme le désir de l'ours, plein de possibles fertiles, souvenir de la grâce du premier arc-en-ciel humide apparu à la première naissance de la radiance.

Ils demeurèrent assis en silence pendant un moment après avoir raconté les histoires, puis les offrandes de présents et de bénédictions débutèrent. Il n'y avait pas de place pour se lever et les accueillir individuellement, ainsi les cadeaux et les bénédictions circulèrent dans la hutte bondée en passant d'un contemplatif à un autre jusqu'à Ta'le et Vit-Deux-Fois, rassemblant au passage des mains tendues et des bénédictions, ainsi que quelques plaisanteries taquines, une bénédiction en tant que telle. Les contemplatifs étaient étonnamment simples et libres les uns envers les autres. Ils partageaient la même gaieté que les gens des villages, simplement leur gaieté était enracinée dans la joie de leur pratique. Vit-Deux-Fois sentait qu'ils se donnaient au jeu d'être ensemble avec la même entièreté qu'ils se donnaient à leur pratique, avec une innocence sans entrave comme les enfants des villages, ou comme une volée de petits oiseaux, si gais, si légers, si rapides... Les enfants lui manquaient, ici les contemplatifs étaient peut-être les enfants, les enfants du cœur de la lumière, et pourtant si entièrement un avec le vaste silence et la solennité de l'autre versant du cœur de la montagne... Son cœur empli de joie jusqu'à déborder, Vit-Deux-Fois regarda Ta'le et pressa sa main, trop pleine pour des mots, pour plus que ce simple geste entre eux. Un moment si plein, leur lien de cœur avec leurs amis, leur famille, comme témoins. Elle aurait aimé que Mi'thal puisse être là, mais elle savait qu'elle l'était, qu'elle était là avec eux, en leur cœur. Elle et Ta'le avaient appelé Mi'thal pour l'inclure, et Vit-Deux-Fois était certaine qu'elle était proche.

La famille des contemplatifs s'assit de nouveau en silence dans une grande intériorité, le rivage vaste et lumineux de leur pratique. Vit-Deux-Fois se sentit attirée par leur énergie mélangée avec le même sentiment que lorsque Ta'le pratiquait dans l'alcôve. Elle demeura en cette vaste espace intérieur où ils vivaient également, traversée par des courants à la fois identiques et différents, tous coquillages de lumière reposant là, bercés par le clapotis des vagues lumineuses sur le rivage.

Une autre lune d'hiver vint et passa. Ciel limpide, neige brillante sous le soleil. Des jours gris de grosses pluies vinrent et passèrent aussi. Les jours se rallongeaient, d'abord lentement, puis plus vite à partir du moment où la jeune nouvelle année commençait à grandir.

De l'air lourd chargé d'eau fertile arriva de nouveau du sud, amenant de nouvelles neiges aux montagnes et plus bas, dans les vallées et les canyons, de fortes pluies. Les rivières et les ruisseaux furent remplis jusqu'à déborder. Eau boueuse remuant avec exubérance et grand bruit, moussant et tourbillonnant dans toutes les cataractes, eau circulant en minuscules ruisseaux dans les terres, creusant des canyons et des vallées miniatures sur son passage. Des protections furent placées au-dessus des trous de fumée afin de bloquer les pluies. Les feux furent éteints. La musique saisissante de la pluie forte même pendant le sommeil. Chacun dans le village accroupi dans sa hutte, terminant les paniers d'hiver et les tiges de flèches, fabriquant des cordes, réparant des filets, fabriquant des cadeaux. Travaillant silencieusement avec des mains qui avaient appris à travailler par elle-même dans l'ombre des intérieurs de huttes, encore plus sombres maintenant en ces jours de pluie avec des nuages denses et gris en suspension proches de la terre gorgée d'eau.

— Nous devons amener tous les animaux vers les terres sèches, dirent les enfants en prenant toutes leurs petites figurines d'animaux faites de paille, de bois et d'os, et les rassemblant dans le cercle de lumière brillant faiblement sur le sol de la hutte, la lumière du jour pluvieux filtrant à travers la couverture du trou de fumée. Et puis tous ensemble, les voix se chevauchant presque essoufflées, ils demandèrent aux anciens :

— Racontez-nous l'histoire de l'homme qui naviguait avec son gros bateau avec toutes les familles de quatre pattes...

— Celle de l'eau qui a recouvert toutes les terres...

— Et qu'il n'y avait que les poissons, la grande famille des poissons...

— Qui vivaient dans les profondeurs...

— Et qui remontèrent et virent le bateau...

— Et lorsqu'ils virent le bateau avec les animaux et l'homme, les poissons les menèrent vers la montagne...

— Et c'est ainsi que Premier Ours traversa les eaux à un autre endroit et vint à leur rencontre...

— Et ceux qui ont des ailes qui vivent dans le ciel...

— Vinrent aussi les rejoindre sur la montagne, et...

Les anciens rirent, les yeux brillant comme les yeux des enfants.

— Eh ! Eh ! Vous le faites déjà très bien de raconter les histoires. Vous n'avez pas besoin de moi. Vous êtes tous de grands conteurs de grandes histoires. Vous m'avez déjà raconté l'histoire !

— Non ! Non ! Nous voulons que tu nous la dises encore !

Et les anciens rirent :

— Très bien ! Et les enfants redevinrent silencieux et ceux qui travaillaient avec leurs mains dans l'ombre sourirent en silence et se mirent aussi à écouter. Puis un ancien commença avec une voix venant de loin, la voix des contes, devenant plus proche.

— Au commencement... et quel commencement me direz-vous ? L'ancien fit une pause de suspens pendant un temps en faisant un clin d'œil aux enfants déjà captivés, puis il continua. — Dans les temps du commencement, il y a très longtemps, dans les tous premiers temps du commencement, avant même qu'il n'y ait les montagnes, les océans ou le ciel bleu, lorsque tout n'était qu'étoiles et nuit, il y avait tant d'étoiles...

Et les enfants écoutèrent avec leur émerveillement coutumier, leurs yeux brillants à l'intérieur de la hutte sombre comme les étoiles de cette première nuit claire au sein de l'obscurité bleu-nuit d'avant le temps.

McPhearson marchait avec désinvolture le long du tunnel conduisant au dôme des mécaniciens. Il n'y était pas venu depuis un certain temps. Trop longtemps. Une visite plus que tardive. Il avait eu l'intention d'aller faire un point avec les équipes depuis le vol de Linn. Il ne pouvait plus le remettre à plus tard. Il se devait de trouver lui-même quelque chose, il était conscient que jusque-là, il n'avait pas été vraiment sûr de vouloir savoir, ne pouvant rien y faire même s'il avait su. Mais maintenant l'autre problème avait rendu cela impératif.

— Hé ! lui lança joyeusement Ken, ça fait longtemps que l'on ne t'a pas vu.

McPhearson fut pris au dépourvu par l'exubérance et la chaleur de son sourire large d'un kilomètre. Difficile de faire l'inspection de routine formelle qu'il avait soigneusement planifiée pour sa couverture aujourd'hui. Il n'allait pas travailler, pas avec ce grand sourire juste devant lui. Purée, que c'était bon de la voir. Il aurait dû venir plutôt. Il avait oublié ce à quoi l'air frais pouvait ressembler. Tout ce qu'il put faire fut de lui rendre un sourire penaud.

— Pour quelle urgence avons-nous le plaisir de ta visite après tout ce temps ? demanda-t-elle chaleureusement, je me disais que peut être tu nous avais oubliés. Mis à part toute cette paperasse, tous ces formulaires et ces demandes en trois exemplaires que tu continues à nous envoyer, on ne saura jamais, ajouta-t-elle en le titillant avec espièglerie.

Subtilité et subterfuge n'étaient de toute évidence pas ici une grande inquiétude. Le monde de vigilance dans lequel il vivait et travaillait au grand dôme était à des années lumières de cela. Pas étonnant que Kai ait voulu venir ici. Cela lui ferait du bien, de bien des manières. McPhearson regretta de ne pas pouvoir lui aussi y être affecté, mais même ainsi, le CESI avait le bras long…

— Je voulais juste vérifier où vont tous ces papiers que je t'envoie. J'ai entendu dire que vos missions en retard se sont empilées…

Ken était sur le point de défendre l'efficacité de ses équipes, mais il y eut une mise en garde dans le visage de McPhearson et elle attendit.

— Je pensais que tu pourrais avoir besoin d'un petit coup de main, dit-il avec un sourire malicieux.

— Plus on est de fous plus on rit, dit-elle d'une façon détendue, mais il y avait une question dans ses yeux. McPhearson remarqua avec satisfaction et soulagement qu'ici aussi finalement on devait faire avec subtilité, juste que cela se faisait différemment. Kai serait entre de bonnes mains.

Alors qu'il ne répondait pas à la question non verbalisée, elle ajouta :

— C'est toujours un plaisir de te voir parmi nous. Par quoi veux-tu commencer ? Elle fit de grands gestes montrant son poste de travail encombré avec les piles et les chariots de matériel dans des stades variés de désordre et de rangement. — Tes mains expérimentées nous seraient d'une grande aide.

— Pas moi, fit-il en secouant de la tête tout en souhaitant beaucoup que cela puisse être lui, les stages des cadets vont bientôt avoir lieu. J'ai reçu une requête de l'un des cadets. Il tira de sa poche un morceau de papier plié en faisant mine de rafraîchir sa mémoire. — Un certain Kai Brunner. McPhearson garda une voix neutre et routinière. Quelque chose pour lequel il était devenu très bon ces derniers temps. — Je voulais juste voir si tu pouvais l'employer, si tu penses que cela irait. Il perçut lorsqu'il mentionna le nom de Kai une lueur de chaleur dans ses yeux, mais elle la dissimula rapidement et se brancha sur son ton de voix, tous les deux neutres, à deux doigts de la formalité, un superviseur conversant avec un administrateur. Objectifs. Sérieux. Elle avait été forcée de réaliser l'importance des enjeux et avait accepté le jeu sans en connaître les détails.

Ken feignit de prendre un air pensif de réflexion et finit par dire :

— Certainement nous pourrons en faire quelque chose. Je l'ai rencontré brièvement il y a quelque temps. Il a apporté quelques équipements de formation pour réparation, fit-elle en montrant avec son bras la boutique encombrée, j'imagine qu'il doit avoir été impressionné ? Elle haussa les épaules et dit : — Va savoir, mais c'est sûr que nous avons besoin d'aide. Il y a plein de choses à faire ici.

— D'accord, je vais de l'avant et je donne un accord à sa requête.

— Il est bienvenu à bord.

— Bien, c'est réglé alors. Il replia le papier cérémonieusement et le remit dans sa poche. Alors qu'il rangeait le papier, elle dit avec une voix plus légère :

— Et au fait, tant que tu es ici, qu'est-ce que tu dirais de pousser autre chose ici que des requêtes et des ordres de missions pour changer ?

— Bien sûr, sourit-il, cela me fera de l'exercice.

Elle roula des yeux d'une façon théâtrale.

Maintenant qu'ils s'étaient débrouillés avec succès pour la requête de Kai et avaient gardé les implications plus dangereuses hors de vue, ils étaient tous les deux plus légers, replongeant facilement dans le mode taquinerie amicale dont McPhearson se souvint avec nostalgie qu'il était la norme ici.

— Tu peux commencer par ça. Elle lui désigna un chariot technique avec une pile de boîtes. — Tu ne voudrais pas m'aider un peu avec l'inventaire ? C'est tout à fait dans tes cordes.

— J'adorerai !

— Sois mon invité. Elle fit un mouvement de bras quelque peu invitant vers le chariot, comme si elle montrait la voie à un notable en visite. — J'ai quelques trucs à ranger dans le stock et prendre aussi d'autres choses. Elle fit une liste et la secoua avec enthousiasme en montrant le chemin. — Tu devrais voir dans tous les cas ce qu'il se passe ici de temps en temps. Epargne moi d'avoir à produire un de ces satanés rapports que tu me demandes, dit-elle en souriant, bordel, est-ce que tu lis des fois tous ces satanés trucs ?

— Pas un mot, fit-il en souriant à son tour, mais ils font bien sur mon bureau.

Elle rit et fit d'une façon théâtrale un autre 'allons bon' avec un geste de fausse exaspération. McPhearson appréciait sa liberté légère et sans poids. Et elle était aussi douée pour son travail, même meilleure que lui dans la résolution des problèmes. Personne meilleure qu'elle.

— Nous y sommes ! fit-elle avec emphase en ouvrant le sas d'un compartiment scellé.

— Hé, mais c'est cette célèbre boîte de Franklin ? La pièce blindée zéro onde que nous avons construite pour Franklin et son équipe ?

— Tout juste. Celle-ci. Nous l'utilisons comme zone spéciale de stockage maintenant. Jette un œil. Ils grimpèrent tous les deux à l'intérieur. Elle ferma la porte derrière eux et réenclencha le verrou. Puis elle se tourna vers lui : — Maintenant qu'est-ce qu'il se passe bon sang ?

— Le gamin, dit McPhearson, il est en danger. Je ne suis pas sûr exactement de quel type, mais j'ai un pressentiment. Nous devons le rapatrier ici dès que possible. Avec tout son entourage parti désormais, j'imagine que le CESI doit vraiment essayer de façonner son esprit. S'il ne rentre pas dans le moule avec leurs idées, je ne sais pas ce qu'ils vont faire de lui…

— Essaye de deviner !

— Ouais.

— Ne t'inquiète pas, nous prendrons bien soin de lui ici. Est-ce que tu peux l'affecter rapidement ici ?

— La semaine prochaine au plus tôt, je pense. C'est à ce moment que les stages commencent. Je pense qu'ils voudront plutôt le prendre sous leurs ailes, sous leurs, ah, yeux suspects et vigilants…dit-il en roulant des yeux, mais maintenant que Kai a fait la demande, pour une raison que j'ignore ils essayent encore de paraître bienveillants et accommodants.

— Ah ! fit-elle en inspirant d'une façon expressive, j'hallucine !

McPhearson eut un sourire d'approbation. C'était juste le type de tournure de phrase colorée qu'il aimait utiliser.

— Peut-être qu'ils ont simplement peur qu'une autre coïncidence familiale si tôt ne les démasque… C'est pourquoi j'ai pris la décision de venir ici, vérifier, euh, la charge de travail et tout, et ouvrir un dossier sur comment tu pourrais spécialement l'employer. J'ai entendu dire qu'il avait eu de très bons résultats en math. C'est un petit génie. Comme ses parents. Il baissa le regard pendant un instant, puis poursuivit : — Il apprend vite. Tu dois adapter ta demande spécialement en fonction de lui, de façon à ce qu'ils n'envoient pas ici un autre abruti, ou pire encore, cette sale petite fouine de Richard James.

— Voyons voir, nous avons un gros travail qui vient juste d'arriver, tu le connais, tu sais reconfigurer le système de gestion des cultures. Cela devrait être suffisamment crucial avec toutes les imprimantes 3D qui sont mortes pour de bon cette fois. Il y a beaucoup de chiffres, des calibrations très sensibles… C'est sûr que ses talents spécifiques nous seraient bien utiles. Cela me semble jouable.

— Super, maintenant, qu'est-il donc arrivé à Linn ?

Elle lui raconta ce qu'elle savait et ce qu'elle suspectait. Elle lui parla aussi de sa conversation avec Kai et comment cette sale petite fouine comme l'avait appelé McPhearson (bien que son habitude à elle était d'utiliser une insulte carrément plus grossière), s'était occupée des préparations finales de l'appareil et du remplacement de la batterie solaire envoyée par le CESI. McPhearson marmonna quelque chose d'incompréhensible à la mention du CESI, et ils restèrent tous deux silencieux un moment. Même dans la pièce blindée, difficile pour chacun d'eux d'exprimer l'évidence.

— C'est quand même drôle, finit-elle par dire, une autre chose étrange s'est produite ce même jour. Une sacrée chose… Et elle raconta à McPhearson l'histoire de l'ombre et du rapace qu'elle avait aperçu via la caméra de la rampe de lancement juste après que Linn eut décollé.

McPhe la fixa du regard et secoua sa tête.

— Oui je sais, pour moi aussi c'est dur à croire, dit-elle, je pensais au début que c'était l'ombre de l'aéronef, mais c'était vraiment une forme différente. J'ai remis le film en replay, ça paraissait fou et pourtant ça ressemblait vraiment à un oiseau… La caméra pointait vers le bas du sol. Le monde extérieur n'était qu'une fine bande de lumière brillante au sommet de l'écran. J'ai essayé d'expliquer ça aussi. Impossible de comprendre. Mais ce rapace m'a fait penser qu'il serait peut-être temps d'essayer de jeter un œil à l'extérieur. C'est pourquoi, fit-elle d'un air malicieux, j'ai un petit projet secret dans le sous-sol sous le dôme technique. Officiellement contrôler les canalisations. Il y a beaucoup de canalisations là-dessous… Ça va prendre un bon moment, fit-elle en souriant fièrement, toute la circuiterie en lien avec à peu près tout dans le dôme technique est juste en dessous. Il s'agit de travailler à la mise en place d'une commande prioritaire sur les mécanismes de verrouillage installés sur les trappes de secours des portes de la rampe de lancement lorsque le Lab a été scellé… Travailler sur les portes extérieures, notre fenêtre sur le monde… Travailler aussi sur quelques autres trucs. Nous devons pour commencer être capables de bloquer tous les capteurs dans les environs de la zone de décollage au moment où nous ouvrirons les trappes, et avec ça, nous avons trouvé, euh, le vieux nœud du problème pour toutes les données de surveillance. Tout ce flux passait par nous au début, tu te souviens ? Les données étaient alors le travail de l'équipe technique, s'assurant que les systèmes fonctionnaient bien et tout, ça c'était avant que ces bâtards du CESI ne récupèrent le truc pour eux. Eh bien, les circuits sont encore en place, juste court-circuités. On travaille pour cela sur un petit reroutage de notre cru. Tous les câbles sont encore présents, il n'y a même pas eu besoin de s'en servir pour autre chose... Ils n'imaginent pas que nous allons le faire maintenant. Elle sourit et ajouta : — je pense que c'est une bonne idée de trouver un moyen que les techs récupèrent l'ensemble de la chose, le moment sera venu, si le besoin s'en fait sentir...

McPhe souleva les sourcils, les yeux grands ouverts. Elle s'arrêta et le regarda.

— Non, je t'en prie, dit-il, s'il te plaît continue...

— Il faut aller lentement, on ne peut pas se permettre d'attirer l'attention. ça pourrait prendre encore trois mois, peut-être quatre, cela prend du temps de mettre en place les enregistrements en boucle qui seront vus par le CESI. Nous devons être très vigilants. Nous conservons ici et là des passages d'enregistrements de vie quotidienne habituelle pour les réutiliser plus tard... Et j'envoie toujours à chaque fois que je peux un ou deux gars là-bas en bas, dans les tubes comme on les appelle. Elle lui fit un large sourire. — Après tout, tu l'as bien autorisé, l'ordre de travail sur les canalisations, tu te souviens ? N'est-ce pas dis ?

— Oui j'hallucine, dit-il avec admiration, j'hallucine en effet... peut-être qu'il faudrait que je descende moi-même dans les tubes pour contrôler le travail, dit-il en plaisantant.

— Peut-être pas encore tout à fait le moment... Ce serait peut-être mieux que tu ne te montres que le jour où nous ouvrirons les trappes. Je pense que nous pouvons nous débrouiller pour ça...

McPhe s'était d'abord montré indulgent et sceptique et n'avait que peu parlé, souhaitant l'entendre s'exprimer. Peu importe les choses terribles qui se passaient à l'intérieur, et il s'en passait de pire en pire, l'image d'un possible rapace lui semblait encore une raison trop faible pour se mettre dans des problèmes si risqués. Elle s'était montrée directe avec lui, lui précisant bien comme l'image était granuleuse et floue, elle n'avait pas essayé d'enjoliver ou d'exagérer le truc. Elle était la meilleure pour semer le doute, très intelligente et très rigoureuse. Si elle avait une intuition, il se devait de l'écouter. Même si cela semblait farfelu, le choc que cela pourrait être, l'énormité de ce que cela voudrait dire s'il y avait encore de la vie à l'extérieur… Plus que tout, il espérait que ce qu'elle croyait était vrai. Il arrivait au bout de sa patience et de son énergie avec le Lab. Il eut le sentiment de comprendre pourquoi Linn avait tenté sa chance.

— Donc…dit-elle, en le regardant lutter avec tout cela.

— Bien sûr tu peux compter sur moi, finit-il par dire, et comment que tu peux compter sur moi, je ne manquerai ça pour rien au monde ! Quand bien même ce serait l'enfer ou le déluge, compte sur moi !

Elle éclata de rire.

— Tu n'arrêteras jamais de m'étonner, dit-elle.

— Toi aussi ma fille, toi aussi… répondit-il en secouant de nouveau sa tête et en souriant, puis il resta silencieux un instant, presque sombre. Il n'aimait pas casser l'ambiance, mais se souvenir de Linn l'avait remué et il sentait qu'il devait le dire. —S'il y a vraiment quelque chose dehors, alors Linn... S'il était encore en vie, tu penses qu'il aurait essayé de nous contacter jusqu'à aujourd'hui...

— Qu'est-ce qu'il aurait pu faire, cogner à la porte extérieure ? Casser une vitre ? Cette satanée coquille de plastique est inviolable, conçue pour résister à des impacts dans l'espace. Rien ne la traverse, pas même les sons, les couches sont comme des enceintes acoustiques. Pas même la lumière n'y pénètre, pas la vraie lumière, juste une transformation...

— Oui, tu as peut-être raison... Et son optimisme naturel revint. — Tout ce que nous savons c'est qu'il pourrait camper juste là sur le seuil de l'entrée attendant que l'on vienne lui ouvrir la porte. Et ça, ce serait la première raison pour essayer d'y jeter un œil...dit-il en souriant.

Des pluies intenses vinrent et passèrent. Ciel pur. Une courte averse pendant la nuit. Le grondement sourd du ruisseau en crue s'apaisant déjà un peu. Des bourgeons à la pointe des branches commençant tout juste à se développer. Linn avait trouvé un endroit relativement sec pour s'asseoir sous un cèdre, réchauffé par le soleil du matin perçant à travers les arbres. Il respira l'air frais et lavé de la pluie, luxuriant, en la présence des arbres tout autour de lui.

Il se souvint de l'absence de fenêtres au Lab. Pas d'horizons lointains, pas de témoins du monde extérieur, pas moyen de se raccrocher à un monde plus grand. Pas de terre accueillante dessous, ni de ciel au-dessus. Et malgré les autres détails de la simulation minutieusement organisée en vue de voyages spatiaux, rien n'avait été prévu pour pouvoir marcher dans l'espace, aucune combinaison spatiale. Errer parmi des arbres aurait quelque peu perturbé l'illusion d'être à la dérive dans l'espace. Et puis les arbres eux aussi étaient supposés avoir disparus, ajoutant une couche en plus à notre postulat de base, un mensonge dès le tout début. Il réfléchit à toutes les absences, les espaces vides, les trous nécessaires dans la mémoire collective pour maintenir un mensonge, la croyance à une fiction, et la raison pour laquelle toute expérience directe était en elle-même une si grande remise en question de l'intention de n'importe quel mensonge. Une menace. Déstabilisant tout le processus. Les hérétiques plus dangereux que les escrocs, il se souvint d'un essai essentiel lu dans un cours de philosophie il y a des années. Les hérétiques remettent en question le postulat de toute la partie, faisant souvent appel à une autre matrice de valeurs en remplacement, alors que les coutumiers de la fraude jouent toujours dans la partie, mais sont juste plus créatifs, plus 'habiles' avec les règles lorsqu'ils le peuvent.

Au Lab, la ligne de base était toujours de maintenir le mensonge. Il sentit de nouveau la nécessité urgente de démanteler le Lab, pour en finir avec le mensonge, pas simplement avec la simulation de voyages spatiaux, le postulat fondamental d'être séparés, la prétention d'être dans notre grande supériorité immunisés de la loi de causes à effets. Peut-être que cette prétention était aussi venue jusqu'à nous à sa façon. Si vous croyez suffisamment longtemps à un mensonge, plus rien n'est vrai. Si vous remettez tout en question, suspectant chaque chose, vous espérez désespérément avoir un aperçu de la vérité. Combien d'autres mensonges, au-delà des petits du quotidien, ceux nécessaires pour survivre dans le Lab, avait-il refusé de remettre en question, en privé ou ouvertement ? Parfois les mensonges les plus gros sont les plus difficiles à voir, ceux qui sont crus par la majorité des gens. C'est toute l'histoire de notre culture... les choix remontant il y a bien longtemps....

Il s'était souvent posé la question des raisons pour lesquelles les peintures murales dans les grottes s'étaient arrêtées si brutalement, remplacées par des motifs abstraits, comptant vraisemblablement des pierres. Est-ce que les Cro-Magnon rusés et brutaux avaient exterminé la plupart des peintres et avaient converti les quelques-uns qui avaient survécu ? Ne laissant que des traces ancestrales dans notre patrimoine génétique, une sympathie persistante, une grâce lyrique de participation avec le monde naturel. Une façon d'être qui devint complètement étrangère après un certain temps, si radicalement éloignée du monde technologique artificiel de nos plus terribles rêves à-venir. Une part de nous demeure encore dans les grottes dans un émerveillement admiratif. Le reste de nous aveugle et persistant dans le mensonge. Miri avait été pendant des années une défenseuse cachée de l'homme de Neandertal. Défenseuse de la cause. Suivant les débats universitaires et lisant les articles de recherches quand elle le pouvait. Après avoir à de nombreuses reprises re-daté et réattribué les peintures rupestres, ils avaient fini par les attribuer aux Néandertaliens. C'était tellement évident pour Miri bien avant cela. Si cela n'avait pas été les ours, Miri se serait passionnée pour l'homme de Neandertal, témoin fascinant de la grâce paléolithique. Ou alors pour les éléphants, ou les baleines. Une grâce gigantesque d'un autre type. Le lien entre tous : une intelligence différente de notre esprit et de ses saisies, de ses stratagèmes et de ses manipulations.

Il soupira. Qu'est-ce qui initie dans l'histoire des véritables processus de transformation, et quand et comment des interruptions authentiques déstabilisent des systèmes entiers, formant le noyau autour duquel un nouvel ordre et une nouvelle harmonie peuvent s'agréger ? Parfois pour le mieux, parfois pour le pire, cela dépend du point de vue. De celui de la périphérie, de l'étranger, du nouveau. De celui de Cro-Magnon la dernière fois. Cette fois les outsiders étaient des nouveaux différents, ou peut-être des anciens, le pendule revenant de l'autre côté ? Ou alors y avait-il un autre chemin, encore inconcevable pour lui ? Le Peuple faisait certainement une bonne tentative vers cela, particulièrement avec les générations les plus jeunes. Que se passerait-il si les fardeaux encore persistants de la vision globale du monde des Guetteurs étaient finalement et pour de bon éradiqués de la surface de la Terre. Quels effets cela aurait-il sur l'énergie collective... Quelque chose que les humains n'auraient pas ressenti depuis bien bien longtemps. Le fondamental. La radiance. Le point de l'origine de la lumière. Le point à partir duquel une nouvelle cohésion commence à se développer après le chaos d'un vieux système s'effondrant. La volonté de remettre en question les lois prédominantes de la gravitation, pour dessiner un autre sol sous les pieds, pour avoir le courage de suivre une gravité différente, plus ancienne, la gravité ancestrale du cœur. Attiré par le poids personnel d'un choix moral ou cellulaire, le courage de faire confiance à la chute libre sur la voie, qu'est-ce que le changement requiert ? Où est-ce que cela commence vraiment ?

Il s'assit en silence, laissant ses pensées se poser dans l'espace ouvert de la non-saisie. Il revenait toujours au même endroit, là où le cercle de ses pensées se refermait. Il était conduit par la joie de la découverte, s'élevant avec la hauteur, tout cela pour atterrir au même endroit, le même et différent à chaque fois. L'ouverture sans nom. La douceur de la lumière du matin sur ses mains. L'odeur de l'air après une nuit de pluie. Les branches de cèdres chargées d'eau oscillant dans un mouvement lent, pendulaire et fluide, comme des plantes aquatiques. La radiance était là. L'homme de Neandertal avait raison. Comment défaire trente ou quarante mille ans de tyrannies génétiques, comment entrer en contact avec notre autre mémoire collective afin de la laisser vivre de nouveau et grandir ? Le Peuple avait bien avancé sur ce chemin, lui avait encore beaucoup à rattraper. Ses pensées s'envolaient encore, à la recherche d'un autre aperçu de la vérité...

L'homme qui frappait sur le mur du dôme interdit le surplombant semblait ivre, et très en colère. La nuit froide était couverte de nuages d'altitude, mais la lune derrière les nuages était presque pleine et ceux qui étaient de surveillance cachés dans l'ombre des arbres à proximité purent distinguer clairement la silhouette de l'homme contre le mur pâle luisant à la lumière de la lune. Lorsque l'homme se tourna vers eux titubant, ils remarquèrent qu'il avait été aussi salement amoché, une lèvre enflée et ensanglantée, un œil gonflé. Puis il se retourna vers le mur en beuglant et en jetant des bouts de bois et des pierres vers l'imperméable et implacable coquille.

"Vous tas d'excréments ! hurla l'homme, ordures mange merde ! Pisseurs autoritaires ! Agents pathogènes paralysés et encapsulés !"

Ceux qui attendaient dans les arbres regardaient l'homme, déconcertés par sa guirlande d'insanités colorées. Ils comprirent certains de ses mots, mais la plupart leur étaient incompréhensibles, et certaines parties de son discours étaient inaudibles même s'il hurlait de toute sa force comme il était maintenant en train de le faire. Ils ne pouvaient pas imaginer que quelqu'un à l'intérieur de cet endroit étrange ne puisse l'entendre. Peut-être que cette personne pourrait comprendre le sens de ses mots. Ceux qui attendaient, s'emmitouflèrent un peu plus dans leur manteau pour faire face au froid et se regardèrent.

Qu'est-ce qu'on fait avec celui-là ? demanda l'homme le plus vieux. C'était sa première fois ici.

Je ne sais pas. Nous n'avons jamais vu quelqu'un comme lui, répondit le plus jeune. *Mais le Peuple s'est mis d'accord sur le fait que si les Taibo'oo les recrachent, ce ne sont plus des Taibo'oo, et qu'ils peuvent avoir besoin de notre aide. C'est la raison pour laquelle nous attendons ici quand nous le pouvons… Mais celui-là,* fit-il en montrant l'homme, *il semble très sauvage…*

C'est ceux qui sont à l'intérieur de cet endroit qui sont des Taibo'oo, ceux qui recrachent leurs propres gens à l'extérieur, dit l'autre jeune comme s'il essayait de se rassurer. *Pas celui-ci, pas celui-ci, il est…* Ils regardèrent tous en direction de l'homme bruyant faisant des allers et retours devant le mur tel un combattant cherchant à provoquer quelqu'un pour se battre avec lui.

"Vous misérables excréments ! s'écria l'homme en rugissant de nouveau l'homme, venez, venez, pustule virulente sur l'arrière-train d'un…." Sa voix dérailla. Ceux qui le regardaient ne découvriraient jamais à qui appartenait cet arrière-train car l'homme avait fini par épuiser tout son venin et son endurance, par épuiser sa colère brûlante.

Son corps devint froid, les os froids. Plus de chaleur comme combustible pour défier, plus de chaleur nulle part. Il titubait en faisant des cercles, donnant des coups de pied aveuglément dans le sol, marmonnant dans sa barbe. Il finit par s'effondrer comme un tas, bredouillant. Son cortège de jurons devenant de plus en plus faibles. Remarquant à peine les mains qui l'enveloppaient d'une douce fourrure, l'invitant à se lever, et avec quelqu'un de chaque côté, l'emmenant au loin.

Quand un des camps-villages voisin fit passer la nouvelle qu'une autre personne avait été recrachée du Lab 7 et "cette fois très en vie", Linn se précipita vers le messager, empli d'une vague d'émotions déferlant sans contrôle.

— Très très en vie, dit le garçon en souriant, tu verras. Il a déjà demandé de tes nouvelles. Il m'a dit de te dire si je te voyais que 'le sans peur est de retour.' Il a dit que tu comprendrais.

— McPhe ! s'écria Linn. En extase au-delà de ses espoirs les plus fous. Il n'arrivait pas à y croire. — McPhe ! Incroyable ! McPhe ! Le garçon fit un large sourire, satisfait d'avoir délivré le message avec exactitude et satisfait de voir le bonheur évident de Linn. — Quand ? demanda Linn avec empressement, comment ? Il y a combien de temps ?

— Il y a quelques jours. Les Tai.... les mangeurs d'âmes, ceux qui sucent les âmes de leur peuple avant de les recracher hors de la coquille, je pense qu'ils n'ont pas pu obtenir beaucoup de celui-ci… Aïe ! Ceux qui continuent à surveiller, ceux qui l'ont trouvé, ils ont dit qu'il a dû être mêlé à une grosse bagarre à l'intérieur, et qu'il a continué à se battre à l'extérieur pendant un moment... Il est un peu comme toi, n'est-ce pas ? Ils n'ont pas pu prendre ton âme avant de te recracher à l'extérieur. Le garçon regarda Linn avec admiration.

Linn sentit le sol sous lui décoller et en même temps s'enfoncer. McPhe était dehors, il était vivant, c'était tellement inattendu, imprévisible. Il aurait des nouvelles. Il allait bien. Il se souvient de moi. La douleur du manque qu'il ressentait en lien avec Miri le transperça soudainement encore plus. Malgré l'expression bien intentionnée du garçon parlant de la 'fuite' de Linn, expulsion et exil étaient des termes plus appropriés, et cette ombre était toujours présente. Les mangeurs d'âmes n'avaient pas exactement sucé l'âme de Linn, peut-être l'avaient-ils piégé d'une certaine façon à la fin, mais la partie d'âme qui comptait le plus pour lui avait déjà été volée lorsqu'ils avaient pris Miri et ses souvenirs. Amertume et douceur. Son esprit revint sur McPhe et son cœur se mit à battre fort de nouveau. Voir quelqu'un qui se souviendrait de lui, qui pourrait reconnecter toutes les parties de sa vie, McPhe était dehors ! Ils pourraient rire et plaisanter de nouveau. Il était vivant, il aurait des nouvelles, Linn pourrait le questionner au sujet de Kai, il pourrait... mille questions s'élevant, et il aurait un ami le connaissant déjà bien, quelqu'un avec qui les ponts auraient déjà été construits. Il ne s'était pas rendu compte combien il se sentait seul malgré l'amitié bienveillante et sincère du Peuple. Comme il se sentait seul d'être sans quelqu'un à qui il appartenait déjà.

— Dans combien de temps ? demanda Linn essoufflé, dans combien de temps est-ce que je peux le voir ?

— Bientôt, nous te l'amènerons très bientôt. Aussitôt qu'il aura récupéré de ses blessures, et de ses, euh, efforts. Ne t'inquiète pas, il va bien, dit-il pour rassurer Linn en lisant l'inquiétude sur son visage, les blessures sont vraiment légères, et il est très satisfait de la lutte qu'il leur a opposée. Il a juste besoin de retrouver ses repères pour faire le chemin. Tu vas le revoir très bientôt, répéta le garçon, ça va être difficile de vous maintenir séparés tous les deux je pense, et le garçon sourit, je dois retourner à mon village maintenant, est-ce que tu veux faire passer un message à ton ami ?

— Oui, fit Linn, émerveillé par la façon si simple et naturelle avec laquelle le garçon avait prononcé le mot *ton ami*. — Oui, je veux, dis-lui…il y avait tant à dire qu'il se trouvait sans mots, ne sachant pas par où commencer. — Dis-lui : bienvenue de retour, bienvenue sur la planète Terre.

Le garçon sourit.

— Tu peux compter sur moi, je le lui dirai, puis il s'en alla.

E R McPhearson luttait pour trouver ses repères dans ce nouveau monde soudainement apparu. Même si l'intuition de Ken qu'il pouvait y avoir autre chose que des rochers stériles à l'extérieur lui avait paru séduisante et avait soulevé des espoirs qu'il ne savait pas même avoir, il restait quand même sous le choc, au-delà même de la soudaineté de sa confrontation avec le CESI. Au moins cela ne s'était pas passé avec le comité au complet, et pas avec les pires d'entre eux. Au moins leur avait-il rendu coup pour coup, et peut-être plus, pensa-t-il avec un air de satisfaction. Il avait laissé là-bas quelques yeux au beurre noir. Il ne se savait pas capable de faire cela. Fichtre, comme aurait dit Ken. Il n'en pouvait plus, et lorsqu'ils essayèrent de le droguer avec leurs drogues de 'persuasion' il était devenu comme fou. Ils n'étaient pas habitués à ce que des personnes se débattent, et cela les prit un peu au dépourvu. Ils durent se mettre à trois pour le farcir dans ce foutu tube, donnant des coups de pied et hurlant tout du long, puis hop et il se retrouva dans un autre lieu. Un changement trop gros même pour les couches les plus manifestes de son armure. C'était un peu comme de se réveiller dans un rêve. Le monde tel que vous pensiez le connaître devenant irréel. Et Linn aussi était en vie. Dès que McPhe tiendrait de nouveau sur ses jambes, ses hôtes lui avaient dit qu'ils l'emmèneraient voir Linn. Il avait lui-même du mal à le croire. Bienvenue sur la planète Terre en effet. Pour le moment, tout ce qu'il pouvait faire était de se remettre et d'essayer de s'adapter. "Le moment venu" lui avaient dit ses hôtes. "Ce serait bien de voir ton ami là où il habite maintenant, cela te permettra de découvrir comment c'est, de se sentir de nouveau appartenir."

Cela l'amena de nouveau sur le sujet de ses noms. Comment pourrait-il s'appeler ici ? Quelle type de personnalité cela désignerait-il ? Malgré l'état d'ébriété provoquée par la petite quantité de drogue que les voyous du CESI étaient parvenus à lui administrer la nuit où ils l'avaient recraché, il se sentait encore sur une ligne cohérente en tant qu'individu, c'est juste que tout autour de lui avait changé. Comme lorsqu'on est dans un train à grande vitesse, on reste le même avec de nouveaux mondes défilant à l'extérieur. Il se sentait encore lui-même et plus qu'un peu fier de la bagarre qu'il avait déclenchée. Les villageois aussi, au moins les jeunes hommes. La rumeur semblait s'être répandue. Il espérait qu'ils n'attendent pas de lui de manifester une autre fois une telle prouesse, ni bientôt ni jamais… Ce dont il avait vraiment besoin était de trouver sa place et de s'adapter dans son nouveau monde. Et pour une raison, il restait attaché à son nom comme faisant partie du processus de transition.

Comment pourrait-il s'appeler ici. Comment répondre à la question amicale mais perturbante de tout le monde, comment vous appelez-vous ?

Il avait le sentiment que le Peuple ne considérait pas les noms de la même façon que dans le Lab, que pour eux les noms venaient de comment vous étiez, plus que d'un individu ayant besoin de se présenter. Mais il ne parvenait pas à se débarrasser du besoin de décider d'une certaine façon qui être. Il avait besoin d'un point de repère autour duquel s'orienter. Il réfléchit à ses prénoms. Pour lui, Ed avait toujours été quelqu'un d'autre. Ray aussi était quelqu'un d'autre. Il n'arrivait pas à se relier à l'un ou l'autre de ces deux prénoms. Edgar ? Edward ? Il y eut au moins un célèbre Edward dans l'histoire, et un qu'il admirait, un homme de principes, courageux, clairvoyant, mais Mc Phearson ne pourrait jamais se considérer à sa hauteur. Edwin ? Edmonton ? Bien tenté. Raymond ? Rigel ? Regulus ? Il aimait bien les deux derniers, spécialement en lien avec le ciel nocturne. Ses prénoms un mystère. Sujet périodique pour les parieurs, saison ouverte pour deviner l'hypothèse la plus probable. Ça c'était dans le bon vieux temps avant que le CESI ne prenne le contrôle. Plus si souvent dans les dernières années. La principale stratégie consistait à trouver le prénom qu'il voudrait le moins avoir. Il n'avait jamais dévoilé ses vrais prénoms même alors. À chaque fois, ils devaient tirer le gagnant à la loterie, et il recevait pendant un moment des messages hilarants adressés à ses noms de plumes nouvellement décrétés, riant de lui-même, malmenant délibérément les mots.

Il considéra ses autres possibilités. Pour lui il avait toujours été McPhearson. Il ne savait pas pourquoi. Cela lui allait d'une certaine façon. Parfois il était McPhe, prononcé avec un long *e* comme dans le pronom *the* en anglais lorsque celui-ci est placé devant un mot commençant par une voyelle, ainsi que lui avait expliqué une fois un ami spécialiste de l'anglais avec une fausse sévérité, tout heureux de découvrir la 'règle de McPhearson'. Il n'y avait plus beaucoup à cette époque de territoires vierges dans la grammaire anglaise et dans la linguistique, pas jusqu'à ce qu'ils commencent à analyser et à codifier les historiques informels des abréviations du langage technique, des textos et du méta langage. McPhe. Cela ressemble à *McPhee*, avec le *e* prononcé comme *tea/tree/si/key*, comme dans *be free and McPhe*, comme dans *McPhe in 3-D*, comme dans *me and McPhe*. Il en avait reçu des milliers autant que de noms. McPhe était né du dessin rapide de sa signature décontractée, et aussi de l'affection de ses amis à son égard. Il y avait si longtemps, il ne s'en souvenait même plus. Cela avait toujours été comme ça. Comme Ken, cela avait toujours été son nom aussi. Pour certaines personnes c'était comme ça. Il avait dû s'y faire. Il ne s'était jamais posé la question.

Qui serait-il ici ? Trop tôt pour avoir un nom amical, mais probablement encore McPhe. Bien que sonnant décontracté pour lui après toutes ces années, est-ce que McPhearson sonnerait formel ici ? Bien qu'il ait rencontré un certain Daniel l'autre jour. Le nom McPhe portait en lui toute une histoire, une communauté. Maintenant c'était une nouvelle vie, de nouvelles personnes, une nouvelle époque. Cela pourrait être gênant de présupposer trop vite l'usage d'un nom amical. Malgré le soulagement d'être hors du Lab, il se sentait encore désorienté, difficile de dissiper l'ombre du souci de soi qui avait été tellement nécessaire là-bas. Les problèmes en cascade qu'il avait eu avec le CESI l'avaient particulièrement épuisé. Il ressentait sa vieille tendance à la timidité venant de ses jeunes années, se mettant sur le devant de la scène pour dépasser son schéma protecteur. Être différent, et pourtant toujours poisson hors de l'eau. Mais ces gens ici, le Peuple, paisible et attentionné dans sa présence sur ces terres, ils aimaient sourire, ils aimaient rire, c'est sûr. Tout particulièrement les enfants. Il sourit de se surprendre à réfléchir ainsi, il se souvint qu'il n'y avait pas de capteurs ici, et il commença à s'autoriser à vraiment rire pour la première fois depuis de longues années, son éclat de rire le parcourut avec hilarité, exubérance, l'essorant de l'intérieur, dansant en cercle, agitant ses bras, riant avec les arbres tout autour de lui, riant avec le ciel immense au-dessus de sa tête. Le poisson hors de l'eau avait enfin retrouvé la mer. *Be free and McPhe.*

"... et puis il y a les chefs de ces voyous du CESI, Kerac et Hammond, qui font les six de ce 'Comité', dit McPhe en insistant avec dérision sur le mot, ces deux sont des salauds de fils de pute. Avec les autres de la garde intérieure. Tous." Il les avait comptés sur ses doigts. Il ouvrit et referma ses mains deux fois, les paumes ouvertes avec les doigts bien écartés, et regarda Mike et Linn. Linn avait bien reconnu les noms. Mike se concentrait pour essayer de comprendre de nouveaux détails sur le fonctionnement tordu du Lab 7. Chaque Lab était construit d'une façon similaire, il n'avait ainsi pas eu de problème à imaginer le cadre, mais le personnel était très différent, et il s'efforçait de se souvenir correctement des noms et des événements. McPhe poursuivit : "Je ne sais pas ce qu'il se passerait avec ces deux crétins si l'on s'oppose à eux, mais s'ils sentent que leur ordre est en train d'être menacé, je ne leur ferais pas plus confiance que ce qu'un bâton peut-être secoué".

McPhe adorait les expressions familières. Il les collectionnait. Il avait une bonne mémoire et éprouvait un malin plaisir à délibérément mal les employer, le plus obscur et mal approprié le mieux. Et tout particulièrement ceux qui n'étaient plus en usage dans le monde du Lab avec plus aucune référence pour les expliquer. Coloré et tripant ? les deux à la fois. Il aimait les sortir dans des conversations obtuses dans le Lab et voir les neurones chauffer. Comme cette expression de 'secouer un bâton'. À l'extérieur dans le vrai monde, beaucoup de ces expressions idiomatiques n'étaient plus si farfelues. Il y avait beaucoup de bâtons ici aussi, et l'éventualité de se battre devenait plus réel dans le cas où ils mettraient leur plan à exécution, et les bâtons seraient tout ce qu'ils auraient à agiter. Préoccupant. Les yeux de Linn avait d'abord souri face à l'intelligence de son vieil ami, et Mike avait très vite compris, mais ils restaient maintenant silencieux, réfléchissant à l'état des lieux qu'avait fait McPhe au sujet de l'équipe du CESI.

Puis Mike prit la parole.

— Bon, espérons que ça se passera au mieux.

— Et prévoyons le pire, dirent allègrement Linn et McPhe à l'unisson. Et tous les trois se mirent à rire.

Linn et McPhe venaient déjà de passer plusieurs jours à se mettre à niveau de leurs histoires réciproques, discutant jusqu'à tard dans la nuit. McPhe restait avec Linn dans la hutte partagée avec Gros Carl, et la première nuit Linn avait essayé de s'excuser auprès de Gros Carl pour l'avoir empêché de dormir, mais Gros Carl avait souri affectueusement en lui faisant signe de s'éloigner. "Bon sang non, avait-il dit, j'aime cette lueur. C'est bon de voir de vieux amis réunis. C'est précieux dans notre monde.

Parlez jusqu'à ce que votre cœur en soit satisfait. N'oubliez juste pas de couvrir le feu", dit-il en se retournant, s'enfouissant dans sa robe de couchage en faisant bruyamment semblant de s'endormir.

Et ainsi ils parlèrent, parlèrent, jusqu'à ce que leur cœur fût comblé. Aussi comblé qu'il n'avait pas été depuis longtemps pour chacun d'eux. McPhe et Linn repassèrent en revue plusieurs fois les préparations du vol avant le décollage. La première fois que Linn en vint à parler de Richard James, McPhe grommela : "j'ai jamais aimé cette petite fouine. Nous lui avons botté les fesses comme on dit, et il est revenu à son travail de surveillance des enregistrements au QG du CESI comme ils l'appellent maintenant, dit-il roulant des yeux, et Ken fera le maximum pour éviter qu'il ne repointe le bout de son petit nez dans la zone des techs. Surtout maintenant qu'elle doit veiller sur Kai." Il sourit.

Ce fut la plus grande et la meilleure des nouvelles. Le stage de Kai avait été approuvé et il était en sécurité sous les ailes de Ken. "Ce qui me fait penser que…" et McPhe parla à Linn de l'ombre du rapace que Ken pensait avoir vu juste après le décollage de Linn.

Linn resta pensif pendant un instant, puis il dit : "Il me semblait aussi avoir entendu un cri de rapace, juste après que l'appareil avait été en l'air. Effectivement j'ai bien entendu des rapaces criant pendant le vol… les yeux de la terre j'imagine."

McPhe regarda Linn et remarqua un changement en lui, même si Linn le niait affirmant qu'il n'était encore qu'un étranger mal à l'aise au sein du Peuple, ce qu'il était peut-être d'une certaine façon. Sa façon de parler, sa voix plus douce la plupart du temps, ce qu'il disait et les perceptions qu'il partageait étaient différentes, subtilement teintées par sa vie ici. Linn continuait à dire à McPhe que cela devenait de plus en plus facile sans y croire lui-même tout à fait, mais sa manière plus que ses mots avaient convaincu McPhe que c'était vrai.

Et Miri, ça c'était un sujet sensible. McPhe ne pouvait pas imaginer ce qu'avait enduré Linn, ce qu'il endurait encore. Il se sentait impuissant à ne pas pouvoir aider son ami.

— Pas même Kai ? demanda-t-il incrédule, elle ne se souvient pas non plus de lui ?

— Non, enfin je ne crois pas. Le Peuple dit qu'elle ne s'est jamais souvenu de rien.

— Ces salauds de fils de pute... réagit McPhe, puis prenant conscience comme cela devait être difficile pour Linn de tenir ses sentiments à distance, il regretta son impulsivité et d'avoir posé la question au sujet de Kai. — Je suis désolé, dit-il, désolé que tout cela se soit passé ainsi, je suis vraiment désolé, et avec une reconnaissance nébuleuse de juste à peu près tout, il ajouta : — Ça doit être dur mon gars. Ça doit être vraiment dur.

— Ouais, fit Linn regardant de nouveau dans le vague pendant un instant, cette fois avec des larmes dans les yeux. Puis il regarda encore McPhe. Les larmes étaient encore là mais il souriait aussi en même temps. — Je suis content que tu sois ici, dit-il chaleureusement en faisant une accolade à McPhe, le prenant par surprise. Linn lui fit un petit sourire — Pas de capteurs ici mon pote, nous sommes libres. Maison, maison en vue.

Et maintenant la réflexion sur le plan de sauvetage du Lab battait son plein. La visite de McPhe avait amené un souffle d'air frais et de clarté. Mike était venu de son village juste pour dire bonjour après le long hiver et avait été agréablement surpris d'y trouver McPhe. Après les présentations et les échanges de nouvelles entre les trois, ils passèrent aux choses sérieuses.

— McPhe ? Hé mon pote, tu es encore là ? demanda Linn. McPhe sourit d'un air penaud.

— Je fais une cueillette de laine, répondit-il et ajouta lorsque Mike et Linn grommelèrent, bon okay, oubliez ! Oui je suis ici ! bien ici ! Partout dans la place…

Ils étaient tous d'humeur joyeuse et joueuse du simple fait d'être ensemble, de simplement se sentir à l'aise. Quelque part, le côté quelque peu déjanté et non conventionnel de McPhe aidait à alléger un peu l'énergie du Lab que Linn avait ressentie avec Mike lorsqu'ils s'étaient rencontrés au début, peut-être parce que Linn et McPhe se connaissaient depuis si longtemps que leur familiarité était contagieuse, et Mike était un bon gars avec un bon cœur. Il était aussi d'un naturel détendu et amical, et maintenant que cela se manifestait, il s'y intégrait parfaitement bien. Il était difficile pour chacun d'entre eux de ne pas se sentir optimiste. Ils en venaient naturellement à parler de la libération du Lab 7, un sujet jamais vraiment loin pour Linn, et qui devenait maintenant de plus en plus présent dans l'esprit de McPhe.

McPhe raconta toute l'histoire dont Ken lui avait parlé concernant son idée d'ouvrir les trappes et son projet dans les sous-sols ainsi que les données de remplacement pour la surveillance du CESI. Mike et Linn en furent tous les deux impressionnés.

— Tout ça pour l'ombre d'un éventuel rapace, dit Mike avec admiration, elle règle vraiment tous les problèmes, elle pourrait sans aucun doute tirer une flèche dans l'obscurité et pourtant toucher la cible. Pas étonnant que votre Lab soit encore à flot avec des personnes comme elle à bord, dit-il presque nostalgique.

— Une bénédiction et une malédiction je crois, dit Linn, essayer de garder en vie un cheval mort pendant si longtemps, les zombies ont tendance à devenir un peu crispant à la longue…

Ils restèrent silencieux pendant un moment.

— Okay, reprenons du début, commençons par le commencement, finit par dire Mike, ils essayent de s'échapper, nous voulons les aider, faisons-leur savoir que l'on est ici. Faisons-leur savoir que le Peuple est ici, que la Terre est ici. Comment pouvons-nous la contacter, Ken, c'est Ken c'est ça ? Comment pouvons-nous la contacter elle et son équipe à l'intérieur ?

— Bon, pour commencer on pourrait frapper sur le mur ! dit McPhe en étant accueilli par la joie générale.

— Allez, c'est bon maintenant, soyons sérieux…

— Non, c'est pas une blague, reprit McPhe, Ken avait une fois raconté que les codes la fascinaient lorsqu'elle était enfant. Non, bien sûr que je sais que l'on ne peut pas taper sur le mur synthétique mais si nous pouvions trouver une autre façon de transmettre le son dans le Lab, si seulement nous pouvions...

Il fit une pause emphatique. Linn esquissa un sourire et dit :

— Tu as une idée j'imagine ?

— Eh bien, répondit McPhe avec le geste posé d'un magicien de spectacle, Ken peut envoyer des gens en bas dans le sous-sol aussi souvent qu'elle le veut. Toutes les canalisations y circulent. Et l'une de ces canalisations... Il s'arrêta de nouveau pour faire un effet.

— Et c'est là qu'intervient le lapin, murmura Linn à Mike.

— ....mène à l'extérieur ! s'exclama McPhe triompheusement, la ventilation de secours ! Une des concessions pour notre éventuel bien être, au cas où tout le système d'aération tomberait en panne. En théorie. Scellé comme les trappes. Peu de gens le savent. Juste quelques-uns d'entre nous parmi les techniciens. Je ne pense pas que Ken imagine l'ouvrir, trop petite pour ramper à l'intérieur, pas moyen de jeter un œil à l'extérieur, mais elle ressort au-dessus du sol quelque part dans le bois à proximité. Si nous pouvions la trouver, nous pourrions taper dessus. Taper pendant un moment, à différents moments de la journée. Tôt ou tard, quelqu'un sera en bas dans les canalisations au moment où nous le faisons, et ils nous entendront. Voilà ! Pour commencer, je ne crois pas qu'il y ait beaucoup de capteurs de surveillance dans le sous-sol, et je suis sûr que Ken et son équipe ont, disons, fait les ajustements nécessaires pour ceux qui pourraient éventuellement s'y trouver, et donc aucune chance d'être entendu par des oreilles indiscrètes. Nous utiliserons quelque chose de basique comme le morse, cela ne pourra pas être pris pour un son naturel, comme une branche d'arbre avec le vent ou quelque chose du genre.

— Oui, mais ne croient-ils pas tous que l'extérieur n'est que rochers stériles, mondes spatiaux extraterrestres, royaume des fées, ou un truc comme ça ? demanda Mike.

— Pas Ken, répondit McPhe, elle a déjà l'intuition qu'il y a plus à l'extérieur que ceux qu'ils n'imaginent. Elle ne sera pas trop surprise je pense si nous essayons de la contacter de l'extérieur. Peut-être choquée, de prime abord, d'avoir son intuition ainsi confirmée, mais elle sait réfléchir. Elle saura bien se débrouiller avec tout ça. Nous avons une excellente alliée à l'intérieur si nous pouvons lui faire parvenir un message.

— Comment va-t-elle communiquer au sujet de tout cela avec les autres ? Je pensais que tout le reste du lieu était connecté avec une surveillance 24/7. Elle ne peut pas faire descendre tout le monde en bas.

— Ah ! s'écrièrent Linn et McPhe tous les deux d'une façon théâtrale. Linn fit une petite révérence pour faire pompeusement signe à McPhe d'y aller.

— À toi l'honneur !

— La boîte de Franklin, répondit mystérieusement McPhe, non pas le Vieux Ben, dit-il en riant, Docteur Alvina Franklin, une femme de notre projet. Elle et son équipe faisaient des tests de variations subtiles dans les énergies électromagnétiques, et elle avait besoin d'un endroit complètement neutre pour étalonner ses appareils de mesure. Nous lui avons ainsi construit une pièce blindée dans le sous-sol sous le dôme des chercheurs. Je me souviens qu'elle était plutôt, disons, particulière et précise sur comment elle voulait que cela soit construit. Nous avons construit des murs multicouches afin qu'aucune transmission ne puisse y entrer ou en sortir. Puis nous avons dû la déplacer jusqu'au dôme des mécaniciens lorsqu'ils n'en ont plus eu l'utilité. Cela a été un sacré travail. ça passait à peine à travers les tunnels. On a dû la faire glisser sur des roulettes, une brillante idée trouvée par certains pharaons égyptiens. Il fit un sourire à Linn. — Il a fallu travailler d'arrache-pied. ça a pris du temps. Ken l'utilise pour stocker du matériel électronique sensible, et pour penser à haute voix lorsqu'elle ne veut pas être écoutée, elle dit qu'elle va faire l'inventaire. Deux personnes peuvent y tenir en même temps. Une fois qu'elle aura reçu le message il n'y aura pas de soucis pour organiser les techniciens. Les inventaires sont une routine coutumière. Tous les habitués de la zone mécanique viendront volontairement à bord. Ils en ont aussi ras-le-bol. Une fois que toute l'équipage sera organisé, Ken se débrouillera pour emmener vers le dôme technique tous ceux parmi les autres personnes qui voudront sortir, si elle sait que nous sommes là. C'est notre plus gros problème. Pour le moment elle travaille à l'ouverture des trappes juste pour jeter un œil, insista-t-il, il nous faut la contacter avant qu'elle ne le fasse, il faut que nous soyons sûrs qu'elle sait que nous sommes ici, que le Peuple est ici. Elle doit commencer à penser plus grand. Combien d'autres peut-elle faire sortir ? Une fois qu'elle aura craqué les trappes, nous n'aurons qu'une seule opportunité. Lorsque le CESI s'en sera aperçu l'enfer va se déchaîner. Ils ne voudront pas laisser quiconque partir. Ils, euh, voudront garder le contrôle. Nous n'aurons qu'une seule opportunité.

— Dans combien de temps penses-tu que Ken sera prête ?

— Elle a dit d'ici trois ou quatre mois. C'était il y a un mois. Je dirais que nous avons deux mois minimum, trois si on a de la chance. Une fois le contact établi, elle pourra commencer à prévenir ceux qui voudraient partir. Genre en convoquant une réunion de coordination d'équipes de volontaires. Ce sera peut-être la partie la plus difficile, mais elle a plein de ressources. Vigilante et rigoureuse aussi. Les autres… Eh bien, il y en aura forcément quelques-uns qu'elle ne pourra pas prévenir. Je ne vois pas comment elle pourrait faire pour toucher tout le monde, ça serait très difficile…

— Oui.

— On n'est même pas sûrs qu'ils voudront partir…

— Je sais, je sais… Linn était frustré. Ils voudront partir. Ils le voudront. Il le savait. Ils voudraient tous partir s'ils savaient. C'était clair, simple, *si seulement ils savaient…*

la frustration de toute une vie. Il réalisa avec tristesse que McPhe et Mike avaient raison. Il fallait se concentrer sur ceux que Ken pourrait prévenir et qui seraient partant pour prendre le risque.

— Okay, mais nous devons trouver une façon de lui envoyer des messages plus sophistiqués.

— Et pourquoi pas un message dans une bouteille ? demanda McPhe l'air sérieux, dans l'un des conduits pour les déchets.

— Il n'y en a pas.

— Enfin, techniquement si, en tout cas pas en fonctionnement, mais ils ont construit le Lab comme une réplique exacte sur terre des grands vaisseaux spatiaux, en particulier à l'intérieur. Tout est identique sauf qu'il n'y a pas d'apesanteur. Ils ont ainsi construit des conduits pour les déchets puis les ont scellés aux deux extrémités, vous savez un peu comme les tuyaux à lait de l'ancien temps...

— Les quoi ? Ni Mike ni Linn n'avaient entendu parler de cela.

— Ils ont dû s'échapper de l'encyclopédie, dit Linn avec une expression un peu pince sans rire.

— Vous n'êtes pas antiquaires, dit McPhe en souriant d'un air moqueur, parfois il y a des vieilleries utiles enfouies dans nos greniers collectifs.

Les deux autres roulèrent des yeux en haussant les épaules.

— Allez c'est bon les gars, soyons sérieux un peu.

— De toute façon ils sont scellés et c'est trop risqué, dit Linn, un message dans une bouteille, dans une bouteille de lait, qui sait qui pourrait récupérer le lait, dit-il à McPhe en souriant. Le code Morse semble mieux. Plus sûr, plus ciblé, et on saura tout de suite quand elle le recevra.

— Radio, dit Mike d'une voix lointaine. Il était sorti depuis un moment de la conversation. Il poursuivit : — Vous voulez un truc à l'ancienne. Nous pourrions avoir besoin d'une transmission de très très faible portée, pointe d'aiguille, ciblée précisément sur une zone, pas une onde éparpillée. Nous pourrions attirer l'attention de Ken en tapant, oui, mais je dis que nous pouvons lui envoyer de brefs messages radio courte portée après l'avoir contactée…

— Comment pourrait-elle recevoir ?

Mike ne répondit pas tout de suite, s'efforçant de trouver le moyen de faire une transmission de courte portée.

— Très très courte portée, dit-il de nouveau comme s'il se parlait à lui-même, si nous diminuons la bande de fréquence… la calibrant pour un récepteur spécifique… faisant courir la vibration le long de la canalisation… bien sûr il faudrait qu'ils déconnectent la canalisation où ils se trouvent… afin qu'elle ne voyage pas plus loin, dans le reste du Lab…

Linn et McPhe échangèrent un sourire.

— Comment est-ce qu'elle pourrait décrypter ? demanda Linn de nouveau.

— Une boîte de conserve sur une ficelle… dit McPhe avec optimisme.

— Un combiné téléphonique, un simple combiné. Nous pourrions lui faire passer au travers de la canalisation, dit Mike, je pourrais reconfigurer un émetteur-récepteur et un combiné. Une paire associée.

— Nous allons avoir besoin de vrais outils pour ôter le couvercle du tuyau de ventilation. Je ne parle même pas de comment on va trouver un combiné et un émetteur-récepteur... Ils se tournèrent tous les deux vers Mike :

— Par hasard, tu n'aurais pas emporté ce genre de trucs avec toi quand tu es parti du 5, tu sais, en souvenir du bon vieux temps ?

— Non mais peut-être que nous pourrions faire une mission de reconnaissance dans le 5...

— Carrément ! Ça me semble être une très bonne idée, dit McPhe avec enthousiasme, tu as dit que ton équipe avait laissé l'endroit intact, il doit y avoir une tonne d'équipements là-bas qui pourraient nous être utiles... Linn garda ostensiblement le silence, et Mike se tut aussi soudainement. McPhe les regarda, étonné de leur hésitation apparente.

Même si Mike avait émis l'idée, Linn et lui se méfiaient clairement de cette nouvelle production de leur brainstorming collectif. Les deux avaient suffisamment vécu au contact du Peuple, Mike en particulier, pour être capables d'absorber leurs inquiétudes au sujet des maisons des Guetteurs.

— C'est assez risqué, finit par dire Mike, ce truc des Taibo'oo et tout ça... mais il se pourrait bien y avoir quelque équipement dans le 5 que nous pourrions utiliser si toutefois nous parvenons à le ressusciter... Autant que je sache, la seule façon de faire passer à Ken des messages plus complexes en sécurité serait de voir si on peut récupérer du matériel... Le Lab a juste était mis en veille quand nous sommes partis, ni détruit ni vandalisé... nous pouvons essayer...

— Nous avons seulement besoin d'un simple émetteur courte portée... dit McPhe de façon encourageante.

— Eh bien, au moins le 5 n'aura pas les mêmes fantômes de la méchanceté rôdante que le 7 laissera derrière après le CESI... En effet, la sensation du 5 sera bien différente... dit Mike doucement, oui c'est sûr, il y aura forcément quelque chose là-bas que nous pourrons récupérer...

— Ça va le faire ! dit McPhe réjoui que l'énergie soit de nouveau en mouvement et utilisant encore une autre expression vintage.

— Et j'imagine que nous pourrons réfléchir à la logistique d'autres brillantes idées qui pourront émerger pendant que nous sommes là-bas, tous les Labs sont construits sur le même modèle...ajouta Linn, et ils se sourirent mutuellement.

— Agitateurs ! dit Gros Carl en secouant sa tête et en riant. Il était resté assis en silence à proximité du cercle de la douce lumière venant du trou de fumée, travaillant sur une longueur de corde, roulant à revers sur sa cuisse des brins d'un geste habile et rythmé. Il retourna à son travail de corde après les avoir regardés avec affection. Il ne semblait pas s'inquiéter outre mesure d'une expédition au

5, et il avait déjà fait quelques suggestions de temps à autre au sujet de leur plan. Ses commentaires ressemblaient plus à des taquineries d'un co-conspirateur de génie.

— Bien ! fit Linn, avec cela à l'esprit, comment pourrons-nous pénétrer nous-même à l'intérieur le moment venu ? Cela pourrait être un problème en soi, le CESI n'a pas vraiment de paillasson de bienvenue pour des invités inattendus.

— Les trappes. Ken travaille déjà dessus. Tout ce dont nous avons besoin est de nous coordonner avec elle… et nous aurons besoin d'une sorte d'échelle à l'extérieur…

Quand le temps fut venu pour Mike et McPhe de s'en aller, ils conclurent avec un espoir brillant, réconfortés d'avoir passé du temps ensemble, réconfortés des progrès de leur projet de sauvetage. Cela semblait faisable. D'abord le plan, après ils pourraient réfléchir à comment le mettre en œuvre. Le plan d'action était bien lancé. Un pas après l'autre.

Gros Carl avait de temps en temps bougonné en jouant d'avoir ainsi les trois autour de lui comme une bande d'oursons indisciplinés, mais il était heureux de les avoir tous les trois. "Ça fait de l'animation dans le lieu", disait-il. Il semblait apprécier le complot. "Vous allez en parler au Conseil à un moment n'est-ce pas ?" leur avait-il rappelé un jour. "On fait toujours comme ça ici, vous vous souvenez ?". Et il sourit. Il n'avait pas paru trop s'inquiéter de cela malgré la nature périlleuse de ce qu'ils projetaient de faire. Il semblait parfois conspirer tout seul, et les faisaient gentiment partir quand ils le lui demandaient.

Gros Carl avait aussi expliqué à McPhe pourquoi le Peuple avait l'habitude de répartir les nouveaux réfugiés entre les différents camps. En plus de permettre à chacun de s'acclimater avec les autres, cela évitait à un seul village la charge d'accueillir tous les réfugiés. Même si cette charge était une charge d'accueil, un village ne pouvait en général pas être capable d'absorber plus de quelques nouvelles personnes en même temps. Il devait particulièrement avoir assez de nourriture pour prendre soin d'eux le temps que les nouveaux arrivants puissent devenir des membres contributeurs, il y avait tellement de choses à apprendre au début…

Linn prit soudainement conscience qu'il n'avait jamais vraiment pensé à tout cela, la générosité du Peuple avait été tellement spontanée et naturelle. Il était arrivé au début de l'hiver lorsque le temps des récoltes et des cueillettes était déjà en grande partie fini, et ce qui était nécessaire pour rassembler toutes ces ressources lui était en grande partie inconnu.

— Oh non ! dit-il à Gros Carl en s'excusant, je n'avais jamais…toi, et le Peuple entier, m'avaient montré tant de générosité, tant de bonté… On aurait dit qu'il y avait un magasin inépuisable quelque part auquel tout le monde venait se servir…

— Et bien, oui, dit Gros Carl en souriant, d'une certaine façon c'est exact, il y a Grand Maman là au-dehors, Maman Terre, elle nous donne tout ce dont nous avons besoin, il nous faut juste nous activer un peu pour recevoir notre part… Il sourit. — Et aussi loin soient les villages, c'est notre coutume, chacun contribue autant qu'il peut et reçoit en retour selon ses besoins. ça marche plutôt bien, un équilibre… Et ne t'inquiète pas, ce n'est rien, ajouta Gros Carl pour le rassurer, nous avons eu beaucoup cette année. Et dès l'année prochaine, vous pourrez tous aider, Mike le sait, vous souhaiterez le faire, ça vous fait sentir appartenir, ça vous entraîne…

Et c'est ainsi que les trois mousquetaires, comme McPhe les appelait, se séparèrent avec enthousiasme et beaucoup d'accolades, prévoyant de se réunir à nouveau prochainement dès que la météo le permettrait. En conclusion, la tonalité de leur rencontre fut encourageante et optimiste, et ils eurent encore beaucoup de temps entre les moments de planification pour partager à propos de leurs expériences et de leurs souvenirs et sur à peu près tous les sujets depuis leur tendre enfance jusqu'à leur vie parmi le Peuple maintenant. Toutes leurs années passées au Lab combinées à celles de leur vie d'avant, tressant leurs histoires réciproques pour former une petite boule de cohérence qui les faisait se sentir plus en sécurité après tant d'incertitudes et de nouveaux départs. Mike avait quitté son Lab de façon volontaire. Pour Linn tout s'était effondré sous lui, et McPhe avait vécu cette colère envers le CESI et la liberté explosive venant de cet état de conscience altéré par la drogue qui avait été comme un pont temporaire le temps pour lui de se retrouver soudainement à l'extérieur. Tous les trois avaient dû lutter pour trouver des repères dans d'innombrables aspects. Les techniques de vie sauvage, comme ils les appelaient, et

McPhe posait sans cesse des questions à Mike et à Linn sur ce sujet. Et lorsqu'il trouva un bol qui était juste à sa taille, comme il disait, il fut aux anges.

Mike et McPhe repartirent vers leur village respectif. Le village qui avait accueilli McPhe lorsqu'il avait été initialement éjecté du Lab, avait envoyé un messager pour l'accompagner sur le chemin du retour. Le village avait été clair avec McPhe avant qu'il ne parte, il était le bienvenu à rester parmi eux autant qu'il le voudrait. Bien que naturellement méfiants de ce genre d'énergie, ils étaient aussi fiers de son combat contre la forme de béhémoth de la maison des Guetteurs, surtout les jeunes hommes. Sa bataille était apparemment le sujet de nombreuses histoires drôles là-bas, et comme Vieil Oncle et la plaisanterie qui l'entourait inéluctablement, lui aussi s'en délectait, et cela avait terminé de convaincre les villageois. McPhe était devenu encore plus désireux qu'eux-mêmes de reproduire son éclat de colère, c'était son naturel joyeux qu'ils accueillaient.

Linn fut étonné de se sentir soulagé de les voir s'en aller. Fatigué du rythme étourdissant de la conversation, avec son esprit et son humour. L'étourdissement devenait trop fort au bout d'un moment. Il put constater encore plus maintenant pourquoi il était utile de répartir les réfugiés comme Gros Carl l'avait dit, cela était une aide pour tout le monde, et pour les réfugiés en particulier. Il savait qu'il serait enthousiaste et ravi de les revoir tous les deux, mais juste pas autant à la fois. Une harmonie, un équilibre... Il comprit qu'il était en train d'apprendre le rythme plus calme et plus silencieux du Peuple. Peut-être comme McPhe l'avait dit, il était en train de devenir l'un d'eux plus qu'il ne le croyait.

Il comprit aussi un petit mieux la sagesse qu'il y avait à veiller qu'un camp-village n'ait pas à fournir toutes les ressources pour soutenir un groupe de réfugiés, particulièrement un grand groupe, comme celui qu'ils espéraient faire sortir du Lab. Cela sera l'objet d'une grande réflexion au sein du Conseil avait dit Gros Carl. "D'abord comment tous les nourrir, et puis où demeureront-ils tous ?" Un conseil pour décider sur le sauvetage devrait inclure les gens de chaque village si possible, ou au moins des messagers de chacun pourraient faire des allers-retours pour relayer les informations et les réflexions de chacun, afin que tout le monde soit partie prenante de cette décision finale. "Nous ne croyons pas à la démocratie représentative, avait dit Gros Carl, le côté représentant laisse trop de choses de côté. Chaque décision affecte tout le monde, donc chacun devrait pouvoir s'exprimer avec son cœur et savoir qu'il a été entendu. Cela prend du temps parfois, et beaucoup de patience, je n'ai aucun doute que tu as pu t'en rendre compte…, Gros Carl sourit, mais les récoltes de glands et de pignons de pins ont été bonnes à l'automne dernier, nous en aurons encore en réserve, et si nous pouvons attendre jusqu'à ce que la truite saumon arrive au printemps et si elle vient en nombre, ce sera un bon signe. Alors je pense qu'on pourra y arriver", et il sourit de nouveau, encore plus compagnon de complot que jamais.

Linn et McPhe se rendirent ensemble au rassemblement du Conseil pour présenter le plan de la mission de sauvetage, et ils furent surpris de trouver plus de soutien que ce qu'ils n'avaient imaginé lorsque la Vieille At'sah parla pour eux.

— J'ai cherché dans mon cœur, dit-elle, nous ne pouvons pas laisser tous ces gens condamnés, prisonniers à l'intérieur de cet esprit de l'Avant. Pas si quiconque choisit de vivre librement, comme nous, s'il a le choix. Ces gens sont ici avec nous aussi sur ces terres, d'une façon différente. Sans le savoir, ils font partie de ce lieu. Elle fit une pause. — Ils font partie de notre monde. Ils font partie de l'harmonie. Nous devons les libérer et laisser ce vieil esprit, cet esprit de l'Avant, finir par mourir. Une fois pour toutes. Pour toutes, oui, c'est la raison. Pour de bon, pour le bon du futur. Nous ne serons jamais en paix, le lieu ne sera jamais en paix, la totalité ici ne sera jamais en paix sans une harmonie plus grande. Tel est notre chemin.

Des murmures parcoururent la hutte et il y eut de nombreux hochements de tête en signe d'acquiescement. "Nous ne pouvons pas les laisser." "Nous devons leur permettre de choisir." "Aucun guetteur n'est venu." Puis un autre homme, un de ceux qui voyaient loin, prit la parole.

— Nous, ceux d'entre nous qui voient au-delà, pensons qu'il n'y a plus d'yeux du ciel et plus personne pour les regarder même s'il y en avait, plus personne de qui être effrayé. Cet endroit duquel vous êtes venus, dit-il en faisant un geste en direction de Linn et de McPhe, nous savons que ce sont les derniers survivants des Taibo'oo. Nous devons en finir maintenant. Libérer tous ceux qui voudront partir, qui seront volontaires, et laisser ce lieu et tous ceux qui y resteront attachés prendre le chemin des autres Taibo'oo. Laisser la Terre qu'ils ont reniée le récupérer et soigner ce qui aura été séparé.

— De combien de personnes avez-vous besoin pour vous aider ? dit sans détour un homme plus jeune. — J'irai avec vous, fit-il en souriant timidement à Linn et à McPhe qui hochèrent la tête de surprise. Ils étaient venus ici en espérant seulement l'autorisation de faire tout ce qu'ils pourraient par eux-mêmes.

Et les choses se passèrent ainsi. Les questions ayant trouvé réponse, les conseils intégrés, le plan clarifié. Linn et McPhe leur parlèrent de ce que Mike avait dit au sujet de l'éventualité d'utiliser quelque équipement venant du 5, et comment McPhe s'était débrouillé pour contacter l'équipe des techniciens à l'intérieur du 7. Comment il y avait déjà quelques personnes à l'intérieur cherchant à s'échapper, sans être certaines qu'il y eut encore quelque chose de vivant à l'extérieur. Bruits de compréhension. Se préparer à partir sans garantie, les anciens, particulièrement ceux qui avaient fui les Guetteurs juste avant qu'il ne soit trop tard, ne comprenaient cela que trop bien. Quelques autres suggestions furent apportées. Le Peuple était aussi rigoureux et pragmatique qu'il était aimable et présent. Le plan de sauvetage prit forme. Agaï posa la question d'une éventuelle résistance à l'intérieur du Lab.

— Ceux qui ne voudront pas partir, ne vont-ils pas essayer d'arrêter les autres ?

— Oui, répondirent Linn et McPhe, c'est possible. Nous espérons rassembler tous ceux qui veulent partir dans une partie du Lab où nous pourrons les rejoindre en sécurité, sans confrontation.

— Ah... Je vois... Je pense que vous allez avoir besoin de...dit-il doucement. Il fit une pause, puis reprit : — ...de quelques aides supplémentaires. Guerrier n'était pas un terme ou une fonction qu'ils avaient vraiment eu besoin d'utiliser depuis qu'ils étaient arrivés sur ces terres en provenance de leur Lab. Agaï sourit. — Je pense que vous allez avoir besoin de quelques-uns d'entre nous, euh disons, qui ont une petite expérience en la matière.

Gros Carl leva la tête avec une étincelle dans les yeux que Linn n'avait encore jamais vu. Quelques autres hommes mûrs n'ayant pas encore dépassé la fleur de l'âge levèrent aussi les yeux avec intérêt. Agaï les remarqua et poursuivit.

— Cela fait longtemps que nous ne nous sommes pas battus, mais il y en a encore parmi nous qui savent défendre ce que nous croyons être juste dans notre cœur lorsque cela est mis en danger, ajouta-t-il avec une fierté tranquille, notre voie est la recherche de l'harmonie, c'est vrai, mais pas de se laisser écraser. Si cela marque la fin des Taibo'oo, comme il semble que nous le pensons tous, fit-il en désignant toute la hutte d'un geste puis concluant : nous avons, sachant cela, la responsabilité de faire tout ce que nous pouvons pour assurer un avenir meilleur, pas seulement pour nous-mêmes mais pour toute vie, longtemps après que nous serons morts. Nous sommes maintenant préparés à prendre le risque de le faire.

Et tout cela fut mis en place bien plus facilement que ce que Linn et McPhe n'auraient jamais espéré. Ils envoyèrent immédiatement chercher Mike.

Rivières gonflées, torrents circulant avec énergie, brassant tout autour de moi. Eaux froides plongeant et soulevant des pierres et des rochers, s'écrasant, tombant en cascades, faisant de l'écume, m'entourant, me caressant tout autour. Je résiste contre les eaux puissantes et bruyantes qui me pousse de toute leur force. Je suis le vif-argent, je respire les eaux rugissantes. Tournant, pivotant, se penchant, bondissant, ondulant d'un unique muscle qui me parcourt par vague. Je lutte contre les eaux tumultueuses. L'impulsion la plus forte à l'intérieur de ma forme souple me porte en un bon éclatant de plus en plus haut. À la recherche des rochers, des pierres et des vasques peu profondes, les mêmes bancs de graviers où je fus pondu et vint à la vie. Où je devins cette intention éclatante et remuante. Tout autour de moi, à mes côtés, de grandes vagues de ceux de mon espèce bondissant, volant, plongeant dans les eaux sauvages. Chair d'arc-en-ciel aux muscles luisant, ondulant, nous propulsant ensemble. Nos ventres gonflés par les œufs et le lait venant de nos ancêtres, futures mémoires de notre espèce recherchant les eaux peu profondes où cellules par cellules elles se retrouveront. Nous passons à toute vitesse devant les rochers, les arbres, les berges, bondissant avec un éclaboussement bruyant des rétrécissements de la rivière impétueuse, des chutes d'eau rapides, des eaux moussantes et bouillonnantes, les rochers roulant, leur voix creuse résonnant perdues au sein des eaux rugissantes. Nous passons à toute vitesse devant les bourgeons verts enflant au bout des branches nues courbées au-dessus des rivières gonflées, les jeunes bourgeons enflant avec la même joie sauvage que celle qui nous fait bondir de l'intérieur. Nous chevauchons les eaux tumultueuses, et au plus elles poussent contre nous puissamment, au plus nous bondissons puissamment, avec toujours plus de l'ardeur des arcs-en-ciel argentés que nous sommes. Utilisant la force de l'eau pour respirer sa puissance, chacun puisant sa force dans l'autre, la famille des poissons et l'eau, unis par un lien de parenté, jusqu'à ce qu'haletant d'air pour de l'eau, avec une dernière respiration d'eau, nous venons finir dans les vasques d'eaux de fonte troubles et laiteuses de nos œufs et de notre lait, c'est ainsi que la marée sauvage se déplace et qu'il en est de même pour moi.

Les grosses truites saumonées atteignirent les eaux fumantes proches du village, quelques jours après le Conseil. Le Peuple prit l'arrivée des saumons comme le signe que tout allait bien, et que les missions de reconnaissance du Lab 5 et de sauvetage du Lab 7 faisaient partie d'une intention de générosité plus vaste se tramant au travers de leurs vies et de toute vie. Le garçon qui avait aperçu les truites se précipita vers le camp juste après les premières lueurs de l'aube, appelant avec excitation, et les villageois encore ensommeillés se précipitèrent à leur tour vers les eaux emplies de fonte de neiges et de poissons, et après s'être réunis, offrirent des prières. Et puis il y eut la prise des poissons et de nouvelles prières et offrandes, et la récolte annuelle commença, tout le village travaillant comme une seule personne. Poisson qui bondit, éclaboussement, attraper les poissons, les gens rient, se taquinent et plaisantent joyeusement, et les blagues avec Vieil Oncle inévitablement quelque part au milieu.

— Et l'Ancien, tu ferais mieux de rester près d'un arbre ! Les ours vont bientôt se réveiller, faudrait pas qu'ils te prennent pour un poisson.

— J'ai trop d'os pour être un poisson ! dit-il en s'esclaffant, aucune chance ! Waouh ! Regardez comme ils ont l'air gras et juteux cette année, ils attendent juste la parade nuptiale ! Il fit un clin d'œil à une jolie fille qui passait par là avec un panier de poissons, et elle lui sourit brièvement d'un air joueur en passant. — Ahhh les femmes ! fit-il en riant.

Griller des poissons, sécher des poissons, corps vif-argent reluisant, la chair tendre et riche rôtissant, graisse crépitant dans le feu, poissons bondissant dans les eaux bouillonnantes. Gros éclat de rire d'Agai, retentissant par-dessus les eaux tumultueuses, le poisson tatoué sur son bras bondit, rire des enfants. "Encore ! Encore !" Et une autre courbe du poisson d'argent dans l'air au-dessus de l'eau rapide. "Waouh regardez comme ils sautent ! Exactement comme celui sur son bras !" Et les mères et les tantes et les grands-mères qui préparent les poissons et le séchage et le feu appellent leurs plus jeunes enfants. "Laissez travailler ceux qui pêchent. Venez-ici petits poissons bondissant, aidez-nous à entretenir le feu, aidez-nous à rassembler le bois, aidez-nous avec les filets ou laissez tranquille ceux qui les jettent, ici les petits poissons, j'ai encore des poissons à disposer sur le support de séchage..." Les enfants bondissent en riant, accourant pour aider. "Regardez ! Regardez comme je saute haut !" Et les grand-mères répètent : "Venez ici ! Ramassez plus de feuilles pour envelopper les poissons pour les cuire. Allez, dépêchez-vous ! Vite !" Les pierres chaudes mises de côté, de la vapeur émerge des couches de poissons, des rameaux verts et des feuilles s'élevant des foyers recouverts de terre pendant la cuisson des poissons. Puis encore d'autres feuilles printanières rassemblées et séchées, les baies de l'été écrasées, et les os et les têtes de poissons sont cuits dans les grands paniers des festins. "Venez-ici, aidez-moi à préparer les pierres de cuisson. Ici, il y en a une chaude, faites attention quand vous la prenez. Voilà comme ça." Des volutes de senteurs s'élevent au fur et à mesure que les pierres sont ajoutées une par une. "Voilà c'est assez maintenant, remuez avec cette spatule en saule ici." Un enfant remue vigoureusement avec la spatule. "Ah c'est bien, regardez, il y a des bras forts ici ! Waouh, on va avoir besoin de ta force, tiens, voici un autre pot à mélanger…"

Et l'odeur des poissons grillés crépite au-dessus des petites flammes. "Tiens, prends cette petite brosse, et tiens à l'écart les visiteurs volants pour le moment. Nous leur en laisserons un peu plus tard pour leur festin. C'est ça, plus vite, plus vite !" dit-elle en claquant des mains… Les baies de l'été, les fruits secs et les graines de l'automne, les jeunes pousses du printemps, toutes offertes pour accompagner la riche chair des poissons, chairs de la terre et de l'eau réunies comme une seule générosité, tout le monde réuni comme une seule gratitude. *Merci à vous mères et pères truites pour la force et la beauté des vôtres, merci d'être venus en si grand nombre, de votre générosité, merci de permettre à certains d'entre vous d'être pris pour que nous puissions vivre, votre chair, notre chair. Merci de partager votre force vif-argent et votre beauté. Nous chantons le chant des saumons, le chant de votre long voyage. Merci pour votre force. Puissions-nous grandir forts et beaux comme vous l'êtes, votre force et votre beauté circulant en nous.* Travail, fête, enfants qui bondissent avec rapidité et poissons qui bondissent comme des éclairs, brefs regards séducteurs et sourires timides, éclats de rire ondulant sur l'eau. *Votre force et votre beauté circulent en nous…* Des feux qui fument la nuit, leur cône de lumière caché au sein des écorces des abris de séchage. Feu de cuisson le jour, des bras qui jettent des filets et les ramènent, qui portent des paniers, des poissons qui éclaboussent… Les puissants saumons du printemps étaient venus en grand nombre cette année-là, et il y en avait plus qu'il n'en fallait pour préparer l'arrivée de ceux qui rejoindraient les villages une fois libérés de la maison des Guetteurs. Et le Peuple vit dans cette générosité accrue de l'espèce des saumons un autre signe que tout allait bien, que tout allait très bien en fait, et le grand travail de la prise des saumons se poursuivit jour et nuit.

Vieille At'sah était proche des eaux rapides, chantant d'une voix aquatique un chant d'œufs de poissons et de laitance aux mères et aux pères de la famille des saumons, sa voix se mêlant certaines fois aux eaux tumultueuses et résonnant avec clarté, certaines fois douce et lente, tendre comme les creux d'eau dont les voix sont masquées au sein des torrents de fonte des neiges. D'autres offraient des prières de cèdre et des chants de louanges et de célébration à la rivière et aux vigoureux poissons bondissant, et au passage de l'année, et à la marée verte des bourgeons grossissant au bout des branches et explosant de l'hiver de la Terre. Chantant, sentant, riant, plaisantant, flirtant, regards furtifs, s'essuyant la sueur du front avec le dos du poignet, les paumes teintées du gras des tendres poissons, tous reliés, en un tout.

Kikerri était assise sur sa branche préférée en haut du grand pin, laissant le soleil matinal réchauffer son corps. Elle étendit ses ailes avec faste puis les replia et s'installa pour regarder la vallée en contre-bas. Le temps du changement de lune était revenu. La terre s'éveillait, s'agitait avec le printemps. Une croissance verte, de nouvelles pousses émergeaient de et à travers toute chose. La sève montait des racines des arbres, parcourant leurs branches jusqu'aux tendres extrémités des rameaux. Même les plus vieux des chênes ressentaient la douce émergence de leur jeunesse de l'année. Les ruisseaux et les rivières, déjà gonflés par la fonte des neiges et par les pluies de la fin de l'hiver étaient maintenant emplis d'autres courants, la famille des grands poissons argentés aux reflets arc-en-ciel étaient revenus.

Keearrriiiiiii ! La fête au sein de toutes les espèces. Les grands à deux pattes des nids enterrés se rassemblaient sur le bord des rivières pour attraper les vifs argents bondissant. Les grands ours, parfois à deux pattes, commençaient à se rassembler sur les rives escarpées plus haut en amont, en haut des pentes sud de la montagne à l'abri du vent de l'hiver. Tout particulièrement les gros mâles qui n'ont pas d'oursons à protéger ou à guider ou à abriter dans la chaleur de leur corps. Les grands vagabonds s'éveillaient de leur sommeil hivernal, traînant les pieds jusqu'aux rivières gonflées pour rencontrer les courants des vifs argents. Les ours se rassemblaient autour des rapides et des vasques peu profondes où des grands poissons livraient leur dernière bataille pour assurer la descendance des futures générations de leur espèce et de celle des ours. *Keearrriiiiii* ! L'esprit est là ! Une fougue et une force en mouvement. Kikerri les reconnaissait et les admirait comme membres de sa famille. Tout au long des berges des rivières plus bas dans les vallées, les autres espèces, chacune à sa façon, mangeaient ces mêmes marées appétissantes ou alors les restes de l'espèce des ours ou bien ceux de ceux à deux pattes. *Keeeariiii ! Keearrriiiiiii* ! C'était un moment glorieux, le printemps. Un temps où sèves et courants circulaient à travers toutes les espèces, juteux, vigoureux, vivants.

Et les grands courants dans l'air faisaient s'élever les nuages rapides de plus en plus grands, leurs ombres se déployant sur le pays, emplissant et débordant des vallées comme les rivières. Les vents du printemps faisaient s'élever et se mouvoir les nuages avec force et ceux qui planent parmi les ailés se laissaient porter par les courants ascendants qui les soulevaient plus haut dans le ciel. Les grandes grues voyageaient en une ligne incurvée, appelant de leur voix mélodieuse aussi ancienne que les étoiles. Elles étaient passées pendant la nuit en route vers leur lieu de regroupement plus au nord en chevauchant les courants rapides au cœur du ciel. Et ici dans la vallée de Kikerri comme dans toutes les vallées et vallons du pays environnant, le temps de la parade nuptiale était en train d'arriver pour toutes les espèces d'ailés, pour toutes les espèces, chacune s'activant selon son propre flux printanier. *Keearrriiiiiii* ! Le cri et le vol plané de ceux de son espèce, ensemble puis séparés, faisant des cercles, cavaliers du ciel, les cercles de leur vol se rejoignant et spiralant, se chevauchant, de plus en plus proches, les battements d'ailes en rythme se synchronisant en une résonance parfaite. Côte à côte, basculant planant s'envolant tournoyant dans le ciel, avec leurs tendres cris d'appels si délicats, aussi délicats que le caquètement des jeunes poussins... Bientôt ce serait de nouveau le moment de s'accoupler, puis de couver et de prendre soin des jeunes petits. Ce mâle élégant venait de la vallée à l'est, vif dans son vol comme le grand poisson, se déplaçant à travers les arbres aussi légèrement que l'ombre de la forêt. Il était loyal aussi, volontaire pour prendre en charge la garde et la chasse et le nourrissement avec la même ferveur que sa partenaire de joie céleste. Oui, il était de nouveau dans ses yeux à elle, comme elle avait remarqué être aussi dans les siens, dans leurs lents vols planés occasionnels au-dessus des terres de l'un et de l'autre. Oui ce serait celui-là, et le nid serait ici, dans ce bosquet d'arbres juste au-dessus du chemin, droit sous le vent, suffisamment en hauteur pour qu'ils soient tous les deux capables de voir...

Oui, elle attendrait, sûre de son choix, jusqu'à ce qu'il vienne. Elle se retourna pour regarder de nouveau sa propre vallée, il y avait le temps, les temps de l'accouplement avec les grandes danses célestes de son espèce recommenceraient bien assez tôt.

Au-dessous d'elle maintenant, tout au long de sa vallée d'origine, les plus petits ailés étaient déjà engagés dans leurs propres mouvements printaniers. Même les plus petits, avec leur vol rapide, virevoltaient, entraient et sortaient des buissons et des bosquets, revendiquant des lieux pour les nids et des partenaires de nids avec leur fort et joyeux gazouillement. *Keearrriiiiiii* ! Un temps prospère, la terre explosait de vie, des courants de tendresse et d'ardeur circulaient dans toutes les espèces, chacune à sa façon engagée dans sa propre danse d'union. Même les ours. *Keariiii* ! *Kearriiii* ! Les ours ! Marchant nonchalamment encore mal réveillés de leur sommeil hivernal, préférant vivre en solitaire la plus grande partie de leur temps, quelle danse pour eux aussi ! Ils traversaient cet espace entre eux volontairement choisi pour se rejoindre le temps de leurs ébats. Pour eux le temps de l'apogée de leur vague verte adviendrait plus tard. Pour le moment, ils étaient rassemblés sur les berges des ruisseaux pour d'autres raisons, juste pour les préliminaires et pour récupérer de la force. Et pour le moment, ils s'évitaient, se tenant droit, se rapprochant et s'éloignant, non pas avec l'aisance fluide des cercles célestes de l'espèce de Kikerri, mais avec la rapidité éclair, l'ardeur au cœur et leur façon de connaître le monde. Kikerri était familière de tout cela.

La forme de danse d'union et d'accouplement des grands bipèdes des nids enterrés étaient encore plus élaborée. Mais même là, elle reconnaissait les mêmes courants circuler en certains d'entre eux, la même danse pour se rapprocher puis pour s'éloigner. C'était le temps de la fertilité pour toutes les espèces. Des regards furtifs d'invitation partout, des cœurs pleins, les mêmes grandes vagues, que ce soit enveloppé de fourrure ou de plume ou de la brillante peau aqueuse des grands poissons, la même pulsation dans un subtil mouvement d'aile ou de queue, ou d'yeux ou d'oreille.

Elle étendit de nouveau ses ailes dans la chaleur du soleil et s'élevant légèrement dans l'air, elle se laissa aller dans le vol, dans l'air du printemps vert si plein de vie, puis planant avec grâce au travers des arbres et au-dessus des taches d'ombre et de lumière, elle partit voir ce qu'elle pourrait voir, voir ce que cette journée allait amener.

Mike, Linn et McPhe se mirent en route vers le Lab 5 pour leur mission de reconnaissance accompagnés d'Alai, le jeune homme qui avait été le premier volontaire au Conseil, et du frère aîné d'Abi, Jeune Pilier de Hutte.

"Laissons les jeunes hommes s'y essayer, avait dit Agai au Conseil, le reste d'entre nous aura sa chance bien assez tôt avec le sauvetage et tout le reste. Laissons les jeunes voir avec leurs propres yeux. Nous, les vieux n'avons que trop vu les usages des Guetteurs de l'Avant. Laissons les jeunes hommes à eux-mêmes et nous dire ce que leur cœur auront vu."

Alai avait une présence tranquille et réfléchie, un visionnaire quelque part à l'intérieur. Un jeune homme svelte, calme et pragmatique, mais aussi capable de voir avec d'autres yeux. Jeune Pilier de Hutte était différent d'Alai comme il l'était de son frère joueur Abi. Robuste et costaud, on l'appelait Jeune Pilier de Hutte pour son sérieux sans faille qu'il avait depuis tout petit. Un pilier de la communauté en devenir. *Même les chênes se plient dans le vent, donnez-lui du temps*, avait dit le Peuple. Il prenait son statut de grand frère avec sérieux, il prenait tout avec sérieux, et particulièrement en approchant de sa majorité. Il avait senti qu'Alehya, Tomah et Abi n'avaient pas suffisamment pris conscience de la gravité et du danger potentiel que représentait l'arrivée soudaine de Linn, et il avait été l'une des voix exprimant le plus d'inquiétude lorsqu'ils avaient ramené Linn au village. Aujourd'hui il comprenait qu'il avait mal jugé Linn lors de son arrivée. Il voulait se faire pardonner, et il fut étonnamment enthousiaste à l'idée d'aller au Lab voir à quoi cela ressemblait. *Ah, les jeunes chênes*, avaient dit les vieux en souriant, *puissent-ils encore apprendre comment se plier*.

Alai et Jeune Pilier de Hutte s'approchèrent du lieu des Taibo'oo avec une certaine appréhension. La forme arrondie massive se dressait de façon imposante au-dessus d'eux. Ils la voyaient comme une montagne extraterrestre ou un œuf monstrueux. Contrairement aux huttes intégrées du Peuple, les énormes loges des Guetteurs étaient disposées d'une façon si arrogante et jurant avec le paysage que les deux jeunes furent stupéfaits de la dureté qui en émanait. Les formes massives paraissaient au premier abord imprenables, mais les trois hommes qui n'étaient pas des Taibo'oo mais qui connaissaient leurs usages semblaient savoir exactement où aller et comment pénétrer à l'intérieur. Mike avait plusieurs fois répété à tout le monde que l'énergie spécifique de cette loge de Guetteurs serait différente des autres loges des Guetteurs. Ici les gens avaient été plus heureux avait-il dit. Ils s'étaient bien entendu pour la plupart, et ils étaient partis de façon volontaire, avec un consentement unanime. Les garçons hochèrent de la tête en signe d'approbation. Mike espérait que les seuls fantômes qu'ils seraient susceptibles d'y trouver seraient bénins. Peut-être des esprits tristes, particulièrement du fait que la plupart des personnes qui avaient vécu ici étaient mortes après qu'ils eurent quitté le lieu lors de leur voyage pour franchir les cols des hautes montagnes. Mike se replongea pendant un instant dans de vieux souvenirs, puis remarquant le malaise grandissant des garçons à la mention de fantômes, il revint à la mission du moment, expliquant de nouveau comment tous les Labs avaient été construits de la même façon, parfaites répliques l'un de l'autre. Même s'il avait déjà expliqué tout cela auparavant, il était difficile pour Alai et Jeune Pilier de Hutte de se l'imaginer. Même des paniers de la même taille et de la même forme et fabriqués par les mêmes mains comportent de subtiles différences…

— On peut régler toute l'évasion ici, tous les aspects logistiques, dit Mike avec enthousiasme, tous les détails. Le Lab 7 est parfaitement identique…Il fit ainsi renaître avec succès leur enthousiasme et le sens de l'objectif, au moins pour le moment. Il essaya de s'imaginer pendant un instant la perception qu'ils pouvaient avoir du Lab, puis ils atteignirent les portes de lancement et il passa à autre chose.

— Les trappes, dit McPhe, le mécanisme de fermeture est juste ici. Il n'y a pas de sécurité à l'intérieur, il n'y a personne dans le magasin. Tout ce que nous avons à faire est de trouver cette pierre sous laquelle ils ont laissé la clé…

La grande étendue de vide à l'intérieur du Lab était écrasante pour Alai Et Jeune Pilier de Hutte. Pas seulement le vide de l'espace physique, mais un vide à l'intérieur du vide lui-même, lui appartenant. Une profonde absence. Vacance. Isolement. Un trou, vous vidant aussi à l'intérieur. Peut-être semblable au monde des esprits après la mort, pensa Alai. Semblable à une partie très triste du monde des esprits. Perdu. Et tellement de surfaces dures et brillantes. Tout dur et brillant. Provoquant de l'écho. Le toit voûté translucide au-dessus provoquant une sensation étrange d'être sous l'eau. Comme un ciel en cage. Enorme et contraignant, écrasant par sa vastitude. L'air si calme, comme s'il avait oublié comment respirer, comme s'il avait arrêté de respirer il y a longtemps.

Alai et Jeune Pilier de Hutte se regardèrent, se cherchant mutuellement des yeux, cherchant confirmation et à se rassurer. *Oui, toi aussi tu sens ?* Se souvenant des jeunes hommes du village voisin surveillant d'autres endroits Taibo'oo plus effrayant, les huttes des mangeurs d'âmes, et de comment ils avaient accueilli leur responsabilité, et particulièrement ceux qui étaient de garde la nuit, comme une façon d'entraîner et de tester leur courage, affûtant leur jeune force pour leur village, pour le Peuple dans son ensemble, mettant à l'épreuve leur engagement à se dépasser. Et ceux qui étaient ainsi de garde aux huttes des mangeurs d'âmes ne surveillaient que de l'extérieur. Waouh ! *Quelle histoire on va avoir à leur raconter quand on sera de retour, après avoir pénétré à l'intérieur !* Ils sourirent et gardèrent la tête haute. Un voyage spirituel, dans la hutte vide des Guetteurs, carrément.

Pour Linn et McPhe, entrer dans le Lab fit naître en eux des vagues de sentiments complexes et fluctuants. Pour Mike, la nostalgie du temps passé, et la tristesse des amis perdus. Pour tous, des rêves perdus, et tout particulièrement pour Linn, trop de souvenirs.

Le lieu donnait une impression de vieux métal que tous pouvaient goûter dans leur bouche. Si l'opération de sauvetage au Lab 7 se passait avec toute la fluidité prévue, ils n'auraient pas besoin d'aller plus loin dans la partie centrale du Lab, le grand dôme. Il ne semblait donc pas non plus nécessaire d'aller ici dans le grand dôme. Mais en fouillant la zone technique, ils trouvèrent assez de torches laser encore en état de marche, et Mike était clairement partant, donc ils finirent par décider de parcourir le tunnel vers le dôme principal. Linn et les jeunes avec le plus de réticence, déchirés entre leur curiosité naturelle et une extrême prudence. Le plafond du tube creux résonnant leur paraissait haut et loin à cause de l'obscurité qui planait au-dessus d'eux, à moins que quelqu'un n'y jette un œil nerveusement en éclairant brièvement les parois du tunnel, beaucoup trop proches pour Alai et Jeune Pilier de Hutte. *C'est comme être dans un serpent*, dit Alai. Ils calmèrent leur respiration et regardèrent plus souvent en arrière, en essayant d'évaluer la distance qu'ils avaient parcourue, sans aucune idée de jusqu'où les conduirait cette étroite obscurité autour d'eux.

Ils grimpèrent jusqu'à l'étage principal. Les escaliers résonnaient, provoquant un bruit métallique à chaque pas, puis Mike poussa en haut la porte ouverte, et l'espace intérieur brillant du grand dôme s'ouvrit soudainement au-dessus d'eux. La coque synthétique du grand dôme était encore intacte. L'air était étouffant, beaucoup plus que dans la zone technique. Ici le feu de la lente décomposition de toutes les plantes dans les innombrables rangées de bacs et de lits de cultures qui étaient mortes après que les gens ne furent partis avaient épuisé l'oxygène. L'air donnait l'impression d'être lui aussi mort, depuis bien plus longtemps que les deux années écoulées depuis l'exode. Un peu comme s'il n'avait jamais circulé depuis des temps sans commencement. Linn savait qu'il devait y avoir des courants de convexion venant des changements de température des pertes et gains d'énergie solaire entre le jour et la nuit. Mais il demeurait une certaine odeur âcre semblable à celle d'une ancienne grotte scellée. Ou peut-être celle d'un tombeau. Tous se sentaient accablés. Pour Alai et Jeune Pilier de Hutte, les innombrables rangées de plantes mortes dans leurs boîtes étranges étaient horrifiantes, et le grand espace du dôme central avec ses étages de jardins, de bureaux et de quartiers résidentiels abandonnés leur faisaient penser aux alvéoles d'un gigantesque nid de guêpes. Quelles sortes de larves avaient donc été élevées ici ? Les jeunes frissonnèrent et regardèrent avec envie le haut des escaliers.

Mike, sombre, continua à surveiller l'espace pendant un petit moment puis dit vivement :

— Bon, je pense qu'il n'y a pas grand-chose d'autre. Nous ferions mieux de retourner à la zone technique et reprendre le travail.

Dans le tunnel sur le chemin du retour vers le dôme technique Alai pensa à toutes les expériences qu'ils avaient déjà eu de la loge des Guetteurs. Il n'était pas sûr que le Lab était aussi inoffensif que l'avait assuré Mike. Ni qu'il semblait l'être. Il ressentait très fortement le Lab. Une énergie forte y demeurait encore. Les larges et haut espaces vides des sons et des textures du monde qui lui avait donné naissance ressemblaient à l'au-delà d'une vie vide, une vie qui n'avait jamais vécu. Rien à voir avec l'effervescence active et tranquille des camps-villages. Mike leur avait raconté que les gens du Lab vide avaient été heureux avant de partir, mais Alai ne sentait pas qu'il en était ainsi. Pas un bonheur comme il pouvait ressentir celui du Peuple. Dans la loge abandonnée des Guetteurs, il y avait principalement de l'espace vide autour et en toute chose. Une vacance distante. Sombre, froid, un néant, un trou. Comme si la force de vie avait été aspirée, laissant une coquille vide non pas d'une âme cette fois mais de la vie dans son ensemble. Les Guetteurs avaient aspiré leur propre vie. Mike avait tort. Alai réalisa qu'il y avait ici un fantôme puissant, et pas inoffensif. Le fantôme de l'esprit des Guetteurs qui désiraient et qui croyaient au vide, dans un monde mort, dépourvu de vie, comme les anciens l'avaient expliqué. Il frémit de nouveau. Jeune Pilier de Hutte se tourna vers lui.

Je comprends cet endroit, dit Alai, *et c'est très triste, et c'est très perdu. J'espère que nous pourrons en partir bientôt.*

Jeune Pilier de Hutte n'était pas aussi sensible qu'Alai aux autres dimensions et aux perceptions plus subtiles. Il était plus solide, et il voyait son monde largement au travers de ce qu'il connaissait déjà, sans jamais questionner comment cette connaissance avait émergé au début ni pourquoi. Et il en était satisfait, même si les anciens l'encourageaient à se poser des questions. *Si tu ne t'interroges pas, si tu n'interroges pas ton cœur, ton cœur ne pourra pas t'aider à savoir ce qui est juste...* Néanmoins Jeune Pilier de Hutte partageait un peu la sensation d'Alai, et cela le perturba. Spécialement le pourquoi, pourquoi quelqu'un choisirait-il de vivre isolé et coupé, enfermé dans cet espace vide. Sa personnalité carrée uniquement enracinée dans l'intention de servir son peuple, d'être digne d'en faire partie, constituait son engagement. *Il est peut-être parfois un peu rigide et autoritaire dans son zèle, mais donnez-lui du temps, quand il se connectera au cœur de tout cela, il apprendra à plier*, avaient dit les anciens. Pour l'heure ici, il faisait beaucoup d'efforts pour ne pas plier, pour ne pas chanceler sous l'effet de l'invisible vent soufflant du vide à l'intérieur de la loge des Guetteurs. Et il perçut plus clairement comment le caractère vivant de son peuple était précieux en comparaison avec l'implacable sensation de vide de cet endroit, et il commença à comprendre un peu ce que les anciens voulaient dire en parlant de se plier comme un arbre. Les arbres, comme son peuple, étaient vivants, ils vivaient et grandissaient et bougeaient et oui, chancelaient. Pas comme cet endroit vide qui était si fixe et sans réaction. Il commença à voir qu'il en était aussi ainsi pour l'esprit des Guetteurs. Il réfléchit un peu à cela, mais pas trop à la fois, et il se ressaisit, se confirmant qu'il avait bien fait de venir ici, pour y faire ce qu'il avait à y faire, et il s'en trouva satisfait. Il mit un terme à sa réflexion et retrouva l'assurance de sa position. Alai se tourna vers son ami et dit en souriant : *Ah, bien, c'est un début pour lui. Les anciens seront contents qu'il soit enfin allé jusque-là.*

Les jeunes apprécièrent d'être de retour dans le dôme plus petit des techniciens et dans la zone technique, qui leur parurent étrangement familière en revenant. Le sentiment de familiarité, bien que bref, leur donna de nouveau confiance. La technique constituait la priorité de leur présente mission après tout. Mike commença à explorer d'une façon systématique tout l'équipement sur les étagères des ateliers de la zone. Ses collègues de travail dans tout le Lab n'étaient pas partis de façon précipitée. Ils avaient nettoyé et rangé les outils.

— Trop organisé pour moi ! Comment bon sang peut-on trouver quelque chose, plaisanta McPhe.

— Ah ah ! Nous y voici ! Alléluia ! cria Mike joyeusement. Sa voix porta, résonna partout dans l'espace creux. Chuchotant en retour depuis tous les coins de la salle voûtée. Les deux jeunes sursautèrent.

— Désolé, les gars, dit Mike un peu gêné, j'ai juste trouvé le gros lot. J'essaierai de faire preuve de plus de retenue la prochaine fois. Puis lui et McPhe se mirent à trier des petites boîtes noires comportant des marques étranges, des touches et des boutons, pendant que les jeunes se mirent à espérer que quelle que soit la chose qui l'ait rendu si heureux, cela signifiait aussi qu'ils pourraient bientôt partir. Mike et McPhe regroupèrent un peu plus d'équipement, quelques éléments complémentaires et quelques outils manuels brillants et bizarres et les répartirent dans les sacs de transport coniques que chacun d'eux portait sur le dos.

McPhe passa par-dessus un établi et fouilla dans les armoires et dans les tiroirs.

— Ah, le voici ! dit-il en agitant en l'air un autre outil, j'ai pas tellement envie de revenir au magasin, plaisanta-t-il, regroupant le reste du matériel à distribuer.

Ils avaient l'équipement, les outils et les pièces qu'ils étaient venus chercher. Cela n'avait pas été trop dur d'entrer à l'intérieur, les trappes avaient été forcées assez facilement.

Les garçons se sentirent clairement soulagés d'être à l'extérieur, respirant de nouveau l'air vivant, sentant la Terre sous leurs pieds, vivante, résiliente, réceptive, sentant leurs pieds à chaque pas contrairement au sol aveugle de l'intérieur qui leur avait paru si froid et si insensible, comme s'il n'avait pas remarqué leur présence, ignorant leurs pieds. Ils poussèrent tous un soupir de soulagement. Après tout, ils avaient eu de la chance que l'endroit soit si aveugle et vide, et ne les ait jamais remarqués, et de pouvoir en ressortir en sécurité. *Oh là là, l'histoire qu'on va avoir à leur raconter*, pensèrent-ils de nouveau avec plaisir. Ils attelèrent leur sac de portage plus haut sur leurs épaules dans la bonne humeur et se mirent en marche d'un pas léger et décidé, McPhe et Mike cheminant derrière, déjà perdus dans les détails de comment reconfigurer l'émetteur-récepteur et le combiné de communication. Linn suivait, luttant avec trop de souvenirs qui avaient été réveillés et qui le tiraient en arrière. Pas encore sorti de l'auberge comme dirait McPhe, se dit Linn en souriant. Les arbres étaient maintenant devenus son refuge, son monde s'était retourné. Les arbres étaient là où il voulait aller. Peut-être que les fantômes de ses souvenirs ne pouvaient pas l'y suivre, et ils s'en retournèrent ou se mirent de côté.

Cette nuit Linn fit un rêve fugace. Une contrée arctique balayée par les neiges, au niveau de la mer. Une petite hutte ronde de quelques dizaines de centimètres de haut, comme modelée de neige humide par les mains d'un enfant, était située au sommet d'un dôme blanc plus grand avec des pattes évasées et une ouverture sur un côté. Comme les coques de protection que les climatologues utilisaient pour les équipements sensibles laissés sur place pour surveiller la banquise à l'époque de la fonte des pôles. Loin en profondeur sous la double hutte, un monde salin tourbillonnant, des lambeaux de glace fondante et de neige dérivant dans la mer au-dessous de la surface polaire amincie. L'eau luisant comme une voie lactée, turquoise, vert pâle, et jaune d'or. De petits points phosphorescents comme des étoiles langoureuses tourbillonnant à travers les voiles de lumière liquide. Un jeune homme sur une planche de surf de compétition flottant, tournant, bondissant au ralenti au travers des voiles, ses cheveux virevoltant autour de sa tête en tournant, ses bras levés comme pour atterrir d'un saut, en paix et serein. Des grands canyons de murs des glaciers bleus de chaque côté. Le jeune homme atterrit langoureusement comme les étoiles aquatiques phosphorescentes, comme les voiles de neige fondue, comme la lumière bleue et translucide du glacier, comme ses cheveux flottant. Atterrissage sans fin d'un saut sans fin, flottant, tourbillonnant dans les lentes eaux de fonte.

Laissez-le être, laissez-le être, marmonna Linn en émergeant des profondeurs de son sommeil. Laissez qui que ce soit qu'il puisse être tourbillonner en paix. Il sentit tout autour de lui le confort rassurant et familier de la hutte de Gros Carl, l'odeur de la terre et de la fumée de bois mélangée aux prières douces du cèdre. *Laissez-le dormir. Laissez-le être.*

— Peut-être que je devrais descendre ici plus souvent pour superviser le travail, dit Ken à Nichols lorsqu'il l'eut informé en privé au sujet des tapotements que l'équipe des canalisations avait entendu alors qu'ils travaillaient sur le 'projet' du sous-sol.

Deux jours plus tard, Ken était proche des tubes lorsque le tapotement se manifesta de nouveau.

— La plupart du temps c'est à cette heure-ci, dit l'un des membres de l'équipe.

— Cela ressemble à du Morse, murmura Ken en pressant son oreille sur la canalisation menant à l'évent bouché, la séquence est toujours la même… Elle écouta. Tiret, tiret, stop. Tiret, point, tiret, point, stop… M, C, P, H, E…

— McPhe ! Ses yeux s'ouvrirent d'étonnement.

MCPHE ICI…MCPHE ICI… Puis silence.

Ken tapa sa réponse, KEN ICI… KEN ICI… et attendit.

MCPHE ICI… MCPHE ICI… MCPHE ICI…

— Bon sang ! Pourquoi ne fait-il rien de plus que répéter ? Qu'est-ce qu'il peut bien se passer là-haut, est-ce un leurre ?

— Calme-toi !

Ken essaya de nouveau, KEN ICI C'EST TOI ? CHERCHER MCPHE... CHERCHER MCPHE... CHERCHER MCPHE... et puis silence. Ils écoutèrent pendant un moment, mais le tapotement ne revint pas.

— Il semble que nous devons attendre, peut-être à la même heure, à la même position ? dit Nichols en se tournant vers Ken.

— Je veux quelqu'un ici 24/7 si nous pouvons le faire discrètement.

Le jour suivant, le tapotement revint, et Ken était là. Un message plus long cette fois.

MCPHE ICI, BIENVENUE SUR LA PLANETE TERRE.

— C'est lui ! fit Ken en souriant, c'est McPhe ! Bon...

Son esprit tourbillonnait au-fur-et-à-mesure de la conversation. McPhe et Linn et le DJ loufoque du Lab 5 étaient ensemble quelque part à l'extérieur, ils vivaient avec des gens qui avaient vécu à l'extérieur toutes ces années et étaient prêts à aider toute personne du Lab qui souhaiterait le quitter, prêts à les aider à s'installer dans une nouvelle vie. Une vie vraiment différente, avait dit McPhe, tu vas aimer être là-bas dehors... Ils convinrent d'une heure pour se rencontrer de nouveau, une heure différente, elle se devait de faire attention à ne pas attirer l'attention. McPhe lui parla de leur plan de sauvetage de façon aussi synthétique que possible, et avec aussi peu de digressions humoristiques qu'il en était capable. Stimulé de temps en temps par Linn et Mike : "Tiens-toi au plan mec, le plan !" Tous étaient surexcités dans le fait d'avoir établi le contact. McPhe parla à Ken de l'idée d'ouvrir les bouches d'aération et de l'utilisation d'un combiné téléphonique. RÉNOVÉ PAR MIKE. BESOIN DE TON OKAY AVANT OUVERTURE DE L'EVENT. Points et tirets fusant de part et d'autre.

— Peut-être qu'une corde avec une boîte de conserve aurait été plus simple, dit joyeusement McPhe à Mike et à Linn, mais bon ça marche. Aussi longtemps que l'on peut épeler…

Alors que le moment de l'opération de sauvetage approchait, Ken avait de plus en plus de mal à trouver le sommeil, et elle était fatiguée de faire semblant de dormir chaque nuit, essayant de garder son corps immobile alors que son esprit brassait sans cesse au sujet du plan. Tant de choses ne tenant qu'à un fil, qu'à plusieurs fils. Est-ce que les enregistrements en boucle fonctionneront ? Combien de temps avant que le CESI ne s'en aperçoive ? Est-ce que tous ceux qui sont au courant sont en sécurité ? Et en plus maintenant, Kai réquisitionné pour retourner aux cours. Elle avait eu de la chance de l'avoir quelques jours de plus, faisant état de l'importance du projet sur lequel il travaillait. Elle n'avait pas encore parlé à Kai, elle ne voulait pas l'alarmer. Il fallait que tout le monde soit capable de voir et de fonctionner aussi normalement que possible. L'enjeu était énorme, et tout ce que Kai savait était qu'ils travaillaient sur un moyen d'ouvrir les trappes et de désamorcer le contrôle du CESI. Elle s'inquiétait du fait que s'il apprenait toute l'histoire trop tôt, il lui serait trop difficile de réprimer l'excitation. Il y avait déjà suffisamment de personnes de l'équipe qui ne trouvaient plus le sommeil. Il retrouverait Linn bien assez tôt.

Lorsqu'elle parla à McPhe des convocations au travers de leur 'centre de communication' sous-terrain, centre de ventilation comme ils l'appelaient, McPhe avait déjà reçu la confirmation des autres ventileurs, et oui, ils pourraient le faire rapidement, ils pourraient accélérer les choses, il faudrait un peu de travail pour cela… Difficile de dire au travers du combiné téléphonique, la bande passante étant si étroite et si faible. Très très étroite… Elle se retint d'un petit rictus.

McPhe tapotait de nouveau de temps en temps. ET LES ENFANTS RELEVEZ LA TETE… PRETS POUR LE ROCK N ROLL… et son favori PART DE GATEAU… où est-ce qu'il va chercher tout ça ? Bon sang ! Elle se laissa aller à un sourire, un sourire fantôme invisible. Ce serait sympa de les revoir et de sortir d'ici… Son esprit s'emballa de nouveau.

"Bon Sang !" La voix de Ken résonna avec une bonne humeur. Une sonorité amicale, genre 'qu'est-ce que tu dis de cela !', du genre 'ah ! enfin ce foutu machin que j'étais en train de chercher'. Mais pas le genre de truc qui veut dire "Oups ! Vaudrait mieux faire attention !" Pas un truc à te provoquer une crise de nerfs.

Kai leva la tête de son travail et sourit. Ce *bon sang* c'était un peu comme un 'c'est clair que la plupart des pièces n'arriveront pas avant quelques jours, alors prenons une pause *bon sang* !', ou un 'bon sang tu sais que nous devrons annuler les cours demain !' *Bon sang* ! Une fête surprise. Un jeu d'enfant. *Bon sang* ! Un sacré clin d'œil. Kai attendit de voir ce qu'elle avait dans la tête. Il ne pouvait pas l'imaginer vraiment en colère, genre cracher une satanée boule de feu, ou proférant une satanée malédiction éternelle. Elle était ferme, ferme et directe. Quoi que ce soit lui déclenchant un de ces "bon sang" elle irait droit au but. *Bon sang* ! Dès qu'elle a trouvé ce qu'elle cherche de l'autre côté de ce qui essaye de la bloquer, elle va droit au but et dépasse tous les foutus obstacles, quels qu'ils soient, pour parvenir à ses fins.

C'était une bonne chose qu'elle soit ici, loin du dôme principal. Et c'était aussi une bonne chose que lui aussi le soit. Il en était content. Elle était une bonne amie. Un peu comme une tante préférée excentrique qui fume des cigares et qui met des fleurs dans ses cheveux. Qui vient vous visiter et qui met toute la maison sens dessus dessous pendant qu'elle est là. Il avait lu des choses qui parlaient de ça, de cigares, de maisons. Les maisons d'alors étaient lourdes, encombrées, emplies de vieilleries. Pas sèches et fonctionnelles comme les compartiments de vie du Lab. Mais on pouvait aussi les mettre sens dessus dessous. Quand il était petit, il avait l'habitude de s'allonger sur le sol en regardant le plafond comme si c'était le sol. Imaginant qu'il déambulait sur cette surface ouverte et brillante, accélérant et sautant par-dessus les seuils surélevés des portes, déambulant autour des bureaux et des chaises disgracieuses à quatre pieds tenant en équilibre sur une seule nageoire. Les coins sombres aux extrémités des étages habituels étaient maintenant bien éclairés avec le nouveau sol plafond. La tante préférée serait tout à fait le genre de personne à porter des knickers et à apprendre à conduire un vélo quand toutes les autres tantes et mères seraient encore emprisonnées dans leurs jupes cages d'oiseaux. Des jupes à larges bords, les transportant d'une pièce à l'autre comme de grands navires à larges voiles. Kai connaissait bien tout cela. Il avait étudié toutes sortes de coutumes bizarres pendant ses cours d'histoire. Les jupes cages d'oiseaux et les bateaux à voiles étaient reliées aux baleines et à la pêche à la baleine, des corsets en os de baleine, mentalité américaine, océans dépérissant. Il avait dans son imaginaire des mondes entiers d'images claires, avec des détails aussi éloignés de lui que ceux-ci. Une réserve personnelle de métaphores glanées d'époques et de lieux qu'il n'avait jamais connus, qu'il ne verrait jamais, et que personne ne verrait jamais. Tout cela proliférait maintenant dans sa mémoire. Ces mondes depuis longtemps révolus vivaient encore d'une façon invraisemblable dans sa mémoire. Se recombinant comme des rêves, parfois d'une façon drôle, parfois d'une façon glauque, des mondes hybrides, non répertoriés, emplis de mille et une façons de gens, d'arbres, de rivières, de montagnes, de ciel. Au sein de sa vie cloîtrée et circonscrite, il avait vécu d'innombrables vies d'innombrables façons. Une sorte de liberté secrète vivait en lui, il y trouvait un refuge et ne voulait pas en partir. Et il en était satisfait. Ici dans la zone des mécaniciens, lui et ses mondes imaginaires se sentaient d'une façon inattendue comme à la maison. Au milieu de toutes les piles et tas de pièces et d'équipements cassés, ou récupérés, dans tout ce désordre apparent, une créativité bienveillante essayant de tricoter les différentes pièces cassées, les rêves et d'impossibles nécessités en de nouvelles fonctionnalités surprenantes. *Bon sang* ! En effet.

Il attendit avec impatience. L'exclamation de Ken avait aussi été un signal général pour tout le monde, une sensation de tension électrique dans la pièce, et quand il regarda autour de lui, tous ceux travaillant dans la zone technique semblaient attendre avec un amusement affectueux, maquillant habilement la tension. Elle et Nichols s'étaient rendus dans la pièce blindée un moment auparavant, et elle en était revenue avec les bras pleins de petites boîtes. Maintenant elle fouillait à l'intérieur, ouvrant et refermant les volets, ignorant manifestement et d'une façon calculée l'attention que son exclamation avait attirée. "Ce n'est pas n'importe où…" marmonna-t-elle à elle-même, suffisamment fort pour que tout le reste d'entre nous puisse entendre. Un murmure théâtral intense, tout le monde sur le pont. "C'est cette satanée pièce, je n'arrive pas à mettre la main dessus. Je dois trouver une boîte s'ouvrant sur le côté gauche. En avez-vous vu une ? Une s'ouvrant à gauche ! J'ai des tas de boîtes avec l'étiquette à gauche et elles s'ouvrent toute à droite ! N'importe quel benêt est capable de voir si les étiquettes sont à gauche et pas à droite !"

Elle fit un signe dans l'air en direction des boîtes accusées. Même de loin ce qui était imprimé sur l'étiquette semblait détaillé et dense. Illisible. N'importe quel benêt…

"Des benêts de l'inventaire…" continua-t-elle de marmonner.

Il n'y avait pas de service d'inventaire dans le Lab. Elle voulait dire des benêts de l'Avant, du Monde Extérieur, ou peut-être venant d'Inventaire, un pays imaginaire où le comptage, l'étiquetage et la mise en boîte avait été sous traités. Il semblait que cette fois le "bon sang" faisait référence à un trésor caché, ou peut-être à une équipe de sport, nous contre la folie externalisée qui ne pouvait même pas lire une étiquette sur une boîte.

"Et les gars, est-ce que quelqu'un…"

Sport d'équipe, le nouveau chemin à travers le labyrinthe. Où allait-elle ?

"Bon sang !" un différent cette fois, plus prononcé. Quelque chose venait de tomber de la boîte qu'elle était en train de secouer. Quelque chose de petit, de très petit, était tombé, brièvement lumineux, brillant, tombant sur le sol avec un ping discret, et disparaissant dans l'obscurité globale sous les pieds. "Et les gars", un différent "et les gars" cette fois, elle changeait la donne en cours de route. "Avez-vous vu dans quelle direction c'est parti ?"

Tout le monde se penche, c'est l'heure de la chasse au trésor. Rampant ici et là à quatre pattes. Ramassant d'autres petites choses absurdes. Depuis longtemps inutiles, depuis longtemps oubliées.

— Est-ce que c'est ça ? un feutre cassé s'agitant en l'air.
— Niet.

Les têtes de nouveau vers le bas. Des têtes se cognent, des mains se jettent sur quelque chose. "C'est ça ?" Comme un jeu de devinettes. Vingt questions. Ou plus, dépendant du montant en jeu.

— C'est ça ? Quelqu'un montrant une petite vis.
— Le filetage est vers la gauche, dit une voix pour aider.
— Niet.

Pas les bons trucs. Pas les bons c'est ça.

— Nous recherchons un petit ressort, un ressort fragile. Attention à ne pas l'écraser !

L'heure de la gymnastique. Course à trois pattes. Ramper à trois pattes. Pantomime. Devinez quel animal je suis maintenant. Un ours ? D'autres têtes se heurtent. Toutes orientées dans la même direction, une foule d'animaux de bonne volonté convergent vers la zone de travail de Ken, apportant divers petites choses trouvées sous les mains et les genoux.

"Ne l'écrasez pas ! Attention !"

Comme une horde de petits oursons, à quoi voulez-vous jouer après ? Les têtes vers le bas.

"Par ici, je suis presque sûre que ça a roulé sous le banc."

Grincements et cris de métal en signe de protestation du banc de travail que l'on tire pour l'écarter du mur, avec force, contre sa volonté. Mains et genoux recherchent derrière l'endroit secret. Lentement, un message est relayé, têtes baissées, un par un. Chuchoté derrière une poubelle, sous une étagère, en bas, à proximité du sol. Quelques mots, discrets, très petits, comme la petite pièce égarée, étincelante puis disparue :

"Demain nous débranchons la prise, faites passer le message."

Des rires et des gloussements, des clowneries un peu partout après ça. Une ambiance légère, on était tous bons à ça, mais avec maintenant un sentiment plus brillant et plus intense dans cette mise en scène théâtrale. On était tous dedans, et enfin nous allions nous produire. *Bon sang* !

— Monsieur ? Je crois que nous avons un problème.

— Oui ? le ton du chef du CESI était froid et dur. Il n'aimait pas être interpellé. Il préférait provoquer les rencontres, afin de maintenir l'ordre de la chaîne de commande. L'homme qui ignorait de façon si éhontée le protocole était l'un des collaborateurs haut-gradés de son équipe. Il aurait dû le savoir.

— Oui, Monsieur, une situation a évolué. Nous avons des raisons de croire que l'équipe des techniciens est en train de planifier, a planifié, a commencé à mettre en œuvre, … Le messager se flétrissait, chancelant sous le regard caustique du chef puis ajouta : — ….essaye de mettre en œuvre une sorte de mutinerie. Quelques-uns, enfin, un certain nombre de personnes venant d'autres secteurs semblent s'être joints à eux.

— Dites-leur de partir immédiatement. Dites-leur tout de suite de retourner à leur poste

— Je crains, euh, Monsieur, que cela soit allé plus loin que ça. Ils ont coupé une partie de l'alimentation électrique et ils se sont tous terrés là-bas dans le dôme technique.

—Impossible ! aboya le chef avec dédain.

— Seulement quelques personnes… L'homme fit une pause en voyant le regard du chef puis poursuivit, déterminé à délivrer son message dans sa totalité. — Une réunion publique ou quelque chose du genre, dit l'homme avec mépris, essayant de caresser autant que possible le chef dans le sens du poil. Le chef était connu pour son habitude à pendre les messagers avant de mettre en œuvre quelque action. — Un rassemblement prévu dans le tech, au sujet de l'état de la communauté. Nelson a vu quelques membres du personnel des statistiques des récoltes en bas au centre de service prendre la direction du tech. Ils n'ont aucune nécessité d'aller là-bas. Il les a suivis, et a entendu l'un d'eux dire qu'il espérait qu'ils n'étaient pas en retard et que tous les autres étaient déjà là-bas. Juste avant que la porte du tunnel ne se referme derrière eux. Et Riggs était à l'intérieur…

— La porte du tunnel ? La porte du tunnel vers le dôme technique a été fermée ? Le chef semblait ne pas le croire.

— Oui, Monsieur. Nelson l'a tout de suite signalé. Il est l'un de nos meilleurs, …euh…, guetteurs, dit le collaborateur, si l'on se fie au taux de respiration à partir de la qualité de l'air, il semblerait, euh, que quelques autres membres du personnel y soient aussi allés. Tous les cadets se tiennent à carreau, s'empressa-t-il d'ajouter, nous avons veillé à cela, mais un certain nombre de… Monsieur, peut-être que ce pourrait être une situation pour essayer les nouveaux tasers assemblés par l'équipe d'Harbeck.

— Aucun sens ! Pas besoin de surréagir. Disons-leur de revenir. Les rassemblements non autorisés sont interdits.

421

Ils le savent. Rappelez-leur. Faites-en sorte qu'ils retournent dans leur zone. Tout le monde. Tout le monde doit retourner dans sa zone immédiatement. Dites-leur qu'il y a une inspection de routine.

— Monsieur, les rapports montrent que cela est allé encore au-delà. Ils ont, euh, violé une partie des systèmes de sécurité, et la plupart des écrans de surveillance ne fonctionnent plus correctement. Ils montrent en boucle une même séquence de cinq minutes. Cela a pris un peu de temps pour s'en rendre compte, notamment dans les couloirs et les pièces vides. Le collaborateur haut-gradé essaya courageusement mais en vain de trouver des excuses pour la négligence de son équipe. Qui aurait pu imaginer, c'était sa malchance, qu'il serait témoin d'une rébellion. — Mais ici et là, les mêmes personnes marchant au même endroit, encore et encore. Difficile de s'en rendre compte au début, le travail est si monotone, tellement euh, monotone, Monsieur, pour décoder tout ça, ça a été difficile à repérer au début, insista-t-il encore, en plus, il y a tellement de choses routinières ici, dit-il d'un air méfiant, s'attendant à une réponse sévère. Le chef était aussi connu pour adhérer méticuleusement à des routines personnelles et attendaient la même chose de tous les autres. Mais le chef ne sembla pas comprendre. Sa mâchoire se serrait compulsivement. Le collaborateur pouvait distinguer les muscles d'un visage se tendant et se relâchant derrière le masque du chef. Le collaborateur laissa la fin de son message en suspens, en souhaitant très fort ne pas être celui qui le délivre et en redoutant la réponse du chef.

Mais au lieu de cela, le chef le poussa légèrement pour l'écarter de sa route vers le Centre de Commande de la Surveillance.

Le collaborateur marcha dans son sillage, espérant ardemment qu'il y avait encore assez d'écrans de contrôle en état de marche dans le CCS pour prévenir son équipe que le chef était en chemin, et au galop.

Lorsqu'ils débarquèrent dans la salle, tous les écrans sur les larges rangées de moniteurs semblaient montrer des scènes habituelles de vie. Un petit groupe des membres de la sécurité étaient rassemblées sur un moniteur, regardant l'écran avec attention.

— C'est juste… maintenant, dit un homme en jetant un coup d'œil sur sa montre, là il revient de nouveau.

Un homme vêtu de la tenue du personnel des cultures traversa le couloir de droite à gauche. Il ouvrit une porte sans hésiter, entra dans l'espace au-delà, et referma la porte derrière lui.

— Cinq, six, sept secondes, dit un autre homme.

— Avec l'uniforme de base des techniciens agricoles. Cela pourrait être n'importe qui. Quelle est son ID ?

— Aucun fichier d'information. La, euh, bande d'information est brouillée, on dirait que ce sont des informations mais ce n'est pas le cas. Des paquets de lettres aléatoire ressemblant à des mots, même forme, même espacement du…

— Aucun fichier ?! rugit le chef n'arrivant pas à le croire.

— Oui, Monsieur, aucun fichier qui soit lisible. L'identification ne marche plus. Et, les autres données elles ont été, euh, remplacées.

— Depuis quand !? Depuis combien de temps ce bordel continue-t-il ? Mais vous n'êtes qu'une bande d'abrutis ou quoi ? Répondez ! Répondez ! hurla-t-il alors que le groupe commençait à s'écarter de lui.

— Cela a pris un certain temps, Monsieur, comme nous l'avons dit, pour le remarquer…

— Et l'ID ? dit le chef d'une façon tranchante, j'imagine que c'était aussi difficile de s'en rendre compte ?

— Eh bien, il n'y avait pas besoin d'ID au début, puisque tout semblait normal, puis nous avons commencé à chronométrer les mouvements, et c'est là que nous avons regardé la bande d'identification…

Le chef faisait les cent pas avec impatience.

— Ils sont sur des boucles de cinq minutes, comme les caméras, expliqua un autre officier de sécurité, cela nous a paru normal au début. Aucun signe de perte d'alimentation. Aucun signal d'alarme indiquant le dysfonctionnement d'un moniteur. Plutôt malin. Simplement des pièces et des couloirs vides, et suffisamment de personnes se déplaçant ici et là pour donner l'impression que tout était en ordre. On ne s'est pas aperçu au début du problème de l'ID, on ne vérifie pas d'habitude ces informations à moins qu'il n'y ait une raison, un motif de suspicion… L'officier de sécurité avala nerveusement. — Bien sûr nous aurions dû le remarquer plus tôt…

— Je veux que l'ID refonctionne à nouveau. Je me fous de ce que cela demande. Je veux l'identification fiable de chacun de ces fils de pute sur ces vidéos. Je veux savoir qui est derrière tout ce bordel. Le ton du chef glissa en mode commande autoritaire.

— Bien Monsieur, tout de suite, Monsieur...

— Et je veux que la totalité du comité se réunisse ici maintenant, ajouta le chef froidement.

L'équipe de sécurité semblait consternée. Le chef plus un ou deux membres du comité c'était déjà assez dur, alors que dire des six. Difficile de dire ce qui était pire, être dans une salle avec eux ou se demander où ils étaient allés et ce qu'ils avaient fait. Des membres de la garde intérieure étaient déjà arrivés, et maintenant ça. Les hommes de la sécurité se remirent au travail avec inquiétude. Va y avoir du boulot.

— Voilà ça revient, dit quelqu'un doucement, montrant du doigt l'écran.

Tous attendaient. Un homme apparut de nouveau dans le couloir, traversant de droite à gauche. Même uniforme, même stature, même taille. Même rythme de marche, difficile de dire. L'homme ouvrit la porte, entra et referma la porte derrière lui, comme précédemment.

— Cinq, six, sept...

— La ferme !

— Il y a d'autres enregistrements comme celui-ci. C'est une action assez simple. Rien d'extraordinaire à part que l'ID ne fonctionne pas, mais dans tous les cas beaucoup d'enregistrements ne montrent que des pièces vides, des couloirs vides. C'est normal à cette heure de la journée.

— Combien d'enregistrements concernés ?

— Environ dix ou douze, avec des actions qui se répètent. Il va falloir que des équipes arrêtent certains moniteurs pour les analyser. On vous préviendra dès que… les pièces vides…dit-il en montrant les rangées de moniteurs. C'était simple pour tout le monde de se rendre compte. La plupart des écrans montraient des espaces vides. Les couloirs, les pièces, les escaliers. Tout vide, plutôt normal entre les heures d'affluence. Le chef aimait que les choses et les personnes se déplacent avec précision et de façon ordonnée.

— Qu'est-ce qu'il se passe bordel !? Les gens pourraient être en train de ramper partout ! explosa le chef, et on ne peut pas le savoir ! Ils sont fous ! Maintenant nous sommes aveugles, et comment allons-nous savoir ce qui se passe bordel !

Les membres du personnel de la sécurité se retournèrent vers le chef. Chacun resta silencieux jusqu'à ce qu'un homme murmure :

— Les bâtards ont pris le contrôle, nous sommes aveugles, nous sommes aveugles, sa voix devenant de plus en plus paniquée.

— Ferme-la ! Le chef frappa l'homme directement au visage qui s'effondra sur le sol. Personne ne bougea. — Quelqu'un d'autre ? aboya-t-il, allumez l'alimentation secondaire. Nous ne pouvons pas les laisser nous débrancher. Nous ne pouvons pas les laisser nous isoler, nous sommes aux commandes ! Où est notre alimentation de secours ? Scellez l'entrée principale vers le dôme de la recherche et le médical. Nous commencerons à sécuriser tous les secteurs à partir de là. Nous allons leur montrer une ou deux petites choses quand on désobéit aux ordres.

— Monsieur, les portes ne se fermeront pas. Le relais de l'alimentation de secours est bloqué. Codes incorrects.

— Essayez encore !

— Mais Monsieur, les codes ont été changés de l'extérieur.

— Les fils de putes !

Personne n'avait jamais vu le chef contrarié de la sorte. Tous espéraient avec raison quitter la pièce avant qu'il n'explose. Personne ne voulait se situer à l'épicentre lorsque cela arriverait.

— Nous allons devoir envoyer une équipe au dôme technique, dit le chef en regardant dans la salle.

Personne ne fit un pas en avant.

— Monsieur, je crois que la porte du tech est scellée de l'intérieur. Les systèmes de confinement, les systèmes automatiques d'urgence…

— Je sais, dit le chef sèchement, regardant son équipe. Une bande de mauviettes sans rien dans le ventre. Aucune dignité. Sans tripes. Il regarda de nouveau vers les écrans avec une frustration grandissante. — Mais qu'est-ce qu'ils veulent bordel ?!

Un jeune homme pâle se précipita dans la pièce.

— Monsieur, Richard James, Monsieur. Le jeune homme semblait à bout de nerf.

— Monsieur, un message venant des transcodeurs de communication.

— Les transcodeurs de communication ?! Mais d'où ces foutus transcodeurs viennent-ils ?

— De la zone technique apparemment.

— Transcodeurs de communication, marmonna le chef, ils utilisent des transcodeurs de communication. Comment bordel ont-ils fait…

— Ils disent qu'ils veulent quitter le Lab. Ils disent qu'ils vont à l'extérieur, que certains d'entre eux y sont déjà allés. Ils ont dit, il déglutit, qu'il y a un monde dehors, qu'il y a de la vie, que ce ne sont pas juste des rochers nus et stériles. Ils projettent de partir et ils demandent que quiconque souhaite partir avec eux puisse le faire. Quelques membres du personnel de sécurité se regardèrent du coin de l'œil. — Ils veulent qu'on leur autorise le passage en sécurité, poursuivit Richard James.

— Absurde !

— Ils disent qu'ils ne veulent pas créer de problèmes ni aller jusqu'à la confrontation…

— Alors pourquoi bordel ont-ils coupé le courant ? Pourquoi ont-ils pris le contrôle ?! C'est un stratagème. Il n'y a pas de vie à l'extérieur. Ils essayent juste de faire un putsch dans le Lab.

— J'ai bien peur qu'ils ne l'aient déjà fait, Monsieur, dit l'un des collaborateurs, nous avons vérifié quelques-uns des autres systèmes. Le système d'aération et les panneaux de contrôle de l'eau ont été rebootés depuis la zone technique… Toutes les alimentations… Ils nous laissent seulement voir les écrans qu'ils alimentent de façon à ce que l'on sache qu'ils ont pris le contrôle. Ils peuvent couper tout notre courant à tout moment où ils le souhaitent.

— Ces crétins d'idiots abrutis. Ne savent-ils pas que nous sommes leur seule chance de survie ? Le chef regarda rapidement tout autour de lui, avec une lueur sauvage dans ses yeux.

Certains des membres du personnel de la sécurité commencèrent à faire prudemment un pas en arrière, s'éloignant de lui.

— Il est en train de craquer, murmura un homme doucement, vaudrait mieux partir d'ici. Quelques têtes acquiescèrent.

— Bien, je ne vais pas les laisser prendre possession du Lab. Ce Lab m'appartient. Il est sous ma responsabilité. S'il le faut, nous le ferons exploser nous-mêmes. Nous coulerons avec le navire. Mourir avec honneur, accomplir notre mission. Nous ne les laisserons pas s'emparer du Lab.

— Mais Monsieur…

— Pas de mais. Vous sombrerez avec les honneurs, avec moi. Nous coulerons tous ensemble. Vous le ferez de votre propre volonté ou par Dieu je jure que je vous descendrai moi-même ! Le chef sortit de sa veste un vieux revolver, un Glock carré noir. — Ai-je été clair ? Vous n'avez pas le choix. Sterns, vous êtes responsable du personnel des récoltes. Où se trouve le lieu de stockage de l'engrais, combien d'engrais avons-nous à disposition ?

Toute l'équipe de sécurité paraissait extrêmement inquiète.

— Nous pourrions essayer de négocier, Monsieur ? essaya un homme.

— Non ! Nous ne nous rabaisserons pas à marchander avec de la vermine ordinaire. Nous ne laisserons pas une station de recherche précieuse tomber entre leurs mains. Nous nous en tiendrons à notre objectif supérieur.

— Supérieur mon cul, marmonna quelqu'un à l'arrière du groupe de la sécurité, et les autres firent semblant de ne pas avoir entendu.

— Nous ne tomberons pas sous l'effet d'une insurrection ou d'une insubordination, dit le chef pompeusement, nous sortirons de là avec dignité. Nous ne laisserons pas une installation comme celle-ci aux mains d'une bande de fous qui n'ont pas la sagesse d'en faire bon usage. Trop de recherches et de technologie tomberaient en de mauvaises mains. Nous ne pouvons pas faire courir le risque de quoi que ce soit que ces irresponsables abrutis pourraient faire. Nous devons le faire exploser nous-mêmes.

— Nous pourrions aller à l'extérieur, essayer d'entrer dans le dôme technique au travers des trappes de secours des portes de la zone de décollage, dit doucement l'un des membres de la garde rapprochée du chef.

— Absurde ! Il n'y a pas d'extérieur. Et la seule façon d'y accéder est là-bas dans la zone technique, eux-seuls ont l'accès et les portes de décollage sont scellées, dit le chef avec insistance.

— Nous pourrions sortir par le tunnel d'évacuation, et puis ré-entrer par les trappes des portes de la zone de décollage. Pour les prendre par surprise, insista l'homme.

— Absurde ! Tu ne tiendrais pas 10 secondes à l'extérieur, il n'y a pas d'air. C'est pourquoi nous y avons envoyé cet idiot de Brenner. Le chef fit une pause. Les disparitions avaient été l'œuvre d'un petit nombre d'élus, devinées par les autres membres de son commandement, mais jamais reconnues. Eh bien il était temps qu'ils sachent à qui ils avaient à faire. Il n'était pas l'un de ces bureaucrates sans tenue. Il était un homme d'action, de principes. Un visionnaire. Et il savait qu'il avait raison. Il prit à part quelques-uns de ses plus fidèles soutiens.

— Je ne peux plus compter sur eux désormais, leur dit-il en montrant de la tête le reste du personnel de la sécurité, Kerac, Hammond, venez avec moi. Nous allons le faire nous-mêmes, et vous, restez ici, gardez ces idiots, dit-il en pointant du doigt un de ses gardes du corps moins gradé, veillez à ce qu'ils n'interfèrent pas, ajouta le chef par-dessus son épaule en sortant accompagné de sa garde rapprochée.

Les hommes laissés dans le Centre de Commande de surveillance restèrent silencieux pendant un moment.

— Vous pensez qu'ils peuvent nous voir ? murmura finalement l'un d'entre eux, maintenant, peuvent-ils nous voir désormais du tech ?

— La ferme ! lui cria le garde.

—   Peut-être,   dit   un   autre   homme précautionneusement, d'une voix à peine audible.

431

Quelques-uns des autres hommes présents acquiescèrent de la tête et se regardèrent mutuellement. Il y eut un long moment de pause.

— Hé ! Regardez ça ! dit le premier homme avec une voix suffisamment forte pour que le garde puisse l'entendre. Il montra l'un des écrans dans le coin. — Je pense que quelque chose de différent est finalement en train de se produire.

— Faites-moi voir. Le garde fit de la place pour accéder devant l'écran et les autres hommes à proximité derrière lui. Alors que le garde se penchait un peu plus pour voir l'écran, les hommes de chaque côté de lui se jetèrent sur lui et le coincèrent dans l'angle.

— Yo ! Un homme dans le dôme technique qui surveillait les alimentations du CCS appela Linn et McPhe et Gros Carl.

— Regardez là-bas ! Il semblerait que la mutinerie de la Bounty a enfin commencé. Ils regardèrent la scène où les hommes de la sécurité immobilisaient le garde.

— Y a-t-il une façon de les joindre et de les faire sortir ? demanda le technicien. On dirait qu'ils sont de notre côté après tout...

— Où là ! dit un autre technicien, surveillant un autre écran. On va avoir des problèmes. Ils vont vraiment le faire, la sécurité dans la réserve d'engrais a été violée.

— Le fils de pute ! dit McPhe. Le lunatique va faire exploser le Lab. Alerte rouge ! Alerte rouge ! cria-t-il à toutes les personnes rassemblées dans le tech, tout le monde sur le pont ! Sortez tous, maintenant ! Bougez !

— On ne peut pas l'arrêter ? demanda Linn.

— Je ne voudrais pas essayer. Après tout, il est sur le point de faire pour nous une partie de notre travail… Les engrais sont stockés sous la zone de recherche médicale, haut commandement de la sécurité.

— Qu'est-ce qu'il va se passer pour le dôme universitaire ?

— Il va aussi exploser, c'en est fini pour ReMed, ainsi que pour le grand dôme et le dôme tropical des cultures, ils sont tous connectés. Si l'un part, tous s'en vont. Dans tous les cas, la totalité du Lab partira en fumée lorsque que les explosions dans les premiers dômes se déclencheront. Nous aurons à peine le temps de faire sortir tout le monde ici. Maintenant bougez ! cria-t-il, tout le monde doit sortir ! Maintenant !

— Est-ce que ça va pour toi comme ça ? demanda Linn à Kai lorsque celui-ci vint les rejoindre, paraissant inquiet.

— Le dôme universitaire, dit Kai, je sais qu'il est connecté, mais certains des cadets…

— J'ai peur que nous ne puissions plus les atteindre, dit McPhe doucement, changeant soudainement son expression d'urgence en voyant le visage de Kai. — Il faudrait pour cela que l'on traverse le dôme principal. Nous ne pouvons pas prendre le risque d'ouvrir les portes du tunnel menant au dôme technique.

— Pas avec tous les autres ici, ajouta Gros Carl avec bienveillance, je suis désolé fiston, je le suis vraiment. Sa voix était clairement très triste portant le poids d'autres décisions qui durent être prises de la même façon en d'autres temps qui soudainement n'étaient plus si lointains.

— Je sais ce que c'est.

— Tu as des amis d'école là-bas ? demanda Linn.

— Non, pas vraiment… mais ils, s'ils savaient, certains d'entre eux, quelques-uns…dit Kai. Il était encore désorienté. Tellement de choses à la fois, son père, l'extérieur, le sauvetage. Pas sûr que ne serait-ce que l'une de ces choses soit réelle. Pas sûr de ce qui était ou avait été réel depuis tout ce temps. Peut-être avait-il tout le temps vécu dans un monde imaginaire, et son imagination était après tout la seule chose qui était réelle.

Gros Carl regarda le père et le fils debout ensemble avec leur grande taille. Tellement similaires, et pourtant si loin, tant d'espace les séparant, tant. Il pensa à d'autres fils et filles, perdus à jamais, ou réunis. Tant d'espace à traverser. Pas maintenant. Maintenant ils devaient faire sortir tous ceux qu'ils pouvaient. Maintenant.

Kikerri était posée avec une certaine inquiétude sur l'une des hautes branches dans le pin. Un jour agité et perturbé, un jour perturbant. Les choses évoluaient d'une façon bizarre. Rien vraiment en phase. La plupart des énergies étranges émanaient des formes d'œufs alien sur le versant opposé. Elle les avait surveillés du coin de l'œil la matinée durant. Une tension terrible brassait là-dedans. Et aujourd'hui les grands à deux pattes de sa vallée se déplaçaient silencieusement dans les ombres des grands arbres à proximité, attendant avec nervosité et tension, tout comme elle. La lourdeur habituelle environnant les coquilles alien n'était désormais plus neutre et inerte. A la place quelque chose s'accélérait à l'intérieur, brillant et sombre à fois, en train de couver. Elle scanna de nouveau la zone depuis son lieu avec sa vision lointaine. Encore plus de deux pattes se rassemblaient maintenant dans les arbres. Encore plus d'yeux en plus des siens concentrés sur les coquilles aveugles. Un sensation de fermeture et de confinement dans l'air, comme si un orage était en train de se préparer bien que le ciel soit clair.

Un fort bruit de grincement éclate soudainement. Un flot de gens sort à l'est d'un petit trou dans la forme d'œuf, comme des insectes quittant un nid perturbé. Ils trébuchent, ils courent vers les arbres, puis s'arrêtent soudain et regardent alentour. Désorientés. Les autres ont attendu dans les ombres, et sortent pour les accueillir et les conduire à l'abri sous les arbres. Ceux qui sortent ressemblent à de petits poussins nouvellement éclos, ne sachant pas encore quoi faire, remerciant d'être accueillis et dirigés, contenus au sein d'une nouveauté trop vaste pour être comprise tout de suite. Le courant ininterrompu des deux pattes quittant les coquilles se poursuit pendant un moment, puis progressivement il en sort de moins en moins. Les derniers courent directement et sans hésitation vers les arbres comme s'ils savent comment et où aller. Puis une soudaine explosion de lumière éblouissante. Kikerri s'élève dans les airs en criant. De nouveaux flashs, comme une cascade d'éclairs emplissent le ciel, puis un éblouissement jaune-vert sinistre et les ondes de choc des explosions, avec le son d'une montagne qui s'effondre ou de forêts entières d'arbres tombant d'un seul coup. Kikerri pousse son cri d'alarme, sa voix perdue au milieu du terrible son. Les coquilles explosent à l'extérieur, des éclats de débris tranchent l'air et tombent en pluie sur toute la vallée. Des nuages d'épaisse fumée empoisonnée s'élèvent dans le ciel et se déploient en altitude assombrissant le jour. Puis les derniers restes des murs ébréchés s'effondrent à l'intérieur dans la tourmente de flammes non naturelles. Une mauvaise odeur âcre se répand dans l'air. Les deux pattes sur la pente au-dessus des œufs sont recroquevillés les uns contre les autres, et protègent leur visage et leurs oreilles, jusqu'à ce que les terribles et féroces vagues de chaleur, de flammes caustiques et de fumée ne commencent à s'estomper et que le feu artificiel se soit auto consumé.

L'explosion frappa au moment où ils étaient en train de quitter le Lab. Tous les autres étaient dehors, c'était le moment de partir. Linn et Mike étaient déjà en train de courir vers les arbres au moment où Ken et McPhe émergèrent des trappes, suivis par Alai et Jeune Pilier de Hutte qui avaient attendu jusqu'à la fin, insistant pour être les derniers, prenant leur rôle de gardiens comme un droit incombant à leur jeune âge.

— Cours juste comme un dératé, avait dit McPhe à Ken, ne t'arrête pas, ne regarde pas autour de toi. Cours juste vers les arbres. Tu auras plein de temps pour voir où tu es plus tard. Maintenant, cours !

Alors que les deux jeunes émergeaient de la trappe juste après eux, une belle jeune femme semblable à une vision ou à un rêve apparut des arbres, ses bras grands ouverts.

— Alai ! Elle poussa un cri de soulagement et de joie en courant vers eux. Puis l'explosion fulgurante de lumière et les terribles sons qui avaient déchiré l'air en deux firent trembler la terre. McPhe avait attendu pour être sûr que les deux jeunes soient sortis. Les trois accroupis au-delà du mur de fondation en béton. La jeune femme trébucha et tomba. Ken était la plus proche de la fille et s'était jetée sur elle, la protégeant avec tout son corps au moment où le mur synthétique, conçu pour résister à n'importe quel impact venant de l'extérieur, s'effondra de l'intérieur, dans un enfer d'éclats en fusion. Alors que les morceaux de matière synthétique en feu pleuvaient, Ken s'enroula comme une boule autour de la fille, puis une autre explosion survint, et puis une autre.

Et quelque part au sein de ces bruits impitoyables et dévorants et des explosions de lumière, elle entendit le cri d'un rapace déchirer l'air explosant avec sa propre sonorité perçante, haut et loin en cette terrible fin du monde. Ken se concentra sur le cri du rapace, s'élevant vers d'autres cieux, poussant d'autres cris. D'autres collines, d'autres airs que l'intense va-et-vient de la respiration, ses poumons et la pluie de feu semblable à des couteaux. L'été au bord d'une rivière. Oisif, fertile, chaud. Air humide chargé des douces senteurs de saules de rivière. Ciel voilé, un cri de rapace, heureux et libre, haut en altitude. Un rapace faisant des cercles, planant en courbes ascendantes de plus en plus haut dans le ciel, et puis elle revint à l'ici, sur cette pente à l'extérieur du Lab, avec la douleur brûlante et l'air étourdissant, et sa vie se déversant sous la forme d'un flot brillant d'un endroit dans son épaule qu'elle ne connaissait pas jusque-là.

Des voix inquiètes au-dessus d'elle : "Est-ce que ça va aller pour elle ?" Aucune réponse. Des mains la soulevant. Précautionneusement. Enroulant quelque chose de doux autour de son épaule, avec une odeur douce comme les

439

saules de la rivière mais pas exactement. Des mains la portent. Plus de voix : "Est-ce que ça va pour la fille ?" "Elle va bien, elle va s'en remettre." "Tout ce sang..." "Elle va bien, c'est Ken..." Des mains l'allongent délicatement sur le sol, apposant plus de mousse sur son épaule. "Voilà, tiens ça bien serré." Enveloppant son épaule. Puis de nouveau le cri du rapace, tellement libre et loin dans l'air estival, tellement paisible...

Le printemps tardait à se faire sentir sur la face nord de la montagne. La neige persistait et de nouvelles neiges vinrent. Le soleil était déjà haut dans son trajet quotidien lorsque l'ourse sortit pour la première fois ses petits de la tanière. Dans les courants chauds s'élevant vers la montagne, elle put sentir le vert du printemps mûrissant déjà vers l'été dans les vallées au-dessous, et les arbres en fleurs, et les champs de grandes herbes luxuriantes. Ici en haut, le printemps était encore innocent et jeune, empli de la promesse d'un monde se découvrant tout nouveau.

L'ourse s'étira avec délice contre les rochers réchauffés par le soleil à l'extérieur de sa tanière. Elle se laissa aller et s'endormit au soleil, glissant langoureusement entre le sommeil et le rêve puis elle revint à l'état de veille. Ses sens s'accoutumaient d'eux-mêmes à ses petits jouant à proximité, qu'elle soit endormie ou réveillée. Les oursons infatigables, exubérants dans leur venue au monde, testaient leur nouvelle chair d'ours, l'expérimentant, découvrant combien ils sont élastiques, jusqu'où ils peuvent culbuter, jusqu'où ils peuvent tomber. Leurs corps, tellement entiers, débordaient de vie. La sienne continuait à se dissoudre dans l'amour qu'elle leur porte puis se coagulant de nouveau dans la forme, suivant toujours plus le rythme de la lente érosion des rochers chauds et des pierres au-dessous d'elle qui lui transmettaient la chaleur du soleil. Les deux oursons se rapprochant parfois d'elle, elle les laissant alors se battre contre elle et lui donner des petits coups avant qu'ils ne s'éloignent de nouveau. Faisant des culbutes, se tripotant mutuellement, s'agrippant l'un l'autre, grognant, se roulant ensemble, faisant de nouveau des culbutes, se précipitant de nouveau vers elle puis s'écartant. Jamais trop loin, toujours reliés à ses sens autant qu'elle l'était aux leurs, comme une seule chair. Leur exubérance innocente tellement emplie de découverte. Explorant les merveilles de faire des roulades, tantôt en haut, tantôt en bas, où est le haut, où est le bas, plus vite, à quelle vitesse je peux rouler, et qu'est-ce qui arrive si je m'appuie de cette façon. Des va-et-vient à travers l'étendue herbeuse à l'extérieur de la tanière, leurs jeux et leurs tests se poursuivaient pendant que l'ourse se laissait aller à la somnolence vers des rivages reculés.

Tant de sa force vitale était déjà passée en eux, son corps était devenu plus mince, et continuait à mincir à l'intérieur de son épaisse fourrure. Elle avait encore assez de graisse pour nourrir leur force grandissante pour quelques mois encore, avec le lait crémeux emplissant encore ses tétons. Le printemps était plutôt un temps de nourriture frugale pour les ours. D'abord les jeunes pousses et les bourgeons et les plantes amères du printemps, puis l'écorce intérieure des arbres devenant sucrée avec les eaux de la sève montante. Des nourritures médicinales, chacune utile à sa façon, pleines de l'énergie verdoyante du printemps, mais faibles en calories nécessaires pour développer la chair d'ours. Lorsque les nourritures plus riches commenceraient à émerger et à mûrir, elle apprendrait aux oursons où regarder et comment, et finalement elle pourrait de nouveau se renforcer. Pour le moment, elle devait compter sur d'autres forces pour soutenir son intense amour maternel. Il y avait d'autres espèces que les ours qui s'étaient réveillées plus tôt, et qui verraient les oursons avec un regard différent, celui d'une proie facile. Elle aurait besoin de toute sa force de mère pour défendre ses petits. Et elle apprendrait aux oursons les possibles dangers, sans pour autant les détourner de la joyeuse et confiante découverte de leur monde. Leur force aussi grandissait.

Elle savait de l'expérience d'autres années, d'autres printemps, qu'au sein de ces petites chairs d'ours remuant et tourbillonnant maladroitement, la force de leur espèce était déjà en train de grandir en eux. Au sein des culbutes et des roulades, agrippés l'un dans l'autre, au sein du plaisir délicieux à tomber autant qu'à essayer de rester en équilibre sur quatre pattes vacillantes, une intensité commençait déjà à se montrer. Oui la force était là, en eux et en elle. Ils survivraient. Elle se retourna dans la chaleur du soleil alors que les oursons s'agrippaient de nouveau à elle, et elle s'étendit sur le dos avec satisfaction lorsqu'ils commencèrent à téter. Laisser les jeunes jouer, laisser les découvrir petit à petit la force au sein de ce qu'ils sont. Elle leur apprendrait bien assez tôt à creuser, quoi creuser et où et quand, les larves s'éveillant dans le sol, les bulbes en dormance. Apprendre aux oursons les goûts et les odeurs cachés dans la terre, cachés sous le marron des feuilles sèches et flétries de l'année précédente, les nouvelles pousses pas encore vraiment sorties, la chair des racines encore ferme et douce amer... Tant à apprendre. Tant à explorer, tant à découvrir pour eux. Courir, se balancer, faire des culbutes, se tirer mutuellement la fourrure, simplement être en vie en ce début de printemps, le temps de la vie nouvelle s'éveillant partout. Pour les ours émergeant lentement de l'au-delà des rêves et du sommeil, les profondeurs de l'hiver étaient encore proches, n'étaient jamais très loin. Les rivages intérieurs vaporeux se mélangeant sans discontinuité au lait riche et crémeux sortant de ses tétons, aux jeux de culbutes de ses oursons indisciplinés, à la chaleur du soleil et des pierres, au silence et à la quiétude de l'hiver se dissolvant comme une brume et se distillant en hauteur dans l'air dynamique et verdoyant, à l'aube de nouveaux mondes apparaissant chaque jour.

Est-ce que ce chemin n'est destiné qu'aux yeux et aux cœurs humains ? demanda Vit-Deux-Fois à Ta'le un jour où ils étaient assis dans la prairie à proximité du camp. Il se tourna vers elle. L'air de la montagne était si chaud et vivant. Partout la douceur du souffle du printemps et la promesse de la pleine chaleur de l'été, même ici dans ce lieu d'altitude fait de rochers et de pierres, la riche fertilité de la croissance, les choses grandissant tout autour d'eux. Cela pouvait se goûter dans l'air, comme si même les rochers étaient en train de s'ouvrir, de s'épanouir, donnant naissance et mûrissant.

Non, répondit-il, *je ne peux pas imaginer que ce ne soit que pour les yeux et le cœur humain. La grande plénitude se trame en chaque chose dans notre monde depuis le commencement. Tout ce qui émerge naturellement est tressé avec cette plénitude primordiale, et mûrit comme un tout…* Sa voix s'évanouit et elle comprit qu'il était en train de se souvenir, ce qu'elle ne faisait pas encore, des temps terribles et dégénérés de l'Avant lorsque beaucoup de choses émergeaient de façon non naturelle. Puis il lui sourit et l'ombre passa. *Nous retournons tous ensemble vers l'origine au travers de la radiance nous entourant et nous ramenant à la maison. Tout dans ce monde,* fit-il en montrant l'environnement d'un geste, les montagnes, le ciel… il mit tendrement ses mains sur la terre de la prairie… *la Terre, est d'une certaine façon déjà sur ce voyage du retour à l'origine. Donc oui, je n'avais jamais réfléchi à cela avant, mais il doit y avoir d'autres yeux et d'autres cœurs qui voient comme nous voyons, qui voient ce que nous voyons, de l'intérieur d'autres vies, depuis le cœur des herbes, depuis le cœur des pierres, des éléphants, des baleines, des ours… les baleines, les éléphants… il y a si longtemps…* ajouta-t-il, puis il demeura silencieux, perdu dans ses pensées.

Elle toucha ses mains. *Peut-être que comme les ours ils vivent encore,* dit-elle doucement, *et ce chemin est ouvert pour leurs yeux, comment ne le serait-il pas. Nous partageons tant…*

Il sourit de nouveau, *oui nous sommes tous sur le chemin pour revenir à la maison, oui. Et si même nous, pauvres humains, pouvons voir, alors certainement qu'il doit y avoir d'autres yeux et d'autres cœurs qui voient aussi… Pourquoi poses-tu cette question ?* Mais il connaissait déjà la réponse, et elle ne répondit rien, voyant peut-être déjà avec ces autres yeux. Il prit ses mains.

Dans les temps originels, commença-t-elle, sa voix très douce, lointaine, une voix de la première Terre, du premier ciel, de la première couleur arc-en-ciel comme premier témoin du premier rayon, *dans les temps originels, quels yeux voyaient, avant la Terre et le ciel, avant le bleu de la distance, avant la pluie, avant l'ourse, qu'est-ce qui voit ?*

Tu le découvriras, dit-il, *quand tu seras un peu plus loin sur le chemin, la voie est là, avant les espèces. La voie voit, regarde au travers de ses propres yeux, dans la première pure joie du devenir.*

La voie doit être très forte, dit-elle pensive. *Oui, la voie vient d'abord, avant les yeux… la voie donne naissance aux yeux pour voir. Les yeux sont les cadeaux de la voie, comme les larmes sont le cadeau de la mer, et les couleurs, et tous les mondes qui émergent sont les témoins de la radiance…* et si Linn avait été présent pour voir ce moment, il aurait reconnu Miri dans l'assurance soudaine de ses mots.

Le verdissement du printemps devenait jour après jour de plus en plus enivrant, et Vit-Deux-Fois, ivre de la fertilité sauvage de la montagne en éveil, ivre d'une énergie libre au-delà de l'entendement humain, s'offrait complètement à ce renouveau du printemps. Ta'le la regardait, se souvenant de Mi'thal lui disant, *elle te ressemble plus que tu ne le crois…*

Les ours mangent les saumons, lui avait aussi dit sa sœur. Les ours mangent les saumons. Afin de devenir un avec cette chair sauvage vif-argent, avec cette joie intense qui les conduit et les porte de l'intérieur. Quelle chair, quel sauvage, quelle joie contenue en qui et vivant en qui ? Qui vit cette joie sauvage intense se répandant dans les prairies, creusant dans la terre riche, les saumons ou les ours… ? Vit-Deux-Fois laissa ses cheveux pousser sans les peigner. Ses cheveux enroulés avec un bout de plante grimpante ou une petite cordelette rugueuse pour les lier au sommet de la tête. Elle passait ses journées à se balader, tout autour d'elle fondant langoureusement et lentement dans la chaleur du soleil. Elle se baladait continuellement, menée de l'intérieur, avec la joie intense de la course du saumon pulsant dans son cœur d'ours. Puis elle s'asseyait tranquillement dans le soleil pour regarder grandir les hauts sommets des montagnes.

Elle dansait aussi, ses pas produisant leurs propres rythmes sur le sol dur rocailleux. La musique de ses pas née de la montagne s'élevant à travers elle. Des pas simples comme des battements de cœur, les pieds se soulevant puis revenant à la terre, rappelés par la montagne, par la gravité granitique des rochers et des pierres dansant à travers elle, s'étirant entre montagne et ciel. Puis elle s'asseyait de nouveau en silence pendant un moment ou bien allongée dans le soleil, soudainement vieille, aussi vieille que les rochers, immergée en une paix que Ta'le peut comprendre, mais l'autre dimension, le sauvage, l'indompté, pas tant que ça. Il attend, lui l'homme qui sait attendre, qui sait comment tenir la pluie dans ses mains, alors qu'elle, son exubérance circule et parcours les courants verdoyant du printemps.

Dans un moment tranquille, elle le regarde, *je vais partir, un jour, pas maintenant, mais un jour. Je ne veux pas te faire du mal… mais même lorsque je serai partie, je serai toujours là.* Elle montra d'un geste les alentours et il sait attendre, et il sait qu'elle sera finalement plus loin que ce qu'il ne pourra la suivre de l'intérieur.

Serre-moi dans tes bras, dit-elle, *retiens-moi dans cette vie*, avec la voix de quelqu'un se dissolvant dans une chrysalide, ne sachant pas encore que la coquille protectrice se craquèlera pour s'ouvrir à une nouvelle vie. Fragile, pulsant à l'intérieur, légèrement teintée arc-en-ciel comme la cigale qu'il avait vue se transformer il y a si longtemps, puisant la force dans les nouvelles veines de ses ailes naissantes qui supporteront les membranes transparentes du vol. Toute la vie dans un arc-en-ciel, dans une goutte de rosée, dans les ailes d'un papillon… comme la vision. Il la prit doucement dans ses bras, et la serra de plus en plus près, avec tendresse, afin de ne pas écraser les ailes. Les ours volent, le poisson aussi. Elle s'enroula sous lui ouverte comme le ciel, le sauvage en elle s'en allant afin de le laisser pénétrer. Les deux s'enroulant, se débarrassant de leurs couches de peaux d'hiver, le soleil chaud sur la peau nue, la chaleur entre eux encore plus intense, la chaleur de la fusion de deux vies en une s'épanouissant comme une fleur.

Tu as dit que tu partirais ? demanda-t-il.

Elle parut surprise et rit. *Il y a longtemps. Maintenant c'est plutôt le départ qui s'en est allé.*

Pour le moment…, dit-il le regard clair et calme.

Elle sourit. *Je pense maintenant que lorsque le moment du départ final viendra, je resterai. Je pense que je resterai pour toujours. Il y a tant à aimer.*

Il la regarda. Son cœur si chaud, et si… soyeux plutôt quand il n'était pas ardent, comme une douce fourrure. Elle lui semblait de plus en plus semblable aux ours. Sa liberté sauvage, son amour ardent et tendre. Un cœur plus gros dont elle n'avait pas encore conscience battait à l'intérieur d'elle. Les ours mangent les saumons. Bien. Afin de vivre encore assez de temps à travers ce cœur.

Elle sourit. *Je pense que mon adieu est pour tout ce qui prend plaisir à…* cherchant des mots avec ses mains, faisant des formes de tunnels étroits, des choses cachées… *à être un moi séparé*, dit-elle finalement, *qui ne sait que trop bien être capable de demeurer ici. C'est ce qui est parti, ce qui s'en va maintenant… Je ne vis plus désormais les choses de cette façon dans ma présence ici. C'est plus doux ici, tout est un… une texture, veloutée d'une certaine façon, tout comme une seule chair tendre, comme le temps de l'été avec les baies qui mûrissent, les abeilles qui s'accrochent lourdement aux fleurs, les nuits pleines du chant des grillons. Tellement de générosité. Tellement comme ça.* Ses sentiments reflétaient des sentiments qui ne sont plus, dans ses yeux des ciels entiers de nuages passaient puis s'éclaircissaient de nouveau, se fondant délicatement en la gracieuse délicatesse des gouttes de rosée dans le soleil du matin. Fluides, fusionnés, entiers.

"Il n'y a aucun moyen d'être séparés." chuchota-t-elle, sa voix à peine audible. Il acquiesça.

Oui ajouta-t-elle, sa voix comme le murmure d'une brise, n'apparaissant désormais plus humaine à ses oreilles à lui. Mais plutôt comme le coup de vent d'une réflexion douce et décisive.

Et lorsqu'elle parle avec des mots, ils résonnent à ses propres oreilles à elle comme si quelqu'un d'autre parlait à travers elle.

La nuit, d'énormes roues de lumière arc-en-ciel roulent à côté d'elle pendant qu'elle marche en rêve sur les sentiers de la montagne, et des voiles diaphanes de lumière et des champs d'arc-en-ciel fleurissent avec la radiance brillante du rêve, et des chaines et des cascades de lumière semblables à des joyaux, irradiant de lieux où d'innombrables chaînes de cercles de lumière s'entrecroisent. Ce sont les rêves de Ta'le, elle les a déjà ressentis avant, pleins de lumières vivantes d'arc-en-ciel, pleins d'espaces ouverts de pure lumière, et de flashes de ciels bleu-azur, fleurissant comme à travers les yeux de rêve de Ta'le. Ses propres rêves à elle sont plus ancrés, avec une odeur forte et des racines profondes, avec une grotte sombre qui respire tout autour d'elle, puis se dissolvant.

Il n'y a aucun moyen de revenir en arrière, même si je le voulais, s'émerveilla-t-elle un jour.

Oui.

J'ai vu, dit-elle, *la graine d'une autre vie qui m'appelle, qui est en train de sortir de moi, bientôt en vie, pour vivre à sa propre manière. Nous ne nous rencontrerons jamais, elle et moi.*

Des chutes de neige tardives dans le printemps avaient maintenu le danger d'avalanches élevé sur le chemin descendant de la montagne. Lorsque les dernières neiges avaient fini par fondre dans la prairie du camp des contemplatifs, Yeux Lointains Agai vint pour vérifier le sentier.

La voie est ouverte, dit-il à son retour. *Quelques passages où l'on progresse lentement mais en sécurité. La voie est ouverte. Je vais descendre.* Et il demanda aux autres les messages à transmettre ou des denrées essentielles à ramener.

Il partit à l'aube le jour suivant, et vers la fin de l'après-midi, alors qu'il avait atteint le village en dessous, Vit-Deux-Fois et Ta'le ressentirent une explosion d'amour et de chaleur venant de Mi'thal, ainsi qu'un message complexe trop difficile à déchiffrer qui devrait attendre le retour d'Yeux Lointains. Pour le moment, la joie de Mi'thal d'apprendre leur union était immanquable, et elle enverrait un cadeau de mariage, un cadeau d'union. Mais il y avait en plus dans son message une inquiétude étrange tramée dans l'affection et l'amour évident qu'elle éprouvait pour eux. Ta'le craignait que cela ne soit en lien avec l'avertissement qu'elle lui avait donné auparavant. Le temps de la truite du printemps était déjà là.

Yeux Lointains raconta d'abord à Ta'le les nouvelles en privée, comme Mi'thal le lui avait demandé. *Cet homme, Linn, est au courant de sa nouvelle vie, et de toi*, avait dit Mi'thal, *et Gros Carl lui a dit que même si l'homme comprend avec sa tête, son cœur l'aime encore, beaucoup. Il vit avec Gros Carl, et Gros Carl le considère comme un ami. Une bonne personne, qui apprend nos coutumes, et qui a un bon cœur. Ta sœur*, dit Yeux Lointains, *s'inquiète pour Vit-Deux-Fois et toi de ce que cette nouvelle signifie pour vous deux. Il y a une raison pour laquelle Vit-Deux-Fois a oublié si totalement cette vie et une raison pour laquelle cet homme est ici maintenant, ainsi que son fils, son fils, ils ont un fils...* Puis Yeux Lointains raconta à Ta'le ce que Mi'thal avait dit au sujet du sauvetage et des réfugiés. *Les brins de la sagesse sont là pour nous permettre de voir et d'entendre dans tout cela, et je ne sens pas que cela soit la seule demande adressée au cœur de Vit-Deux-Fois*, a dit ta sœur. *Je vois aussi une autre destinée toucher son cœur et le tien mon frère. Je t'envoie mon amour.* Ainsi Yeux Lointains conclut-il son message. Il avait une bonne mémoire. Dans le village duquel il venait, il était de ceux qui se souvenaient facilement des contes, et il avait une façon de les raconter qui faisait que vous aviez l'impression d'y être. On pouvait compter sur lui pour délivrer des messages complexes avec précision lorsque c'était nécessaire, ce qui parmi les contemplatifs était plutôt rare.

Ta sœur demande aussi, dit Yeux Lointains, *que si le sentier reste ouvert, que tu veuilles bien considérer descendre, que cela pourrait être une bonne idée que tu rencontres cet homme...* Yeux Lointains s'arrêta là, puis reprit doucement, *je pense que ça va aller, mais ce serait peut-être bien d'explorer tout cela.* Et il mentionna à Ta'le les parties du sentier qui avaient le plus souffert de l'hiver, et comment les contourner. Il dit en partant, *fais confiance aux bénédictions fils, fais confiance à la grâce, de laquelle et en laquelle nous demeurons tous. À travers laquelle nous murissons tous. Fais confiance à là d'où vient la vision de cette vie et là où elle nous conduit. Fais confiance au chemin circulaire du retour à la maison.*

Lorsque Ta'le raconta à Vit-Deux-Fois tout ce qu'Yeux Lointains lui avait dit, elle resta silencieuse pendant un moment. Puis avec une voix venant de très loin, elle dit : *je ne veux pas retourner en arrière. Cet homme, peut-être que je ne suis pas sa femme, peut-être que je suis quelqu'un d'autre... de cet endroit d'où il vient...*

La fumée, dit doucement Ta'le, et il perçut dans ses yeux la même compréhension qu'elle voyait dans les siens.

Oui, le jour où j'ai aperçu la fumée, cela venait de son accident, oui... Je ne connais pas cette vie que me cache ce voile d'obscurité et dont il me protège... ou cet homme... venant de cette autre vie à l'intérieur de cet endroit vide... Sa voix devenant de plus en plus faible en parlant. *Je pensais que tout ça était derrière moi, ne plus avoir à regarder vers ces endroits... Tout cela est ma vie maintenant. Serre-moi dans tes bras, je ne veux pas retourner en arrière.*

Alors qu'il l'entourait de ses bras, elle murmura presque pour elle-même : "Et je vais demander à l'ourse..."

Et c'est ainsi que j'ai décidé d'aller rencontrer cet homme, conclut-elle, et l'ourse acquiesça. Vit-Deux-Fois s'était retrouvée sur le seuil des ours, sans trop savoir une nouvelle fois comment, sauf que cette fois, elle en avait grandement ressenti le besoin. Peut-être que les autres fois avaient aussi été nécessaires, juste qu'elle ne l'avait pas réalisé.

L'ourse regarda longuement dans les yeux de la femme, regardant au-delà du reflet du soleil sur l'eau, cherchant dans les profondeurs cachées. La femelle grandissait bien. Comment encourager son développement pour qu'un jour lorsque ses yeux seront pleinement ouverts à ses profondeurs, elle puisse être autonome. La saison pour l'apprentissage des jeunes ours lorsqu'ils commencent à sortir de la tanière était intense et courte. Avec une femelle comme elle, l'apprentissage était différent, plus subtile, et une fois que ses yeux seraient ouverts, elle devrait encore apprendre à voir au travers de ces yeux, avant que les autres choses ne commencent.

L'ourse considéra sa réponse. La femelle n'avait pas besoin de confirmation. Elle était déjà naturellement arrivée à sa décision, démêlant les fils de son dilemme dans la présence de l'ourse. Maintenant elle avait besoin de comprendre ce que sa décision pourrait impliquer. *Ton histoire est tissée de nombreux brins,* commença l'ourse, *ils sont la force de ton histoire. Tu n'as pas à avoir peur de ce que tu pourrais trouver. Tous les brins font partie du tout. Tous les moments d'amour authentiques donnés et reçus à n'importe quel moment de ta vie sont ce qui te donne la plus grande force. Ils façonnent l'histoire de l'intérieur et de l'extérieur. Il y a une issue si tu honores cela.*

Elle leva sa patte et regarda de nouveau dans les yeux de la femme, profondeur cherchant profondeur. *Il y a aussi d'autres amours, et puis un autre amour plus grand qui donne forme même à ces brins que toi et moi ne pouvons pas voir. Reviens vers moi, assure-toi de revenir, le seuil peut-être atteint, la porte est toujours là* dit-elle. *Assure-toi de revenir, je saurai quand tu es là. Tu m'es chère, aussi chère que l'un de mes propres oursons,* ses yeux s'emplirent d'amour envers ces indisciplinés grandissant puissamment dans leurs jeux. *Tu n'es pas aussi libre dans ton monde qu'ils le sont dans le leur, leurs tests sont différents des tiens. Ton exploration... ta recherche d'autres forces, et tu es aussi en train de grandir. Tu verras le moment venu, la force sera là.*

Le matin suivant, Vit-Deux-Fois dit tranquillement à Ta'le : *je vais y aller. Je vais aller rencontrer cet homme...*

Nous irons, dit Ta'le, *je viendrai avec toi si tu es d'accord.*

Elle lui sourit. *Oui j'aimerais bien. Merci.* Elle toucha son cœur et fit le signe de la main de l'amour, tenant ses mains croisées au niveau des poignées devant sa poitrine, les paumes tournées vers l'intérieur, les doigts légèrement recourbés vers les paumes. Elle les pressa sur sa poitrine au niveau de son cœur, et les garda là, ses yeux au bord des larmes. *J'aimerais beaucoup. Quand partons-nous ?*

Quand souhaites-tu partir ?

Elle fit une grande respiration, réfléchissant. *Dans une semaine je pense*, dit-elle finalement, *dans une semaine. Ce sera la nouvelle lune... Et cela me laisse le temps... de... me rassembler...* plaisanta-t-elle. *En tout cas ce qu'il en reste !.... Et mes cheveux !* dit-elle en riant, faisant semblant de lisser ses cheveux sauvages. *Ce n'est pas le style du village !*

Il sourit. Autant qu'il sache, il n'y avait pas de 'style' du village, mais il se souvint que cela existait dans les terribles temps de l'Avant.

Elle rit. *Non, c'est définitivement pas la mode du village* ! Elle se souvint de la jeune femme approchant de sa majorité peignant ses cheveux soyeux en rêvassant, cheveux et peigne signifiant tellement plus. *Mais moi*, dit-elle, *je n'y vais pas pour faire la cour...* Elle s'arrêta, des mots entiers nondits dans leurs yeux. *Je vais y aller dans le style de la montagne*, dit-elle un brin provocateur. *La montagne est ma maison*, et elle se nicha dans le refuge de ses bras. *Je ne veux pas y aller*, murmura-t-elle dans son épaule, *mais je vais le faire.*

Nous ne savons pas ce qui nous attend. Fais confiance à la grâce, dit-il d'une façon rassurante, autant pour lui que pour elle, mais il se sentait mal à l'aise, non pas à cause de cette rencontre mais pour l'autre chose mystérieuse qui réclamait le cœur de Vit-Deux-Fois et que Mi'thal continuait à percevoir. De la confiance serait désormais nécessaire, beaucoup de confiance.

Ils envoyèrent un message via l'homme du village qui était remonté le chemin avec Yeux Lointains. L'hiver avait été long dans ces hauteurs, et il avait fallu deux personnes pour porter toutes les provisions nécessaires.

Mi'thal débordait de gentillesse et d'amour lorsqu'ils arrivèrent à sa hutte. S'agitant joyeusement dans tous les sens, les embrassant, puis s'agitant de nouveau, puis les embrassant encore, si heureuse de les revoir. *Toute la journée*, dit-elle, *j'ai surveillé la montagne, je suis folle* ! dit-elle en riant, *comme si vous aviez besoin de mon aide sur le sentier ! Vous avez le pied aussi sûr que des bouquetins maintenant...* Elle leur sautait dessus avec joie et affection, mais elle savait et ils savaient qu'ils avaient besoin de son aide pour d'autres choses, et Vit-Deux-Fois et Ta'le ressentirent de la gratitude. Elle semblait si entière avec sa joie secrète qui lui appartenait, rayonnant de l'intérieur. Ta'le la regarda d'un air interrogatif. *Une chose à la fois,* répondit-elle en souriant. *Pour le moment, nous sommes ici pour Vit-Deux-Fois et pour toi, petit frère. Le secret de mon cœur peut attendre,* dit-elle avec retenu, *un peu plus longtemps... Juste vous voir ! L'amour te fait du bien mon frère, l'amour te fait du bien... Et tiens, j'ai travaillé tout l'hiver sur cela, un autre cadeau de mariage...*

Et après leur avoir résumé tout ce que Gros Carl avait dit au sujet de l'homme grand devenu aussi son ami maintenant, Mi'thal leur raconta ce qui avait été convenu

La Distance Devient Ciel

pour la rencontre proposée… *Et ainsi, Gros Carl et moi-même, nous avons pensé qu'il pourrait amener ici cet homme Linn dans quelques jours, ainsi que son fils, ton fils,* elle regarda Vit-Deux-Fois, *Kai, c'est son nom… Il vient aussi apparemment.*

Vit-Deux-Fois parut décontenancée. *Je n'avais pas imaginé… les deux ensemble, à la fois…*

Mi'thal toucha ses mains avec douceur, *Gros Carl dit que c'est difficile de séparer le père et le fils. Tout est si nouveau pour le garçon, il n'a jamais connu l'extérieur avant. Il ne savait même pas qu'il y avait un extérieur, il n'a jamais été sur Terre…* Elle regarda sa tête incrédule, et tous les trois ressentir comme cela était terrible. Puis elle dit d'un ton plus léger, *Kendra,* sa voix pleinement chaleureuse, *la femme du Lab dont je me suis occupée des blessures après le sauvetage… Elle dit que ce garçon Kai est un bon gamin. Elle semble l'aimer beaucoup, c'est juste qu'il est un peu perdu dans ses pensées par moments…*

Vit-Deux-Fois se sentit sombrer. Ces gens bizarres, avec qui elle avait quelque part un lien de parenté, et leur monde, si étranger. *Mon monde jadis, si je m'en souvenais…* Et puis, l'ombre et le trou douloureux dont elle ne pourrait jamais aller au-delà… *S'il vous plaît, tous les deux,* demanda-t-elle en regardant Ta'le et Mi'thal, *s'il vous plaît, restez avec moi lorsque je leur parlerai… Je ne peux pas le faire toute seule. Restez avec moi lorsque je les rencontrerai, s'il vous plaît…*

Mi'thal et Ta'le la prirent dans leurs bras chacun d'un côté et la gardèrent entre eux. *Merci,* dit Vit-Deux-Fois, son visage enfoui dans ses mains pour étouffer ses larmes. *Merci, vous êtes ma véritable famille…* dit-elle comme si elle

461

s'accrochait à un bout de rêve dont elle craignait qu'il ne soit déjà en train de s'éloigner.

Et par-delà sa tête penchée, Mi'thal regarda son frère, prononçant des mots en silence, *ça va aller, ne t'inquiète pas, tout va bien se passer. J'ai aussi vu cela…* et que signifiait ce 'bien', et pour qui, Ta'le devrait faire preuve de confiance. La grâce était toujours là, la clé était de se mettre en harmonie avec elle.

L'aube du jour de la rencontre fut fraîche et claire, avec la promesse d'un soleil chaud se rapprochant déjà de la chaleur de l'été à venir d'ici quelques semaines. Vit-Deux-Fois avait décidé de rencontrer l'homme et le garçon, le jeune, comme ils disaient, à son arbre favori à la lisière du camp. Là où elle avait l'habitude de s'asseoir lors des chaleurs du soleil d'une autre saison, quand elle venait d'arriver ici, si nouvelle à ce monde, à tous les mondes. L'arbre avait été un bon ami. Elle ainsi que Mi'thal et Ta'le arrangèrent les places afin que chacun puisse s'asseoir à l'ombre du vieux cèdre, dans un demi-cercle tournant le dos au soleil. Vit-Deux-Fois passa en revue le travail. *On dirait que nous allons organiser un conseil* ! essaya-t-elle de plaisanter mais à l'intérieur elle se sentait déjà tendue et dans l'appréhension.

Ta'le s'assit avec elle pendant que Mi'thal retournait à sa hutte pour attendre Gros Carl amenant les visiteurs. Vit-Deux-Fois avait encore du mal à prononcer leur nom, Linn et Kai, même à elle-même, voulant encore garder de la distance De toutes façons possibles.

Et puis ils arrivèrent. Gros Carl, joyeux, souriant, débordant de sa bonne humeur généreuse. Le grand homme et le grand garçon le suivaient, enthousiastes et timides en même temps, et de façon déconcertante, aussi mal à l'aise et embarrassés qu'elle ne l'était. Et pourtant avec une sorte de confiance étrange. Elle en fut étonnée. Lorsqu'ils arrivèrent plus proches, les yeux de l'homme grand se fixèrent sur elle, et ils furent tout ce qu'elle put voir. Si familiers et si retirés de là où elle était maintenant. Des yeux qu'elle savait avoir déjà vus avant. Il y avait de la bienveillance, et aussi de l'acuité qui la touchaient, qui l'attiraient, tellement différents des profondeurs ouvertes des yeux de Ta'le et des yeux des autres contemplatifs. Sa main chercha d'elle-même la main de Ta'le et la serra fort.

— Bienvenue ! fit-elle d'une voix douce et calme, beaucoup plus calme qu'elle ne se sentait. Elle avait parlé à voix haute, sachant qu'il ne connaissait pas encore la communication silencieuse, spécialement le garçon, ou tout au moins pas assez pour les choses complexes dont ils pourraient parler, ou pas. — Vous avez fait un bon voyage pour venir ici ? s'entendit-elle dire comme si quelqu'un d'autre disait les mots. Elle pressa encore plus fort la main de Ta'le.

— Oui un bon voyage, dit Linn, qui sourit brièvement, une gêne apparaissant soudainement, baissant la tête et la relevant, secouant ses cheveux pour les ôter de ses yeux d'un geste subtil, et la cadence du cœur de Vit-Deux-Fois s'emballa de façon inattendue puis revint à la normale. Une nostalgie des deux côtés, jadis, il y a longtemps, et puis comme la brume ou la fumée, le souvenir se dissolvant à nouveau.

— Je ne sais pas quoi dire, commença-t-elle, percevant avec acuité que l'homme la regardait, s'il vous plait, asseyez-vous, nous avons préparé vos places…

Ils se penchèrent et écartèrent quelques branches avant de s'asseoir, et elle se souvint de comment Mi'thal avait dit que tous les deux étaient très grands. J'aurais dû choisir des places plus adaptées pour eux, se dit-elle, j'aurais dû m'en douter…

— Donc, dit Gros Carl de façon expansive avec le scintillement dans les yeux de quelqu'un qui va faire un show, comment s'est passé l'hiver là-haut sur la montagne ? Et tout le monde rit, son commentaire tellement mis en scène et à côté de la plaque, les poussant gentiment au-delà des préliminaires.

— Aussi bien que le voyage pour venir ici peut-être, répondit Vit-Deux-Fois en souriant, et Linn et Kai sourirent également. Elle les regarda tous les deux.

— Je ne me souviens pas de vous, dit-elle, comme on se souviendrait de souvenirs particuliers… j'aurais cru… mais même quand je vous vois maintenant, ils ne reviennent pas… Je suis désolée. Elle ne pouvait être que directe, elle ne savait pas faire autrement. — La vie que j'ai maintenant, c'est ma vie…Elle tourna le regard vers Ta'le puis revint vers Linn : — mais je sens quelque chose… d'une certaine façon familière, avec vous. Est-ce que cela grandira avec le temps je ne sais pas, mais je sais que j'ai changé… depuis cette époque, et ma nouvelle vie ici. Elle fit un geste en montrant son environnement, incluant l'arbre, le ciel, et le soleil chaud, puis elle conclut : — Cette vie est ma vie maintenant. Que faisons-nous ?

Linn la regardait, son cœur si plein d'amour et de désir pour elle depuis tous ces mois qu'il avait appris qu'elle était en vie, et maintenant elle était assise à quelques pas de lui dans le soleil chaud de sa nouvelle vie, l'air plein de l'odeur épicée du cèdre, et pourtant elle ne souvenait pas de lui comme il l'avait espéré. Si seulement elle pouvait me voir, alors elle saurait, alors elle se souviendrait. Les grappes de petites fleurs en forme de clochettes des buissons de manzanita à proximité apparurent soudainement très douces à ses yeux piégés cherchant désespérément une porte de sortie, un chemin pour traverser.

— Je ne sais pas si mes souvenirs reviendront avec le temps maintenant que je vous ai vu toi, et toi, se tournant vers Kai, nous devons tous vivre nos nouvelles vies maintenant. Nous aurons besoin de repartir de zéro même si je me souviens… Il n'y aura pas de retour en arrière.

La gêne et le malaise qu'elle ressentait à les rencontrer était clair, comme sa crainte. Linn devait l'admettre, elle avait appréhendé, et elle avait encore peur de le rencontrer, et c'est-cela qui lui faisait le plus mal, bien qu'elle essaye de se montrer aimable et directe, bien qu'elle essaye de le mettre à l'aise à la manière étonnamment candide du Peuple. Qu'est-ce que ces bâtards du CESI lui avait donc fait ? Qu'avaient-ils donc fait pour qu'elle oublie, qu'avaient-ils donc fait pour en arriver à lui faire oublier ce qui s'était passé et bloquer tous les autres souvenirs. Il réalisa avec tristesse qu'il ne saurait peut-être jamais, elle ne le saurait peut-être jamais, et soudainement il souhaita et pria que cela n'arrive pas. Cette femme qu'il aimait, si vulnérable et généreuse, il espérait qu'elle ne sache jamais ce qui lui avait été fait, qu'elle ne se souvienne jamais comme cela. Il prit conscience que son amour avait énormément grandi pendant son absence, et que cela avait libéré un espace si grand que oui, à cet instant, il pouvait sincèrement lui souhaiter cela. Il poussa un soupir, et il sembla que Gros Carl et les autres comprirent avec cette étonnante façon de ressentir les choses avec tant de finesse que partageait le Peuple.

— Bien, fit-il, je crois que c'est ainsi. Comme si le tour de la question avait été fait à haute voix. Avoir fait tout ce chemin, et si peu de choses avait été dite, et pourtant d'une autre façon elles l'avaient été. Kai le regarda, ni perplexe ni inquiet, cocooné quelque part loin à l'intérieur de lui-même.

— Oui, dit Vit-Deux-Fois, soulagée, ses yeux emplis de gratitude et même d'affection pour cet homme Linn, non pas de l'affection qu'il avait pu y exister entre eux auparavant, non pas envers l'homme qu'elle avait connu en d'autres termes, mais celui qui était là maintenant et qui avait abandonné la demande faite à son cœur. — Merci ! dit-elle avec des larmes montant dans ses yeux en même temps que la gratitude. — Merci !

— Maman, dit Kai doucement, ça fait du bien de te revoir. Il ne demandait pas vraiment quelque chose, il ne la pressait pas vraiment, il semblait plutôt apprécier ce moment, mais comme si par cette expression il pouvait d'une certaine façon la rappeler à lui.

— Pour moi aussi, mon fils, pour moi aussi. Elle lui sourit, surprise de voir comme elle pouvait dire le mot fils facilement, immergée dans un amour hors du temps dont les racines ne se trouvaient pas dans les souvenirs. — Je vais remonter dans la montagne. Je, nous…, dit-elle en regardant Ta'le, nous vivons là-bas, fit-elle simplement, mais plus tard dans l'été au moment du mûrissement et des récoltes, nous reviendrons, et peut-être que nous pourrons parler de nouveau ? Pour le moment…dit-elle en souriant, la soudaine innocence de son sourire dissolvant pendant un instant les ombres qui les avaient hantés tous les trois, c'est déjà beaucoup pour le moment, vous ne croyez pas ? ajouta-t-elle en souriant avec un léger regret au son de ses mots, elle n'avait pas pensé qu'ils sortiraient comme ça. La gêne était encore là.

— Oui, répondit Linn, cela fait beaucoup, pour tout le monde… Je, nous, ajouta-t-il en regardant Kai, nous serions heureux de pouvoir de nouveau parler avec toi. Il mit ses mains autour des épaules de son fils. — On va aider Kai à s'installer et à s'habituer aux coutumes du Peuple, et puis, oui, peut-être que nous pourrons parler de nouveau… comme des amis… Sa voix dérailla. Il pensait vraiment ce qu'il avait dit mais c'était dur pour lui, et la tension entre ce qu'il avait souhaité de cette rencontre et la façon dont elle s'était déroulée ou dont elle allait évoluer, cela prendrait du temps pour s'y résoudre, et encore plus longtemps pour le dissoudre. — Portez-vous bien, dit-il,

467

et il toucha l'épaule de Gros Carl. — C'est l'heure d'y aller...

— À bientôt, dit Kai, ses émotions de nouveau impénétrables, voilées, cachées bien au fond.

Un complexe écheveau de fils entremêlés dans le garçon, pensa-t-elle alors qu'ils s'éloignaient. Laissons-le s'installer, laissons le choc venant des changements si dramatiques de sa vie se résorber, laissons-le trouver une base, une place dans une nouvelle vie qui commence, puis nous aurons des choses à découvrir ensemble, lui et moi, pour trouver qui il est. Qui nous sommes tous désormais.

Cette nuit alors qu'il errait dans un sommeil sans repos, Linn fit un rêve. Une petite vallée avec la rive d'un ruisseau, un gros rocher de l'autre côté du ruisseau. Deux chemins descendant des deux côtés de la vallée se rencontrant au ruisseau. Deux femmes, une sur chaque chemin, venant à sa rencontre en même temps alors qu'il est assis caché derrière le rocher. Une femme avec un panier, l'autre avec des dreadlocks ayant la forme de deux gros bois de cerf se déployant du sommet de sa tête. Un rêve très clair, si réel qu'il le ressentait comme s'il y était vraiment, se demandant s'il devait sortir de derrière les rochers, se demandant à quelle femme souhaiter la bienvenue. Alors que les femmes se rapprochaient de la jonction des deux chemins, il se réveilla, sachant que le rêve avait quelque chose à voir avec Miri, mais il n'était pas sûr de ce que cela signifiait. Quelle femme avaient-ils rencontrée sous l'arbre ? Les deux et peut-être aucune d'une certaine façon, et il y avait toujours le rocher, l'endroit dur, comme aurait dit McPhe.

Kai luttait pour s'adapter aux changements soudains survenus dans son monde. Dire qu'il se sentait désorienté serait un euphémisme. Chaque chose et toute chose, sa vie quotidienne pour commencer, pas seulement la double perte douloureuse de sa maman, des pans entiers de sa vie complètement chamboulés. Ils n'avaient pas pu secourir autant de personnes que ce qu'ils avaient espéré. Il avait été difficile de savoir qui approcher au début dans le Lab, ils devaient se montrer prudents. Et même ainsi, certains avaient renoncé au dernier moment avant que le tunnel ne se ferme. Seuls trente-quatre avaient pu s'en sortir, seulement quelques familles… Gros Carl parla avec lui jusque tard dans la nuit, l'aidant à comprendre ce genre de choix, ceux que les autres avaient fait et ceux que les sauveteurs avaient dû faire. Le Peuple connaissait bien l'expérience de la perte dans le cœur, et la nécessité de continuer à avancer. Quelque part il lui était plus facile de parler avec Gros Carl qu'avec son père. Avec Linn, les morceaux se réassemblaient lentement, ils avaient été tellement séparés pendant deux ans. Les liens étaient encore présents, se manifestant différemment à présent, il faudrait du temps avant qu'ils puissent redevenir entiers. Particulièrement les six derniers mois que Linn avait passé avec le Peuple l'avait changé plus que ce qu'il n'imaginait. Son père à la fois familier et en même temps différent, acceptant plus, plus de lenteur, plus de calme. Peu à peu, Kai commençait à se trouver en explorant les us et coutumes de son nouveau monde autant qu'en découvrant ce que Linn était devenu

Alehya avait enseigné à Kai le langage des signes de la main. Il avait une certaine acuité pour percevoir les nuances des gestes et une grâce naturelle une fois sa timidité dépassée, et il apprenait rapidement. Elle avait été attirée par lui, même lors de leur première rencontre, alors qu'il arrivait au village après le sauvetage. Ce fils et ce père tous les deux grands l'avaient intriguée. Une grâce naturelle et pourtant mal à l'aise d'autres façons au-delà même des soudains changements dans sa vie. Pour le moment, il semblait se trouver bien dans l'interaction, participant à des tâches spécifiques et elle avait apprécié lui montrer le langage des signes de la main comme un moyen de créer un pont, de construire un peu de confiance signe après signe.

Lorsqu'il l'avait interrogé au sujet des signes pour les couleurs, elle lui avait répondu que les couleurs sont dites avec les mains en faisant le signe pour couleur, frottant en cercle le bout des doigts de la main droite sur le dos de la main gauche, et puis montrant quelque chose de la couleur que l'on souhaite désigner.

"Comment tu désignes une couleur qui n'est pas là ? Comment tu montres une couleur qui n'est pas présente, qui n'est pas là où tu te trouves ? demanda Kai. Comme le bleu lors d'un jour gris nuageux."

Elle pensa aux choses que l'on peut montrer, la coquille d'un œuf de rouge-gorge, difficile d'en trouver et de la conserver. Si souvent offerte comme cadeau dès que trouvée, tellement délicate, si belle. Une plume bleue de geai ? Plus fréquent, d'un bleu différent, et aussi souvent donnée comme cadeau. Lors d'une belle journée au ciel bleu azur et cristallin, le bleu est partout et l'espace s'ouvre si pleinement tout autour de soi et en soi qu'il y a d'autres choses à partager que de parler de bleu. Peut-être que tu ne parles pas de couleurs qui ne sont pas là ! Peut-être que le Peuple ne parle de rien d'autre qui n'a pas au moins quelques racines concrètes dans le présent déjà si plein et si intense. Nous avons des signes de la main pour plein de choses qui ne sont pas là, une personne, un animal, une montagne, un esprit, pour les étoiles même si on est en plein jour. Pour des choses pleinement présente mais non vues. Comme l'aube. Situé à l'est, et la sensation d'ouverture, une action facile à exprimer pour les mains. La joie ? Une autre ouverture, celle du cœur. Les choses impliquant des sentiments véritables avaient immanquablement des racines qui pouvaient être exprimées avec les mains. Mais le bleu, un jour gris nuageux sans coquilles ni plumes, ou fleurs sauvages à proximité… Les réflexions et questionnements de Kai, l'amenant au-delà, derrière, devant, après, et si, mais tellement rarement ici. Vu de cette façon, son esprit errant semblait si seul, empli de récits à raconter sans avoir de mots pour les dire, des histoires restant au lieu de cela enfermées à l'intérieur, le maintenant là avec elles. Il avait besoin de goûter à un autre monde, un monde qu'il pourrait partager.

Kai s'allongea plus proche d'Alehya avec hésitation, et elle ne se détourna pas. Il l'embrassa. Une sensation de dissolution parcourut tout son corps, tout à l'intérieur, allant dans des endroits avec lesquels il ne s'était pas encore connecté de cette façon, pas au travers de la douceur qu'elle lui amenait. Des endroits qu'il avait jusqu'alors considérés comme purement anatomiques. C'était différent des substances chimiques issues de la libération des hormones. L'innocence du ciel et de la pluie, des premières lueurs de l'aube, des premières pluies. Des choses qu'ils connaissaient à peine. S'épanouissant des lèvres d'Alehya vers les siennes. Une fleur s'ouvrant en elle à travers lui. Autre dimension qu'un processus purement mécanique et explicable. Dans la station scientifique, il n'y avait aucun problème à parler ouvertement de sexe, c'était purement une fonction biologique, non ? Au moins jusqu'à ce que le CESI ne commence à suspecter et à restreindre l'expérience directe de quoi que ce soit pouvant mener à un sentiment autonome, individuel, privé, ou à toute perte de contrôle. Zèle puritain, un besoin fanatique de contrôler, de mettre à distance, en arrière, de réprimer.

Ici parmi le Peuple, Kai ressentait plutôt qu'il y avait de fait une sorte de cadre naturel, un respect pour l'expérience de chacun, une bienséance bienveillante et paisible, non ostentatoire, non intrusive. Une acceptation facile et un respect qui faisaient office de retenue de différentes façons, un sens aiguisé de n'imposer son propre espace à personne ce qui permettait à la douceur et à la tendresse d'un baiser de s'ouvrir de son propre gré.

Alehya le regarda, un peu étonnée par sa réaction. Peut-être qu'il ne l'aimait pas.

— Est-ce que ça va ? demanda-t-elle.

— Oui… je vais bien. Il espérait ne pas être en train de rougir. Se sentant soudainement si embarrassé. Rougissant plus maintenant d'une étrange conscience de lui-même que du baiser. — Je n'aurais pas dû faire ça… Tomah…, finit-il par dire.

Elle sembla surprise.

— Au sein du Peuple, il n'y a pas d'appartenance de cette sorte jusqu'à l'arrivée à la maturité.

Elle se souvint d'autres garçons qu'elle avait embrassés, pas si nombreux. Pour commencer, il n'y avait pas tant d'autres garçons proches de son âge, et les jeunes étaient dispersés parmi les différents camps. Mais avec la plupart des garçons avec lesquels elle avait grandi, il y avait eu quelques explorations, juste pour voir le sentiment qui en émerge, pour sentir s'il y avait entre eux des racines plus profondes. Comme avec Tomah. Le Peuple encourageait les jeunes à explorer. C'est un bon moyen, disait le Peuple, qu'ils se goûtent mutuellement. Ainsi ils se connaîtront, ils connaîtront le cœur de chacun quand ils arriveront à la maturité. Elle pensa à ceux avec lesquels elle avait senti la même énergie d'attraction entre eux lorsque leur corps commençait à mûrir. Les essais, chaque rencontre différente, nouvelle, parfois timide, mais pas comme celle-ci, pas de gêne. À la place, une reconnaissance respectueuse et un merci de ce qu'ils avaient partagé, et parfois, la conscience des deux côtés qu'ils pourraient aller plus loin ou peut-être pas. Pas de tension, pas de prétention, pas de faire semblant. Juste un sentiment clair de comment ils se sentent ensemble, mutuellement, se connaissant si bien depuis l'enfance, juste explorer puis reprendre simplement sans ombrage le lien d'amitié. Sauf avec Tomah. Les racines étaient là avec lui, jamais bien loin, quelque chose de fort.

Elle pensa à Kai, si étrangement vulnérable à l'intérieur. Une part de lui, innocente, non formée, une souffrance présente qui rendait son étrangeté attirante pour elle d'une autre façon que ce qu'elle ressentait pour Tomah. *Taibo'oo*. Elle fit le signe de la main pour sauvage, étrange, séparé, se parlant à elle-même avec les mains. Kai était Taibo'oo pas seulement parce qu'il venait de cet endroit. Mais aussi à cause de quelque chose d'autre qui avait été mis en lui et qui n'était pas vraiment lui. Elle en était certaine. Quelque chose le détournant de l'harmonie. Il en était d'une certaine façon privé, et cette privation s'entremêlait à la douceur qui s'épanouissait entre eux, lui donnant une limite, venant des deux côtés. L'oiseau blessé se sentant empêtré dans le simple oui ou non de leurs corps mûrissant, de leur cœur mûrissant, tout cela était inhabituel pour elle, attirant et repoussant en même temps. Cela la troublait. Elle ressentait aussi en elle une gêne s'élevant avec Kai. Elle se détourna, confuse de sa propre confusion inhabituelle. Puis elle se retourna vers lui et prit brièvement ses mains.

— Merci pour ce partage, dit-elle, je vais le garder précieusement, et elle s'en alla.

Alehya était assise dans son endroit favori au sein des grandes herbes de la prairie cachée, ses genoux repliés vers sa poitrine, ses bras les entourant. Une petite brise faisait onduler et se balancer les herbes autour d'elle. Le soleil était chaud. Elle laissait la chaleur du soleil la remplir, nettoyer l'autre chaleur, celle piquante de la gêne. Tout autour d'elle, l'odeur verte des grandes herbes à ses côtés se diffusait au soleil. Elle cueillit une feuille vert sombre à la forme de pointe de flèche de l'une des rosettes de feuilles tendres cachées parmi les herbes, et la mordilla. *Merci, sœur oseille pour ton goût rafraîchissant, doux et acidulé en même temps.* Peu à peu la douce quiétude et harmonie de la journée revint en elle après l'intrusion déstabilisante de cette étrangeté, dans un moment si naturellement innocent. Une volée de petits oiseaux la survola rapidement, un réseau de fines silhouettes en contrejour de la brillance du ciel volant avec les ailes tantôt déployées tantôt repliées. Leurs ailes formaient en alternance des petites croix et des petits tirets comme les mailles d'un filet, dessinant un autre filet plus léger d'ombres délicates balayant les herbes derrière eux, et puis ils disparurent.

Une brise légère parcourut de nouveau les herbes, caressant les épis de graines qui grossissaient un peu plus chaque jour, leur poids ondulant doucement au contact du vent. Elle se posa avec gratitude dans cette communion avec la journée.

Tomah la retrouva là. Elle saisit sa cheville d'une façon joueuse et le fit descendre à côté d'elle, s'appuyant contre son épaule. Il mit sa main autour d'elle. *Est-ce que ça va ?*

Oui, fit-elle, *ça va*, et elle s'enfouit dans son intimité alors qu'il l'entourait de ses deux bras.

Kai se sentait perturbé de sa rencontre avec Alehya et de la gêne qu'il avait éprouvée, un dilemme pour lequel ses mondes imaginaires ne pouvaient l'aider. Son monde à elle était si différent du sien. Il avait le sentiment d'avoir plus fait une erreur en essayant de le traverser que pour l'histoire du baiser. Un fossé invisible et non-dit entre eux. Comme s'il pouvait violer ou blesser d'une certaine façon son innocence confiante qui accueillait naturellement l'harmonie des choses. Il se sentait maintenant plus que jamais Taibo'oo. Il ne savait pas comment en sortir.

Le jour suivant, Alehya était déterminée à ne pas laisser cette étrangeté de Kai devenir une barrière entre eux. Il y avait encore cette attirance qu'ils avaient éveillée l'un pour l'autre. Elle savait qu'il la ressentait aussi, mais il semblait encore plus confus et perplexe qu'elle sur quoi en faire. Pour lui, il s'agissait plus quelque part d'un conflit qu'elle ne pouvait comprendre. Pour elle ? Quelque chose à explorer peut-être.

— Hé, tu veux m'aider à ramasser des mûres aujourd'hui ? demanda-t-elle à Kai en le voyant marcher dans sa direction. Elle le prit par surprise. Il l'avait vu trop tard pour dévier sa trajectoire. Il semblait malheureux et nostalgique. Elle attendit, et il répondit finalement :

— Oui avec plaisir.

Ils travaillèrent en silence pendant un moment. Les buissons étaient lourdement chargés cette année d'une fécondité luxuriante et enivrante. Une profusion de fleurs et de fruits mûrissant ensemble dans la chaleur de l'été. Les abeilles lourdement chargées également, se balançant d'une fleur à l'autre, ivres de soleil et de la fragrance tout autant que du doux nectar et du pollen. Elle se tourna vers lui. Il paraissait mal à l'aise, dépassé devant les impressionnantes tiges des buissons et la surabondance des baies à tous les stades du mûrissement. Elle le regarda tirer sur quelques baies récalcitrantes.

— Là, dit-elle, ça aide pour tester si elles sont mûres. Tu tires doucement, pas trop fort. Si elles ne viennent pas tout de suite, c'est qu'elles ne sont pas encore tout à fait prêtes, même si elles semblent mûres et prêtes à tomber. Elle en tira une bien mûre et la lui offrit en la tenant au centre de sa paume. Il la prit précautionneusement, évitant de toucher sa peau. — Juste comme un ours, dit-elle en souriant, fils de Dort-Comme-Un-Ours. Les ours prennent aussi les choses comme ça, très précautionneusement, avec leurs lèvres, ajouta-t-elle avec des yeux taquins. Elle tira une autre mûre et la garda dans sa paume ouverte. — Comme ça ! Et elle la ramassa très lentement et doucement avec ses lèvres. Elle mit une autre mûre dans sa paume ouverte et lui tendit. — À toi, Fils de l'ourse, essaye.

Il hésita, l'évitant. La force douce grandissait en chacun d'eux. Elle rapprocha sa main de lui. Il se pencha et toucha la mûre de ses lèvres, la tirant doucement, avec tendresse, dans sa bouche. Elle put aussi ressentir le feu en lui.

Il la regarda. Elle tira une autre mûre et la mit entre ses lèvres, la gardant là. Elle le regarda dans l'attente. Avec timidité et gêne, il se pencha vers elle et l'embrassa à nouveau, la mûre passant d'une bouche à l'autre, puis finalement écrasées par leur langue allant loin dans les profondeurs l'un de l'autre, à la recherche de la racine du feu. Un jus sucré et acidulé de mûres, le goût du mûrissement, la chaleur de l'été, explosant dans leur bouche. Leurs bouches jointes les connectant au feu humide s'élevant en chacun d'eux. Le feu de l'été. Maturation.

L'énergie grandissante entre Alehya et Kai troublait Tomah. Il se rendit à la hutte de Vieil Oncle pour s'asseoir avec lui et y voir clair. Il aimait la compagnie des anciens. Parfois ils ne parlaient presque pas lorsqu'il venait le voir, restant assis en silence. D'autres fois comme aujourd'hui, Vieil Oncle l'encouragea à ouvrir son cœur.

Les femmes, rit Vieil Oncle en connaissance de cause, *les femmes, je les aime. Laisse-les être, fiston, laisse-les simplement être. Elles doivent trouver leur propre chemin.*

Aujourd'hui maigre vieillard édenté, principalement des tendons et des os, Vieil Oncle avait dans sa jeunesse été gaillard et plein de jus, un chanteur dans tous les bals aux temps des rassemblements. Sa voix forte, claire et chaleureuse disait le Peuple, vous touche directement à l'intérieur. Il avait été beaucoup demandé pour les danses lorsque les jeunes, et les moins jeunes flirtaient, et Vieil Oncle gloussa, *nous n'avions pas besoin de plus d'entraînement, nous étions déjà très bons à cela.* Ses yeux brillaient. *Les femmes,* dit-il encore, *ah je les aime.* C'était avant qu'il ne perde sa voix, quelque chose avait mangé son cœur, disait le Peuple. Mais il connaissait encore les chansons. Il pouvait taper des pieds en suivant le rythme et improviser. Et il amenait encore cette énergie joueuse de séduction à n'importe quel rassemblement au travers des blagues fréquentes qui surgissaient autour de lui. Il aimait encore faire tournoyer l'énergie. Il ne s'était jamais arrêté de chanter. Il chantait simplement d'une autre façon.

Vieil Oncle regarda Tomah. *Laisse-la simplement être, fiston*, fit-il d'une voix rassurante. *Laisse-la trouver son propre chemin. Elle saura revenir vers toi, si les choses doivent être ainsi.* Son regard était plein de bonté.

L'air frais matinal se réchauffait déjà dans la chaleur de cette journée d'été lorsqu'Alehya émergea de la hutte des anciens des plantes. Aujourd'hui elle allait marcher sur le sentier des plantes à l'est vers les zones ouvertes. Elle respira profondément et sourit au ciel. Elle remarqua la lune pâle du jour, un quart après la pleine lune, haute dans le ciel du matin et proche du sommet du grand sapin, la sentinelle du village. Le cercle partiel de la lune était comme un petit nuage, poli, parfaitement rond d'un côté, se dissolvant dans l'autre, partiellement caché dans les branches hautes de l'arbre. Elle sourit au timide, *Trop tôt pour sortir ? J'entends que les petites pousses vertes des branches supérieures sont particulièrement délicieuses à cette époque de l'année.*

Elle atteignit la grande prairie, avec ses hautes herbes déjà en graines. Une légère brise ondulait à travers les herbes, la brillance soyeuse de leurs graines semblable à l'écume de la mer lointaine dont elle avait entendue parler dans des récits. Les anciens, les conteurs d'histoires qui avaient des souvenirs de la vraie mer, racontaient souvent en faisant des mouvements de vagues avec leurs mains que la mer était toujours en mouvement comme un champ d'herbes ondoyant continuellement dans le vent, et pour Alehya les quelques prairies de son monde devinrent la mer de ses souvenirs.

La pâle trois-quarts de lune l'avait suivie vers la prairie mer, flottant délicatement au-dessus dans le bleu du ciel, la même lune à qui elle avait souhaité la bienvenue quelque temps auparavant lorsqu'elle était à la hauteur du grand arbre au camp-village. Une hauteur maintenant emplie d'un vaste ciel bleu. Elle essaya d'imaginer l'impossible distance avec ses yeux. L'arbre du camp semblait suffisamment grand pour atteindre la lune, demeurant si grand ici au milieu de cette ouverture, plus grand que les montagnes, presque plus grand que le ciel. Combien grands étaient vraiment les arbres, les montagnes, la lune, le ciel ? Et combien grande était-elle ? Combien grande était toute chose ? Pas besoin de la lune pour répondre, la question était tout. Elle remercia la lune, la gardienne des mystères, tisseuse de souvenirs. La lune savait déjà qu'elle n'avait pas besoin de réponse, la question aussi suffisait pour la lune.

La délicate lune du jour, l'arbre plus haut que le ciel, la couleur bleue… et le fils de Dort-Comme-Un-Ours. Le Fils de l'ourse. Fils de Poisson du Ciel aussi, fils de l'ourse du Ciel. Son baiser. Ses yeux. Doux, attirants, et quelque part étranges. Façonnée par sa vie contenue, sa vision déjà pleine de tout ce qu'il avait vu auparavant. Tout ici si nouveau pour lui. Sa grâce maladroite se découvrant, et à l'intérieur une tristesse, et une colère aussi. Poisson venu du ciel, sans savoir rien ou comment atterrir, sans savoir comment être, sans savoir quoi faire. Être sans lieu, difficile pour elle d'imaginer. Sa vie à elle, tellement entremêlée avec le Peuple, avec sa famille, avec ses paniers variés et ses liens de cœur, et avec tous les quatre pattes et les amis ailés avec lesquels nous partageons ensemble cette vie, ce lieu, une famille. Son identité englobait tout cela, comme un tout. Tellement différent de la tension de Kai venant de sa naissance abrupte dans le monde du Peuple, ce monde de plénitudes, une absence au milieu de la présence, ici, maintenant. Tant à apprendre, tant à désapprendre. La tâche d'une vie. Son esprit à lui vagabondant, toujours et si et si, difficile d'être tranquille pour lui avec ce qui est. Son malaise étrange et inattendu au sujet du baiser, la frontière obscure qu'il n'osait pas traverser. Il semblait vivre principalement dans le monde privé de son imagination, y prenant refuge. La lune si haute, si loin et pourtant si proche. Elle regarda de nouveau dans le ciel le morceau de cette lune du jour, si proche de l'arbre d'une autre façon dans un autre espace.

Elle ressentit une gentille pression sur sa main. Tomah avait suivi le chemin en silence derrière elle, la titillant maintenant, le moment de revenir de là où elle était, le moment de passer à autre chose. Il avait attendu tranquillement pendant qu'elle disparaissait dans ses pensées. Elle se tourna vers lui. Les yeux de Tomah souriaient, lui offrant dans sa main quelques petites fleurs. Petites fleurs de géranium des bois. Fleurs délicates à cinq pétales, chaque pétale arrondi comme un pâle coquillage marin, teinté de rose, de fines lignes de rose plus sombre rejoignant la gorge de la fleur, la plante aux racines qui stoppe les saignements. Qui empêche le flot brillant de la force de vie de s'écouler hors de la vie. Ces fleurs pour elle maintenant. Combien haute est la lune, aussi haute que les petites fleurs emplissant son cœur. Aussi haute que les racines médicinales, aussi haute que les yeux à la vision profonde et rapide de Tomah' toujours à ses côtés. Aussi haute que le monde qu'ils partagent. Elle sourit et prit ses mains.

Même avec les soins de Mi'thal, la guérison de Ken était lente. Elle avait perdu beaucoup de sang, particulièrement á travers l'entaille de son épaule. Ken commençait à regagner l'usage de son bras et Mi'thal l'encouragea à se mettre à la fabrication de paniers.

— Cela détend, dit Mi'thal, la beauté des formes, leur rondeur, le tressage, tricoter les choses ensemble. En plus, cela serait bien de donner à ton bras quelque chose de tranquille à faire au début, et de laisser les doigts faire le gros du travail.

Les subtilités de la technique étaient ce qu'il y avait de plus difficile à apprendre et donnaient à Ken une joie particulière à voir le panier grandir entre ses doigts. Et lorsqu'elle fit part, quelque peu désolée, que sa vue commençait à changer avec l'âge, Mi'thal rit.

— Oui, la mienne aussi ! Mais les doigts tresseurs, ils savent d'eux-mêmes quoi faire au bout d'un moment, ils ont leurs propres yeux. Tiens voici une autre bobine, tu peux sentir comme les fils sont doux. Ils sont comme ça car nous les avons ramassés lorsqu'ils étaient verts et…

Et parfois, s'allongeant plus proche de Ken pour lui montrer le trajet que doit suivre le fil : — Deux brins au-dessus, un en dessous, encore deux dessus… Comme ça, un peu plus haut ici, ce fil va un peu plus haut, de façon à pouvoir joindre un autre à partir de là, comme ça, et puis tu peux étendre la forme comme ça…Et l'odeur des cheveux de Ken, et l'odeur légère du saule de rivière imprégnant encore les bobines, et le bosquet de saules où elle avait récolté les canes vertes et déterré les racines, et la terre humide et l'air fécond de l'été réunis, soudainement tout cela était si proche et se mélangeait à l'odeur de ses cheveux. Elle cherchait le regard de Ken, pas encore, pas encore.

Une autre fois, elle dit à Ken : "Ken est le nom d'un homme. J'aime Kendra. Tu peux être qui tu es ici. Qui tu es vraiment, sans un nom d'homme. Une femme forte et une femme belle." Mi'thal sourit à Kendra, ses yeux malicieux menant quelque part ailleurs, doux et cherchant pendant un bref instant, puis détournant rapidement le regard. De nouveau pas encore. Encore dans l'attente, pour la même quête, des deux côtés.

— J'espère pas encore une autre dormeuse ! Une grosse dormeuse au sein du Peuple c'est assez ! plaisanta Mi'thal en aidant Kendra à se mettre dans sa couverture de nuit et en l'enveloppant de la fourrure. — Repose-toi encore, mais s'il te plaît, ne dors pas comme un ours ! Je me suis fait du souci. Elle toucha affectueusement le visage de Ken, Ken la regarda.

— Non, dit Ken en riant, je suis réveillée. Bien là, et elle sourit.

— Je vais encore te laisser te reposer, dit Mi'thal en s'en allant.

— Non, attends, Ken prit son poignet et ajouta : — S'il te plaît, reste avec moi un moment. Tu as été si gentille avec moi, t'occupant de moi tout ce temps. Elle plongea encore son regard dans ses yeux. Toutes les deux se rapprochèrent l'une de l'autre, la même résonance liquide appelant à s'aimer. — Je t'en prie, murmura Kendra, je suis à toi.

Et Mi'thal se pencha en avant et l'embrassa, douces lèvres l'une contre l'autre, une tendresse, une profonde affection, se déployant, s'épanouissant, s'épanouissant doucement, les mettant toutes les deux sens dessus dessous. Mi'thal se laissa aller sur la couverture de nuit avec elle, leurs bras et leurs jambes entremêlés.

— Donc, dit Mi'thal en s'appuyant sur un coude pour regarder Kendra, son doigt dessinant de petits motifs sur son épaule nue, j'imagine que tu vas rester ? Ma hutte est ta hutte. Ça se passe comme ça chez nous. Tu es libre de partir ou de rester, mais ma hutte est ta hutte… et mon cœur. Elle l'embrassa délicatement.

— Oui, dit-elle. Quelle 'elle' était en train de parler ? Elles étaient déjà ensemble comme un seul cœur.

— Oui je suis ici pour rester.

Vit-Deux-Fois berçait son ventre. Cela ne s'était pas encore vu, mais elle savait de l'intérieur, un enfant en cadeau tardif. La graine de Ta'le avait pris racine en elle. Une texture viscérale à son monde, ferme et élastique à la fois, une plénitude remontant, tactile, pleinement présente et cédant d'un seul coup. *S'il te plaît, emmène-moi*, dit-elle à son ventre, à la vie en elle, *garde-moi dans la montagne, lie-moi au cœur de la montagne, lie-moi à la vie de la montagne. C'est là-bas que je veux être, y disparaître, disparaître en toute chose, les montagnes, le ciel. Ouvre-moi.*

Cette nuit, elle rêve qu'elle nage sous l'eau. Elle rêve de mers. De vastes océans de profondeurs. Elle se déplace dans l'eau et nage librement, elle plonge, glisse au travers des eaux rapides et profondes. Elle voit avec les yeux de l'eau, montant et descendant, vers tous les côtés, sans direction interdite, sans direction inaccessible. Elle se déplace et tourne en courbes sinueuses, dansant comme pur espace, sans effort. Lorsqu'elle se réveille, elle pleure, il n'y a plus de mer, mais un océan de larmes sortant de ses yeux, lavant toutes traces de souvenirs retenus, sans savoir

qui ou quoi ou pourquoi, tout en un au sein du cadeau de
la pure joie du pardon et de la libération.

Je veux savoir qui je suis, en tant que tout, pas seulement en tant que la vie que je suis maintenant, ou celle que j'étais avant. Je veux tout savoir de cela. Pourquoi je peux venir ici, pourquoi je peux trouver mon chemin jusqu'ici. Pourquoi je sens ces choses à l'intérieur pour lesquelles je ne peux trouver de mots humains pour en parler. Pourquoi...

La femelle ourse leva sa patte. *Attends,* dit-elle. Ses yeux pleins de bonté. *Attends. Pas tout à la fois, l'histoire complète pourrait prendre un certain temps. Non pas ce que tu es, mais pourquoi...*

Parmi les changeurs de formes, certains sont des femmes, certains sont des hommes, il y a les deux, et certains naviguent entre également, passant librement d'un genre à l'autre... L'ourse fit une pause, considérant par quel bout commencer... *Certains,* reprit-elle, *savent se déplacer entre les espèces, mais oublient qu'ils peuvent le faire. Ils deviennent attirés, attachés à une seule espèce. Leur don pour le changement oublié, transmis d'une façon invisible, reste caché dans leurs œufs et leurs graines tout au long de leur lignée. Un fils ou une fille, une fille ou un fils, ici et là, peuvent se souvenir occasionnellement, une lueur de leur fluidité originelle, le cœur s'ouvrant au-delà de la forme individuelle, au-delà du genre. Peut-*

être juste une fois, et brièvement, peut-être comme une mémoire visionnaire, ou dans un rêve. Pour certains, ce sera un rêve intense. Un qu'ils garderont toute leur vie, comme si c'était une sagesse venant de l'extérieur, ne reconnaissant pas la sagesse de leur propre espèce cachée en eux, et les guidant.

La capacité à changer de forme n'est pas un pouvoir, insista l'ourse. *Le changement de forme est une façon d'habiter ton cœur qui touche et entre en connexion avec tout. Il y en a eu ...* Elle prit un air grave, et Vit-Deux-Fois eut l'image soudaine d'une forme d'ombre se dressant de toute sa hauteur avec une intention étroite et féroce,...*certains en d'autres temps ne comprirent pas le changement et l'utilisèrent pour faire des choses à d'autres. Et ainsi le vrai cœur du changement fut enfoui profondément dans la Terre et attendit. Le changement de forme est une façon de permettre à tout ton être d'être fluide et entier, c'est tout. Pour moi, pour les changeurs de mon espèce, cela se manifeste plus pleinement en étant simplement un ours.* Elle regarda Vit-Deux-Fois avec bonté. *Certains savent déjà. C'est le fait de rentrer chez soi qui est important, entrer dans la plénitude plus vaste que le soi, dont nous faisons déjà partie.*

Et parfois, ils s'ouvrent, ceux qui portent cela, et ils se souviennent de la totalité de leur héritage, de leur cadeau intérieur. Ils ne sont plus entravés. Ils deviennent libres de nager, de voler, de vivre de cœur à cœur en tant que n'importe quelle espèce. Un arbre. Une fleur. Une abeille. Un oiseau. Un insecte ou un poisson. Une ourse. Elle regarda la femme d'un air solennel. *Une ourse, parce que parfois un changeur de forme peut appartenir à une espèce et se souvenir de toutes les espèces en même temps, il peut choisir d'être à la fois fixé et libre, trouvant un ancrage dans une même forme. Une ourse*… Elle attendit et puis lui demanda doucement : *Tu te souviens maintenant, n'est-ce pas ?*

La femme répondit calmement, *Oui*, et elle dit d'une voix douce, *je me souviens*. Pas de grandes vagues de grand éveil, pas de mers qui s'ouvrent, par de rayons éthériques de lumière. Simple. Complet. Souvenir… Se réveillant dans le plus profond des rêves, dans le rêve rêvant qu'il rêve. Rêvant d'innombrables rêves. Se réveillant non pas hors de, mais en la vie, dans la grotte sombre de ses racines profondes. La grande aspiration. Tout cela se tressant au travers de toutes les autres vies, minuscules scintillements de brins de lumières d'arc-en-ciel de la mémoire, du rêve. Elle se souvint du souffle, des yeux tendres brillant de soleil, du poids se déplaçant, hanche et épaule, hanche et épaule, d'un côté à l'autre. Montagne au sommet d'une montagne s'arquant dans un ciel clair. Air vif de la mer montagne, un nuage. Forme de poisson. Un halo arc-en-ciel autour du soleil. Tout cela. Halo s'élargissant fusionnant avec le ciel, avec son cœur. Flottant doucement, mer de tendresse tournée vers l'intérieur, l'étendue complète de la mémoire, toutes les mémoires qui ont été et qui sont à venir, toutes les mémoires se tournant, culminant, se déployant vers l'intérieur, culminant comme une mer dans une perle parfaitement translucide irisée d'innombrables mondes. Corps de lumière transparent empli de lumières d'arc-en-ciel se dissolvant dans l'immensité de la grotte, profondeur bleu-nuit au-delà des formes, au-delà d'un observateur, profondeur bleu-nuit de tout. Mystère fluide sans forme, se réjouissant dans la connaissance de l'inconnaissable plénitude de soi-même. Se réjouissant dans la radiance fertile, la radiance se dissolvant et devenant, portant sans cesse sa joie tantôt vers l'extérieur tantôt de nouveau vers l'intérieur, suivant les marées du devenir. Et puis, à un moment, un mouvement au-delà du temps, une vague déferlante, une absence au-delà de la profondeur, douce et bienfaisante, et encore immensément plus, au-delà de toute mesure de l'immense ou du plus, au-delà du mesurable, enveloppant sans observateur, et d'un autre mouvement circulaire, le monde émergeant de nouveau, tout un, ensemble, un corps, une texture ensemble, respirant, arbres, herbes, pluie et ciel et terre, rochers et eaux, rivières et mers, profondes racines et nuages d'altitude. Profondeur des racines et hauteur des nuages. Tout ensemble venant à être comme une seule chose. Le corps de cette vie comme unique chair de tout cela. Chair d'ours.

Elle se frotta les yeux, encore à moitié endormie, et se tourna vers Ta'le allongé à côté d'elle, déjà réveillé. Tranquille dans sa propre émergence, revenant de son propre voyage de la nuit. "J'ai encore vu l'ourse", commença-t-elle. Des mots ténus, flottant, fondant comme la lune du jour dans un ciel bleu-azur, délicate, pas encore partie, encore là, invisible. *L'ourse*, essaya-t-elle encore, communiquant cette fois silencieusement. Ses mains l'aidant à former les mots non verbalisés, une main pressant doucement sur son cœur, puis les deux mains s'écartant l'une de l'autre de plus en plus loin, la grandeur du monde trop vaste, trop merveilleuse pour y être contenue à l'intérieur. Le cœur grandissant avec le monde, espace profond et mondes d'arc-en-ciel dans ses yeux.

Il sourit. Son sourire parcourut le cœur de Vit-Deux-Fois les yeux grands ouverts, dérivant en d'insondables courants. *Je peux le voir*, dit-il, *l'ourse est dans tes yeux*. C'était suffisant pour lui, pour elle, pour savoir, pour faire confiance, pour savoir sans comprendre, où elle était allée, et où elle était maintenant. Changée.

Il l'embrassa tendrement et la prit dans ses bras. Ses bras enveloppant la merveille transparente qu'elle était. Ils restèrent allongés en silence, pressés l'un contre l'autre, se protégeant l'un l'autre, les miracles qu'ils portaient, qui les portaient, qui les transportaient, qui les berçaient doucement avec leur propres courants, flottaient dans la calme quiétude fertile du commencement du monde.

Vit-Deux-Fois descendit de la montagne vers la fin de l'été comme elle l'avait promis, et bien que la saison des récoltes et des cueillettes soit un moment chargé pour tout le monde, elle prit le temps de rencontrer Linn et Kai et apprit peu à peu à faire leur connaissance. Pas comme avant, il n'y aurait pas de retour en arrière avait-elle dit. Ils avaient tous changé et étaient encore en train de changer, mais ils apprenaient à se connaître, apprenant à connaître mutuellement leur cœur, comme disait le Peuple.

— Je me souviens un peu maintenant, dit Vit-Deux-Fois à Linn, pas beaucoup, des petits bouts et morceaux, ici et là. Quelques îlots brillants de souvenirs. Je me souviens de toi me parlant de l'encyclopédie de ton grand-père et comment tu avais l'habitude de te mettre debout sur une chaise pour l'atteindre. Les pêches que ta mère tu disais avait l'habitude de manger quand elle était enceinte de ta sœur. Le visage de Kai tout bébé, ses yeux brillants et rayonnant dans un moment d'émerveillement. Des petites choses, seulement des moments. Cela a été dur, parfois. J'ai cessé depuis quelque temps de regarder dans mes souvenirs, cherchant une profondeur d'appartenance par d'autres voies désormais. L'ombre qui bloquait ces souvenirs était peut-être là pour une raison qui dépassait son caractère cruel. Elle ne nommait pas le CESI. — Quelque chose d'autre, plus ancien en moi, s'éveille de lui-même, veut que je rentre à la maison d'une façon différente. Et Linn se souvint de la Vieille At'sah disant que chacun retourne à l'origine le moment venu, chacun avec son propre chemin. — Je peux un peu rassembler les morceaux, continua Vit-Deux-Fois, mais les souvenirs sont encore comme des rêves qui se sont déroulés pour quelqu'un d'autre...et peut-être que c'est le cas, dit-elle doucement puis elle ajouta : — Nous avons tous changé, tellement changé…

Et Linn pensa effectivement qu'elle avait changé. Elle était encore Miri, son cœur de mère généreuse était encore là, mais il n'était plus si personnel, il appartenait à quelque chose de plus vaste maintenant, au-delà d'elle-même. Cela lui manquait de ne plus être le centre d'attention de son monde, cela lui manquait vraiment, mais il demeurait en elle un bonheur et une paix qu'il n'aurait jamais voulu la voir abandonner, pas maintenant… Et une sagesse aussi, grandissant peu à peu en elle avec son cœur. Comme si parfois un ancien savoir parlait à travers elle.

— Mais quand j'essaye de regarder directement dans mes souvenirs, ils deviennent timides et disparaissent comme des animaux méfiants dès que j'essaye de les saisir. Et particulièrement si j'essaye de les rassembler en une histoire cohérente. Si j'essaye de joindre chaque point de là à ici, le chemin se dissout et il ne reste de nouveau que des ilots de clarté, des tonalités discrètes de sentiments. Je suis désolée...

Et Linn dit encore, comme il le faisait souvent maintenant lorsqu'elle s'excusait :

— C'est okay, c'est déjà bien qu'il y en ait quelques-uns. Que Kai et moi soient encore quelque part dans ton cœur. Il la regarda. — J'apprécie que tu essayes, mais comme tu l'as dit avant lorsque l'on s'est revu pour la première fois, il nous faut recommencer maintenant, de là où nous sommes...

Et elle sourit.

— Oui, fit-elle, et maintenant au sujet de Kai... Et presque comme deux vieux parents assis confortablement l'un à côté de l'autre dans le soleil, ils réfléchirent à leur fils et à comment l'aider à s'adapter à sa nouvelle vie, et à la vie tout court semblait-il. Linn lui raconta toutes les étapes, point par point comme elle disait, de comment Kai avait changé depuis sa plus tendre enfance. "Oui, disait-elle parfois doucement, je me souviens de ça", ou secouant sa tête avec tristesse : "Je ne savais pas, ou du moins je ne me souviens pas l'avoir su... Mais oui cela fait sens, avec ce qu'il est devenu maintenant..."

Linn lui raconta comment il avait toujours pensé que Kai serait devenu un artiste s'il était né ailleurs que dans le Lab. Alors que Vit-Deux-Fois semblait perplexe, il dit, cherchant sa réponse : "Un artiste est quelqu'un qui fait des choses de l'intérieur, des choses que personne ne peut voir avant qu'il les ait accomplies. Ou quelqu'un qui fait très bien quelque chose, et de façon très belle..." Il était

attristé de constater que malgré les passerelles se
développant entre eux en tant qu'individus, il y avait
toujours un énorme fossé culturel. Elle n'avait connu que
la façon d'être du Peuple.

Vit-Deux-Fois eut un regard pensif et dubitatif,
essayant de comprendre ses mots : "Je ne suis pas sûre de
ça, qu'il aurait pu être un artiste, du moins pas de la façon
dont tu en parles. Je ne crois pas qu'il soit vraiment comme
ça. Quelque chose l'appelle de l'intérieur, c'est vrai, mais
peut-être vers une destinée différente. C'est dur pour lui
de l'entendre, c'est pourquoi il passe tant de temps, là, dans
ses mondes intérieurs, essayant d'écouter… Et il n'y a pas
comme tu le sais d'artistes en tant que tel au sein du
Peuple, du moins pas dans le sens de ce que je crois que tu
veux dire. Ici chacun fait du mieux qu'il peut, et est honoré
pour cela. La beauté est dans chaque chose que nous
faisons…" Et Linn constata encore à quel point elle
appartenait au Peuple, et il regretta comme cela lui arrivait
de plus en plus souvent de ne pas avoir lui aussi tout
oublié, il semblait que cela avait permis à Vit-Deux-Fois
de s'intégrer plus facilement. Et bien que réconforté par
l'aise grandissante de leur nouvelle amitié, il se sentait
découragé, de plus en plus convaincu que lui-même ne
trouverait jamais une façon de vraiment être avec le Peuple
comme c'était le cas pour elle. Il ressentait une forme de
désespoir grandissant, il avait trop de souvenirs, il portait
trop de l'esprit de l'Avant à l'intérieur de lui. Il n'arriverait
jamais à s'adapter, pas comme l'avait fait Miri Vit-Deux-

Fois et il ressentait une panique grandissante, et Kai aussi connaissait un moment difficile.

Le vaisseau accélère proportionnellement à la distance qui les sépare, vitesse invisible du départ et du changement, sans encore de renouveau. Séparées, passées, loin l'une de l'autre, deux énergies s'écoulent en s'éloignant avec une vitesse croissante, directement fonction de l'espace grandissant entre eux. Linn ressentit un bref moment de malaise. De solitude. De distance. Comme si cela arrivait profondément à l'intérieur de son corps. Le vaisseau voyageur profondément à l'intérieur. Est-ce que les cellules du corps, peut-être la paroi de l'estomac, ressentent la vitesse lorsque l'on marche ou que l'on court ? Ou sont-elles uniquement concernées par leurs propres processus, se sentant bercées dans le corps, toujours dans un repos confortable, comme le reste de spirochète dans la mitochondrie, les ancêtres prédateurs des neurones de notre esprit toujours en activité. Il avait beaucoup de choses à digérer, sans leurs rouets. Une vie s'ouvrait devant lui. Une vie inconnue, une qu'il n'aurait jamais pu imaginer. Un espace ouvert. Oui, mais pas de cette façon. Partir, où ? Le champ des possibles partout, omnidirectionnel, sa direction préférée, au moins en théorie. Maintenant ce n'était plus comme un point dans l'espace, mais comme un isolement, une solitude. Linn ne s'était jamais senti à sa place dans le Lab. Le caractère naturellement tourné vers l'extérieur de son esprit en contradiction avec les questions qui devaient rester non posées. En contradiction non pas avec les questions ou avec le questionnement mais avec le non-questionnement. Et ici avec le Peuple, son ouverture aux autres était comme entravée ? contenue ? teintée ? paralysée ? par des années d'inquiétude et de méfiance nécessaires, une conscience de soi démesurée venant de la nécessité de toujours apparaître fade ou invisible, une séparation forcée du soi naturel, d'être naturellement qui l'on est. Maintenant il craignait que ses questions et ses interrogations ne soient trop intrusives pour le Peuple qui vivait déjà l'appartenance, qui faisait ses découvertes d'autres façons. En étant. En acceptant, en touchant un champ de confiance, d'ouverture, spacieux, que son questionnement insistant et continuel ne lui permettait pas de vivre, ne sachant pas comment faire confiance à la confiance, quelque chose de pointu dans quelque chose de rond, le pivot et l'œuf, un bec à l'intérieur d'un coquillage. Qui ou quoi essayait d'éclore, essayait de naître ? La gravité spacieuse de l'ici, d'instant en instant, ancrait le Peuple et était hors de portée pour quelqu'un comme Linn continuellement en chute libre.

Il avait parlé avec différents membres de la communauté et des Conseils. Il savait que s'il retournait aux ruines, à ce qu'il restait des villes, cela signifierait un bannissement, un bannissement à vie, et il comprenait pourquoi. Toute personne se rendant là-bas serait à jamais hors des limites du Peuple. Mais ce n'était pas là où il avait besoin d'aller. Il passait au crible d'autres ruines, de connaissance, à l'intérieur de sa tête, à l'intérieur de son esprit. Qu'y avait-il de dangereux à cela ? Il avait besoin de comprendre, de savoir, quelque chose au sujet de cet espace de questionnement intérieur qu'il ne connaissait pas encore. Miri avait découvert un espace intérieur, ouvert, libre, en traversant la contrée d'un esprit vierge et dépourvu de souvenirs. Une transmigration d'âme qu'il ne pouvait qu'à peine envisager. Lui, était arrivé avec trop de souvenirs qu'il devait laisser. Il en était de même pour les autres, qui avaient dû pour la majorité arriver en traversant des contrées marquées par de plus grandes souffrances et douleurs que les siennes, une tonalité émotionnelle qui offrait aussi une porte pour s'en libérer. Mais lui était venu imprégné de ses habitudes d'une soi-disant liberté d'esprit. Auto limitée, cachée, secrète, une minuscule pièce privée avec des miroirs qui avait paru beaucoup plus spacieuse que ce qu'elle n'était. Un sanctuaire privé pour l'insaisissable clarté intérieure qui vivait, comme il le savait désormais au moins en théorie, non pas dans la lumière réfléchie de l'esprit mais dans la lumière elle-même, vivant comme toute la vie, non pas dans les miroirs imaginaires des spirochètes. Comment sortir de la cage, spacieuse en apparence, qu'il avait construite pour lui-même avec tant de soin ? Comment s'en libérer ? Comment laisser les questions se libérer ? Comme lui se libérer d'elles ?

Il soupira. Trouverait-il jamais un lieu ou serait-il jamais compris au sein de cette grande communauté se concentrant sur une autre sorte de voyage et de découverte, explorant les aspects infinis de la présence. Deux facettes d'une quête, eux et lui, eux heureux dans l'ouverture de l'acceptation et du lâcher prise, baignés d'émerveillement, et lui, questionnant, le continuel et si, et si, et quoi, de l'esprit sans repos 'avide de disséquer'. Comment faire autrement. Maintenant que cela était devenu obsolète et n'avait plus lieu d'être. Rien d'autre à faire que de partir comme auraient dit les Anglais. Auto-exilé du Peuple, pour de bon. Sortir du truc. 'Insulter la viande' comme disent le peuple Kalahari San quand ils évoquent de façon si éloquente et créative la question de comment faire passer au second plan le besoin parfois nécessaire de prendre la vie, plutôt que de s'y connecter. Pour cela ils dévalorisent les trophées de leurs chasseurs afin d'éviter que ces derniers ne se trompent de sens. Comment abandonner, et qui ou quoi et quand ? Proie, prière, action décisive et demande, confiance, cherchant son cœur dans le labyrinthe de son esprit, il ne le trouverait jamais là. Un dilemme éternel. Que faire avec, comment dompter le spirochète ? Il ne le savait pas. Jusque-là, cela avait eu le dernier mot, détruisant des empires construits en son nom. Kai partirait avec lui dans sa quête. Conquérir ou faire la paix avec les mondes intérieurs. Kai pourrait l'accompagner au moins au début. Il ne souhaitait pas plus infliger à son fils son exil à vie que ce qu'il n'avait souhaité d'une autre façon une vie d'emprisonnement en tant que résident du Lab, ce qui malheureusement s'était produit. La quête de Linn était une forme d'expiation, pour leur permettre à tous les deux de les rendre libres autant que possible, ou au moins de donner à Kai l'espoir d'autre chose. Comme deux gamins s'échappant de la maison, jusqu'où iraient-ils, combien de temps tiendraient-ils ? Très probablement aucun des deux ne survivrait bien longtemps, tellement ils n'étaient pas préparés. Pour lui-même il pourrait prendre le risque, mais pas pour Kai. Le garçon souffrait encore du manque d'amour dans sa jeunesse. Tous les deux des rêveurs, les rêves de chacun refusés. Une errance pour réfléchir, une quête de vision, depuis longtemps attendue. Il renverrait Kai une fois que le garçon aurait trouvé un peu de clarté et serait capable de trouver son chemin. Tous les autres semblaient parvenir à trouver des places pour eux-mêmes. McPhe, au départ chanteur réticent, était devenu sans y prendre garde l'apprenti de Vieil Oncle au travers du caractère joyeux qui inévitablement les entourait. Une adéquation naturelle. Et Mike avait fait plus que trouver une place dans l'un des camps villages à l'est. Quelque chose d'autre s'ouvrait pour lui maintenant. Il n'en parlait pas trop. Linn sentait que c'était encore tellement tendre et nouveau pour lui que Mike ne voulait pas le transcrire en mots avec trop de détails pour le moment. Tout ce qu'il pouvait était de faire savoir à Linn que oui, finalement, il y avait un chemin pour revenir à la maison. Les mêmes mots que Miri avaient employés... Jusque-là, le plus grand sentiment d'être chez soi que Linn avait expérimenté, le moment où il s'était senti le plus en paix, était à l'ombre des cèdres après l'accident, alors que la neige commençait à tomber. Sonné dans une sorte d'ouverture au-delà de l'acceptation, tout le reste dans sa vie s'étant déjà effondré. Tellement subtile. Tellement simple. Comment retrouver ou peut-être aller à la rencontre de cela ?

"...et fils, est-ce que tu m'écoutes ?" la voix de la Vieille At'sah apaisante, lui tendit la main, comme si elle appelait un animal méfiant, ne voulant pas qu'il s'échappe.

Il était venu la voir pour lui parler de ses plans. Il en était progressivement venu à sa véritable question, l'interrogeant d'abord au sujet des quêtes de vision. Elle lui avait parlé de comment constituer le cercle, des préparations préalables, et de la quête elle-même, l'abandon dans une qualité d'accueil s'ouvrant au-delà du temps. Pendant ce temps, elle voyait cette autre question dans ses yeux, et ils menaient tous les deux deux conversations à la fois, une dite et une non-dite. Elle attendant patiemment, sachant qu'il y avait une autre intention, insaisissable et sauvage, attendant avec prudence pour demander. Lorsqu'il lui parla d'une marche d'errance et comment cela pouvait être similaire à une quête de vision. Elle lui sourit brièvement et parla à Linn de la façon d'errer dans les bois, se disant silencieusement à elle-même, ah, on s'approche enfin maintenant du cœur de l'histoire. Et lorsque finalement il lui parla de ce qu'il comptait vraiment faire, de la façon dont il voulait mener cette marche d'errance, il se sentit dévasté par sa réponse.

"Non ! dit-elle avec une grande bonté et une grande fermeté, non je n'irais pas dans cette direction. Ton chemin est différent, ton chemin est…" Et il avait disparu à l'intérieur de lui-même, à la recherche du moindre espoir qu'il avait nourri d'être libre de lui-même alors que cet espoir s'évaporait telle une brume, et de nouveau il se retrouvait sans possibilité d'en sortir.

Puis elle le rappela, il l'avait écouté, tout d'abord en résistant lorsqu'elle lui avait dit que ce n'était pas son chemin de partir en exil, mais d'aimer de nouveau, d'aller au-delà de lui-même de cette façon.

"C'est ce que j'ai vu, dit-elle avec une certitude déconcertante." Et il ressentit ou perçut de nouveau son regard vers lui comme il l'avait ressenti lors de leur première rencontre, un regard voyageant à travers lui, s'attardant particulièrement sur l'îlot du cèdre dans la neige, et sur la brillance fusionnelle qu'il avait vécue sur le pont en hauteur dans le Lab. La Vieille At'sah se tenant devant lui n'était soudainement plus vieille, mais sans âge plutôt, et quelque part lumineuse avec une lumière ne venant pas de ses yeux, souriante, qui lui disait : *Tu connais déjà le chemin. Je sais que tu le connais.*

Et il revint dans l'obscurité de la journée de sa hutte avec un parfum de terre tout autour de lui, et les odeurs rémanentes des prières des herbes, et une vieille femme lui tapotant l'épaule et lui demandant de nouveau avec un sourire qui sait :

— Fils, est-ce que tu m'écoutes ?

Et sa voix répondit, lointaine, mais avec une certitude plus grande que ce qu'il n'avait ressenti depuis longtemps :

— Oui.

La lumière vacille. Une paire de mains se tend vers la sphère flottante de lumière pour replier la mèche ou pour protéger la flamme, ou une main s'écarte du cercle de la fragile lumière pour fermer une fenêtre ou une porte afin de stopper un courant d'air. Ou une main se tend pour protéger la lampe, pour ajuster le couvercle de la batterie qui avait du jeu, pour vérifier les câbles. Une autre lampe vient l'aider. Une autre bougie, une autre lampe à huile, une autre lampe bioluminescente. Ou une main se tend pour tenir le flambeau plus haut de façon à ce que les grands troupeaux d'aurochs ondulant sur les murs sinueux de la caverne deviennent vivants, comme s'ils se précipitaient vers le brillant champ de la lumière vacillante les illuminant. Ou peut-être une autre paire de mains éteint doucement la lumière et se tend dans l'obscurité nouvelle vers d'autres mains, ramènent les couvertures de nuit plus proches de tous les deux avec un bonne nuit chuchoté. Ou des mains ramenant plus proche une autre personne avec un doux murmure et soudainement l'obscurité n'a plus d'importance, il n'y a pas d'autre lumière à amener. Ou peut-être que la lumière s'allume brutalement dans un moment de peur, d'appréhension, et d'autres chuchotements, d'alarmes cette fois, courts, lèvres serrées, se répandant dans le vide de l'obscurité. Hé ! Tu as entendu ? Est-ce que tu as entendu quelque chose ? Chut j'écoute. Une bouffée d'air se faufile dans la pièce au moment où s'arrête un léger bruissement qui n'avait pas été entendu jusque-là. La lumière vacille et s'éteint. Un cœur bat plus vite. Peut-être deux cœurs battent plus vite, chacun dans son appréhension s'attendant et s'écoutant mutuellement, seuls avec leurs propres bruits de battements résonnant fortement dans l'obscurité. La lumière vacille. La lumière du soleil sur l'eau, éblouissant, étincelant sur la surface ondulante. Les branches se balancent dans une légère brise, et les éclats de lumière du soleil filtrés au travers de leurs feuilles jouent sur la surface. La lumière vacille dans ses yeux, joueuse, taquine, et il s'éloigne.

Repensant au Lab, Kai se souvint que les lumières ne vacillaient pas. Elles étaient stables, en état de marche. Elles ne changeaient pas sauf pour la couleur laiteuse ambiante du ciel diurne synthétique. Elles étaient fiables, ou parfois diminuées avec précaution pour 'l'atmosphère' comme dans l'ancien temps, et dans ce cas seules quelques lampes restaient inutilement utilisées dans les quartiers privés. Ou si une lampe soudainement, de façon imprévue et non autorisée en venait à vaciller, elle était promptement réparée. Très souvent, elle était réparée avant, en fonction des évaluations des systèmes d'autosurveillance de ces équipements. Ici dans le camp-village, la lumière était imprévisible, vivante. Elle vivait et respirait, produisant de la chaleur et de la fumée et de légères senteurs enivrantes des branches et brindilles offertes au feu et lui donnant vie.

La lumière vacille, les formes d'ombres familières dans la hutte dansent doucement dans le feu qui s'éteint. Une paire de mains se tend pour remuer les braises et ajouter du petit bois pour ramener le feu à la vie, ou pour déposer quelques herbes sèches sur les braises s'amenuisant pour produire des prières de fumée emplissant de leurs bénédictions l'obscurité vacillante. Ou des mains rassemblent les charbons, et les ombres familières disparaissent et fusionnent confortablement ensemble avec la nuit de la hutte alors que les braises s'évanouissent, et une main saisit sa main à lui, une voix douce avec une chaleur taquine le rapproche, "viens tête endormie, c'est l'heure du lit…" et il… atteint une autre lumière qui n'est pas là sauf dans la mémoire ou dans l'imagination, parce que rien ne vient après, il ne sait pas ce qui pourrait venir après. Les variations sans fin de la boucle de lumière vacillante s'arrêtent là. Sur un seuil. Toujours juste à l'intérieur du cercle hésitant de son imagination. Le monde qui vit et respire autour de lui, qui vacille et qui danse, qui rit et qui joue, est à l'extérieur de la sphère flottante de la lumière imaginaire et protectrice à travers laquelle il vit. La lumière qui essaye de filtrer tout ce qui émerge dans son champ de vision est maintenant devenue si petite et si fragile, elle ne constitue plus un refuge, mais plutôt un îlot d'exil. Peut-être que la seule façon de s'en sortir avait dit son père est d'éteindre la lumière, d'apprendre autre chose.

Et lorsqu'il avait demandé à son père si lui-même avait appris comment faire cela, Linn avait répondu très doucement : "Non, mais j'essaye." Et Kai savait que Linn lui-même en connaissait beaucoup au sujet des innombrables permutations d'une lumière vacillante, et il ressentit une vague de profonde affection pour son père, et peut-être, juste peut-être, que deux exils ensemble pourraient arriver à voir les choses autrement et parviendraient finalement à rentrer à la maison. Il pensa à son père et prit conscience de combien il l'aimait, de combien il était courageux, et de combien, encore plus maintenant qu'auparavant, il l'admirait. Peut-être que la lumière vacillante était okay. Peut-être que la lumière vacillante éclairait suffisamment pour y voir encore pendant encore un peu de temps jusqu'à ce qu'ils sachent tous deux comment changer.

— La marche d'errance. Je veux rester ici, avec toi. Je ne veux pas repartir. Je veux... être avec toi papa... Je t'aime. Et il tendit les bras pour l'embrasser.

Linn mit son bras autour de son fils et le serra fortement.

— On ne va pas partir finalement, dit-il en regardant les petites flammes du feu, j'ai parlé avec Vieille At'sah, et elle... m'a aidé à comprendre qu'il y a d'autres façons de chercher, d'autres façons de changer, d'autres façons d'utiliser ce que nous pouvons offrir... et dont nous pouvons faire partie... Il fit un geste avec son autre bras pour montrer l'environnement autour et dit : — La... plénitude ici, l'harmonie, la... beauté. Ce n'est plus de la théorie, c'est vrai… Il trébucha puis se rattrapa et sourit.

— Quelque chose auquel il faut que toi et moi on s'habitue pas vrai ? dit-il en lui faisant gentiment une petite tape sur l'épaule.

— Oui, répondit Kai en lui rendant le sourire, je crois bien.

— Cela prendra du temps, cela prend un sacré bon sang de temps, m'a dit un ami. Nous sommes maintenant nos propres cobayes, les espèces tests, pour voir si nous pouvons nous réhabiliter avec succès, nous adapter, nous acclimater, pour voir si nous pouvons… appartenir.

Lorsque Linn le regarda, Kai était reparti à l'intérieur et demeurait assis en silence plongé dans ses pensées. Il était difficile pour le garçon de laisser partir le monde élégant et vacillant de la lumière par laquelle ils avaient vécu et qu'ils avaient cultivée, nourrie, soignée avec tant d'attention. Il était difficile pour tous les deux de vouloir voir avec d'autres yeux. Le cœur de Linn se tourna vers son fils encore plus perdu que lui-même entre différents mondes. Peut-être que c'est ce qu'il en coûtait d'être libre de tout ce qui les retenait à l'intérieur du cercle insubstantiel de leur esprit. Il fallait vraiment le vouloir. Faire simplement un pas hors de soi, pour y arriver. Loin de la fascination des pensées imaginaires se prétendant elles-mêmes réelles, abandonner la sécurité de l'imagination, de l'observation, constatant avec quelque ironie que c'était sa sphère préférée de protection. Il y avait une autre voie cachée, dormante en chacun d'eux, qui savait déjà comment appartenir, comment être plus engagé. Il en était certain. Miri n'avait rien à quoi s'accrocher quand elle arriva ici. Elle dut s'engager, c'est tout ce qu'elle pouvait faire.

— Pour nous maintenant, on a plus qu'à essayer. Il sourit à son fils, leur fils.

— Appartenir, finit par dire Kai, comme s'il avait goûté, testé le mot avec un autre sens, peut-être pouvons-nous appartenir, peut-être que nous pouvons rentrer à la maison, comme dit Maman. Ils restèrent tous les deux en silence pendant un moment. Maman, Miri, la femme qui leur fût tantôt si familière, aujourd'hui Vit-Deux-Fois Dort-Comme-Un-Ours, qui était revenue à la maison, chez elle d'une certaine façon. Kai ne savait pas vraiment ce que cela voulait dire, mais elle semblait y être parvenue, on pouvait le voir dans ses yeux. Elle avait dit à chacun d'eux, de façon différente, que rentrer à la maison était quelque chose que chaque personne se devait de faire, que cela n'était pas si difficile que ce qu'il paraissait, ou pas si loin, et Kai, elle le savait, voulait aussi que lui et son père trouvent leur chemin pour revenir à la maison. Elle les aimait toujours, maintenant plus que jamais avec cette façon nouvelle.

La lumière vacille, et puis s'éteint, et lorsque ses yeux s'ajustent, la pièce, la hutte, est emplie de lumière… La lumière vacille. Il saisit héroïquement la torche :

—Suis-moi ! crie-t-il en plongeant dans l'obscurité sans se soucier du danger…

Kai sourit, il était trop tôt pour dire au revoir tout de suite.

Vit-Deux-Fois regarda son grand fils assis à côté d'elle. Il ressemblait tellement à son père. La même façon de s'engager rapidement et la même vivacité d'esprit s'exprimait différemment chez Kai, et elle était contrainte par une blessure insaisissable, une blessure en lien avec le CESI. Ces voyous de la 'sécurité' l'avaient travaillé au corps par d'autres biais que ce qu'ils avaient fait pour elle, mais en créant peut-être plus de dommages. Et il était plus jeune. Le fossé entre son cœur et son esprit qui pouvait être si touchant et parfois comblé dans l'esprit de Linn, était tranché de part et d'autre chez Kai. Il était rare de percevoir la légèreté naturelle de Kai ou qu'il partage ce qui se jouait dans son imagination. Son enthousiasme, sa joie des choses avaient été si contagieuses et magiques lorsqu'il était enfant ! La fluidité de son imagination lui était alors tellement accessible ! Les autres enfants du Lab posaient des questions au sujet des écrous et des boulons, des disques durs, au sujet du comment et du pourquoi comme disait Linn. Mais les questions de Kai survenaient d'une façon telle qu'il obligeait à entrer dans de nouvelles façons de voir les choses juste pour qu'on puisse lui répondre. Sa fantaisie et son innocence étaient désormais enfermées loin dans un espace privé. Sans plus d'ouverture de cette manière si spontanée.

Et puis soudainement elle le regarda avec d'autres yeux. Le don du changement était aussi en lui, plus profondément endormi, plus profondément caché, et maintenu hors de sa vue à chaque fois qu'il essayait de s'éveiller de lui-même. Ce don était plus difficile à voir que sa part de vivacité qu'il partageait avec Linn, et comme cet autre héritage, il s'exprimait différemment. Pour elle, le don du changement s'était révélé de lui-même au travers d'une qualité d'expérience tactile, juteuse, sensuelle, une texture tangible d'offrir et de recevoir, un sentiment de perception réciproque, son 'amour de la boue' comme elle l'appelait, subtil, non fixé, une qualité changeante et kinesthésique de son être. Une joie émergeant de la pure et exubérante matérialité des choses. Pour Kai, c'était dans son imagination, dans sa capacité à entrer dans d'autres temps et d'autres lieux que ceux où il se trouvait, hors des limites spatiales et temporelles de l'étroit couloir du Lab. Son histoire évoluant, c'est là que le don du changement s'était montré. L'innocence de son imagination lorsqu'il était enfant était de plus en plus colorée par son 'apprentissage dans les livres' alors qu'il devenait adulte. Et tout ce que l'on pouvait imaginer qu'elle ait pu découvrir sur elle-même était sensiblement tout ce avec quoi il se devait de travailler maintenant, il a besoin de temps. Elle prit de nouveau conscience comme cela avait dû, sans le vouloir, être cruel d'elle et de Linn de l'amener dans ce monde tellement clos et isolé qu'était le Lab. Si cela avait vraiment été un voyage dans l'espace, alors la découverte d'autres vrais mondes aurait pu justifier le prix pour lui… Mais même dans ce cas il y aurait eu tellement d'autres facteurs, comme les autres membres de l'équipage, qui auraient aussi influencé la tonalité de la mission. Ou bien s'ils avaient fait partie de l'équipe du Lab 5, avec plus de place pour la liberté artistique, pour la créativité…

Dans tous les cas, ils étaient tous encore ici pour le moment avec le Peuple, et cela serait à la fin un cadeau pour lui bien plus grand que ce qu'ils n'imaginaient pour l'instant. Lorsque le don du changement s'éveillera et qu'il ne sera plus longtemps confiné à une expression humaine plus limitée, peut-être qu'il trouvera sa place au sein du Peuple. Grâce à leur ouverture accueillante, il pourra ne pas être comme un animal des cirques de jadis, de l'Avant, condamné à faire indéfiniment des petits tours avec son don, aussi répétitifs et enfermants que le champ réduit et limité de son imagination. Quand il découvrira la vraie porte déjà présente dans son imagination, quand il reconnaîtra l'empathie venant de son amour des autres mondes, alors il pourra entrer dans son cœur par cette porte et commencer à revenir à la maison. Puis il pourra s'envoler, bondir ou nager ou voler en tant que lui-même et simplement être, le cœur intime avec toute chose. Elle pria qu'il en soit ainsi pour lui. Il y a une raison pour laquelle nous sommes tous ici, disent les gens du Peuple, une raison pour laquelle chacun de nous est venu, nous avons tous quelque chose à offrir.

Elle regarda son fils avec l'amour ardent maternel le plus profond qui puisse être et vit de nouveau en lui la graine de la même liberté sauvage à tisser des liens et à se mouvoir, la même capacité à dépasser librement des limites qu'il n'avait même pas encore reconnues comme barrières. Comme un jeune ourson nouvellement né. Mais même dans leur cécité, les oursons savent sans savoir ce qu'ils cherchent, et en suivant leur instinct, ils trouvent. Et elle vit avec d'autres yeux, marron or, tachetés par la lumière du soleil, que le cœur de Kai survivrait à la quête et aux limites comme elle y était parvenue, et qu'il reviendrait finalement à la maison.

— Ton cœur, dit-elle doucement, ton cœur trouvera un chemin. Ecoute le. Il sait déjà. Ils demeurèrent en silence pendant un moment, et puis elle finit par dire : — Je dois y aller maintenant. Kai se retourna vers elle avec les mêmes yeux marron tachetés de soleil.

— Je sais. Merci. Pour m'avoir amené dans cette vie, pour… pour l'opportunité de rentrer à la maison, et pour quelque chose d'autre, dit-il, que je ne comprends pas encore, mais...il y a quelque chose que je dois faire. Je ne sais pas ce que c'est, mais je sais que c'est là.

— Oui, fit-elle, c'est là, c'est plus proche que tu ne le crois. Elle l'embrassa à la façon d'une maman ours comme elle disait quand il était enfant, le serrant fortement dans ses bras et le secouant doucement avec un son de grognement joyeux.

— Je t'aime Maman.
— Je t'aime aussi.

Et la lumière vacille… une ombre passe devant le feu. Des voix faibles échangent à proximité de la brillante lueur des petites flammes dans la nuit. Murmures. Une signification dans ces sons qu'il ne peut pas saisir. Il se lève sur ses pattes arrière et hume l'air froid de la nuit, des univers entiers de senteurs s'ajoutent à l'odeur de fumée chaude et sèche venant de la flamme vacillante. Pour lui qui est à l'extérieur de ce petit îlot brillant, toutes les odeurs l'ont appelé, toutes les odeurs l'appellent. Il se remet sur ses quatre pattes et s'en va sans avoir été vu ni entendu.

La lumière vacille. Une voix rit, un éclat de rire. "Allez, c'est bon. Viens ici." Une lumière vacille et une voix emplie d'inquiétude : "Oh, non !" Une petite ombre passe rapidement d'une façon erratique, allant et venant, faisant des zigzags de plus en plus proches de la lumière, papillonnant, se rapprochant puis s'éloignant. "Oh, non !" la voix d'un homme cette fois, la tonalité plus grave : "Nous devons le sauver, aide-moi !" De petites mains fines avec des os se tendent doucement, lentement, vers la lumière, vers la forme virevoltante. La voix de la femme apaisante, musicale : "Ne t'inquiète pas. Je ne vais pas te blesser. Ne sois pas effrayé." Et lentement la voix et les mains recouvrent le papillon d'une douce obscurité. "Ouvre la fenêtre, je veux le relâcher dehors".

La lumière vacille. Je regarde plus proche, plus proche, la brillance est soudainement trop chaude, trop tranchante. Je m'éloigne puis me retourne, je me rapproche de nouveau toujours plus proche et puis m'éloigne à nouveau. La voix d'un homme, que l'on ne peut distinguer avec la distance, une autre voix plus proche dans la lumière, musicale, à la tonalité plus aiguë. "Nous devons le sauver", des mains fines s'approchent lentement, les paumes éclairées par la lumière vacillante. Doux sons roucoulant, "c'est bon, c'est bon, ne sois pas effrayé." Je me laisse reposer sur l'une des paumes lumineuses, brillantes comme la flamme mais sans brûler. Et puis une obscurité chaleureuse avec des petites fentes lumineuses, un endroit creux et chaud m'entourant. Je garde mes ailes immobiles. Un bruit métallique, sourd, distant, suivi d'un son de coulissement et l'obscurité s'ouvre et je vole de nouveau, mes ailes d'ombre délicate fusionnant avec la nuit.

Kikerri est posée dans les hauteurs du grand pin surplombant la vallée. Elle est bien posée, confortablement. Elle se réchauffe dans le soleil du matin. Une légère brise souffle dans l'air, faisant trembler les longues aiguilles autour d'elle. Ciel brumeux, lumière tamisée, une douceur enveloppe la journée. Elle tourne la tête lentement pour surveiller de nouveau son monde. Tout le long de la vallée, des mouvements d'ondulations et de battements d'ailes rayonnent mutuellement les uns envers les autres. Au bord du ruisseau, les feuilles jaunes d'or des érables se tressent dans la brise, et leurs clés de mûrissement tournent comme des grappes de minuscules ailes. Une volée de mésanges, petites boules de plumes, volent d'une branche à l'autre d'un buisson, gazouillant, elles se rassemblent puis se séparent à nouveau. Un flash soudain de bleu vif lorsqu'un geai traverse le bois, transportant un gland vers un lieu secret. Au bord d'un petit bosquet de cèdre à mi-pente, le tic-tac d'une oreille, la biche et ses deux faons couchés pour la matinée, se réchauffent dans le soleil automnal tout comme Kikerri.

Douceur de ces scènes qui se tissent ensemble, rien qui ne soit à sa place, harmonie.

Elle jette un coup d'œil aux ruines du géant œuf extraterrestre sur la pente opposée. Un vide y règne, un creux, s'estompant avec le temps, comme de la vapeur ou de la brume. L'étrangeté qui s'était consumée d'elle-même dans ses propres flammes terribles se dissout lentement. Seuls quelques débris de la coquille demeurent debout. Comme les dernières dents du squelette d'une mâchoire blanchie par le soleil et la pluie, ils s'effritent lentement mais continûment dans la Terre.

Quelques vents avaient transporté des graines des pionniers les plus résistants, les guérisseurs du sol, les guérisseurs des lieux, les récupérateurs, et ils avaient pris racine et grandissaient dans les gravats. Il y avait le peuple des chardons pointus, avec leurs fleurs pourpres depuis longtemps fanées, les feuilles se flétrissant comme des nuages, leurs graines roses délicates se dispersant dans la brise. L'année prochaine il y en aurait davantage. Aucun ailé ne nichait encore là. La dureté, les traces de la disharmonie persistaient encore. Qui voudrait faire son nid là, même si c'était en train de s'évanouir ? Il fallait du temps. Il fallait d'abord laisser les plantes se réapproprier le lieu, avec la nourriture persistante de leurs racines, retisser ensemble la plénitude de cet endroit, reconstruire la terre où elle avait été fissurée. Oui, il fallait laisser l'harmonie revenir. Puis, peut-être, lorsque les ronciers à mûres s'épanouiront et donneront de nouveau des fruits dans ces anneaux en train de s'effacer, un petit troglodyte fougueux pourra y trouver un endroit caché ou alors une tribu du peuple diligent des rats des bois, les constructeurs de huttes à brindilles, commencera à construire leurs nids et leurs lieux de stockage au sein de la protection des tiges de ronciers, et la vie reviendra de nouveau et réclamera cet endroit qui en fut si longtemps tenue à l'écart.

Elle lève ses yeux vers le ciel. Elle étire ses ailes dans le soleil chaud puis prenant légèrement appui sur la branche, elle se soulève, se donnant à la douceur de l'air, elle plane lentement en cercle et s'élève dans la chaleur de la journée, haut dans le ciel.

Vit-Deux-Fois et Linn étaient assis ensemble confortablement, parlant de leur fils. Leur voix partageaient une histoire qu'ils connaissaient tous les deux, une façon d'avoir encore quelque chose à partager mutuellement de leurs pensées et de leurs sentiments, de leur cœur.

— Il me l'a dit, dit Vit-Deux-Fois, il n'étudiera finalement pas les cycles des chants. Il étudiera plutôt avec les gens des plantes. Linn acquiesça. Elle poursuivit : — Il aime surtout errer seul, et il apprend la voie des plantes d'elles directement je crois. Rencontrer les plantes là où elles vivent, apprendre à les connaître et à connaître les lieux. Et apprendre du Peuple les savoir-faire de base de la vie de tous les jours, les savoir-faire de la Terre, les savoir-faire vivants qui le font se sentir plus à l'aise avec les lieux. Il fait déjà d'assez beaux paniers, dit-elle en souriant.

— Il reste de plus en plus longtemps dehors, et revient avec quelque chose de sauvage, une liberté dans ses yeux. Je crois qu'il s'y sent finalement chez lui, dit Linn avec un certain regret, beaucoup plus que moi. Lui pourrait entreprendre une marche d'errance un jour, moi pas.

— Il l'a déjà faite, je pense, dit-elle, il a déjà erré pendant une grande partie de sa vie, au travers de ses histoires, de son imagination. Ses autres mondes. C'est juste qu'il y va maintenant aussi avec ses pieds... Avec ses quatre pieds voulait-elle dire, mais cela aurait été trop tôt pour Kai, trop tôt pour Linn. Kai n'en était pas encore là, encore moins Linn. — Mais toi, dit-elle avec tendresse en lui souriant avec affection, ton chemin est-il différent ? La distance que tu as à parcourir se trouve ici. Elle garda ses mains séparées mais proches des siennes, et puis elle les rassembla ensemble. — Ta marche d'errance consiste à appartenir, à te connecter. J'ai l'intuition que tu le sais déjà, n'est-ce pas ? Ta marche d'errance consiste à abandonner l'exil, à te permettre d'appartenir. Kai a une appartenance différente qu'il découvrira un jour. Pour toi, l'appartenance est d'être avec le Peuple. Puis elle dit en riant, ses yeux emplis d'une malice douloureusement familière pour Linn qui lui rappelait les jours anciens lorsqu'ils étaient ensemble : — Et le Peuple est plutôt bon dans la connexion et l'appartenance. Tu verras, ils t'aideront. Ils te pousseront aussi probablement, plaisanta-t-elle, j'imagine que tu as déjà dû en avoir quelques expériences. Tu devrais prendre une épouse... tu dois être avec quelqu'un. Il se pourrait que le Peuple ait quelques idées pour ça aussi. Son franc-parler joyeux le heurta un peu au début. Après un moment, il dut se rendre à l'évidence qu'elle avait raison, ce n'était pas la peine de faire semblant. — Tu étais, dit-elle en lui souriant presque avec timidité, très bon en tant que mari pour le peu que je puisse me souvenir… et ce fut son tour de paraître timide et de baisser la tête.

Puis il releva la tête et sourit en disant :

— Je vais y penser. Oui, j'imagine que le Peuple pourra beaucoup m'aider aussi pour ça. Et il pensa aux regards et aux sourires affectueux d'autres yeux, aux clins d'œil et aux encouragements des anciens en arrière-plan. Des signes qu'il avait absorbés puis mis de côté, et auxquels il n'avait pas prêté attention jusque-là. — On verra, on verra.

Et elle réalisa que les deux hommes de son cœur de sa vie passée, l'homme enfant et le père, étaient encore dans le cercle de son attention et qu'à la fin tout irait bien pour les deux, et elle en ressentit une satisfaction.

— Je dois y aller, dit-elle, Je ne serai pas loin.

— Oui.

— Ton cœur sait. Ton cœur n'est pas loin. Il connaît le chemin pour revenir à la maison… On se reverra encore, avant que je ne remonte dans la montagne pour de bon, enfin, pour un moment. Elle sourit. — Mais pour l'instant, je dois y aller. Elle toucha brièvement ses mains et s'en alla.

Après qu'elle fut partie, Linn demeura assis un certain temps laissant leur conversation décanter dans son esprit, tournant autour de ce qui continuait à revenir dans son champ de vision, de ce qui voulait ouvrir une direction différente de ce qu'il avait été capable de permettre depuis son choc. *Tu devrais prendre une épouse.* Elle avait eu un petit rictus en utilisant cette expression désuète. *Tu devrais te remettre avec quelqu'un*, et elle l'avait regardé en souriant. Il se laissa divaguer plus en profondeur en cet instant. Il se souvint de Nagita, une femme de son âge, la sœur de la Femme au Panier. Nagita avait récemment visité le village et il se souvint de son sourire chaleureux et de la chaleur dans ses yeux quand il avait été présenté et qu'il avait demandé son nom.

"Nagita est le nom que nous donnons aux grandes oies du ciel qui se rassemblent pour leur migration. Elles se rassemblent pour toutes les choses", dit-elle en riant. Sa voix, grave, agréable et chaleureuse comme ses yeux puis elle ajouta : "Ces oies avec les ailes et le dos marron foncé et le poitrail gris. Un long cou noir avec une flamme blanche au niveau du menton. Elles sont très vives. Elles gardent leur tête relevée comme ça au sommet de leur long cou." Elle fit avec ses mains une forme d'oie et garda son avant-bras relevé devant elle dans un geste représentant parfaitement une oie regardant intentionnellement vers une direction puis une autre tout autour. Ses yeux étaient étincelants et brillants de la beauté et de la présence des grands oiseaux. Il se souvint de la façon dont elle avait semblé prendre plaisir à décrire le gris uni de la poitrine des oies, et soudainement les oies étaient devenues présentes pour lui. Et lorsque Linn le lui avait dit, elle avait souri modestement, disant : "Le peuple des oies est très beau, je me sens honorée de porter ce nom", en rougissant un peu, mais elle avait gardé ses yeux sur lui avec une insistance aimante, gracieuse et presque familière, et il en avait été enchanté. Puis riant de nouveau, elle avait dit : "Et lorsqu'elles se rassemblent pour décider quelque chose, il faut les entendre ! Elles s'élèvent d'abord dans les airs après avoir brouté pendant un moment, puis elles volent de cette façon et puis comme ça lorsqu'elles se rassemblent en groupe, s'appelant. Par ici ! Par ici ! Non ! Par ici ! Non ! Par-là ! avec leurs cris semblables à l'aboiement d'une flûte, encore et encore, Par ici ! Par ici ! Non ! Par ici ! Tournoyant et revenant, et repartant à nouveau." Elle leva ses bras et les étendit de chaque côté faisant lentement tourner les bras à partir de ses épaules, se penchant d'un côté puis de l'autre. "Tous appellent, tous ensemble, tous en même temps. Ça s'entend, dit-elle, beaucoup", et elle fit comme si elle se couvrait les oreilles. "Jusqu'à ce qu'elles y arrivent simplement et qu'elles se regroupent ensemble dans ce magnifique V ondulant et volant dans le ciel. Très semblable à nous, à nos Conseils." Elle rit. "La totale, le klaxon et l'appel, l'attraction dans telle ou telle direction, encore et encore, puis voler finalement ensemble", ses yeux brillaient avec la fierté simple de son Peuple et celle de son éponyme les oies.

"Tu as raison, dit-il, et tu es aussi très belle." Il s'était soudainement senti timide et embarrassé, se demandant ce qui lui était passé par la tête d'avoir dit cela. Elle détourna le regard pendant un moment, puis le regarda de nouveau, avec une merveilleuse ouverture accueillante. "Merci", dit-elle tranquillement, avec une modestie inconsciente et en baissant un petit peu la tête, "peut-être que la beauté est dans tes yeux, mais le peuple des oies et moi-même te remercions d'avoir partagé cela."

Il a besoin d'un nom dit la Femme aux Paniers. Vieille At'sah et Gros Carl acquiescèrent. *Celui avec lequel il est venu,* poursuivit-elle, *Linn, c'est un bon nom pour lui d'une certaine façon. Cela convient à son… à son chemin, à son parfum, presque comme un nom de vocation. Mais s'il continue à vivre sa vie…*

Gros Carl et Vieille At'sah murmurèrent pour acquiescer, faisant écho à ses réflexions. Tous les trois s'étaient réunis pour envisager comment l'aider en cela.

… il va avoir besoin d'un nouveau nom, un par lequel il pourra grandir, mais quelque chose qu'il est déjà, afin de tout connecter ensemble, conclut-elle.

Oui, c'est le moment. La Vieille At'sah exprima son accord. *Comment est-ce que le Peuple l'a déjà appelé, qu'ont-ils remarqué de son comportement ? Un bon nom vient peu à peu au départ. Qu'est-ce que vous avez entendu ?*

Il y a eu d'abord les plus évidents, dit Gros Carl. *Poisson du Ciel, l'Homme du Ciel, Vient du Ciel. Ces noms furent abandonnés pour la plupart dès qu'il fut évident qu'il n'était pas un Guetteur. Ils ne le désignaient pas vraiment lui, mais juste la façon dont il était* arrivé. *Et une fois que tout le monde avait commencé à le connaître, certains l'avaient appelé Celui Qui Demande.*

Les questions, le questionnement. Comme un enfant, sauf qu'il est très grand et regarde partout à la fois. La Femme au Panier rit affectueusement. *Même mon plus jeune quand il posait des questions, il n'en avait jamais autant !* Les trois rirent. Le plus jeune fils de la Femme au Panier était réputé pour poser des questions sur à peu près tout lorsqu'il était jeune.

Il est de ceux qui remuent la marmite, avec leur questionnement

Oui, mais pas juste une marmite… Sourires et légers rires.

Non, beaucoup de marmites, aïe, tant de marmites ! Il remue tout.

C'est pas vraiment qu'il remue, il regarde simplement et pose des questions, il veut juste savoir, il veut regarder à l'intérieur.

Regarder à l'intérieur…

Oui, mais pas quelque chose de petit, il veut regarder à l'intérieur quelque chose de grand plutôt, regarder à l'intérieur du ciel.

Peut-être trop similaire aux Guetteurs, les yeux du ciel, et ses premiers noms… il faut que l'on fasse attention à ça.

Demander, au lieu de regarder à l'intérieur. Demander correspond mieux à ce qu'il est, et demander est quelque part plus respectueux de ce que tu veux connaître que juste regarder, même lorsque les questions deviennent aussi denses que la neige !

Il a le cœur de quelqu'un qui s'émerveille, pas de quelqu'un qui demande, son émerveillement, c'est ça le pont. Tous les trois acquiescèrent ensemble. Ils avaient chacun d'eux touché cette partie de Linn lors de leur longue conversation avec lui.

Il est de ceux qui poseraient des questions aux étoiles, qui demanderaient au ciel dans leur émerveillement. Et il est aussi un de ceux qui pourraient entendre une réponse un jour…

Peut-être, dit la Vieille At'sah avec une certaine malice, *ils sont déjà en train de donner la réponse…* Elle fit le petit cercle des signes de la main pour désigner une étoile, la maintenant dans le ciel en tapotant son doigt contre son pouce pour mimer le scintillement, puis déplaçant sa main devant sa bouche où le même geste et le même cercle signifient converser avec une autre personne. Ses yeux brillaient avec le signe de la main du jeu de mot. Gros Carl et la Femme au Panier sourirent d'appréciation.

Oui, les étoiles, et le ciel de la nuit, plus grand que les Guetteurs.

Les étoiles..

Demander aux Etoiles.

Demande aux Étoiles.

Oui.

Je crois, dit la Vieille At'sah, *qu'il se pourrait que nous ayons trouvé son nom.*

Quelque chose qu'il est déjà et quelque chose qui peut grandir, oui. On va essayer ça. Et la Femme au Panier se sourit à elle-même, satisfaite, faisant tourner ensemble dans son cœur les sons de Demande aux Etoiles et de Nagita.

Je suis enceinte, dit Vit-Deux-Fois à Ta'le, *cela remonte à notre printemps, ses yeux pleins de tendresse. Mais notre enfant, nos enfants, oui, ils sont deux,* elle toucha son ventre. *Je les sens, tous les deux. Dans mon corps humain. Mais mon corps n'est plus en état de porter de nouvelles vies de cette façon. Nos enfants sont appelés à naître de la façon ancestrale, celles d'avant les espèces. Ils demandent à naître... Je partirai quelque temps,* dit-elle simplement. *Mais je ne serai pas loin... Je ne serai jamais vraiment partie. Je serai toujours là, et tes enfants, nos enfants, naîtront sauvages et libres de suivre leur propre chemin du retour, leur propre voyage vers l'origine. Je reviendrai. Notre voyage ensemble, toi et moi, n'est pas terminé. J'attends de voir les yeux des enfants, ils auront aussi les yeux de ton cœur. Revenant vers nous, partout. Ils verront au travers de nos yeux, ils verront au travers des yeux du grand cœur qui regarde à travers nous tous.* Elle se tourna vers lui. *Tu es mon cœur, tu es l'autre moitié de mon cœur.*

Et moi je suis à toi. Je t'attendrai.

Je reviendrai.

Il l'embrassa et sentit leurs larmes se mélanger, anciennes mers éclatantes, bénédictions sacrées, pluie du cœur. *Nos enfants seront forts*, dit-il, et quand elle le regarda, la profondeur de l'océan dans chacun de leurs yeux était sans séparation, profondeur unique.

Vit-Deux-Fois et Linn étaient assis sur la pente de la montagne. Linn avait demandé s'il pouvait faire un petit bout du chemin avec elle et elle avait accepté. Ils étaient assis ensemble à côté du chemin sur un promontoire herbeux, la lumière chatoyante de l'après-midi sur les arêtes arrondies des crêtes de l'est se dissolvait peu à peu dans le bleu avec la distance comme les vagues d'une mer lointaine. La chaleur persistante des jours de l'automne s'élevait vers la montagne, douce et paisible.

Ils restèrent assis paisiblement pendant un moment, puis elle demanda :

— As-tu déjà décidé de ce que tu vas faire ?

— J'avais pensé à une marche d'errance, je reviens toujours à cela. Non pas pour fuir, s'empressa-t-il d'ajouter, mais juste pour en avoir un goût pendant quelque temps… Mais mes compétences, il haussa les épaules en souriant, ne sont pas encore suffisamment développées. Je suis encore…maladroit, avec le lieu et avec mes mains. Le Peuple, ils seraient trop inquiets pour moi. Il baissa la tête et sourit de nouveau d'un air penaud.

— Oui, dit-elle en souriant, et il perçut un peu de joie dans son regard qui lui rappela le passé.

— J'avais pensé, dit-il, commencer plutôt avec le ciel de la nuit. Les groupes d'étoiles en fonction des saisons, pas les noms et les concepts de constellations venant d'une autre époque, mais à la façon dont le Peuple vit ici maintenant, la façon dont ils vivent avec le lieu. Les cycles des saisons se déroulent à nouveau. Le Peuple m'a dit que durant les années de la dégénérescence et durant les années de la guerre, le ciel était très souvent nuageux, et la météo et le mûrissement des plantes aléatoires. Et même après que les lourds nuages qui avaient couvert le ciel pendant si longtemps se furent dissipés, un mince voile d'altitude persista pendant des années. Les étoiles étaient difficiles à voir. Les rythmes sont en train de revenir, quelque peu différents maintenant, mais retrouvant de nouveau l'harmonie, et le Peuple commence tout juste à voir et à connaître de nouveau les étoiles. Je pourrais aider à cette reconnexion. Les rassemblements de l'hiver, le temps des cueillettes, le temps où les baies de manzanita mûrissent, celui où les saumons arrivent en hiver, et celui où les autres saumons viennent au printemps, les moissons de l'été. Les cycles se retissent, une nouvelle cohérence devient présente. Il s'arrêta. Elle le regarda avec un regard réjoui, la même joie qu'il lui connaissait d'un temps remontant à il y a bien longtemps.

— Tu devrais voir tes yeux, dit-elle, éclairés de l'intérieur. C'est bon de te voir comme ça. Oui définitivement, les étoiles, le ciel.

538

Et alors que le moment était en train de passer, il réalisa qu'il était aussi proche d'elle qu'il ne le serait jamais plus. Maintenant. Cela n'était plus aussi douloureux désormais, peut-être était-il finalement en train d'aller de l'avant avec sa vie.

— Il y a de nombreux chemins pour revenir à la maison, dit-elle doucement, de nombreux chemins, une maison, et de nombreuses façons de se mettre en route. Elle sourit.

— Peut-être que le ciel de la nuit m'aidera à trouver mon chemin, ou au moins ma place ici. Il fit un geste vers le ciel. — Je suis venu de là. Ils m'ont d'abord appelé Poisson du Ciel. Le ciel n'est pas seulement un endroit pour les yeux morts et un programme pour conquérir d'autres mondes, il n'est pas seulement des étoiles lointaines d'un espace profond, mais les étoiles ici et maintenant font partie de l'expérience de la vie en ce lieu, elles font partie de la vie avec la Terre. Les peuples premiers migraient grâce aux étoiles, utilisaient les étoiles pour s'orienter sur les vastes mers, dans les grandes montagnes, traversant de grandes distances vers de nouvelles contrées, suivant cette lumière ancestrale.

— Oui, la lumière est notre amie, dit-elle, la lumière des étoiles, celle de notre cœur, celle qui est partout, lumière vivante. La lumière du cœur … t'appelle aussi. Ecoute son appel où que tu l'entendes, résonnant des étoiles, murmurant dans une feuille, dans les traces d'un compagnon à quatre pattes sur le chemin, dans ton cœur.

La lumière du cœur te ramènera à la maison. Tu verras. Tu dois faire confiance à son appel.

Il dit en la regardant :

— J'aimerais pouvoir trouver ce que tu as trouvé, la paix. Peut-être pas de la façon dont tu l'as fait, dont tu le fais, peut-être d'une autre façon. Je cherche encore.

— Cela te trouvera, cela t'appelle déjà, à l'intérieur de ça, dit-elle en faisant le signe des mains pour le cœur. Ses paumes formant une coupe, les doigts pointant vers le bas recouvrant son cœur. Puis elle fit le signe de la compréhension, sa main, paume vers le bas, faisant un mouvement circulaire vers l'extérieur à partir de son cœur.

— Je vais devoir partir bientôt, ma place est dans la montagne, dit-elle doucement.

— Oui, je sais. Est-ce que je te reverrai ?

— Peut-être. Nous avons maintenant chacun notre propre vie qui nous appelle. Elle lui parut radieuse et d'une certaine façon encore plus entière. Elle avait pris du poids, des rondeurs avec une lueur comme si à l'intérieur mûrissaient les fruits de l'été, comme les pêches que sa mère adorait. Quel que soit ce qui l'appelait, cela l'avait remplie d'une joie paisible et lumineuse telle qu'il avait du mal à imaginer ou à accepter que cela puisse être possible pour lui, pas encore.

— Fais confiance à l'appel, dit-elle en se levant pour partir, et souviens-toi, cela t'aime aussi.

Alors qu'elle atteignait le virage du chemin, elle l'appela. Il put distinguer ses lèvres bouger, mais il entendit ses pensées plus que ses mots, comme des images dans son esprit. *Les étoiles, elles appellent dans ton cœur…*

Linn resta assis pendant un long moment sur le flanc de la montagne après qu'elle fut partie. La lumière s'évanouissait dans la nuit. Peu à peu, une par une, les plus brillantes étoiles commencèrent à apparaître ici et là dans le ciel limpide et transparent demeurant encore un peu au moment de la tombée de la nuit, et il reconnut au-dessus de lui le carré des quatre étoiles poteaux de hutte. Il demeura assis. De plus en plus d'étoiles s'épanouissaient dans le ciel. Le flou brumeux des amas d'étoiles des sœurs truites d'hiver apparut, suivi par le V des étoiles du peuple des oies dans leur voyage nocturne, puis commencèrent à s'élever au-dessus de l'horizon est les trois étoiles brillantes du centre, celles de la faiseuse de panier portant son grand fagot de saules fanés pour ses paniers d'hiver. Enveloppé par ces merveilles et par la lumière des étoiles, il finit par redescendre le chemin. *Les étoiles*, avait-elle dit, *écoute ton cœur…*

Elle se dirigeait vers la montagne. Sa démarche commençait à se déhancher, ses os et ses muscles devenant plus épais, les épaules et les hanches se balançant d'un côté à l'autre, bougeant ensemble par paire, épaule et hanche, se déhanchant à chaque pas. Elle respirait profondément, humant l'air, le goûtant, inspiration et expiration, inspiration et expiration. Ses os devenant plus denses, gonflés de l'essence d'anciennes mers minérales, os des montagnes, des rochers et des pierres. Elle poussa un doux whouff et se posa dans le rythme de sa foulée devenant plus longue. Elle arpentait avec aisance et puissance le sentier. Le crépuscule tombait dans l'air, la nuit et l'hiver seraient bientôt là. Au-dessus, haut et loin, une légère odeur métallique de la neige prête à tomber. La première étoile perça au travers de la clarté persistante du ciel et elle continua à monter. Comme des générations de son espèce avant elle, elle savait où elle allait.

Au commencement, la mer recouvre la terre au parfum de mer. Au commencement, la profondeur bleu-nuit. La mer recouvre la terre au parfum de mer qui n'est pas encore née. La terre, la montagne, toutes les montagnes, la nuit parsemée d'étoiles, les journées ensoleillées, la totalité du temps, la totalité de l'espace, dansent au sein de la profondeur bleu-nuit. Invisibles même à eux-mêmes. Non individualisés. Sans connaissance. Sans rien à connaître. Le Sage. Non séparé. Le tout. Donnant naissance aux cercles d'arc-en-ciel. Radiance primordiale. L'ourse remue dans son long sommeil. Des cercles d'arc-en-ciel flottent, nageant sur des couches de mers. Tout est superposé. Tout se superpose. Remontant les rivières, houles de mer, montagnes de cercles d'arcs-en-ciel nageant dans la mer, scintillant de la pure joie du devenir. S'unissant tendrement, deux devenant un à nouveau. Première radiance. L'ourse. Souffle à l'odeur de mer, salin, minéral, racines humides et terre, respiration de ses mers intérieures, inspiration et expiration, inspiration et expiration, en de lentes vagues. Doux gonflements de la profonde poitrine s'élevant en longues lignes, imposantes, grondantes, rugissantes, remontant des profondeurs massives des marées de la mer. Montagnes d'eaux se déplaçant en longues lignes lentes, grossissant, sentant le sel, colonnes d'embruns de neige soufflée depuis leur sommet en mouvement, laissant sur leur passage des traînées de petites bulles de mondes, myriade d'eau nageant, sifflant, chuchotant, chevauchant de nouveau les mers calmes, se balançant doucement dans les échos du reflux des longues lignes de vagues de montagnes. Les bulles se rassemblent et se séparent avec tendresse, inspirant et expirant des mondes entiers. Couleurs d'arc-en-ciel tourbillonnant à travers les courbes brillantes de lumière, reflétant les arcs-en-ciel des mers jusqu'à ce que les bulles éclatent et laissent brièvement dans l'espace un petit vide, une absence flottant comme une présence, émettant des anneaux de lumière qui ondulent doucement à la surface. Les anneaux de lumière s'agrandissent, se fondent de nouveau dans la mer, en la douce houle de la terre au-delà du temps, en la terre au doux parfum de mer autour d'elle, expirant et inspirant, respirant en étant respirée, l'enveloppant.

L'ourse se retourne doucement. Elle étire ses muscles emplis de mer depuis l'au-delà du sommeil et du rêve, loin dans les profondeurs du rêve du temps. Le temps se rêve lui-même, il rêve des montagnes de ciels nocturnes, des montagnes de mers, en fusion, se chevauchant, chatoyant. L'ourse se recourbe un peu plus autour de ses oursons endormis, les sécurisant dans la tendre courbe de son corps, dans toute la grotte, dans les rochers et les racines, et dans le cœur de la grande montagne. Sa respiration réchauffe la grotte sombre. Elle pulse, oscille, ondule avec la respiration de la Terre, elle ondule avec les cercles de lumière et les cercles d'arcs-en-ciel, avec les échos arc-en-ciel de la lumière vibrante qui entoure ses oursons. Leur devenir est sa joie.